Knaur.

Im Knaur Taschenbuch Verlag ist bereits folgendes Buch des Autors erschienen:
Die weiße Jägerin

Über den Autor:
Rolf Ackermann, 1952 in Duisburg geboren, hat mehrere Sachbücher verfasst und für viele namhafte Magazine und Zeitungen Europas geschrieben. Er gilt als Afrikakenner. Sein langjähriger Aufenthalt in Ostafrika hat ihn zu seinem Roman *Die weiße Jägerin* inspiriert, der 2005 bei Droemer erschienen ist. Zurzeit lebt Rolf Ackermann in Wien.

Rolf Ackermann

Der Fluch des Diamanten

Roman

Knaur Taschenbuch Verlag

Besuchen Sie uns im Internet:
www.knaur.de

Vollständige Taschenbuchausgabe Oktober 2007
Knaur Taschenbuch.

Ein Unternehmen der Droemerschen Verlagsanstalt
Th. Knaur Nachf. GmbH & Co. KG, München

Umschlaggestaltung: ZERO Werbeagentur, München
Umschlagabbildung: FinePic, München
Satz: Ventura Publisher im Verlag
Druck und Bindung: Nørhaven Paperback A/S
Printed in Denmark
ISBN 978-3-426-63500-1

2 4 5 3 1

Widmung

Béatrice: Woher nimmst du nur die Geduld und Kraft, deinen manchmal in schriftstellerischen Sphären über den irdischen Dingen schwebenden Mann so liebevoll und zudem noch, als wissenschaftliche Ratgeberin, so kompetent zu unterstützen?
In diesem Buch ist viel von dir. Und das ist gut so!
Meinen Söhnen, Tobias und Philippe, möchte ich mit diesem Buch aufzeigen, wie spannend und gleichsam unterhaltsam Geschichte sein kann. Es sind nicht immer die Fakten, die zählen.
Die Dinge dazwischen, die unsichtbaren, das Menschliche macht das wahre Leben aus ...

Und also werden die Edelsteine von Feuer und Wasser erzeugt, deshalb haben sie auch Feuer und Wasser und viele Kräfte und Wirkungen in sich ...

»Physica« von Hildegard von Bingen
(1098–1179)

1. Kapitel

Freiherr Georg Ludwig von Hohenstein kannte den Mann in seinem Traum nicht. Weder hatte er jemals zuvor die Stimme gehört, noch diese Augen schon einmal gesehen. Ein komplettes Gesicht hatte der Mann nicht, aber er wirkte bedrohlich. Seine Augen zeigten einen Schimmer von Hass und sein französischer Befehl hallte wie ein Peitschenschlag durch Georgs Traum.

»Reveillez!«

Freiherr von Hohenstein drehte sich mürrisch auf die Seite, zog die Bettdecke über die Schulter und versuchte den Traum zu verdrängen. Dann hörte er Klara hinter sich sprechen. Ihre Hand lag auf seiner Schulter. Sie sprach mit gepresster Stimme, angsterfüllt und panisch. Plötzlich wusste er, dass es kein Traum war.

»Georg …«, stotterte sie.

Er versuchte sich aufzurichten, aber etwas presste ihn mit einem kalten Gegenstand auf das Kopfkissen zurück. Aus dem Augenwinkel sah er, dass der Mann mit den hasserfüllten Augen Wirklichkeit geworden war. Er stand direkt vor ihm am Bett und richtete eine Pistole auf ihn. Die Mündung zeigte genau zwischen Freiherr von Hohensteins Augen. Im diffusen Morgenlicht des Schlafzimmers waren noch andere Gestalten zu erkennen. Sie huschten umher und trugen alle Kapuzen. Der Mann vor ihm sprach diesmal sehr leise.

»Guten Morgen, Monsieur Freiherr von Hohenstein ...« Es klang seltsam. Er strengte sich an, das H auszusprechen, aber es gelang ihm nicht. Als sei ihm das peinlich, räusperte er sich kurz. Dann sprach er in exzellentem Deutsch mit einem sehr eigentümlichen Akzent.

»Ich bedaure, Ihre Nachtruhe so rüde unterbrechen zu müssen, Monsieur, aber ich muss Sie und Ihre werte Gattin bitten, mir Ihre geschätzte Aufmerksamkeit zukommen zu lassen. Wir müssen über unaufschiebbare geschäftliche Belange sprechen.«

Freiherr Georg von Hohenstein wunderte sich über die gewählte Ausdrucksweise des Mannes mit der Pistole.

»Was wollen Sie?«, presste er hervor. Er versuchte bei seiner Gattin nicht den Eindruck aufkommen zu lassen, er habe Angst. Aber er hatte Angst. Panische Angst. Und seine Stimme verriet ihn: »Ich habe nicht viel Bargeld im Hause. Nehmen Sie ...«

»Ich will Ihr Geld nicht. Ich will den Sancy!«

Freiherr von Hohenstein stockte der Atem. Die Hand seiner Frau, die auf seiner Schulter lag, zuckte merklich. Der Sancy! Woher wusste dieser Einbrecher, dass der Sancy im Haus war? Woher wusste er, dass der Brillant morgen zu einer Ausstellung über den Schmuck der preußischen Könige ins Schloss Charlottenburg nach Berlin gebracht werden sollte und nur deswegen am Tag zuvor aus der Panzerglasvitrine herausgenommen worden war und zusammen mit den anderen

Schmuckstücken im Safe lag – allein durch die Stahltür geschützt?

»Alle Wertsachen sind in einem Tresor mit Zeitschloss. Der Sancy auch. Der Tresor ist erst wieder am Montag zu öffnen«, log er.

Der Mann mit der Pistole nickte einem seiner Begleiter zu. Er schien verärgert zu sein. Die Morgensonne schien jetzt in den Raum. Aus den Umrissen der anderen Männer wurden große, klar erkennbare Gestalten, die alle blaue Overalls trugen. Einer war kleiner, fast schmächtig, die beiden anderen waren muskulös. Sie schienen keine Waffen zu haben. Der Schmächtige trat an das Bett.

»Drehen Sie sich langsam um«, befahl der scheinbare Anführer Georg von Hohenstein. Mit dem Pistolenlauf drückte er ihn unmissverständlich zu jener Seite hin, wo seine Frau lag. Langsam drehte sich Freiherr von Hohenstein um. Seine hellen Stirnhaare fielen ihm ins Gesicht. Er erschrak. Klara lag auf dem Rücken. Die Bettdecke hatte sie bis zum Mund hochgezogen. Mit panischen Augen schaute sie ihn an. Schweißperlen rannen ihr über das Gesicht. Todesangst verfärbte ihren ohnehin fahlen Teint grau-weiß. Der Schmächtige trat an ihr Bett heran und riss die Bettdecke weg. Klara schrie lautlos-entsetzt auf. Ihr von Furcht erfüllter Blick verriet, wovor sie Angst hatte. Ohne die Reaktion seines in Angst erstarrten Opfers abzuwarten, presste der Mann Klara seine Hand auf den Mund und riss ihr brutal das Nachtkleid vom Leib.

Freiherr von Hohenstein bäumte sich kurz gegen den Druck der Pistole in seinem Nacken auf, aber er wusste, dass das sinnlos war. Seine Frau lag wie gelähmt auf dem Bett mit dem dunkelroten Seidenbezug. Tränen rannen ihr über die Wangen.

Im Raum herrschte plötzlich eine eigentümlich angespannte Atmosphäre. Der Schmächtige taxierte Klara von Hohenstein ungeniert.
»Bitte tun Sie ihr nichts ...«, wollte Freiherr von Hohenstein seine Bereitschaft, den Tresor zu öffnen, artikulieren, aber der Mann hinter ihm steckte ihm den Lauf der Waffe von der Seite her in den Mund.
»Los, beeil dich«, herrschte der Anführer den Kleinen an.
Der Schmächtige beugte sich über das Bett. Die Frau zitterte am ganzen Körper. Sie atmete jetzt sehr schnell, weinte aber nicht mehr. Der Mann streifte den Handschuh von seiner rechten Hand ab. Freiherr von Hohenstein starrte wie gebannt auf die Finger des Mannes. Solche Hände hatte er schon einmal gesehen. Nein, er hatte sie schon sehr oft gesehen. Damals, in Ägypten. Fast alle Menschen in Ägypten hatten solche Hände: braun gebrannt, mit helleren Handinnenflächen, sehr weißen Fingernägeln und sehr hellem Nagelbett. Ja, schoss es ihm durch den Kopf, ein Araber!
Der Kleine genoss seine Macht. Sein Atem ging jetzt sehr schnell. Die Brust hob und senkte sich sichtbar unter seinem Overall. Er fingerte an dem Reißverschluss seines Overalls und zog ihn ostentativ langsam herunter. Klara von Hohenstein schloss die Augen. Sie weinte jetzt wieder.
»Die Nummernkombination zum Tresor«, forderte der Anführer.
Freiherr von Hohenstein schielte zu seiner Frau hinüber. Sie lag wie aufgebahrt, mit starrem Blick und aschfahlem Gesicht auf dem Bett.
Der Druck des Pistolenlaufs in seinem Nacken nahm zu. Er wusste, dass er keine Wahl hatte, dass es aussichtslos war, mit diesen Männern zu verhandeln. Aber würden sie ihn und

seine Frau nicht sowieso umbringen, hätte er erst einmal den Code des Tresors verraten? Im Tresor lagen derzeit Schmuckstücke von unschätzbarem Wert! Die Versicherungsprämie belief sich alleine für den Transport der Schmuckstücke auf über zehntausend Euro – bei einem Versicherungswert aller Preziosen von acht Millionen Euro! Vom ideellen Wert dieses jahrhundertealten Schmucks ganz abgesehen. Erst gestern waren die schönsten und wertvollsten Diademe, Armreifen, Halsketten und Ringe, besetzt mit Diamanten, Smaragden, Saphiren und Perlen, mithin also die schönsten Stücke des Familienschmucks, durch eine Sicherheitsfirma aus den Vitrinen des Museums geholt und für den Transport verpackt worden. Morgen sollten sie mit einem Hubschrauber nach Berlin gebracht werden. Wie hatten diese Männer davon wissen können? Alles war in höchster Geheimhaltung arrangiert worden. Nur die Versicherung und das Museum, in dem der Schmuck ansonsten ausgestellt war, wussten davon. Aus Sicherheitsgründen war sein gesamtes Hauspersonal über das Wochenende in Urlaub geschickt worden. Nur zwei Sicherheitsbeamte hielten sich unten im Erdgeschoss auf. Sie waren bewaffnet und für solch brisante Aufträge extra geschult worden. Aber wo waren sie? Waren sie bereits tot? Und wieso wollte der Anführer den Sancy? Ausgerechnet den Kleinen Sancy, einen der berühmtesten Diamanten des Abendlandes? Ein vierunddreißigkarätiger Brillant, der zum Kronschatz deutscher Kaiser gehört hatte und dessen Versicherungswert bei drei Millionen Euro lag?

Die Stimme des Mannes neben ihm ließ Georg von Hohenstein aus seinen Gedanken hochfahren. Er schämte sich, dass seine Gedanken bei dem Schmuck gewesen waren und er seine Frau darüber völlig vergessen hatte. Klara starrte voller Angst auf den schmächtigen Mann, der sie nicht aus den Augen ließ.

»Komm, wir vergnügen uns ein wenig mit ihr«, forderte er den Anführer auf.

»Lass sie in Ruhe«, herrschte dieser ihn an und wischte sich mit der freien Hand Schweißperlen aus dem Nacken.

»Abu Farez, du bist ein Spielverderber! »

Bevor er weiter redete, richtete der Anführer plötzlich seine Waffe mit gestrecktem Arm auf den Kopf des Kleinen.

»Mach weiter!«, fuhr er den anderen an. Er klang aufgebracht und schien seine Drohung ernst zu meinen.

Der Schmächtige griff in seinen geöffneten Overall und zog ein kleines, schwarzes Gerät aus Plastik, kaum größer als eine Zigarettenschachtel, heraus. Er schien irgendwie erstaunt, dass am Rande des Gerätes ein rotes Lämpchen in Intervallen aufleuchtete. Fragend blickte er für Bruchteile von Sekunden den Anführer an. Dann wandte er sich wieder der Frau im Bett zu. Er nahm das kleine Gerät, steckte es ihr in den Slip, drehte an einem Knopf des Gerätes und zog den Slip hoch, so dass das Gerät stecken blieb. Nur der obere Teil schaute heraus. Das rote Lämpchen leuchtete in kurzen Intervallen auf.

»Nicht bewegen«, zischte der Bewaffnete.

Freiherr Georg von Hohenstein konnte sich die Motive der Männer noch immer nicht erklären. Er hatte nicht alles verstanden, was die beiden Männer miteinander gesprochen hatten. Sie sprachen manchmal auf Arabisch. Ihm war klar, dass er es hier nicht mit schnöden Kriminellen zu tun hatte, diese Männer wussten genau, was sie wollten: den Sancy! Aber warum wollten sie nur diesen einen Diamanten? Und würden sie ihn und seine Frau dafür tatsächlich umbringen?

»Nein, wir werden Sie nicht umbringen«, schien der Anführer seine Gedanken erraten zu haben. »Ich will den Diamanten. Sonst nichts!«
»Sieben links, vier rechts, fünf links«, presste Freiherr Georg von Hohenstein die Nummernkombination des Tresors hervor.
»Sie sind sehr klug, Monsieur! Ihre Frau wird es Ihnen danken, dass Sie sie mit Ihrer Weisheit aus ihrer misslichen Situation befreit und Schlimmeres verhindert haben. Warum sollten Sie auch Ihr Leben und das Ihrer so attraktiven Gattin aufs Spiel setzen für etwas, das Ihnen sowieso nie gehört hat und nie wieder gehören wird! Der Sancy gehört nicht ins christliche Abendland. Dieser wunderschöne Diamant ist legitimes Eigentum des arabischen Volkes. Was die Kreuzritter einst raubten, werden wir jenen zurückgeben, denen es gehörte.«
Als habe er zu viel gesagt, richtete sich der Anführer plötzlich auf. Seine Waffe zielte nicht mehr auf den Nacken seines Opfers.
»Schauen Sie sich dieses kleine Gerät an. Das ist ein Zeitzünder mit ein paar Gramm Sprengstoff. Er ist mit einem Vibrationszündmechanismus versehen. Wir werden Sie und Ihre Frau jetzt zusammenbinden und den Diamanten aus dem Tresor im Keller holen. Bleiben Sie ganz einfach zwei Stunden lang völlig regungslos liegen. Dann geschieht Ihnen beiden nichts. Nach zwei Stunden schaltet sich das Gerät automatisch ab. Bewegen Sie sich bis dahin nicht zu heftig! Versuchen Sie nicht, sich zu drehen. Atmen Sie ruhig. Jede zu schnelle Bewegung aktiviert den Mechanismus. Dann zerreißt die Sprengladung den Unterleib Ihrer Frau. Und Sie mit ...«

Der Mann ging um das Bett herum zu Klara von Hohenstein. Sie starrte ihn hass- und angsterfüllt an.
»Wie war die Kombination noch einmal?«, fragte er, ohne sie dabei aus den Augen zu lassen.
»Sieben links, vier rechts, fünf links …«
»Ich hoffe in Ihrem Interesse, dass diese Kombination stimmt. Und ich hoffe sehr, dass Sie sich nicht für einen schnöden Diamanten, der ohnehin überversichert ist, irgendwelche anderen Tricks einfallen lassen. Genießen Sie das Leben, Monsieur von Hohenstein! Wäre doch höchst bedauerlich, wenn Sie für einen durchsichtigen kleinen Stein aus dem fernen Morgenland in die Luft fliegen würden, oder? »
Die vier Männer gingen zur Tür. Freiherr Georg von Hohenstein und seine Frau lagen jetzt Bauch an Bauch eng aneinander gepresst auf der Seite, die Hände hinter dem Rücken des anderen mit Klebeband festgebunden und an den Füßen gefesselt. Zwangsweise Auge in Auge, nur wenige Zentimeter voneinander getrennt, starrten sie sich panisch an. Der Anführer blieb an der Tür stehen und schaute auf seine Armbanduhr.
»Es ist jetzt 6.32 Uhr. In genau zwei Stunden, um 8.32 Uhr, schaltet sich der Mechanismus der Sprengladung automatisch ab. Versuchen Sie, das zu erleben …«
Zu dem Schmächtigen gewandt, befahl er: »Du bleibst hier und passt auf die beiden auf. Wir gehen runter und holen den Diamanten. Und lass die Finger von der Frau.«
Als er die Tür langsam hinter sich schloss, hielt Klara von Hohenstein den Atem an und blickte ihren Mann aus nächster Nähe fragend und doch wissend an. Tränen liefen ihr über die Wange. Ihr Mann schlug verschämt die Augen nieder. Er wusste, wovor seine Frau Angst hatte.

Fünfzehn Minuten später, Freiherr Georg von Hohenstein hatte das Aufheulen zweier Automotoren gehört und daraus geschlossen, dass die Täter davongefahren waren, klingelte bei Oberkommissar Friedhelm Sauer, Leiter des Frühdienstes der Kriminalwache Sigmaringen, das Telefon. Drei Minuten später rasten zwei Streifenwagen mit Blaulicht aus der Tiefgarage der Polizeiwache. Weitere sieben Minuten später hatten die Polizisten eine provisorische Straßensperre kurz vor der Einmündung der kleinen Privatstraße, die von Schloss Hohenstein auf die Bundesstraße führte, errichtet. Zwei Nagelbretter lagen quer versetzt über der Straße. Die beiden Polizeifahrzeuge standen kurz dahinter nebeneinander auf der Fahrbahn. Zwei Polizisten standen einige Meter seitlich von den Fahrzeugen entfernt hinter Bäumen. Sie hielten MP-5-Maschinenpistolen im Anschlag. Die beiden Kriminalbeamten hatten sich hinter einem Felsbrocken neben der Straße geduckt. Auch sie waren schwer bewaffnet. Gebannt starrten alle vier in den Wald hinein.

»Die können noch nicht unten sein«, murmelte Oberkommissar Sauer seinem Kollegen zu. »Von Schloss Hohenstein bis zu dieser Abzweigung braucht man mindestens fünfunddreißig Minuten. Ich bin die Strecke schon oft gefahren.«

Während er es sagte, hoffte er insgeheim, dass das alarmierte Sondereinsatzkommando noch rechtzeitig eintreffen würde. Er hatte das untrügliche Gefühl, dass vier Beamte zu wenige waren, um diese Männer zu stoppen. Soeben wollte er weitere Anweisungen geben, als das Dröhnen von Fahrzeugmotoren aus dem Wald heraus zu ihnen herabhallte. Reifen quietschten.

»Sie kommen!«, brüllte er den anderen Polizisten zu. Hektisch entsicherte er seine Waffe, richtete sie mit gestreckten

Armen in Kombattstellung auf das, was da jeden Augenblick um die Kurve aus dem Wald herauskommen würde: zwei Fahrzeuge mit Männern, die Freiherr von Hohenstein beraubt hatten. Männer, Araber, die skrupellos und bewaffnet waren...

Freiherr Georg von Hohenstein saß im Schlafanzug in seinem Range Rover. Neben ihm auf dem Beifahrersitz lagen eine Schrotflinte und ein großkalibriges Jagdgewehr mit Zielfernrohr. Im Schoß lag ein Trommelrevolver. Der Motor des Achtzylinders heulte auf. Mit quietschenden Reifen schoss der Geländewagen aus dem Innenhof des Schlosses. Die Augen des Vierzigjährigen glänzten unnatürlich. Er zitterte am ganzen Leib.

»Ich bringe euch um«, schrie er aus dem geöffneten Seitenfenster hinaus und raste talwärts, den Fluchtfahrzeugen hinterher. Die Reifenspuren auf der nassen Fahrbahn zeigten ihm, dass die Araber über die kleine Privatstraße, die durch die Wälder ins Tal führten, geflohen waren. Nervös fingerte er nach der 44er Magnum zwischen seinen Oberschenkeln. Sein Vater hatte ihm die Waffe geschenkt. Sie war extrem schwer, klobig und unhandlich. Sechs Patronen waren in den Kammern der Trommel. Jedes dieser Projektile war tödlich. Fast egal, wie und wo man traf.

Wer mit solcher Munition schoss, wollte töten. Und genau das wollte er! Er wollte – und er musste töten! Den einen dieser Männer, der ihn die erniedrigendsten Momente seines Lebens hatte erleben lassen. Momente, die er nie würde vergessen können. Und Klara? Wie würde sie das Geschehene jemals verkraften können? Den Überfall würde sie vielleicht verdrängen können, aber was dann geschehen war, als die drei

Männer hinunter in den Keller gegangen waren und den Schmächtigen zurückgelassen hatten, um auf sie aufzupassen, nein, das würde Klara niemals vergessen. Wie tot hatte sie auf dem Bett gelegen und nicht reagiert, als er davonstürzte. Dafür würde er ihn umbringen. Wenn er ihn kriegte.

Der Range Rover raste durch ein idyllisches Tal. Freiherr Georg von Hohenstein merkte, dass er zu schnell fuhr. Die Novembersonne stand milchig-gelb über den bewaldeten Hügeln vor ihm und blendete ihn. Morgentau, Laub und Lehm machten den Asphalt zu einer glitschigen Rutschbahn. Er wusste, dass er den schweren Geländewagen nicht halten konnte, wenn dieser seitlich ausbrach. Ein Reh wechselte plötzlich nur wenige Meter vor ihm von rechts aus dem Wald kommend in das Dickicht der anderen Straßenseite. Es war ein sehr junges Tier. Es verharrte für Momente, hatte panische Angst, starrte mit seinen wunderschönen, dunklen Augen zu ihm ins Fahrzeug hinein.

Es war der gleiche Augenausdruck, den Klara gehabt hatte, als der kleine Araber, kaum dass die anderen das Zimmer verlassen hatten, sie vergewaltigt hatte. Ihre Seele hatte aus ihren Augen herausgeschrien.

Als er den gequälten Augenausdruck seiner Frau, das schmerzerfüllte Gesicht von Klara nicht mehr hatte sehen können, hatte er die Augen geschlossen und hemmungslos geweint.

Er wäre in diesem Moment am liebsten gestorben, weil er ahnte, dass es nach diesem Tag keine Zukunft mehr für ihn und Klara geben konnte. Ein einziger Gedanke hielt ihn am Leben. Rache! Denn plötzlich war ihm durch den Kopf geschossen, dass der Araber die Sprengladung in Klaras Slip gar nicht deaktiviert hatte. Er hatte ihr den Slip einfach zerrissen.

Das kleine schwarze Gerät war aufs Bett gerutscht, ohne zu explodieren. In diesem Augenblick hatte Georg von Hohenstein mit Entsetzen erkannt, dass dieses Gerät eine Attrappe war. Mehr nicht. Und von diesem Moment an wollte er wieder leben – leben, um sich zu rächen.
Mit diesem Hass, mit dem unbändigen Wunsch zu töten, raste er nun in seinem Range Rover hinter den Männern her. Er hoffte, dass er sie einholen würde, bevor die von ihm telefonisch alarmierten Polizisten auftauchten.
»Ich töte dich – ich töte euch!«, schrie er erneut. Dann sah er hinter der nächsten Kurve die beiden Fahrzeuge. Keine dreihundert Meter entfernt. Sie fuhren waghalsig schnell, aber er war schneller. Der Range Rover schlidderte bedrohlich aus der Kurve heraus über den Grünstreifen am Fahrbahnrand. Das Allradfahrzeug fing sich und schoss talwärts. Die Fahrzeuge vor ihm gerieten plötzlich ins Schlingern, blieben abrupt fast quer auf der schmalen Straße stehen. Er sah die Reifen qualmen. Dann sah er die zwei Polizeifahrzeuge, die Straßensperre, sah, wie das hintere Fluchtfahrzeug den Rückwärtsgang einlegte, dann aber wieder scharf bremste, weil der Fahrer wohl den Range Rover hinter sich gesehen hatte.
Erstaunt stellte Freiherr Georg von Hohenstein fest, dass er nicht aufgeregt war. So wie auf der Jagd. Auf der Pirsch war er nie aufgeregt. Er war ein guter Jäger.
Jetzt war er nahe genug an den Fahrzeugen, um erkennen zu können, dass in dem hinteren Wagen, einem BMW, nur ein Mann saß. Davor war das Heck eines japanischen Geländewagens zu sehen. Er ahnte – wusste es plötzlich. In dem BMW saß der schmächtige Araber! Langsam manövrierte er seinen Range Rover seitlich auf die Straße, griff nach seinem Jagd-

gewehr, richtete es auf den hinteren Wagen. Er atmete ruhig durch, visierte über das Fadenkreuz des Zielfernrohrs den Hinterkopf des Mannes am Steuer an. Der Fahrer trug keine Kapuze mehr. Ja, er war es! Groß und klar konnte er das Profil des Mannes sehen. Der Mann in dem anderen Fahrzeug wandte sich jetzt nach hinten, blickte durch das getönte Heckfenster und sah den Range Rover. Freiherr Georg von Hohenstein sah ihn, sah das Gesicht des Vergewaltigers groß, blass und matt inmitten des Fadenkreuzes, sah seine Augen und sah, dass der Araber wusste, was geschehen würde.

Ein Schuss hallte durch das Tal. Kurz, bellend, trocken – tödlich. Der BMW schoss mit aufheulendem Motor über den Straßenrand, überschlug sich am Hang mehrmals und blieb auf dem Dach liegen. Der japanische Geländewagen davor raste davon, querfeldein, über die Wiese in Richtung des Waldrandes.

Es dauerte lange, unendlich lange, bis die nächsten Schüsse durchs Tal hallten, bis die Männer hinter den Polizeifahrzeugen hervorsprangen. Die Polizisten schossen. Aber sie trafen den über die Felder davonrasenden Wagen nur am Heck. Freiherr Georg von Hohenstein folgte dem Fluchtfahrzeug durch das Zielfernrohr hindurch. Er sah die wenigen Einschläge der Polizeikugeln am Heck des Fahrzeugs, wusste, dass die Neun-Millimeter-Geschosse auf diese Entfernung keinen großen Schaden anrichten konnten. Sein Zielfernrohr schwenkte hin zum Fahrerfenster. Er sah einen der breitschultrigen Araber am Lenkrad. Die anderen zwei Männer hatten sich im Fahrzeug weggeduckt.

Sein Zeigefinger tastete nach dem Abzug des Jagdgewehrs. Die linke Schläfe des Arabers am Lenkrad war jetzt mitten im

Fadenkreuz. Aber Freiherr Georg von Hohenstein schoss nicht. Tränen rannen auf das Glas des Zielfernrohrs. Die Silhouette des Fahrers verschwamm vor seinen tränenerfüllten Augen, wurde kleiner und verschwand im Wald.

*

Vor dem Tod hatte Leonardo Frattini keine Angst. Doch dass sein missratenes Leben jetzt in Florenz, fern seiner Heimat Sardinien, enden würde, gefiel ihm nicht. Und es enttäuschte ihn maßlos, dass es so schnell gehen würde. Andererseits, dachte er sich, so schlecht ist es nun auch wieder nicht, als verarmter sardischer Hirte im weltberühmten Palazzo Pitti zu sterben.

Seine allerletzten Gedanken, jene Augenblicke, die zwischen dem erstaunten Blick auf den davonlaufenden Jungen und der Explosion lagen, kreisten daher nicht um das Entsetzen über den Tod. Er hatte in seiner Zeit bei der französischen Fremdenlegion im Krieg in Algerien so viel Totes, tote Menschen, verendete Tiere, leblose Landschaften und abgestorbene Gefühle gesehen, dass ihn das nicht mehr entsetzen konnte.

Vielmehr bereute er in diesen wenigen ihm noch verbleibenden Sekunden seines Lebens, die eine Sache mit seiner Enkelin Francesca nicht geregelt zu haben. Die Kleine sollte sein winziges Landhaus bei San Teodoro auf Sardinien erben. Ebenso wie das Segelboot und die Ersparnisse. Sie sollte alles bekommen. Dieses Vorhaben war mit dem Wissen um die Unabwendbarkeit seines baldigen Todes gereift. Die Entscheidung, seinen Sohn Carlo zu enterben und alles der kleinen Francesca zu vermachen, war gefallen, als er erfahren hatte, dass Carlo bereits mit dem Erbe kalkulierte. Carlo brauchte wieder einmal Geld für eine seiner absurden, seit jeher schon im Ansatz zum Scheitern verurteilten Geschäftsideen, und er stand unter Druck bei seinen Gläubigern. Banken, Freunde und suspekte Geldverleiher. Folglich hatte er sein zu erwartendes Erbe bereits verpfändet. So gesehen wartete Carlo sehnsüchtig auf den Tod seines Vaters. Das wusste Leonardo Frattini. Doch sein Sohn hatte nicht damit gerechnet, dass Leonardo ihm einen Strich durch seine zynische Rechnung machen würde. Er lebte länger als erwartet, denn die Metastasen vermehrten sich langsamer als von den Ärzten prognostiziert. Daher hatte Leonardo Frattini auch geglaubt, noch Zeit genug zu haben für die Änderung des Testaments. Die Schmerzen waren in den letzten Wochen seltsamerweise nicht so grauenhaft wie zuvor. Zwar wuchs der Tumor in der rechten Schädelseite, aber die Schmerzen ließen nach. Das hatte Leonardo zu der fatalistischen Erkenntnis geführt, dass der Tod wohl auch etwas Gutes habe, da mit seinem Herannahen die Schmerzen wichen. Und weil dem so war, hatte er sich bei der Personalabteilung des Palazzo Pitti wieder zur Arbeit gemeldet. Er hatte erfahren, dass man im Palazzo wegen einer Sonderausstellung zusätzliche Mitarbeiter benötigte. Seine Arbeit als Wärter in jenem Gebäudetrakt des Museums, in dem unter anderem die Schätze der Medici ausgestellt waren, machte ihm Spaß. Für Glanz und Glorie dieses italienischen Herrschergeschlechts hatte er sich schon als kleiner Junge begeistert. Die prachtvollen Schätze der Medici im Palazzo Pitti zu bewachen, sah er als ehrenvolle Aufgabe an, auch wenn es manchmal langweilig war, den ganzen Tag durch den linken Flügel des Palazzo zu gehen und zu warten, bis Besucher ihn etwas fragten. Andererseits hatte er seit Monaten ohnehin nichts anderes getan als gewartet. Auf den Tod. Die Arbeit machte das Warten auf das Ende kurzweiliger, und eine Sonderausstellung brachte Abwechslung in seinen Tagesablauf. Daher hatte er sich sehr darauf gefreut, als am heutigen Morgen die Sonderausstellung über Maria de Medici im Palazzo Pitti eröffnet worden war. Aus aller Welt waren prachtvolle Exponate eingetroffen und in den Vitrinen ausgestellt. Unter den Exponaten befanden sich auch viele Gemälde von Michelangelo, der eng mit den Medici befreundet gewesen war. Schon am frühen Morgen hatten sich Besucherschlangen vor dem Palazzo auf der Piazza dei Pitti bis in die Via Guicciardini und auf die Piazza San Felice gebildet. Der Ansturm war überwältigend. Jetzt, am frühen Nachmittag, waren die Salons der zweiten Etage noch immer überfüllt.

Dass du dich freiwillig zur Arbeit gemeldet hast, schoss es ihm in diesen letzten Momenten seines Lebens durch den Kopf, war eine tödliche Entscheidung gewesen. Hätte er weiterhin nicht gearbeitet, würde er noch ein wenig länger leben und hätte Zeit, sich um diese leidige Erbsache zu kümmern.

Das Letzte, was der sechsundsechzigjährige Museumswärter Leonardo Frattini an diesem frühen Novembernachmittag dachte, war, dass es eigentlich ein zynischer Seitenhieb des Schicksals sei, von einem ungefähr zwölfjährigen kleinen Jungen getötet zu werden, wo er doch gerade entschieden hatte, seiner ebenfalls zwölfjährigen Enkelin alles zu vererben und der Kleinen damit ein angenehmes Lebens zu garantieren.

Er starrte bei diesem Gedanken auf die graue, von Kinderhand geformte Knetmasse an der linken unteren Ecke der Glasvitrine. Eine kleine Hülse steckte in der Masse, und aus

der Hülse schaute ein blaues Kabel hervor. Das Ganze sah sehr unscheinbar aus, fast so wie die Knetmassen, mit denen er als Kind im Kindergarten von San Teodoro gespielt hatte. Aber er kannte diese Masse mit der Hülse aus dem Krieg und wusste, dass es Plastiksprengstoff war. Vielleicht dreißig Gramm. Das war nicht sehr viel, aber dennoch genug, um die Vitrine aus Panzerglas in Millionen kleine Teile zu zerfetzen. Er sah den Zeitzünder und war sich todsicher, dass irgendjemand hier im Palazzo Pitti gleich auf einen Knopf drücken und die funkgesteuerte Sprengladung zünden würde. Er verstand nur nicht, warum. Denn von den kostbaren Schmuckstücken in der Vitrine, von den unvorstellbar wertvollen goldenen Colliers, Broschen, Armreifen, Haarnadeln und Ringen, den goldenen Insignien des Herrschergeschlechts der Medici und anderer abendländischer Fürsten, würde nichts übrig bleiben. Nur deformiertes Metall, das nichts wert sein würde. Nein, er verstand nicht, was da direkt vor seinen Augen gleich geschehen würde.
Leonardo Frattini hörte wie aus weiter Ferne das unsagbar grelle Schrillen der Alarmanlage, ausgelöst durch die abrupten Bewegungen des Jungen, der sich über die rote Absperrkordel gebeugt und blitzschnell die Knetmasse an die Vitrine geklebt hatte. Er hörte das Hallen der schnellen Schritte des davonlaufenden Jungen auf dem Marmorboden. Er vernahm verwundert murmelnde Besucher, sah erstaunte Gesichter und sah seinen Kollegen Vincenzo aus dem Nebenraum hereineilen. Vincenzo sah wie immer sehr lächerlich aus mit seinem dicken Bauch in der viel zu engen Uniform und mit der leger in den Nacken geschobenen Schirmmütze.
Der sardische Hirte und Exfremdenlegionär Leonardo Frattini sah in diesen Sekunden viel, hörte alles, verstand aber nicht,

was da vor sich ging. Den kleinen, arabisch aussehenden Jungen hatte er zwar kurz beobachtet, als dieser vor wenigen Minuten in den Raum gekommen war. Er hatte irgendwie hilflos ausgesehen, als suche er Rat oder seine Eltern. Mit großen Augen der Begeisterung hatte der Kleine mit dem Unschuldsblick eines Kindes im Ausstellungsraum herumgeschaut und war dann vor der Vitrine, in der rechten Ecke des Salons, nahe dem Fenster stehen geblieben.
Warum sollte man als Wärter im Palazzo Pitti einem Kind Misstrauen entgegenbringen? Ein Kind im Alter seiner Enkelin Francesca würde wohl kaum auf die wahnwitzige Idee kommen, Ausstellungsstücke aus den Königsgemächern, Bilder aus der palatinischen Galerie, Preziosen der Medici oder Gemälde von Michelangelo, der Maria de Medici so wunderschön gemalt hatte, zu stehlen. Zumal das ohnehin schier unmöglich war. Die Alarmanlagen des Palazzo Pitti galten unter Experten als perfekt. Bewegungsmelder, Infrarotsensoren, Überwachungskameras, Panzerglasvitrinen: Nein, jeder Versuch, diese kostbaren Schätze zu stehlen, war zum Scheitern verurteilt. Auch das war ein Grund, warum Leonardo Frattini nicht begriff, was da um ihn herum geschah.
Er ärgerte sich vielmehr ein wenig darüber, dass er wie zu einer Salzsäule erstarrt vor der Vitrine mit dem Plastiksprengstoff stand: unfähig sich zu bewegen, unfähig etwas zu unternehmen. Er fühlte sich so, wie sich ein Soldat fühlt, der auf eine jener Landminen getreten ist, die nicht explodieren, wenn man auf sie tritt, sondern erst dann, wenn der Fuß sich hebt und der tödliche Mechanismus ausgelöst wird.
In solchen Momenten wird einem bewusst, dass es völlig egal ist, was man selbst tut. Man kann nur warten – und hoffen.
Genau so fühlte Leonardo Frattini sich in jenem Moment,

einen Schritt entfernt von der mit Goldschmuck und Edelsteinen so prachtvoll dekorierten Vitrine im Palazzo Pitti, unterhalb des Giardino di Boboli von Florenz.
Die Alarmanlage schrillte noch immer. Irgendwie klang sie erbärmlich mickrig. Sein Kollege Vincenzo stand ebenfalls vor der Vitrine und starrte auf die Knetmasse. Fragend blickte er dem arabischen Jungen hinterher. Dann drehte er sich zu seinem Kollegen um. Leonardo blickte Vincenzo an. Und beide wussten, dass es Sprengstoff war, der jeden Augenblick explodieren würde.

In jenem Moment befand sich der kleine Araber bereits vor dem Fenster rechts neben der Zwischentür. Blitzschnell fuhr seine Hand in die Tasche seines Kaftans, zuckte hervor, streckte sich in Richtung des abgedunkelten Fensters, von dem man ansonsten von der zweiten Etage herab einen wunderschönen Blick über die hinter dem Palazzo liegenden Boboli-Gärten hatte. Der Junge zog seine Hand zurück. An dem mit Panzerglas und Alarmanlagen gesicherten Fenster in der zweiten Etage klebte plötzlich ebenfalls eine graue Masse mit einem kleinen Metallröhrchen darin.
Der Junge rannte los und verschwand durch die Verbindungstür zum Nebenraum.
Bruchteile von Sekunden später war Leonardo Frattini aus dem kleinen Dorf Lu Fraili in Sardinien, seit fünfzehn Jahren Museumswärter im Palazzo Pitti in Florenz, tot. Glasfragmente der explodierenden Vitrine trennten seinen Kopf ab. Die zweite Detonation am Fenster schleuderte seinen Rumpf quer durch den Raum, neben eine japanische Touristin. Sie war jung und sehr schön. Auch sie war tot.
Leonardo Frattinis Kollege Vincenzo lebte noch, weil er sich

nicht über die Vitrine gebeugt, sondern sich auf den Boden hatte fallen lassen. Ihm fehlte nur der rechte Arm.

Die Alarmanlage schrillte nicht mehr, dafür schrien die Menschen umso mehr. Überall war Blut und Glas und Gold. Ein wunderschönes Diadem mit vielen blau und rot funkelnden Steinen lag nahezu unbeschädigt auf einer toten dicken Frau, die sehr ärmlich gekleidet war. Riesige Gemälde mit goldenen Prunkrahmen hingen zerfetzt von den Wänden herab. Zwischen den kreischend und stöhnend umherirrenden Menschen und inmitten der Trümmer kullerten schöne, bunte Edelsteine auf dem Marmorboden herum. Deformiertes Geschmeide türmte sich zu kleinen Haufen auf. Dutzende haselnussgroße Perlen rollten wie Murmeln durch den Raum. Ohne Fassung sahen sie irgendwie wertlos aus.

Der Museumswärter Vincenzo di Lucca lag am Boden und fühlte nichts. Sein zweiter Arm baumelte ziemlich skurril an seinem Oberkörper. Seine Beine waren seltsam verdreht. Er fühlte sich wie tot, aber er lebte. Und daher konnte er am Boden liegend sehen, dass der arabische Junge plötzlich wieder da war. Der sehr unschuldig aussehende Knabe wühlte zielstrebig in dem Schutt herum und fingerte aus dem Schatzmüll einen walnussgroßen, schön geschliffenen gelblichen Stein hervor. Vincenzo di Lucca wusste, dass es ein Brillant war. Er war erst vor wenigen Tagen als Leihgabe eines Privatsammlers nach Florenz gekommen. Ein berühmter Brillant: der in Form eines Pfirsichkerns geschliffene Große Sancy. Kardinal Mazarin hatte ihn einst König Ludwig XIV. geschenkt. Maria de Medici trug ihn vor dreihundert Jahren besonders gerne zusammen mit dem Kleinen Sancy und dem Florentiner.

Der arabische Junge hielt den funkelnden Edelstein hoch,

begutachtete ihn vermeintlich wissend, schritt zum zerborstenen Fenster, lehnte sich über die Brüstung und winkte irgendjemandem auf dem Lieferantenparkplatz am Ende der Via de Bardi zu. Bedächtig griff der Junge unter seinen Kaftan, zog eine Steinschleuder mit schwarzem Gummizug und lederner Lasche hervor, legte den Großen Sancy ein, zog die Schleuder und katapultierte den Brillanten aus dem Fernster hinaus und hinab in den Park vor dem Palazzo Pitti. Dann setzte sich der Kleine mit dem Rücken zur Wand auf den Boden, ließ die Steinschleuder fallen und schaute hinüber zu Vincenzo. Es sah nicht so aus, also tue ihm der Museumswärter, der nur noch einen Arm hatte, Leid. Den Anblick des toten Leonardo Frattini, aus dessen Torso noch immer Blut im abflachenden Rhythmus des Herzens hervorquoll, vermied er jedoch.

2. Kapitel

Das Telefon klingelte, kaum dass Marie-Claire de Vries ihr Büro betreten hatte. Sie schaute auf die Uhr. Punkt neun. Die Durchwahlnummer auf dem Telefon-Display zwang ihr einen Fluch auf die Lippen.

»Merde, was will die Sicherheitsabteilung aus London schon so früh am Montagmorgen ...?«

Missmutig griff sie nach dem Hörer. Nur wenige Minuten später wusste sie, warum Francis Roundell sie angerufen hatte. Vier kurze Sätze hatte der für internationale Sicherheitsfragen im Auktionshaus Christie's zuständige Deputy Chairman im Direktorium der Zentrale in London ihr am Telefon gesagt.

»Sorry, Marie-Claire, aber Ihr Urlaub ist tatsächlich zu Ende! Ich bin zum Lunch bei Ihnen in Wien. Lassen Sie alle anderen Termine streichen. Bestellen Sie für halb eins einen ruhigen Tisch im Landtmann.«

Warum Francis jedes Mal, wenn er nach Wien kam, in dieses ihrer Meinung nach an wienerischer Arroganz, ewiggestrigem K.u.k.-Dünkel und Biedermeiermobiliar erstickende

Café wollte, war ihr schleierhaft. Das mit Kirschbaumholz getäfelte, grauenhaft enge und dennoch permanent überfüllte Lokal neben dem Burgtheater war ihr persönlich zuwider. Manchmal glaubte sie, Francis beharre nur auf diesem Café als Treffpunkt für dienstliche Gespräche, weil er hier all seine Vorurteile gegen die ihm nicht sonderlich sympathischen Wiener bestätigt bekam. Er mochte Österreich, aber die Wiener mochte er nicht. Vielmehr schien er geradezu auf eine Gelegenheit zu warten, seine Aversionen gegen den arrogant-wienerischen Dünkel kundzutun. Dafür war das Café Landtmann ein idealer Ort. Dort traf sich jenes Wien, das gesehen werden wollte und im Bewusstsein lebte, gesehen werden zu müssen. Die Nähe zur Hofburg, zum Rathaus und die unmittelbare Nachbarschaft zum Burgtheater zog die vermeintliche Hautevolee der Stadt an wie Honig die Bienen.

Auch an diesem sonnigen Novembermittag war die Terrasse des Cafés überfüllt. Wie überall in der Stadt hatte der extrem milde November die Kaffeehausbesitzer veranlasst, Tische und Stühle draußen stehen zu lassen. Marie-Claire blieb einen Moment stehen, warf einen Blick über die Schar der Besucher. An einem Tisch saß ein ihr oberflächlich bekannter Feuilleton-Journalist der *Kronenzeitung*. Die Frau neben ihm war sehr dick und hatte sich wie ein Pfau aufgeplustert. Irgendwie war ihr anzusehen, dass sie am Abend zuvor im Burgtheater auf der Bühne gestanden hatte. Sie tat sehr wichtig, was sie aber offensichtlich nicht war, denn der verschwitzte Kellner mit dem pomadigen Haar und jener eigentümlichen, Wiener Kellnern scheinbar angeborenen Borniertheit ignorierte ihr Winken. Stattdessen ließ er einer alten Frau mit nur noch wenigen grauen Haaren auf dem Kopf über drei

Tische hinweg ein schleimiges »Grüß Gott, Frau Kommerzialrätin – wie ist das werte Wohlbefinden, gnädige Frau …« zukommen.
Zwei Tische weiter saß eine fürs Landtmann viel zu provokant gestylte Frau in einem sehr weit über ihre Oberschenkel hochgerutschten, hautengen Kostüm. Sie schielte in Richtung eines am Nebentisch Sekt-Orange schlürfenden Beaus mit zartrosa Hemd und einem perfekt dazu passenden, leger über die Schultern gelegten, eierschalfarbenen Pullover.
Marie-Claire lächelte süffisant. Von ihrem Büro in der Herrengasse Nummer 17 bis hierher waren es nur wenige Schritte. Wann immer ihre Zeit es erlaubte, ging sie bei schönem Wetter vorbei am Palais Lichtenstein, weiter zum Café Landtmann und von dort in den Volksgarten. Oder sie schlenderte hinüber in den idyllischen Park vor dem Rathaus, wo sie unter den prachtvollen, uralten Bäumen Zeitung las oder sich auf die Wiese legte und döste.
Marie-Claire schaute auf die Uhr. Es war schon Viertel vor eins. Francis Roundell sollte kurz vor zwölf planmäßig in Schwechat landen. Wahrscheinlich saß er schon im Café. Ihr Blick wanderte noch einmal zu der ein wenig ordinär aussehenden Frau in dem engen Kostüm mit dem waghalsigen Dekolleté. Sie hielt jetzt einen Zigarillo zwischen Zeigefinger und Mittelfinger und wühlte ostentativ in ihrer Handtasche. Der Beau am Nebentisch ahnte offensichtlich, dass sie hoffte, er würde ihr Feuer geben. Er tat ihr den Gefallen nicht. Stattdessen versteckte er sich hinter der Speisekarte, ignorierte die Blicke der Gucci-Schönheit und zeigte nur noch seine perfekt manikürten Finger am Zeitungsrand. Seine braun gebrannten Hände und Unterarme ließen Marie-Claire de Vries erahnen,

dass er zu lange unter der Höhensonne gelegen hatte. In Wien, so hatte sie mit Genugtuung nach der Rückkehr aus ihrem Urlaub am gestrigen Abend erfahren, hatte es in den letzten zehn Tagen fast nur geregnet. Sie schmunzelte vor sich hin und wollte gerade zum Eingang des Cafés gehen, als Francis Roundell mit einem Taxi vorfuhr. Er stieg aus, zog einen kleinen Handkoffer hinter sich aus dem Fond und schritt zielstrebig auf sie zu.

»Marie-Claire«, ließ er seine markante Stimme über die Terrasse hallen, »Sie sehen umwerfend aus! Sie werden immer schöner.«

Die Köpfe von gut zwei Dutzend Gästen auf der Terrasse flogen herum. Marie-Claire de Vries errötete. Francis war ein unverbesserlicher Charmeur, was vielleicht mit seiner französischer Abstammung zu erklären war. Seine Komplimente waren schnörkellos und ehrlich. Was er sagte, meinte er.

»Sie wissen, Francis, dass Sie mich verunsichern, wenn Sie so flirten«, lächelte Marie-Claire de Vries und streckte dem Mann mit den Augen eines Jagdterriers ihre Wange entgegen. Diese braunen, lebhaften Augen waren Francis Roundells Markenzeichen. Jeder bei Christie's nannte ihn deshalb den »Terrier«, denn das war er, zumindest in seinem Beruf als Sicherheitschef: ein Terrier. Gertenschlank, groß gewachsen und mit eingefallenen Wangen wirkte er zwar stets ein wenig kränklich, aber Francis Roundell war unglaublich zäh und beharrlich. Er hatte einen ausgesprochen analytischen Verstand und war ein passionierter Edelsteinexperte. Das hatte ihm den Karrieresprung vom Beamten bei Interpol zum Sicherheitschef im Auktionshaus Christie's ermöglicht. Seit mehr als zehn Jahren leitete er nun die internationale Abteilung für Sicherheitsfragen. Francis war die perfekte Symbiose aus Kunstsachverstand und kriminalistischem Spürsinn, sprach Deutsch und vier andere Fremdsprachen nahezu fließend. Und Francis war ein Gentleman des alten Schlages. Nie gab sich der Endfünfziger einer Frau gegenüber »anlassig«, wie man in Wien sagt. Sie erinnerte sich an ihr erstes Zusammentreffen. Galant und charmant, wie er es stets war, hatte er ihr damals die Tür zum Restaurant aufgehalten und ihr den Vortritt gelassen. Ein wenig verunsichert hatte sie geflüstert: »Das ist sehr nett – aber nicht nötig.«

Daraufhin hatte er lapidar geantwortet: »Meine gute Erziehung, Mademoiselle de Vries, die ich, das sei nebenbei bemerkt, meinen hoch geschätzten Eltern zu verdanken habe, verbietet mir, eine außergewöhnlich attraktive Frau wie Sie anzustarren. Auch wenn es mir meine darwinistisch-soziologisch erklärbare Veranlagung als Mann nahe legt, es zu tun! Da kollidieren dann freilich Gene mit guter Erziehung! Meine Eltern konnten mir bei all ihren gut gemeinten Ratschlägen jedoch nicht vermitteln, wie ich einer Dame die Tür aufhalten kann, ohne ihr beim Passierenlassen auf ihre dem Antlitz abgewandten Körperpartien zu schauen. Der Stillose stiert – und der Gentleman genießt, was an ihm vorbeidefiliert! Sie sehen also, Marie-Claire, eine gute Erziehung ist manchmal der wahre Schlüssel zu den kleinen wie auch großen Erfolgserlebnissen des Lebens.«

Das war Francis Roundell, wie sie ihn kannte. Und er wäre nicht der, den alle bei Christie's schätzten und ihn ob seiner Wortgewandtheit verehrten, hätte er damals nicht noch in seiner köstlichen britisch-überheblichen Manier als Wortspielerei hinzugefügt: »Die niedrigen gallischen und alemannischen Völker vom europäischen Kontinent nennen solche

Gesten der Höflichkeit einer Dame gegenüber ja schließlich nicht ohne Hintergedanken ›rücksichtsvoll‹. Schließlich kann die rückwärtige Ansicht einer Dame den Gentleman aufs Höchste begeistern! Was für ein Glück, dass wir jene barocken Zeiten hinter uns haben, da die Herren an den Türen einen Bückling machten und auf den Boden starrten, wenn eine Dame an ihnen vorbei in den Salon tänzelte. Nichts außer zarten Füßchen und vorbeirauschenden Röcken bekamen die Gentlemen damals als Gegenleistung für ihre Galanterie zu sehen.«

Francis' Humor war grandios. Marie-Claire mochte ihn sehr. Und er war der einzige Mann aus der Zentrale in London, den sie ›herzte‹, wie man die Küsschen auf die linke und rechte Wange in Wien nannte. Doch so unscheinbar der eher schläfrige Sicherheitschef auch aussah und so unkompliziert er sich auch geben mochte, Francis war sehr scharfsinnig. Man durfte ihn nicht unterschätzen.

Am Eingang des Cafés blieb Francis stehen, so wie er das jedes Mal tat. Den vier hölzernen Säulen mit den eingravierten Aphorismen und Sprüchen schenkte er bei jedem Besuch seine besondere Aufmerksamkeit. Immer wieder starrte er auf die Säulen, suchte – und fand.

»Schauen Sie, Marie-Claire! Köstlich, wahrlich ein vortrefflicher Spruch.« Er tippte mit dem Zeigefinger auf die Säule. »Was ist Ehre, ein Wort?«, stand dort geschrieben. Marie-Claire lächelte. Sie wusste, dass Francis jetzt sicherlich eine halbe Stunde laut über diesen Spruch nachdenken und sie mit seinen philosophischen Anwandlungen malträtieren würde.

In dem wie immer gegen Mittag von lärmenden Schauspielern, Künstlern und mehr oder minder hochrangigen Beam-

ten des gegenüberliegenden Rathauses und der nahen Hofburg gefüllten Nobelcafé stank es fürchterlich nach Zigarre und nach frischer Druckerschwärze von den herumliegenden Zeitungen. Der Lärm war unerträglich.
Die weiße Tischdecke in dem reservierten Separee wies hässliche Kaffeeflecken auf. Ein halb volles Glas Wein stand noch auf dem Tisch. Ein Kellner huschte zweimal vorbei, ohne sie eines Blickes zu würdigen. Marie-Claire sah in Francis' Augen, was geschehen würde, als der Kellner schließlich kam.
»Grüß Gott«, nuschelte dieser, blieb im Türrahmen gut einen Meter entfernt von ihrem Tisch stehen und fragte eher missmutig: »Was wünschen die Herrschaften?«
»Die Herrschaften wünschen, dass Sie den lieben Gott tatsächlich freundlich grüßen und ihm von einem britischen Besucher mit einem ausgeprägten Sinn für Ästhetik ausrichten lassen, er möge sich doch freundlichst entweder für braune oder für weiße Tischdecken entscheiden. Diese hier, die weiß-braun getüpfelte im Kaffeeflecken-Look, passt so gar nicht zum Kostüm meiner charmanten Begleiterin! Und falls es nicht der liebe Gott sein sollte, der in Ihrem altehrwürdigen Etablissement für solch schnöde Dinge wie saubere Tischdecken zuständig ist, bitte ich höflichst, die Hausdame zu involvieren.«
Marie-Claire atmete tief durch. Das war der andere Francis! Der Terrier. Wenn er sich an etwas festgefressen hatte, konnten seine verbalen Tiraden wie Bisse schmerzen.
Der Kellner verdrehte ungläubig die Augen. Sein volles Tablett geriet ins Wanken. Er wollte antworten, aber Francis wies ihn in perfektem Deutsch in seine Schranken.
»Es ist zwar sehr nett und fraglos Ausdruck der hinlänglich bekannten österreichischen Gastfreundschaft, dass Sie

mir das Glas mit dem Weißwein von meinem letzten Besuch vor einem Monaten auf dem Tisch haben stehen lassen, Herr Ober, aber meine charmante Begleiterin und auch meine Wenigkeit haben umdisponiert und uns für eine Flasche Ihres köstlichen Wachauer Federspiel-Rieslings entschieden.«

Marie-Claire glaubte für Momente, der Oberkellner würde wagen, das zu sagen, was er offensichtlich auf der Zunge hatte. Doch der Dickbäuchige räusperte sich nur kurz, schluckte konsterniert, räumte das Glas und die zerfledderten Zeitungen ab und murmelte im Weggehen ein halbherziges »'schuldigen's! Selbstverständlich, wie die Herrschaften wünschen …«

Francis Roundell würdigte den Kellner keines Blickes mehr, wühlte stattdessen in seinem Aktenkoffer, zog einige Dokumente und Zeitungsausschnitte hervor und lächelte Marie-Claire an.

»Teuerste, erzählen Sie, wie war Ihr Abenteuerurlaub? Mit Verlaub gesagt: Erholt sehen Sie nicht gerade aus, was mich nicht sonderlich wundert. Wer durchquert schon freiwillig in einem holprigen Geländewagen die Wüste und nächtigt, umlauert von skrupellosen, wahrscheinlich sogar lüsternen Arabern, in einem Schlafsack unter freiem Himmel, verzehrt verschimmelte Lebensmittel aus Dosen und …«

»Ach, Francis«, lachte Marie-Claire de Vries lauthals los. »Sie sind und bleiben ein unverbesserlich dekadenter Zivilisationsfanatiker. Ich habe nicht die ägyptische Wüste durchquert, sondern nur die Oase Fayoum besucht. Und das auch nicht im Geländewagen, sondern in einem klimatisierten Bus – begleitet von sehr gebildeten und netten ägyptischen Reiseleitern.«

Kaum, dass Marie-Claire ihrem Sicherheitschef ein wenig von

ihrem Urlaub in Ägypten erzählen wollte, änderte sich dessen Ton jedoch. In Bruchteilen von Sekunden schwenkte Francis von der erwarteten jovialen Plauderei auf eine berufliche Unterredung um.

»Da Sie ja tunlichst auf die Mitnahme Ihres Handys im Urlaub verzichten und, wie mir bekannt ist, jeglichen Kontakt zur Außenwelt während Ihrer Urlaube verweigern, werden Sie wohl kaum die Zeitungen gelesen haben, Marie-Claire, oder?«

»Nein, Zeitungen habe ich zwei Wochen lang nicht gelesen. Und auch keine Nachrichten gehört oder gesehen. Im Urlaub bin ich weg, weg von zu Hause und weg vom Job. Nur so kann ich wirklich entspannen. Ich bin erst gestern spät am Abend zurückgekommen. Was ist denn so Wichtiges geschehen, dass Sie mich gleich am ersten Tag besuchen?«

»Gestern früh wurde einer unserer renommierten Kunden auf seinem Schloss in Bayern überfallen, beraubt – und seine Frau vergewaltigt. Die Täter haben einen der berühmtesten Diamanten des Abendlandes entwendet – und zwar nur diesen einen Diamanten: den Kleinen Sancy!«

Marie-Claire de Vries starrte den Sicherheitschef ungläubig an.

»Das ist ja grauenhaft. Sie sprechen von Freiherr von Hohenstein und seiner Frau?«

»Ja, Marie-Claire. Was da geschehen ist, ist grauenhaft. Es waren sehr brutale Täter. Und sie wussten ganz genau, was sie wollten. Weder Bargeld noch andere Wertsachen haben sie geraubt. Dabei hätten sie Schmuck für gut acht Millionen Euro mitnehmen können. Ihr Interesse galt jedoch nur einem einzigen Brillanten – dem Kleinen Sancy!«

»Die haben Schmuck im Wert von acht Millionen Euro nicht angetastet? Das ist aber höchst sonderbar!«

»Sie sagen es, Marie-Claire, Sie sagen es. Aber es kommt noch verrückter! Nur wenige Stunden später wurde eine Vitrine im Palazzo Pitti in Florenz in die Luft gejagt.«
»Was?« Maria-Claire schüttelte entsetzt den Kopf und starrte ihren Sicherheitschef an. »Da ist doch an diesem Wochenende die wunderbare Ausstellung über Maria de Medici eröffnet worden. Ich wollte eigentlich zur Eröffnung nach Florenz fliegen.«
»Seien Sie froh, dass Sie es nicht getan haben. Es gab drei Tote bei der Sprengung der Schmuckvitrine: einen Museumswärter und zwei Besucherinnen. Der Sprengstoff hat zwei Salons sowie unschätzbare Preziosen und wertvolle Gemälde zerstört. Aber es wurde nur ein Schmuckstück geraubt – der Große Sancy!«
Marie-Claire de Vries war sprachlos. Während Francis Roundell sie ausführlich über die dramatischen Geschehnisse informierte und ihr Zeitungsausschnitte mit Bildern von den beiden Tatorten in Florenz und Bayern vorlegte, überschlugen sich ihre Gedanken. Die Brutalität, mit der die Täter vorgegangen waren, schockierte sie. Das Motiv war ihr völlig rätselhaft. Doch im Moment war Marie-Claire mehr damit beschäftigt, dass nur die Verschiebung ihrer Urlaubsreise nach Ägypten ihre Anwesenheit bei der Eröffnung der Ausstellung verhindert hatte. Der Gedanke, dass sie nur durch Zufall nicht auch Opfer dieses Sprengstoffanschlages geworden war, schlug ihr auf den Magen. Dein Karma! Ja, es ist dein Karma gewesen, das dich an diesem Tag weg von Florenz nach Ägypten geführt hat. Sie erinnerte sich der Worte ihrer Freundin, die sich seit langem mit vermeintlich göttlichen Fügungen, mit Schicksalsfragen und astrologischen Themen beschäftigte. »Der Fluss der Dinge, des Lebens ist vorgegeben«, sagte sie stets und meinte,

dass es völlig sinnlos, kaum mehr als Ausdruck menschlicher Verzweiflung sei, zu versuchen, auf die wirklich großen, bedeutsamen Geschehnisse des Lebens Einfluss zu nehmen. Francis Roundells Worte rissen sie aus ihrer Nachdenklichkeit. Er klang ungewöhnlich angespannt.

»Die beiden Raubüberfälle, Marie-Claire, sind eine Sache. Weswegen ich zu Ihnen nach Wien gekommen bin, ist jedoch eine ganz andere. Ich bin mir nämlich ziemlich sicher, dass es einen direkten Zusammenhang zwischen diesen beiden spektakulären Aktionen und gewissen Geschehnissen bei uns im Auktionshaus gibt.«

Marie-Claire blickte ihn fragend an. »Das verstehe ich nicht, Francis.«

»Vor einigen Monaten tauchten innerhalb von drei Wochen zwei Männer bei uns in der Zentrale auf, die sich beide für eine unserer Auktionen in Genf im Jahre 1981 interessierten. Im Versteigerungskatalog wurde damals auf Position siebenhundertzehn ein Diamant mit hundertsiebenunddreißig Karat aufgeführt. Der außergewöhnlich schöne, gelbliche Stein war uns von dem Verkäufer anonym über ein Anwaltsbüro offeriert worden.«

»Hundertsiebenunddreißig Karat? Ein gelblicher Diamant?«, unterbrach Marie-Claire ihn. »Das hört sich an, als sprächen wir hier über den Florentiner.«

»Richtig, Sie haben es erraten, Marie-Claire!« Francis Roundell machte keinen Hehl aus seiner Anerkennung für die schnelle Auffassungsgabe und die Kompetenz seiner Kollegin. »Es ging wahrscheinlich tatsächlich um den berühmten Florentiner. Leider wurde das Verkaufsangebot kurz vor der Auktion aus uns nicht bekannten Gründen zurückgezogen. Bilder haben wir nie zu sehen bekommen. Lediglich die Expertise eines renommierten Edelsteinexperten. Wir haben nie wieder etwas von diesem Hundertsiebenunddreißig-Karäter gehört, bis nun plötzlich diese beiden Männer vor einigen Monaten auftauchten und sich für die knapp fünfundzwanzig Jahre zurückliegende Auktion interessierten. Sie sprachen ganz offiziell bei uns vor und baten darum, dass wir ihr Interesse an diesem Hundertsiebenunddreißig-Karat-Edelstein an den Anwalt des damaligen Anbieters weiterleiten.«

»Ein höchst ungewöhnliches Anliegen, nicht wahr?«

»Mehr als ungewöhnlich! Das ist mir in meinen vielen Jahren bei Christie's noch nie passiert. Zumal es bekanntlich zu den unantastbaren Geschäftsprinzipien unseres Auktionshauses gehört, keine Informationen über Käufer beziehungsweise Verkäufer an Dritte weiterzugeben. Die beiden Männer haben uns mit ihrem Anliegen so irritiert, dass unsere Sicherheitsabteilung sofort aktiv wurde. Beide Männer wurden beim Verlassen der Christie's-Zentrale in London heimlich fotografiert. Fingerabdrücke existieren ebenfalls von beiden. Von einem der Männer haben wir ein Autokennzeichen, von dem anderen eine Telefonnummer.«

Marie-Claire de Vries schwirrte der Kopf. Sie war noch keine vierundzwanzig Stunden aus dem Urlaub zurück, hatte bislang keine Gelegenheit gehabt, ihre nicht ganz unproblematische Ägyptenreise und die sich für sie daraus abzeichnenden Konsequenzen für ihr Privatleben zu überdenken und zu verarbeiten, und schon wurde sie von Francis mit einer Flut von Informationen über brutale Raubüberfälle und suspekte Geschehnisse überrollt.

»Sehen Sie es mir bitte nach, Francis«, versuchte sie, ihre Gedanken zu ordnen, »warum erzählen Sie mir all diese Dinge aus dem Jahre 1981? Was hat das mit den Raubüberfällen von gestern zu tun?« Erwartungsvoll sah sie den Sicherheitschef an. Francis Roundell nippte nachdenklich an seinem Wein. Seine Augen glänzten wieder. Mit der linken Hand fuhr er sich durch sein lichtes, ergrautes Haar. Er sprach plötzlich auffallend leise.

»Wenn mich nicht alles täuscht, Marie-Claire, gibt es da eine geheimnisvolle Verbindung zwischen den beiden spektakulären Diebstählen des Kleinen und des Großen Sancy und jenem Diamanten, der 1981 über uns in Genf zur Versteigerung gelangen sollte – also eine Verbindung zu dem Florentiner. Diese drei Diamanten waren vor mehr als fünfhundert Jahren im Besitz eines Mannes: Karls des Kühnen. Er hatte diese Edelsteine von seinem Vater, Philipp dem Guten, geerbt. Er nannte diese Diamanten damals die ›drei Brüder‹, was erahnen lässt, dass es einen mystischen Zusammenhang zwischen diesen Edelsteinen gab. Auch andere Parallelen sind höchst ungewöhnlich: Sowohl Philipp der Gute als auch sein Sohn Karl der Kühne waren Souveräne, also die führenden Köpfe des geheimnisumwitterten Ordens der Ritter vom Goldenen Vlies. Es wurde durch alle Jahrhunderte hindurch immer wieder über eine Verbindung dieses Ordens zum sagenumwobenen Schatz der Templer gemunkelt. Außerdem gibt es da noch eine höchst mysteriöse indische Legende. Demnach sollen drei ungewöhnlich große Diamanten vor langer Zeit als Augen eine riesige Götterstatue geziert haben. Die Legende besagt, dass diese Diamanten als die ›göttlichen drei Brüder‹ über Macht, Erleuchtung und ewiges Leben wachen!«

Marie-Claire de Vries war sich im Klaren darüber, wie verdutzt sie ihren Sicherheitschef anschaute. Und sie war auch mehr als überrascht. Francis war bei all seinem Charme und seiner Neigung zu weit ausschweifenden verbalen Exkursen dafür bekannt, dass er extrem analytisch und emotionslos denken und handeln konnte. Er war ein kühler Kopf, wenn es um seine Aufgabe als Sicherheitschef des weltberühmten Auktionshauses ging, zu dessen Klientel der internationale Hochadel ebenso gehörte wie Multimillionäre und vermögende Neureiche. Francis Roundell konnte sich Gefühle in seinem Job nicht erlauben. Wenn es irgendwo bei Christie's ein Problem gab, wenn die Herkunft oder Echtheit wertvoller Gemälde, Schmuckstücke oder anderer Kunstgegenstände nicht zweifelsfrei waren, wenn die Seriosität oder die Bonität von Kunden überprüft werden mussten oder gar der Verdacht im Raum stand, dass auch nur ein Hauch von Illegalität in Verbindung mit einem Kauf oder Verkauf im Raum stand, waren Francis und seine Leute gefragt. Für sicherheitstechnische Aspekte der Mitarbeiter des Auktionshauses war er ebenfalls zuständig. Die Sicherheitsabteilung operierte extrem verschwiegen, war direkt dem Vorstand des Auktionshauses unterstellt und nur einigen wenigen ausgewählten Personen auskunftsberechtigt. *Was* die Sicherheitsabteilung tat, war ebensosehr strenger Geheimhaltung unterworfen wie die Frage, *wie* sie es taten. Eigentlich, dachte Marie-Claire in diesem Moment, ist die Sicherheitsabteilung wie ein interner Geheimdienst. Niemand wusste, was da in der King's Street im Londoner Stadtteil St. James vor sich ging. Vielmehr kursierte das Gerücht, es gebe außerhalb der Zentrale noch versteckte Büros des Sicherheitsdienstes, so genannte Secret Offices, in denen höchst diffizile Angelegenheiten des Auktionshauses mit größter Diskretion erledigt würden.

Marie-Claire schaute Francis Roundell voller Hochachtung an. Ja, er war ein Perfektionist, wenn es sein musste berechnend und völlig emotionslos. Wenn ein solcher Mann plötzlich anfing, von Legenden und Mythen zu sprechen, musste das einen Grund haben. Sie war sich sicher, dass Francis nicht eigens aus London zu ihr nach Wien gekommen war, um ihr Geschichten aus Tausendundeiner Nacht zu erzählen. Die Gedanken an ihren Urlaub waren verflogen, und ihre ganze Aufmerksamkeit galt dem, was Francis erzählte.

»Francis, Sie nehmen mir das bitte nicht übel, wenn ich sage, dass mich solche Märchengeschichten aus Ihrem Mund höchst nachdenklich machen? Was wollen Sie mir wirklich sagen? Was haben diese Legende von der Götterstatue, die Mär von dem Schatz der Templer, die Ritter vom Goldenen Vlies und diese beiden Raubüberfälle mit dem Auktionshaus Christie's zu tun?«

Der Sicherheitschef wühlte in den mitgebrachten Dokumenten, vertiefte sich für Momente in die Kopie eines Dokuments mit Schriftzeichen, die Marie-Claire de Vries nicht einzuordnen wusste. Dann holte er tief Luft.

»Marie-Claire, mir ist natürlich bewusst, dass sich all das höchst wirr anhört, quasi wie eine Weltverschwörungstherorie. Ja, das weiß ich! Alles in allem sind das tatsächlich höchst verwunderliche Zusammenhänge! Unser Auktionshaus ist es ja gewohnt, dass sich bei wertvollen Edelsteinen und Schmuckstücken Mythen und Fakten zu kaum mehr verifizierbaren Geschichten verquicken. Aber diese Angelegenheit hier ist außergewöhnlich! Wie auch immer: Diese Männer, die bei uns in London vorstellig wurden, leben offensichtlich im Bewusstsein, dass damals in Genf der Florentiner zur Versteigerung gelangen sollte. Sie interessieren sich für diesen Diamanten. Aus welchen Gründen auch immer! Vielleicht gibt es ja sogar eine Verbindung zwischen diesen Männern und den Tätern von Florenz und Bayern. Überlegen Sie einmal,

Marie-Claire. Innerhalb weniger Tage dreht sich auf einmal alles um drei der berühmtesten Diamanten des europäischen Abendlandes: den Großen Sancy, den Kleinen Sancy – und der Florentiner. Diamanten, um die sich unzählige Mythen und Legenden ranken. Der Florentiner ist seit langer Zeit nicht mehr gesehen worden! Genau gesagt, seit zirka 1920! Plötzlich zeigen höchst suspekte Männer Interesse an dem weltberühmten Edelstein und einer Versteigerung, die mehr als zwanzig Jahre zurückliegt. Kurz darauf verschwinden zwei weitere berühmte Diamanten, sie werden geraubt. Solche Zufälle, Marie-Claire, gibt es nicht! Und meine Einschätzung wird vom Christie's Board of Directors in London geteilt. Wir wollen wissen, was da los ist.«
Erneut zog Francis Roundell ein mehrseitiges Dokument aus seinem Aktenkoffer hervor und überflog die Seiten.
»Einer der Männer, die vor einigen Monaten in London Interesse am Florentiner zeigten, war ein Österreicher namens Gregor von Freysing aus Wien. Ein Privatsammler, wie er behauptete. Der andere war ein Araber namens Jilani Resaigni. Er gab vor, für eine arabische Organisation zur Rückführung entwendeter arabischer Kulturgüter zu arbeiten. Und nun, Marie-Claire, kommt die Sensation! Laut der Aussage des Freiherrn von Hohenstein waren alle Täter bei dem Überfall auf ihn und seine Frau Araber! Laut von Hohenstein faselte der Anführer irgenetwas davon, dass der Stein nicht ins Abedland gehöre. In Florenz wiederum wurde einer der Täter festgenommen. Es war ein zwölfjähriger Junge! Ein Araber! Das alles ist kein Zufall, Marie-Claire! Meine Intuition sagt mir, dass es einen Zusammenhang zwischen diesen beiden Männern und den spektakulären Diebstählen im Palazzo Pitti und in Bayern gibt – und damit auch eine Verbindung zum

Florentiner. Irgendwann in nächster Zeit, das ahne ich, wird etwas mit diesem Florentiner-Diamanten auf uns zukommen. Wenn dieser Diamant auf dem Markt auftauchen würde, wäre das eine Sensation. Und es wäre ein unvergleichlicher ideeller wie auch finanzieller Erfolg für Christie's, wenn wir es wären, die diesen Stein versteigern könnten. Sein materieller Wert lässt sich auf nahezu acht Millionen Euro schätzen. Aber sein ideeller Wert als ein von Legenden umrankter Edelstein, der über Jahrhunderte europäischen Königen und Kaisern gehörte, macht ihn unschätzbar und lässt fantastische Dimensionen bei einer eventuellen Versteigerung erahnen. Es ist immer gut zu wissen, Marie-Claire, dass bereits potenzielle Käufer existieren!«

Marie-Claire de Vries bestellte sich bei dem nun merklich aufmerksameren, aber nicht gerade sonderlich freundlichen Kellner einen Cappuccino. Es war bereits drei Uhr. Sie war müde und nach dem Urlaub von all diesen Informationen und Thesen überfordert. Francis hatte ihr ein umfangreiches Dossier übergeben, und sie hatte die Unterlagen kurz überflogen. Diese Basisinformationen zeigten ihr, dass der Auftrag außergewöhnlich war. Trotz ihrer Müdigkeit faszinierte sie diese höchst mysteriöse Angelegenheit maßlos.

»Francis, jetzt sagen Sie mir bitte, was ich mit all diesen Dingen zu tun habe. Ich platze ja bald vor Neugier!«

»Ganz einfach, Marie-Claire! Sie sind unsere Expertin für historische Schmuckstücke. Sie sind reiseerfahren, sprechen mehrere Sprachen fließend – darunter auch Arabisch –, und Sie genießen mein Vertrauen. Uneingeschränkt! An diesen drei Diamanten hängt mehr, als wir alle ahnen. Bitte wahren Sie strengstes Stillschweigen über das, was Sie tun. Niemand, Marie-Claire, und ich betone: niemand außer Ihnen und mir darf wissen, wonach Sie suchen. Und absolut niemand darf erfahren, dass wir in unseren Unterlagen Informationen zu dem damaligen Auktionsanbieter von Genf, dem vermeintlichen Besitzer des Florentiners haben. Niemand! Es könnte sein, dass dieser Besitzer in großer Gefahr schwebt, weil gewisse Leute wissen, warum diese drei Edelsteine irgendwie zusammengehören. Diese mysteriösen ›drei Brüder‹ oder, wie die indische Legende sie tituliert, die ›göttlichen drei Brüder‹, bergen ein Geheimnis in sich. Marie-Claire, finden Sie heraus, was es ist …«

3. Kapitel

Commissario Franco Manzoni war außer sich vor Wut. In wenigen Sekunden entlud sich all seine Frustration aus den zurückliegenden fünfunddreißig Dienstjahren. »Porca miseria«, presste er hervor, sprang mit hochrotem Kopf und blitzenden Augen vom Stuhl hoch und schritt wild mit den Händen gestikulierend durch sein Büro hin zum Fenster. Laut und schnell atmend starrte er für Momente hinunter auf die Straße, drehte sich dann abrupt um und blickte Staatssekretär Alberto Pellini aus dem Justizministerium mit unverhohlener Verachtung an.

»Bei allem gebotenen Respekt, Herr Staatssekretär: Was Sie fordern, ist ein Unding, ein Skandal! Das ist eines Rechtsstaates nicht würdig! Seit fünfunddreißig Jahren bin ich nun im Dienst, und wenn es das Letzte ist, was ich vor meiner anstehenden Pensionierung tun werde: Das werde ich mit allen mir zur Verfügung stehenden Mittel zu verhindern wissen! Mit mir, Herr Staatssekretär, ist das nicht zu machen – basta!«

Der Staatssekretär schien völlig unberührt von den Worten des Kommissariatsleiters. Hinter seiner dickglasigen Nickelbrille blickte er mit grenzenloser Arroganz den noch immer aufgebracht in seinem Büro auf und ab laufenden Commissario an. Er kannte Franco Manzoni seit vielen Jahren. Ein exzellenter Kriminalbeamter, der sich in den Hochzeiten der Roten Brigaden in den siebziger Jahren bei einem Sonderkommando in Rom einen hervorragenden Ruf als Terroristenfahnder erworben hatte. Aber das lag nun schon viele Jahre zurück. Seit der Commissario aus privaten Gründen als Kommissariatsleiter für Eigentumsdelikte nach Florenz versetzt worden war, war es ruhig geworden um den legendären Terroristenfahnder. Nein, aus dem einst mit höchst unkonventionellen Mitteln unglaublich effektiv und erfolgreich agierenden schlanken Terroristenjäger war ein dickleibiger, träger Pensionist geworden. In sechs Monaten würde er aus dem Dienst ausscheiden, und daher war sich Staatssekretär Pellini sicher, dass dieser cholerische Anfall des Commissario nicht lange anhalten würde. Außerdem war Manzoni weisungsgebunden. Der Innenminister hatte entschieden, dass der arabische Junge abgeschoben werden würde. Daran konnte Commissario Manzoni kaum etwas ändern.

»Franco«, suchte er den aufgebrachten Kriminalbeamten zu besänftigen, »Sie sprechen von Rechtsstaatlichkeit, führen sich selbst aber auf wie ein Ignorant, dem jegliches Feingefühl für das Recht fehlt! Unsere Gesetze sagen nun einmal unmissverständlich, dass ein zwölfjähriges Kind nicht strafmündig ist. Das vorläufige Gutachten unseres Psychologen attestiert diesem kleinen arabischen Knirps einen IQ, der eher im Grenzbereich zum Schwachsinn angesiedelt ist. Der wird nicht einmal nach dem Jugendstrafrecht verurteilt werden können! Wollen Sie ein Kind, das, mit Verlaub gesagt, auch noch blöde ist, ins Gefängnis sperren?«

»Dieses angeblich blöde Kind hat drei Menschen umgebracht!«, fauchte Commissario Manzoni ungehalten. »Es ist ein kleiner, abgerichteter Killer!«

»Ohne jegliches Unrechtsbewusstsein ...«, unterbrach ihn der Staatssekretär.

»Quatsch, absoluter Quatsch ist das«, echauffierte sich Franco Manzoni. Er spürte, dass er in der Stimmung war, seinen ganzen angestauten Unmut rauszukotzen. Diesen aufgeblasenen Staatssekretär mit seinem Hühnerhabichtgesicht mochte er sowie nicht. Ihm war heute alles egal. In sechs Monaten würde er pensioniert. Jetzt war die Zeit gekommen, zu sagen, was er zu sagen hatte. »Dieser arabische Knirps ist genauso wenig unschuldig, wie es jene Kinder sind, die in Palästina mit Stein- und Metallschleudern israelische Polizisten beschießen und schwer verletzen, Molotow-Cocktails werfen – und dann hinterher von der palästinensischen Propaganda in den Medien weltweit als arme, unschuldige, von brutalen israelischen Soldaten geschundene Kinder präsentiert werden!«

»Ich bitte Sie, Franco ...«, wollte der Staatssekretär den in Rage geratenen Beamten unterbrechen. Aber Franco Manzoni fühlte sich plötzlich ungemein wohl bei dem, was er sagte.

»Dieser junge Bursche, der einen Museumswächter und zwei Besucherinnen im Palazzo Pitti in die Luft gejagt hat, ist genauso wenig unschuldig, wie es jene Kinder sind, die von Djihad-Fanatikern ausgebildet werden, mit Sprengstoffgürteln um den Bauch Zivilisten zu töten. Das sind keine Kinder, verdammt, das sind junge Menschen, die in einer von abgrundtiefem religiös-fundamentalistischem Hass geprägten Welt aufwachsen. Nach Jahren gezählt sind es

Kinder. Richtig! Aber es sind Täter, die genau wissen, was sie tun, weil alle anderen Menschen in diesen Regionen es ohne jegliches Unrechtsbewusstsein auch tun. Und deswegen ist es für sie legitim, zu verletztten, zu töten – bei vollem Bewusstsein, dass sie töten. Wenn eines von diesen, wie Sie sagen, Kindern in einem fundamentalistischen, nach den Rechtsprinzipien der Scharia regierten Land eine ähnliche Straftat begehen würde, träfe es die geballte Macht der Gnadenlosigkeit Allahs, Herr Staatssekretär! Einem Kind, das dort klaut, wird die Hand abgehackt. Wenn es zu jung ist, das Kind, wird seinem Vater die Hand abgehackt! Denn er ist es, der verantwortlich ist für das Tun seines leiblichen Zöglings. So ist das mit der Rechtsstaatlichkeit in anderen Ländern!«

Staatssekretär Pellini hätte gerne gesagt, dass vieles stimmte von dem, was Commissario Manzoni sagte, aber das durfte er nicht. Seine Direktiven aus dem Justizministerium waren eindeutig und nicht zu diskutieren. Verlegen räusperte er sich.

»Das unterscheidet eben Rechtsstaatlichkeit in Europa von jener in den von Ihnen benannten Ländern. Für unsere moralisch-ethischen Werte und die daraus resultierenden Rechtsprinzipien hat das christliche Abendland jahrhundertelang gekämpft. Franco, wollen Sie, dass wir zurück in die Zeiten der Barbarei, diktatorischen Unrechtssysteme und despotischen Willkürherrschaft fallen?«

»Das ist absurd, Herr Staatssekretär, völlig widersinnig, was Sie da fragen. Natürlich will ich das nicht! Aber es kann auch nicht sein, dass aus jenen Ländern, die sich unseren Rechtsprinzipien nicht verpflichtet fühlen, dass aus solchen Ländern vermeintliche Kinder von ihren Vätern und Verwandten nach Italien geschickt werden, hier Straftaten begehen, bandenmäßig organisiert klauen, mit Rauschgift handeln – oder, wie jetzt im Palazzo Pitti, Menschen mit Sprengstoff in die Luft jagen, um dann als arme, unschuldige Kinderlein völlig straffrei wieder nach Hause geschickt zu werden. Das unterhöhlt unser Rechtsprinzip, degradiert unsere Kriminalbeamten zu Witzfiguren! Es macht mich und die Menschen dieses Landes zu recht- und hilflosen Hampelmännern – machtlos gegenüber jenen, die unsere demokratischen Prinzipien für ihr Tun skrupellos ausnutzen. Das, Herr Staatssekretär, kann nicht sein!« Der Commissario holte tief Luft, wandte Alberto Pelini demonstrativ den Rücken zu, schaute aus dem Fenster und sprach weiter. Diesmal jedoch sehr ruhig.

»Politische Entscheidungen wie die Erweiterung der Europäischen Union sind eine wunderbare Sache. Ohne Frage. Aber seit die EU wächst wie ein gutartiges Geschwür, ist die Diskrepanz zwischen dem, was in Brüssel oder Rom entschieden wird, und dem, was wir von der Exekutive draußen auf der Straße mitmachen müssen, zu einem kaum mehr zu bewältigenden Problem mutiert. Zehntausende Flüchtlinge strömen aus Nordafrika und vom Balkan nach Italien. Sie wissen selbst, wie dramatisch die Situation in den Auffanglagern ist! Ein nicht unerheblicher Prozentsatz jener, die da als Flüchtlinge kommen, sind kriminelle Elemente. Die kommen, weil sie hier in wenigen Monaten durch Diebstahl und andere Delikte nicht nur das Geld für die Passage auf den Schiffen professioneller Menschenschmuggler zurückzahlen können. Nein, die verdienen durch kriminelle Aktivitäten hier so viel Geld, wie sie in ihren Heimatländern im ganzen Leben nicht in die Hände kriegen würden. Angst vor dem

Gefängnis? Pah, die lachen sich schief. Ein italienisches Gefängnis ist für die ein Drei-Sterne-Hotel mit Vollpension! Angst vor Abschiebung? Nein, haben sie nicht. Sie kommen einfach wieder. Bulgarische Kinderbanden machen die Bahnhöfe Italiens unsicher. Albanische Kinderbanden sind die Straßendealer und Kuriere internationaler Heroin- und Kokaingangs. Die Kids sind manchmal erst zehn Jahre alt! Nehmen wir eins von ihnen fest, sind sie strafunmündig und dürfen nicht einmal verhört werden! Abgeschoben werden können sie auch nicht. Ihre Eltern sagen ganz einfach, dass es Ihnen Leid tut, was ihre Zöglinge da anstellen. Zwei Wochen später sind die Jungen und Mädchen wieder auf der Straße – wo sie hingeschickt werden! So wie dieser angeblich marokkanische Junge mit dem geradezu lächerlichen Namen Ibrahim Moulay Idriss! Das ich nicht lache!«

»Was ist mit diesem Namen?«, unterbrach Alberto Pellini ihn.

Commissario Franco Manzoni lächelte süffisant. »Es ist der Name einer marokkanischen Stadt, die Grabstätte von Idriss I. – also so was wie eine Pilgerstätte! Diese Leute erlauben sich, uns zu verarschen. Sie schicken uns ein Kind, einen Killer mit dem Namen eines vor Hunderten von Jahren verstorbenen marokkanischen Heiligen. Allein das, Herr Staatssekretär, diese maßlose Provokation wäre früher für mich Grund genug gewesen, mich wie ein Spürhund auf die Fährte dieser Leute zu heften. Aber das werde ich wohl nicht mehr tun. Ich denke, in Anbetracht der Tatsache, dass übergeordnete staatliche Interessen, wie es so schön heißt, in diesem Falle jegliche polizeiliche Ermittlungen unterbinden, werde ich wohl die nächsten sechs Monate bis zu meiner Pension fürchterlich krank werden. Ja, ich werde krankfeiern. Das heißt, eigentlich bin ich es schon.«

»Finden Sie nicht, dass Sie ein bisschen pathetisch sind«, versuchte Staatssekretär Pellini die extrem angespannte Stimmung ein wenig zu entkrampfen. Doch mit seiner Bemerkung erreichte er genau das Gegenteil. Der Commissario wirbelte herum, ging auf den Staatssekretär zu, schüttelte den Kopf und lachte hämisch.

»Wer diesen Jungen geschickt hat oder ihn vielleicht sogar durch Erpressung gezwungen hat, die beiden Sprengstoffpäckchen anzubringen, war ein Profi – ein eiskalter, skrupelloser Profi. Und wenn mich nicht alles täuscht, wenn mich nicht meine zwanzig Jahre Erfahrung in der Terroristenfahndung täuschen, dann waren das Terroristen. Arabische Terroristen! Denn über eins sind wir uns ja wohl alle im Klaren: Die Täter von Bayern und jene vom Palazzo Pitti sind ein und dieselben Leute. Da wette ich meine Pension drauf! Ich weiß nur noch nicht, wie diese Dinge wirklich zusammenpassen. Aber ich will es jetzt auch nicht mehr wissen.«

Staatssekretär Alberto Pellini schluckte betroffen. Er musste dieses in Grundsatzdiskussionen ausartende Gespräch kraft seiner Autorität abrupt beenden. Und er wollte es auch beenden, denn ihm war klar geworden, dass Franco Manzoni Recht hatte. Der Commissario lag mit seiner Einschätzung, dass arabische Terroristen in die Vorfälle verwickelt waren, genau richtig. Im Innenministerium sah man das ganz genauso, und daher hatte sich der italienische Geheimdienst längst mit dem deutschen Bundesnachrichtendienst in Verbindung gesetzt.

Bedeutungsvoll zog Pellini ein Dokument aus seinem Aktenkoffer hervor. »Wie auch immer, Commissario Manzoni. Der Innenminister hat befunden, dass der zwölfjährige Ibrahim Moulay Idriss in Abstimmung mit dem Botschafter des

Königreichs Marokko wegen Strafunmündigkeit und verminderter Schuldfähigkeit abgeschoben wird. Man wird ihn heute gegen sechzehn Uhr einem Bevollmächtigten der Botschaft übergeben. Der Junge darf bis dahin weder polizeilich noch staatsanwaltlich befragt werden.«
Mit sehr leiser Stimme wandte Alberto Pellini sich zu Franco Manzoni. »Ich weiß, dass Sie Recht haben, Franco. Ich weiß es! Aber das ist nun einmal das italienische Recht, das Gesetz. Es ist ein Kind. Wir handeln nur nach Recht und Gesetz.«

Gegen fünfzehn Uhr verließ Commissario Franco Manzoni sein Büro. Als er über den Flur zum Treppenaufgang des Polizeipräsidiums ging, trug er keine Dienstwaffe mehr. Er hatte sie seinem Vorgesetzten wortlos auf den Tisch gelegt und sich krank gemeldet.
»Nein«, murmelte er am Haupteingang vor sich hin, »hier wird nicht nach Recht gehandelt – nur nach dem Gesetz. Recht und Gesetz sind zwei verschiedene Paar Schuhe an den Füßen einer den aktuellen Geschehnissen hinterherhinkenden Nation.«
Kaum, dass er den Innenhof des Polizeipräsidiums verlassen hatte, holte er sein Handy hervor und rief eine gespeicherte Nummer an.
»Du hast knapp eine Stunde Zeit«, flüsterte er, »um vier Uhr wird der Junge an die marokkanische Botschaft übergeben. Pass auf dich auf! Noch was, Carlo: ich verlasse mich darauf, dass du mich aus dieser ganzen Sache raushältst.«

*

Freiherr Georg Ludwig von Hohenstein hörte dem für die Haftprüfung zuständigen Richter zwar zu, aber seine Gedanken waren woanders. Wie in Trance hörte er die Stimme seines Rechtsanwaltes.

»Natürlich ist meinem Mandanten bewusst, dass er weder den Schuldausschließungsgrund der putativen Notwehr noch den der Erwiderung auf der Stelle geltend machen kann. Mein Mandant stand zur Tatzeit unter Schock. Er war nach den brutalen Geschehnissen mit seiner Frau nicht zurechnungsfähig. Er ist bereit, die Verantwortung für seine Tat zu tragen. Da Sie sein an Eides Statt niedergelegtes Geständnis haben und bei meinem Mandaten fraglos weder die Haftgründe der Flucht- noch der Verdunkelungsgefahr bestehen, stellen wir hiermit den Antrag, meinen Mandanten gegen Kaution aus der Untersuchungshaft zu entlassen. Er ist ein angesehener, rechtschaffener Mann, Familienvater und seit Jahrzehnten Mitglied dieser Stadtgemeinde. Selbstredend wäre mein Mandant auch bereit, seinen Reisepass abzugeben und sich bis zur Gerichtsverhandlung regelmäßig bei der nächsten Polizeidienststelle zu melden.«

Bei dem Stichwort Reisepass schreckte Freiherr von Hohenstein aus seinen Gedanken hoch. Das wäre schlecht, wenn ich den Reisepass abgeben müsste, schoss es ihm durch den Kopf. Es wird zwar kein allzu großes Problem sein, sich gefälschte Dokumente zu besorgen, sein Geschäftspartner Dimitri in Moskau könnte da sicherlich behilflich sein. Es würde jedoch seine Pläne fraglos sehr erschweren, wenn er sich regelmäßig bei einer Polizeidienststelle melden müsste. Nein, das wäre alles andere als gut. Es war absehbar, dass er längere Reisen unternehmen müsste. Vielleicht in den Nahen Osten, vielleicht nach Nordafrika. Dafür musste er flexibel und mobil sein.

Gespannt starrte er den Richter an. Er kannte Friedhelm Ringmann gut. Seit Jahren spielten sie zusammen Golf und waren beide Mitglieder im Lions Club. Friedhelm schaute ihn an. Ihm war anzusehen, dass ihm die Situation peinlich war. Freiherr von Hohenstein lächelte ihn kurz an und war nicht wirklich überrascht, wie Friedhelm Ringmann, Richter am Landesgericht Sigmaringen, schließlich entschied.
»In Anbetracht der Tatsache, dass Freiherr von Hohenstein sein Geständnis unter Eid bestätigt hat und seitens der Staatsanwaltschaft keine Anhaltspunkte dafür gesehen werden, dass er sich dem Verfahren durch Flucht entziehen wird, ordne ich hiermit an, dass die Untersuchungshaft des Freiherrn Georg Ludwig von Hohenstein gegen Zahlung einer Kaution von einhunderttausend Euro mit sofortiger Wirkung aufgehoben wird.«
Georg von Hohenstein triumphierte innerlich. Nun stand seinem Plan nichts mehr im Wege. Er war auf freiem Fuß. Klara war in der psychiatrischen Privatklinik eines gemeinsamen Freundes gut aufgehoben. Jetzt galt es zunächst, über Freunde bei den Sicherheitsbehörden mehr Details über die Täter und ihre eventuellen Hintermänner in Erfahrung zu bringen. Das würde kein Problem sein. Sein Anwalt hatte Akteneinsicht, auch in die Ermittlungsakten der Kriminalpolizei. Alles Weitere würde er über einen Studienkollegen, der beim bayrischen Innenministerium in leitender Position war, erfahren. Er wollte Rache, Genugtuung! Seit er erfahren hatte, dass der von ihm erschossene Fahrer des BMW keine Narbe am Bauch hatte, folglich nicht der Vergewaltiger gewesen sein konnte, trieb ihn nur noch ein Gedanke an: den Schmächtigen zu finden und ihn zu töten.
Georg Ludwig von Hohenstein wunderte sich noch immer

darüber, dass es nicht der schmächtige Araber gewesen war, dem er laut Polizeibericht in die Schläfe geschossen hatte. Er war sich absolut sicher gewesen, in dem Fahrer des Wagens den Vergewaltiger seiner Frau erkannt zu haben. Ganz egal, dachte er jetzt. Einer ist tot. Er hat es verdient. Einer ist verwundet. Den hatte die Kugel eines Polizisten erwischt. Und den, der Klara vergewaltigt und mich gezwungen hat, dabei zuzuschauen, den Kleinen mit der Narbe auf dem Bauch, den schnappe ich mir ...

Gegen Viertel nach drei wurde Freiherr Georg Ludwig von Hohenstein aus der Untersuchungshaft entlassen und stieg in den Wagen seines Anwalts.

*

Nahezu zeitgleich betrat der Kriminalbeamte Carlo Frattini vom Betrugsdezernat das Zimmer 323 im dritten Stock des Polizeipräsidiums von Florenz. Seine Kollegin Francesca saß auf dem Stuhl in der Ecke des Büros, unmittelbar neben dem vergitterten Fenster. Der kleine Araber hockte zusammengekauert in einer Ecke und starrte ihn an. In dem Trainingsanzug, den man ihm von der marokkanischen Botschaft gebracht hatte, sah er älter aus.

»Ciao, Francesca«, grüßte Carlo. »Der kleine Killer wird gleich abgeholt. Ich dachte, er will vielleicht noch einmal auf die Toilette, bevor er fährt. Ist eine lange Fahrt von Florenz nach Rom. So wie ich die Araber kenne, wird er kaum mit dir auf die Toilette gehen wollen.«

Die Kriminalbeamtin lächelte ihn an. »Was machst du denn hier? Von mir aus, frag ihn, wenn es dir gelingt. Zu mir sagt er keinen Pieps. Aber du kannst ja perfekt Arabisch. Vielleicht muss er wirklich mal. Aber pass auf, dass er nicht aus dem Fenster springt.«

Der Junge starrte den hünenhaften Mann mit der Waffe im Schulterholster ängstlich an.

»Komm mit! Aber versuch nicht abzuhauen. Du kommst hier nicht raus. Außerdem holen dich deine Landsleute gleich ab. Also komm.«

Der arabische Junge wunderte sich, auf Arabisch angesprochen zu werden. Verunsichert lächelnd ging er langsam auf Carlo Frattini zu. Entsetzt schüttelte er den Kopf, als der Kriminalbeamte ihm Handschellen anlegte.

»Dass machen wir hier in Italien immer so mit Mördern«, zischte Carlo Frattini wütend und schob den Jungen vor sich her aus dem Zimmer.

Zwanzig Schritte den Flur entlang nach rechts lag die Herrentoilette. Der Flur war menschenleer. Carlo Frattini öffnete die Tür. Im Vorraum war niemand. Im hinteren Raum mit den vier Toilettenkabinen schien ebenfalls niemand zu sein. Er bückte sich und schaute unter den Türen hindurch. Nein, keiner da! Sein Blick ging zu dem kleinen Fenster an der Stirnwand. Es war nicht vergittert, weil es nur in den engen Luftschacht führte. Hier konnte kein Festgenommener fliehen. Jedenfalls kein Erwachsener. Der Junge starrte ihn an. Angst lag in seinem Blick. Blitzschnell griff Carlo Frattini mit der rechten Hand nach dem Kopf des Jungen, riss ihn herum, zwang ihn mit seinem Körpergewicht auf den Boden, presste seine Hand auf den Mund des sich wild wehrenden Kindes, zerrte mit der anderen Hand eine Rolle Klebeband aus seiner Jackentasche und verband ihm mit wenigen Handgriffen den Mund. Er spürte die große Angst des Jungen unter sich.

»Hör auf zu strampeln«, fuhr er ihn an und drehte ihn auf den Rücken.

Der Junge riss die Augen weit auf. Er hatte Todesangst. Der Kriminalbeamte huschte zur Eingangstür, verriegelte sie von innen und schloss die Zwischentür hinter sich. Der Junge blieb wie paralysiert liegen. Langsam schritt Carlo Frattini an ihm vorbei zum Fenster, öffnete es, packte das schmächtige Kind mit beiden Händen an der Hüfte, wuchtete es mühelos vom Boden direkt an das Fenster und legte den in Handschellen gefesselten kleinen Körper mit dem Bauch auf das Fenstersims, so dass der Kopf des Kindes aus dem Fenster im dritten Stock hinab in den Lüftungsschacht baumelte. Der Junge hörte schlagartig auf zu zappeln. Die Angst, in den engen Schacht hinabzustürzen, lähmte ihn. Carlo Frattini stöhnte unter der Anstrengung und Aufregung.

»Du hast meinen Vater getötet. Ihr habt meinen Vater getötet! Er war ein gutmütiger Mann, ein kranker alter Museumswärter, der es verdient hätte, friedlich zu sterben und nicht in die Luft gesprengt zu werden …«

Der Junge schluchzte. Carlo Frattini empfand kein Mitleid. Stattdessen zuckte er kurz mit beiden Händen, als wolle er das Kind hinabstoßen. Doch er zog den Jungen wieder zurück, ließ ihn auf den Boden gleiten und drehte ihn auf den Rücken. Er erschrak ein wenig, als er die Todesangst in den Augen des Kindes sah.

»In meiner Heimat Sardinien gilt unter sardischen Hirten seit jeher das Gesetz der Vendetta: Auge um Auge, Zahn um Zahn. Tötest du meinen Vater, töte ich dich oder deinen Vater – oder deine Brüder. Ich bin Polizist. Kein besonders guter, nein. Ich habe schon gestohlen, und ich habe schon betrogen. Sarden sind arm. Sie waren es immer. Auch ich war arm, ein Hirte, als Kind so dünn und so unschuldig, wie du es einmal warst. Arm geboren – und arm wäre ich krepiert, aber ich wollte nicht arm sterben. Deswegen habe ich Dinge getan, die ein Polizist nicht tut. Das bereue ich nicht. Aber mein Vater hat mich dafür verachtet. Das ändert jedoch nichts daran, dass ich heute ein sardischer *bandito per causa di honore* sein werde! Ich töte heute als Bandit mit ehrenwerten Gründen, als Sohn meines ehrenwerten alten sardischen Vaters Leonardo Frattini. Er mochte mich nicht sonderlich, aber er war mein Vater. Und du weißt genau, was das für mich bedeutet, denn ihr Araber kennt dieses Denken. Die Ehre der Familie steht über allen irdischen Dingen und Gesetzen. Also töte ich dich – oder den, der dich beauftragt hat, den Sprengstoff anzubringen …«

Der Junge verharrte völlig regungslos. Seine Augen signalisierten, dass er verstanden hatte.

»Ich werde dir jetzt ein Blatt Papier und einen Bleistift geben. Du schreibst mir deinen Namen auf, den richtigen Namen, den Namen deines Vaters, deiner Mutter und deiner Brüder! Hast du verstanden? Ich will die Adresse deiner Familie – und ich will den Namen und alles, was du sonst noch weißt von den Männern, die dich nach Italien geschickt haben. Machst du es, werde ich das Gesetz der Vendetta an den wahren Schuldigen vollstrecken. Ich werde schweigen, wenn du mir alles aufschreibst. Denn auch das gilt auf Sardinien: das Gesetz der Omertá – des ewigen Schweigens. Niemandem werde ich sagen, woher ich meine Informationen habe. Du wirst frei sein, wenn du tust, was ich verlange. Wir auf Sardinien verschonen Kinder und Frauen, aber nur, wenn sie unschuldig sind. Beweise, dass du unschuldig bist. Führe mich zu den Schuldigen, zu den Mördern meines Vaters.«

4. Kapitel

»Wien tower, ambulance 101 for start-up and clearance«, nuschelte Flugkapitän Richard Kristoffs in sein Mikrofon. Die Antwort des Lotsen aus dem Kontrollturm am Flughafen in Wien-Schwechat kam schnell.

»Start-up is approved, please confirm destination«, krächzte die Stimme des Lotsen über den Äther.

»Heading for Rheintal, Switzerland«, antwortete Richard Kristoffs und rückte seine Sonnenbrille zurecht. Wieder war der Fluglotse erstaunlich schnell.

»Ambulance 101, you are cleared for take-off runway 29.«

Vorsichtig schob Richard Kristoffs die beiden Gashebel nach vorne, überprüfte mit routiniertem Blick die Triebwerksdaten, löste die Bremsen und gab vollen Schub.

»V1 – rotate, V2, positiv rate – gear up – !«, murmelte er hinüber zu seinem Copiloten. Steil zog der Learjet in die Wolken, dem Himmel entgegen. Mit dem Ende des Steigflugs löste der Pilot seinen Sicherheitsgurt und atmete tief durch. Glück gehabt, verdammtes Glück gehabt, ging es ihm durch den Kopf. Vor knapp einer Stunde hatte er noch im Autobahnstau auf der Südtangente gestanden und gedacht, dass ihn diese Situation seinen Pilotenjob kosten würde. Er wusste, dass er sich während einer Flugbereitschaft immer nur im näheren Umfeld von Wien bewegen durfte und faktisch innerhalb einer Stunde nach Eingang eines Notrufs startklar sein musste. Die Verkehrsverhältnisse in Wien hatten sich in den Jahren nach der Osterweiterung der EU jedoch so dramatisch verschlechtert, dass gewisse Ausfallstraßen und Autobahnen regelmäßig unter dem Blechlawinen erstickten. Die Südtangente Richtung Graz war am schlimmsten. Am frühen Morgen strömten Heerscharen von Pendlern in die Stadt, am Nachmittag wälzten sich die Blechlawinen wieder stadtauswärts. Ausgerechnet diese Strecke musste er nehmen, um seine Töchter zum Reitunterricht zu fahren. Es waren kaum mehr als vierzig Kilometer von seiner Wohnung im fünften Bezirk zu dem Reitstall, aber die Autobahnbauarbeiten verursachten rund um die Uhr Staus.

Heute hatte er sich über dieses Wissen hinweggesetzt. Schon nach knapp einer halben Stunde Fahrt hatte das Handy geklingelt. Er wurde zum Flughafen beordert: ein Notfall!

Kurz entschlossen war er einfach auf dem Standstreifen zur nächsten Ausfahrt an dem Stau vorbeigefahren. Das war zwar verboten, aber letztendlich war es gut gegangen. Er hatte die Ausfahrt erreicht und war auf der Gegenfahrbahn zurück Richtung Wiener Flughafen gerast. Die Kollegen hatten bereits alle Unterlagen vorbereitet. Das Briefing für die Crew und die Notärztin war kurz gewesen. Jetzt saß er im Cockpit, in knapp einer Stunde würden sie in Rheintal landen. Joachim, sein Copilot, blätterte in den Flugunterlagen. Hinten im Learjet hörte er die Ärztin mit dem Sanitäter sprechen.

»Um was geht es eigentlich genau?«, fragte Richard Kristoffs den Copiloten.
»Ist ein Diplomat, dem bei einem Unfall ein Metallstab in den Bauch gedrungen ist. Allerdings schon vor ein paar Tagen«, antwortete dieser. »Soweit ich es aus den Unterlagen ersehen konnte, möchte er lieber in seinem Heimatland im Krankenhaus behandelt werden. Nichts Ungewöhnliches also, reine Routine.«

Das sah Dr. Ulrike Blagus anders. Die Ambulanzärztin wirkte sehr beunruhigt, als sie knapp eine Stunde später auf dem Flugfeld von Rheintal im Dreiländereck Deutschland-Österreich-Schweiz das Cockpit betrat. Der Patient, nach Krankenunterlagen und Aussehen offensichtlich ein Araber, war vor wenigen Minuten auf einer Trage aus dem wartenden Krankenwagen in den Learjet umgelagert worden. Weil sie gesehen hatte, dass die Wunde unterhalb der rechten Rippen unter dem Verband blutete, hatte sie den Patienten untersucht – und war erschrocken.
»Das ist keine Unfallverletzung«, flüsterte sie Flugkapitän Richard Kristoffs nun zu, »das ist eine Schusswunde! Ist zwar nur ein Durchschuss, aber es ist keine Unfallverletzung!«
»Sind Sie sich sicher?«, fragte Richard Kristoffs leise und schaute die Ärztin erschrocken an. Er kannte sie von früheren Flügen. »Kennen Sie sich aus mit Schusswunden?«
»Ja, und ob ich mich damit auskenne«, antwortete die Ärztin. »Ich war als Ärztin lange Zeit im Balkankrieg. Schusswunden habe ich genug gesehen. Wenn mich nicht alles täuscht, hat der Mann da hinten einen Durchschuss aus einer Neun-Millimeter-Waffe erlitten. Ist glatt durchgegangen. Eine Infektion kann ich nicht diagnostizieren. Nur ganz leichte Blutungen,

die wahrscheinlich durch den Transport bedingt sind. Die Wunde ist relativ gut geheilt, aber wie es in ihm drinnen aussieht, kann ich nicht sagen. Er macht einen ziemlich fitten Eindruck. Daher verstehe ich nicht, warum er mit einem Ambulanzflugzeug ausgeflogen werden muss. Die Wunde wurde professionell versorgt, das zumindest steht fest.«

Flugkapitän Richard Kristoffs blätterte in den Unterlagen, die ihm von den Schweizer Kollegen des Rettungsfahrzeugs übergeben worden waren. Alles war vorschriftsmäßig und komplett. Die Schweizer Sicherheitsbehörden am Flughafen hatten dem Patienten eine Ausreisegenehmigung erteilt. Das ärztliche Dossier war von einem Krankenhaus in Zürich amtlich beglaubigt ins Englische übersetzt und von einem Professor mit arabischem Namen unterschrieben worden. Und dort war ganz eindeutig von einer Unfallverletzung die Rede. Zudem war der Patient ein Diplomat und unterstand somit nicht der Schweizer Jurisdiktion.

Die Sache war ihm suspekt. Aber er sah keine Möglichkeit, den in wenigen Minuten geplanten Start zu verzögern oder gar bei den Schweizer Behörden am Flughafen vorstellig zu werden, zumal ein Beamter des Schweizer Zolls und ein Polizist beim Umladen des Patienten anwesend waren. Nein, nach internationalem Recht konnte er als Pilot eines Ambulanzfluges in einem solchen dubiosen Fall nichts unternehmen. Später, nach der Rückkehr nach Wien, würde er einen Bericht schreiben. Mehr konnte er nicht tun.

Wenige Minuten später startete der Learjet vom Flughafen Rheintal. Als der Schweizer Lotse über Funk um Bestätigung des Zielflughafens bat, hatte Flugkapitän Richard Kristoffs allerdings ein mulmiges Gefühl. Der Zielflughafen beunruhigte ihn ebensosehr wie sein undurchsichtiger Fluggast. Glücklicherweise würde er für die Strecke mit dem Learjet kaum mehr als vier Stunden brauchen.

Was soll's, dachte er sich. Mach dir keine Gedanken über Dinge, die dich nichts angehen. Wenn alles nach Plan läuft, bist du spätestens morgen Vormittag wieder zu Hause. Seine Antwort über Funk an den Lotsen im Tower war entsprechend kurz: »Ambulanz 101 bestätigt Flug nach Marrakesch.«

*

Marie-Claire de Vries konnte sich nicht erinnern, jemals so viele japanische und chinesische Touristen auf dem Heldenplatz vor der Hofburg gesehen zu haben. Die Sonne schien angenehm warm, und auf den Wiesen saßen Hunderte junge Leute. Auffallend viele Grüppchen von Schwarzafrikanern lungerten herum. Seit die Wiener Stadtverwaltung und die Polizeibehörden sich dazu durchgerungen hatten, als Drogenumschlagplätze bekannte Plätze in der Stadt mit fest installierten Videoanlagen zu überwachen, hatte es eine wundersame Völkerwanderung in der Wiener Innenstadt gegeben. Die Dealer und Drogenabhängigen waren vom Karlsplatz und aus den umliegenden U-Bahn-Eingängen verscheucht worden und ins weitaus nettere Ambiente zwischen Parlament, Volkspark, Hofburg und Nationalbibliothek umgesiedelt. Nebeneffekt dieser gleichsam populistischen wie sinnlosen Aktion war, dass nunmehr auch harmlose afrikanische Studenten aus der nahen Universität zu Dealern abgestempelt wurden.

An diesem ungewöhnlich milden, sonnigen Novembertag herrschte um die beiden grün patinierten Bronzereiterdenkmäler von Prinz Eugen und Erzherzog Karl herum ein geradezu babylonisches Sprachgewirr. Immer, wenn sie hier vorbeikam, erinnerte sich Marie-Claire an die nette Geschichte, die ihr Großvater ihr als Kind über dieses gigantische Reiterdenkmal von Erzherzog Karl erzählt hatte. Im Gegensatz zu den meisten Reiterstandbildern ruht dieses Monument nur auf den Hinterbeinen des Pferdes und benutzt nicht, wie die meisten Reiterstandbilder der Stadt, den Pferdeschweif als dritte Stütze. Die Angst, diese wagemutige Konstruktion könne in sich zusammenstürzen und damit seinen Ruf ruinieren, hatte den Künstler namens Anton Dominik von Feinkorn so gequält, dass er geisteskrank geworden und daran gestorben war. Lächelnd ging sie weiter. Die wehende Staatsfahne auf dem Leopoldinischen Trakt der Hofburg signalisierte, dass der Bundespräsident im Hause war. Die zwei Polizisten vor dem mächtigen Holztor des Bundeskanzleramts streckten ihre Gesichter der wärmenden Sonne entgegen. Die Droschkenkutscher auf der Straße zwischen den beiden Reiterdenkmälern schienen angesichts des außergewöhnlich milden Novemberwetters zufrieden. Sogar einige Terrassenplätze des Cafés im Innenhof der Hofburg waren besetzt.

Zielstrebig ging Marie-Claire über die Straße auf das prächtige, dunkelrot-grau-schwarze Schweizer Tor zu. Sie hatte sehr unrühmliche Erinnerungen aus der Schulzeit an dieses Tor. Bei ihrem ersten Schulausflug in der vierten Klasse des Lycée Français de Vienne hatten sie mit ihrer Kunstlehrerin vor diesem Tor gestanden. Weil sie gewagt hatte, die fünf Halbreliefs über dem Tor als »grausige Totenschädel« zu bezeichnen, hatte ihr Madame Babites eine Strafarbeit aufgebrummt. Bis zum nächsten Unterricht hatte sie einen zehnseitigen Aufsatz über die Inschrift am linken Tor der Hofseite schreiben müssen, wo geschrieben steht: ›Si deus pro nobis quis contra nos‹. Seither wusste sie, dass dieser Spruch, »Wenn Gott mit uns ist, wer kann gegen uns sein?«, aus dem Brief des Paulus an die Römer stammte, aber auch der Lieblingsspruch der Gattin des Erzherzogs Johann und der ihrer Kunstlehrerin, der erzkonservativen und streng religiösen Madame Babites, war!

Sie würdigte das herrliche Groteskenfresko und die Wappen verschiedener österreichischer Provinzen an der Innendecke des Tors nur mit einem kurzen Blick und ging weiter in den Innenhof. Der Gedanke, die Wiener Schatzkammer heute nach so vielen Jahren unter solch eigentümlichen Rahmenbedingungen wieder zu besuchen, gefiel ihr. Seit sie sich intensiv mit den Unterlagen beschäftigt hatte, die sie von Francis Roundell bekommen hatte, drehte sich ihr ganzes Denken nur noch um den Florentiner-Diamanten und um die Ritter vom Goldenen Vlies. Das war der spannendste Auftrag, den sie bei Christie's je erhalten hatte! Am gestrigen Abend war sie in der Staatsbibliothek auf Hintergrundinformationen gestoßen, die sie vermuten ließen, dass dieser Auftrag ihr ein Höchstmaß an Kompetenz abverlangen würde. Sich mit dem Florentiner zu beschäftigen hieß letztendlich, sich mit der Geschichte des Abendlandes auseinander zu setzen: von den Kreuzrittern bis zur Gegenwart. Endlich konnte sie ihr Wissen aus ihrem Arabistikstudium und von ihren Reisen in Nordafrika und im Nahen Osten in einen Auftrag einbringen! Ihr Studium der Kunstgeschichte würde ebenso hilfreich sein wie ihre Ausbildung als Goldschmiedin. Ohne Frage hatte Francis Roundell sie deswegen mit diesen Recherchen beauftragt. Zufrieden lächelte sie vor sich hin. In der Schatzkammer war sie schon öfters gewesen, aber die Vitrine mit der

Nummer XIII hatte sie bislang noch nie unter solchen Aspekten betrachtet. Seit sie gestern Abend Informationen über die Vitrine und ihren Inhalt zusammen getragen hatte, ahnte sie, dass aufregende Zeiten auf sie zukommen würden. Zum Nachdenken über persönliche Probleme würde sie nur wenig Zeit haben.

Das kam ihr sehr gelegen, denn ihr Ägyptenurlaub hatte sie wieder einmal mit jenen grausamen Realitäten konfrontiert, die sie schon seit Jahren verdrängte. Wie oft hatte sie sich schon geschworen, nicht mehr allein – als Single – in Urlaub zu fliegen. Doch wie schon in den zurückliegenden Jahren hatte sich auch in diesem Jahr wieder keine Freundin gefunden, die Zeit oder Lust gehabt hätte, sie zu begleiten. Also hatte sie erneut allein gebucht, ahnend und fürchtend, dass sich die Erfahrungen von vielen der vergangenen Reisen wiederholen würden. Und genau das war geschehen. In den Hotels hatte sie die miesesten Einzelzimmerabstellkammern bekommen; in den Restaurants hatte man sie wie eine Aussätzige in die Ecken verbannt; an den Bars und auf den Terrassen war sie permanent von penetranten ägyptischen Männern angequatscht worden. Und den unglaublich schönen Sonnenuntergang in der Oase Fayoum hatte sie schließlich allein bewundern müssen. Sie hasste das Alleinsein, das Reisen als Single. Sie wollte sich mitteilen, ihre Begeisterung teilen, mit einem Partner teilen – nicht in sich hinein schweigen.

Sie fragte sich, was sie in ihrem Leben falsch gemacht hatte, dass es so gekommen war. Sie hatte keine Probleme, Männer kennen zu lernen. Ihre Beziehungen mit Männern waren zwar oft langjährige Beziehungen gewesen. Doch ihr wirklich großer Traum von einem Leben mit einem seelenverwandten Mann – und mit Kindern – hatte sich nicht erfüllt. Das Schlimmste daran war, dass einige ihrer ehemaligen Partner auch heute noch, als Freunde auf platonischer Ebene, beteuerten, dass sie eine tolle, eine attraktive, ja eine außergewöhnliche Frau sei. Aber die das sagten, hatten sie alle verlassen. Keiner von ihnen war in der Lage zu erklären, warum. Oft schon hatte sie sich Gedanken darüber gemacht, ob vielleicht ihre Kindheit und ihre Erfahrungen als Jugendliche in ihrem von Lieblosigkeit und Streben nach Besitz geprägten Elternhaus ein Grund für das Scheitern ihrer Beziehungen war. Ihr Elternhaus war ohne Frage eine schwere Hypothek. Ihr Vater, ein erzkonservativer Jurist, renommierter Universitätsprofessor und lange Zeit als ÖVP-Mitglied Abgeordneter im Parlament, hatte für Kinderseelen nie Zeit gehabt. Sein Denken galt ausschließlich seiner Karriere. Sein Beruf, die Villa im dreizehnten Bezirk und das Landhaus am Neusiedler See waren seine Lebensinhalte. Von seinen Kindern erwartete er, wie auch von seinen Studenten an der Uni und seiner Ehefrau, Zucht und uneingeschränkten Gehorsam. Seine moralisch-ethischen Prinzipien waren zu Hause Gesetz, sein Erfolg war die Messlatte, an dem er seine beiden Töchter, aber auch deren Freunde und Männer maß. Doch diesen Anforderungen war niemand gewachsen. Alles hatte sie versucht, es ihm recht zu machen, aber es war ihr nie gelungen. Für ihn war sie eine missratene Tochter. Eine Erklärung dafür, warum das so war, hatte sie nie gefunden. Auch nicht dafür, dass all ihre Beziehungen zu Männern letztendlich gescheitert waren. Sie wusste nur, dass ihre biologische Uhr tickte. Sie war über vierzig Jahre alt. Ihren Wunsch nach Kindern hatte sie längst reduziert – auf ein Kind. Ja, ein Kind, danach sehnte sie sich. Doch darüber nachzudenken, quälte sie. Deshalb stürzte sie sich

seit einigen Jahren in ihre Arbeit. Und deshalb war sie heute froh, keine Zeit zu haben, um über diesen grauenhaften Ägyptenurlaub nachzudenken. Der Florentiner und diese ominösen Ritter vom Goldenen Vlies würden sie ablenken. Das war gut so.
Entsetzt starrte sie auf die Schlange wartender Touristen vor dem Eingang zur Schatzkammer. Ihre Freundin Christiane Schachert, mit der sie sich verabredet hatte, weil sie ihre Dissertationsarbeit als Kunsthistorikerin über das Burgundische Erbe geschrieben hatte, und die seit einiger Zeit in der neu gegründeten Abteilung für Marketing, Sponsoring und Event-Management des Kunsthistorischen Museums arbeitete, saß auf der Treppe der Botschaftsstiege vor der Hofburgkapelle. Sie lächelte ihr gequält zu.
»Grauenhaft, diese Menschenmassen! Hier wird es bald so aussehen wie in Venedig auf dem Markusplatz oder wie im Juli vor den Uffizien in Florenz«, schimpfte Marie-Claire de Vries, umarmte Christiane, küsste sie auf beide Wangen und setzte sich zu ihr auf die gelblichen Steintreppen. Ihre Freundin sah völlig abgearbeitet aus. Das brünette Haar hing ihr strähnig auf die Schultern herab, und sie hatte Schatten unter den Augen.
»Chrissie, du siehst furchtbar aus, wenn ich das einmal so direkt sagen darf! Bist du krank?«
»Nein, meine Liebe, ich bin nicht krank, ich bin bescheuert! Ich arbeite für eintausendvierhundert Euro im Monat vierzehn Stunden am Tag und bin auch noch so blöd, Arbeit mit nach Hause zu nehmen, um sie am Wochenende zu erledigen.«
»Was nichts anderes bedeutet, als dass du mal wieder Liebeskummer hast, richtig?«, unterbrach Marie-Claire sie. Sie

ahnte, dass es ihrer Freundin nicht gut ging. Chrissie hatte ein unrühmliches Faible für Männer, die bereits vergeben waren.

»Ich bewundere deinen Scharfsinn«, erwiderte die Freundin. »Mein stressiger Job beim Kunsthistorischen Museum macht mich bei weitem nicht so krank wie dieser verfluchte Beziehungsstress. Aber ich hasse es nun mal, alleine zu sein! Das weißt du doch. Ist ja nichts Neues. Neu ist höchstens, dass ich derzeit einsam bin, obwohl ich gleich zwei Verehrer habe. Der eine hat noch weniger Zeit als ich. Er ist Broker an der Börse, was gleichbedeutend mit einen Achtzehn-Stunden-Job ist. Wenn er mal Zeit hat, schläft er. Leider nicht mit mir! Und der andere ist gerade mit seiner angeblich ach so gehassten Frau und seinen Kindern im Urlaub! Aber was soll's, zumindest garantiert mir mein Aktien-Lover, dass ich nicht immer allein aufstehen muss! Aber jetzt erzähl mir lieber, wieso du mit mir in die Schatzkammer willst? Ich habe leider nicht sehr viel Zeit, doch für einen kurzen Rundgang und 'ne Tasse Kaffee danach wird es reichen. Komm, ich lancier dich an diesen Massen vorbei.«

Vor der Kasse der Schatzkammer im Tiefgeschoss herrschte ein unglaubliches Gedränge. Trotz Klimaanlage war es stickig-heiß. Marie-Claire war froh, dass ihre Freundin ihr es ermöglichte, ohne große Wartezeiten in dieses wundervolle Museum zu gelangen. Schon als Kind hatte sie hier die prunkvollen Schätze aus tausend Jahren europäischer Geschichte, die Insignien und Kleinode des Heiligen Römischen Reiches, die Insignien der österreichischen Erbhuldigung und den Kronschatz des Hauses Habsburg bestaunt. Während ihres Kunstgeschichtestudiums hatte sie viele Tage in dieser Schatzkammer verbracht. Irgendwie freute sie sich darauf, wieder einmal in die mystisch-dumpfe Atmosphäre dieses einzigartigen Museums mit seinem schummrigen Licht einzutauchen. Zumal sie sehr aufgeregt war. Was immer sie früher hier auch bestaunt und bewundert hatte, nie hatte sie einzelne Preziosen und Ausstellungsgegenstände in einem mit der Gegenwart verbundenen Kontext gesehen. Der heutige Besuch war anders. Sie würde vieles mit anderen Augen sehen. Dazu gehörten das Burgundische Erbe – und der Schatz des Ordens der Ritter vom Goldenen Vlies.

Ihre Tasche musste sie an der Garderobe im Vorraum des Treppenaufgangs abgeben. Der Kontrast zwischen dem modern gehaltenen Foyer mit seinen schlichten grau-blau-weißen Steinböden und dem pompösen Kronleuchter fiel ihr erst auf, als sie auf der Treppe auf halber Höhe stehen blieb.

»Warte einen Moment, Christiane. Bevor wir da reingehen, will ich dir kurz sagen, was mich hierher treibt. Ich mache gerade die Basisrecherche zu einem Projekt, bei dem irgendwie die Ritter vom Goldenen Vlies und der Florentiner Diamant eine Rolle spielen. Ich kann noch nichts Konkretes sagen, im Moment ist es noch reine Schreibtischrecherche. Aber du kennst ja meinen Job. Wie immer ist natürlich alles streng vertraulich.«

Christiane Schachert blieb abrupt auf der Treppe stehen.

»Ups«, brachte sie ihr Erstaunen zum Ausdruck, »der Florentiner? Die legendenumrankte Zierde und der Fluch des Hauses Habsburg? Das ist ja eine nette Überraschung! Vor allem, weil du ihn in Verbindung mit den Rittern vom Goldenen Vlies nennst.«

Marie-Claire de Vries machte keinen Hehl daraus, dass sie alles, nur nicht diese Reaktion ihrer Freundin erwartet hatte.

»Du kennst dich mit dem Florentiner aus?«
»Was heißt auskennen? Als ich meine Dissertation schrieb, bin ich zufällig auf den Florentiner gestoßen. Mich hat dieser Edelstein sofort fasziniert. Ich weiß, dass er einer der legendärsten Diamanten des Abendlandes ist. Und ich weiß, dass Kaiser Franz Joseph ihn aus der österreichischen Staatskrone entnehmen und ihn in ein Diadem für seine Kaiserin Sisi umarbeiten ließ. Sonderlich viel Glück hat ihr das nicht gebracht. Sie hat ihn angeblich nur ein einziges Mal tragen können, bevor sie am 10. September 1898 in Genf mit einer Feile erstochen wurde. Man sagt diesem Florentiner nach, dass er all seinen Besitzern nur Unglück brachte. Ich denke, deswegen hat Kaiser Franz Joseph ihn später auch in eine Brosche umarbeiten und ihn hier in der Schatzkammer verschließen lassen. Und zwar in der Vitrine XIII – über die es ein Buch gibt.«
Marie-Claire de Vries lächelte zufrieden. Es war eine kluge Entscheidung gewesen, Christiane in die Recherchen einzuweihen.
»Ich habe von diesem Buch gehört. Was den Florentiner betrifft, kann ich nur sagen, dass sich schon jetzt, am Anfang meiner Recherchen, zu bestätigen scheint, dass dieser Stein eine unglaublich fesselnde Historie hat. Um ihn ranken sich sehr tragische Geschehnisse, und das in geballter Form! Schenkt man all den Mythen und Legenden um diesen Diamanten Glauben, dann ist er tatsächlich mit einem Fluch belegt. Er hat vielen Tod und Verderben gebracht. Die Habsburger scheinen davon extrem betroffen gewesen zu sein. In jenen Zeiten, in denen der Florentiner dem Haus Habsburg gehörte, hat es in der Kaiserfamilie auffallend viel tragische Unfälle gegeben: Der Bruder von Kaiser Franz Joseph

ist in Mexiko umgebracht worden; Sisis erstes Kind ist im Alter von zwei Jahren in Ungarn gestorben; Sisis Sohn Rudolph hat sich und seine Geliebte in Mayerling umgebracht; Kronprinz Ferdinand wurde in Sarajewo erschossen! Und nur wenige Jahre später floh die Kaiserfamilie aus Wien in die Schweiz. Die österreichische Monarchie und damit das über Jahrhunderte so mächtige Haus Habsburg waren binnen weniger Jahre von der politischen Landkarte Europas verschwunden. Und damit ist nur ein Teil der blutigen Vergangenheit dieses Diamanten erzählt! Es ist wirklich irrsinnig aufregend, sich mit diesem Edelstein zu beschäftigen. Aber wieso hat dich eigentlich vorhin der Zusammenhang mit dem Ritterorden vom Goldenen Vlies so erstaunt?«
Eine Gruppe von etwa dreißig Chinesen drängte sich lärmend an ihnen vorbei das Treppenhaus hinauf. Ihre Freundin schien von den wenigen Stufen atemlos zu sein.
»Mist! Ist ein schnödes Leben, das ich führe. Zu viel Zigaretten und zu wenige Streicheleinheiten für meine Seele! Mir geht die Puste schon nach zehn Stufen aus. Vielleicht ist's besser, dass mein Broker es vorzieht zu pennen, statt mich zu schweißtreibenden Matratzenspielen zu überreden.«
Marie-Claire musste laut lachen. Sie liebte diese unverblümte Direktheit und den schwarzen Humor ihrer Freundin, aber sie wusste auch, dass sich hinter diesen witzigen Bemerkungen ihrer Freundin bittere Wahrheiten verbargen.
Christiane holte tief Luft und sprach dann weiter.
»Mich überrascht dieser Zusammenhang zwischen dem Diamanten und dem Orden vom Goldenen Vlies deswegen, weil das jetzt das zweite Mal innerhalb weniger Tage ist, dass ich mit diesem mysteriösen Orden vom Goldenen Vlies zu

tun habe. Das ist schon seltsam! Aber das erkläre ich dir später ...«

Zum Schutze der licht- und umweltempfindlichen Exponate der Schatzkammer, aber auch aus Sicherheitsgründen waren alle Fenster der Schatzkammer verdunkelt. Speziallampen beleuchteten die wenigen Vitrinen, Bilder und Kunstschätze nur spärlich. Marie-Claire brauchte einige Minuten, bis sie sich an das diffuse Licht im ersten Raum gewöhnt hatte. Touristen mit Audiokassetten scharten sich um die Glasvitrinen und lauschten, den Blick auf die Kunstschätze gerichtet, den Stimmen aus den Kassetten. Die gedämpfte Atmosphäre verlieh dem Raum ein gespenstisches Ambiente. Alle Besucher flüsterten nur und schienen bedacht darauf zu sein, sich lautlos durch den Saal zu bewegen.

Schon im zweiten Raum blieb Christiane stehen. Mit einem Kopfnicken deutete sie auf ein riesiges Gemälde an der gegenüberliegenden Stirnwand.

»Da, schau ihn dir an, diesen pausbäckigen Monarchen!«, flüsterte sie. »Da hast du einen jener Männer, die dem Orden der Ritter vom Goldenen Vlies als Souveräne vorstanden: Kaiser Karl VI. – im Vliesornat! Und davor in der Vitrine die Krone des späteren Kaisertums Österreich. Eine viel sagende Konstellation! Inbegriff einer Macht, die für uns heute kaum noch vorstellbar ist! Der Monarch und der Orden vom Goldenen Vlies.«

Marie-Claire widmete der prächtigen, mit wunderbaren Perlen und vier überdimensionalgroßen Rubinen besetzten Kaiserkrone nur einen beiläufigen Blick. Ihre volle Aufmerksamkeit galt dem gut zwei mal drei Meter großen Gemälde. Voller Respekt näherte sie sich dem Ölbild. Umgeben von den Insignien seiner Herrschaftstitel, dem österreichischen Erzherzogshut, der böhmischen Wenzelskrone, der Reichskrone und der ungarischen Stephanskrone saß der Monarch lässig, mit nach vorne gestrecktem rechtem Fuß auf einem Sessel. Seine schulterlangen, blondgelockten Haare akzentuierten auf höchst eigentümliche Weise seine geröteten Pausbacken und das Doppelkinn. Sehr majestätisch sah Kaiser Karl VI. nicht gerade aus.

»Das ist das Ornat des Ordens vom Goldenen Vlies«, flüsterte Christiane erneut. »Und schau dir mal diese goldene Kette, diese Collane mit dem goldenen Widder an seinem Hals an! Wer dieses purpurrote, gold- und silberdurchwirkte Samtgewand und eine solche Collane mit dem Widder trug, der gehörte damals zu den mächtigsten Männern des Abendlandes! Am Anfang, also als Herzog Philipp der Gute von Burgund diesen Orden im Jahre 1430 gründete, waren es einunddreißig honorige Mitglieder, die dem Orden angehörten und die diesen Chaperon, diesen Hut da mit der langen Schleife, trugen.«

Marie-Claire schaute ihre Freundin verwundert an.

»Warum zeigst du mir ausgerechnet dieses Bild? Wenn ich richtig informiert bin, sind die meisten Exponate des Hauses Burgund und der Ritter vom Goldenen Vlies am anderen Ende der Schatzkammer untergebracht – in Raum fünfzehn und sechzehn, richtig?«

»Das ist richtig, meine liebe Marie-Claire. Aber ich dachte mir, der Name Kaiser Karl VI. habe doch eine gewisse Symbolkraft. Immerhin heißt der jetzige Souverän dieses legendären Ordens auch Karl! Sein adliges ›von‹ haben sie ihm ja bekanntlich abgesprochen. Im Nachkriegsösterreich sind Adelstitel ja verpönt. Der Souverän der Ritter vom Goldenen Vlies ist dieser Karl aber dennoch! Was ich recht bizarr finde ist die Tatsache, dass es ohne den Einfaltsreichtum dieses pausbäckigen Mannes hier auf dem Gemälde die letzten dreihundert Jahre überhaupt keine Habsburger Monarchie mehr gegeben hätte! Wer weiß, vielleicht hätte es dann auch keinen Orden vom Goldenen Vlies, keine Sisi, keinen Florentiner und damit kein so großes Leid in der Familie der Habsburger gegeben!«

Marie-Claire riss verwundert die Augen auf. Dass ihre aus Hamburg stammende, über ihre Heirat nach Wien gekommene Freundin gelegentlich zu sehr eigenwilligen Interpretationen historischer Fakten tendierte, zudem gelegentlich sehr radikal-feministische Ambitionen hatte, wusste sie. Sie waren immerhin schon seit fünfzehn Jahren befreundet. Sie wusste auch, dass Christiane eine exzellente Historikerin war. Diese These und der Mystizismus aus Chrissies Mund verblüfften sie jedoch sehr.

»Du musst dich nicht wundern, wenn du als ›Piefke‹ – als Deutsche – mit solchen Thesen hier in Österreich einen Sturm der Entrüstung auslöst!«

»Aber es ist nun mal so, meine Liebe«, triumphierte Christiane Schachert und grinste. »Um es deutlicher auszudrücken: Kaiser Karl VI. war der letzte männliche Habsburger! Wäre er trotz der ihm wohl eigenen aristokratischen Borniertheit nicht so unglaublich clever gewesen, hätte das Haus Habsburg im 18. Jahrhundert das Ende seiner glanzvollen Zeiten erleben müssen. Du weißt ja: Ohne männlichen Erbfolgen lief damals nichts! Mit einem eigenen Erbfolgegesetz, der so genannten Pragmatischen Sanktion, bestimmte er im Jahre 1713 einfach so den Vorrang der Erbfolge seiner Kinder – und zwar auch der Töchter! Das hat ihm jahrelange zähe diplomatische Verhandlungen und viel Zwist eingebracht, aber er hat es durchgesetzt. Auch wenn seine Tochter und Erbin, Maria Theresia, nach seinem Tod um die Gültigkeit dieses Gesetzes kämpfen musste, ohne dieses Erbfolgegesetz wäre das Haus Habsburg mangels männlicher Erben mehr oder minder in die Bedeutungslosigkeit versunken! Ergo hätte es auch, das vermute ich jetzt einmal, keinen direkten männlichen Souverän des Ordens vom Goldenen Vlies aus dem Hause Habsburg gegeben. Erst durch die Heirat von Maria Theresia mit Franz I. von Lothringen kam faktisch ein neuer männlicher Souverän ins Spiel: ein Habsburg-Lothringischer! Du siehst, dem Mammon Macht opfert die herrschende Klasse schnell mal ein schnödes Gesetz oder schafft ein neues! Das war damals so und ist heute nicht viel anders. So gesehen kann ich dir also nur raten, liebe Marie-Claire: Schau zu, dass du schnell schwanger wirst und Jungs auf die Welt bringst! Mädchen können leicht den Untergang einer Dynastie herbeiführen. Und zum Ritter dieses edlen Ordens werden sie bekanntlich auch nicht geschlagen.«

Wieder musste sie so laut lachen, dass ein Museumswärter sie mit grimmiger Miene zur Ruhe ermahnte. Marie-Claire war von ihrer Freundin restlos begeistert. Chrissie war einfach genial! Sie konnte mit wenigen Worten Dinge unglaublich prägnant auf den Punkt bringen. Wie Giftpfeile schossen Wahrheiten manchmal aus ihrem Mund.

Wenngleich sie den historischen Wahrheitsgehalt dieser These ihrer Freundin nicht wirklich beurteilen konnte, so merkte sie doch, dass Christiane sich mit den Verknüpfungen des Vlies-Ordens mit dem Hause Habsburg sehr gut auskannte. Da ihre bisherigen Recherchen schon gezeigt hatten, dass die Historie des Florentiner-Diamanten sehr eng mit der Geschichte der Habsburger verknüpft war, ahnte sie, dass sie das

Wissen ihrer Freundin noch oft in Anspruch nehmen würde. Christiane war mittlerweile schon einige Schritte weiter gegangen. Sie wirkte plötzlich sehr nervös.
»Komm, ich habe nicht mehr viel Zeit«, wandte sie sich um. »Ich denke, ich habe noch eine sehr große Überraschung für dich.«
Marie-Claire fühlte sich von der Pracht der Schatzkammer überwältigt, merkte, wie sie fast geduckt und unterwürfig, von grenzenloser Ehrfurcht erfüllt die nächsten Räume durchschritt. Nur kurz verharrten sie in Raum fünf vor einem Gemälde des berühmten französischen Porträtisten des europäischen Hochadels, Jean Baptiste Isabey, das Kaiser Napoleon zeigte.
»Der hat den Florentiner ebenfalls besessen«, sinnierte Marie-Claire laut und ergänzte: »Hat ihm scheinbar auch kein Glück gebracht.«
So eilig ihre Freundin Christiane es auch hatte, so stur war Marie-Claire, als sie Raum acht betraten.
»Warte, du hektische Pressetante«, zischte sie. »Hier kann ich nicht so einfach vorbeirasen. Das hier ist eines der großen Mysterien dieser Schatzkammer. Es ist ein Wunder – für mich jedenfalls!«
Zielstrebig ging sie auf eine in fahlem Licht optisch beeindruckend präsentierte Vitrine zu und blieb davor stehen. Die »Achatschale« zählt zu den beiden als unveräußerlich deklarierten Erbstücken des Hauses Österreich. Das samt Handgriffen sechsundsiebzig Zentimeter breite Kunstwerk war von Meisterhand aus einem mächtigen Achatsteinblock herausgearbeitet worden und gilt als die größte gemmoglyptische Schale der Welt. Ein Prachtwerk, um das sich ebenfalls unzählige Legenden und Mythen ranken. Auch Marie-Claire

war immer wieder aufs Neue von der geheimnisvollen Aura der Schale gefangen. Nicht nur die einzigartige Größe des Steins und die meisterhafte Formgebung der Schale hielten sie in Bann. Es waren mehr die vielen Quellen, die von einem Naturwunder, einer rätselhaften Inschrift in der Schale sprachen. Nicht von des Künstlers Hand eingeritzt oder gar aufgemalt, sondern in der Substanz des Steins, in seiner Maserung erscheint unter besonderen Lichtverhältnissen unter anderem das mystische Schriftzeichen KRISTO oder XRISTO! Schon vor Hunderten von Jahren, aber auch in der Neuzeit hatten sich Gelehrte und renommierte Wissenschaftler mit diesem Phänomen beschäftigt. Mal wurde geunkt, die Inschrift sei gar nicht vorhanden. Dann aber war im Jahre 1951 bei Reinigungsarbeiten die Inschrift wieder zu sehen. Dass die Achatschale der Heilige Gral sei, in dem das Blut Christi bei seiner Kreuzigung aufgefangen worden war, wurde ebenso behauptet, wie Mystiker darauf hinwiesen, dass es bei Lukas 19,40 hieß: »Wenn diese schweigen, werden die Steine rufen!«
Marie-Claire erschauerte innerlich. Gänsehaut lief ihr den Rücken hinunter. Für sie stellte sich bei dieser einzigartigen Achatschale nicht die Frage der wissenschaftlichen Beweisführung für die Existenz der Inschrift. Ihr fraglos sehr gläubiger Professor hatte ihr zum Ende ihres Studiums etwas gesagt, was sie nie vergessen hatte und was seither ihre Grundeinstellung zu Kunst und zu dieser mystischen Achatschale maßgeblich prägte: »Das Erkenntnisvermögen muss sich immer an dem orientieren, was es sehen will! Nur ein Auge, das dazu fähig ist, kann das Wunder sehen. Die Natur ist eine Selbstoffenbarung des Schöpfers. Daher kann nur ein von Gott begnadeter Künstler leblose Materie mit den Mächten der Seele einen.«

»Träumst du?«
Die Worte ihrer Freundin rissen sie aus ihren Gedanken.
»Tut mir Leid«, atmete Marie-Claire aus. Christiane schaute sie verwundert an.
»Irgendwie habe ich das Gefühl, diese ganze Sache um den Florentiner herum verwirrt dich sehr! Wie auch immer: Ich muss dich bitten, etwas schneller zu gehen. Ich will dir was zeigen, etwas sehr Seltsames. Es wird dich umhauen ...«

5. Kapitel

In Raum fünfzehn der Schatzkammer herrschte eine wunderbare Ruhe. Seit Marie-Claire eine Tür passiert hatte, auf der ›Das burgundische Erbe‹ avisiert wurde, war sie noch aufgeregter. In diesen Räumen, das wusste sie aus ihren Unterlagen, befanden sich die prächtigsten Insignien des *Ordre de la Toison d'Or* – des Ordens der Ritter vom Goldenen Vlies. Hier, so hoffte sie, würde sie beginnen, die Zusammenhänge zwischen dem Ritterorden und dem Florentiner besser zu verstehen. Ihr Auftrag war, die Geschichte des Florentiners zu eruieren. Hier, dessen war sie sich sicher, würde sie Antworten finden auf die vielen Fragen, die sich ihr in Verbindung mit dem Florentiner und den beiden geraubten Sancys stellten.

Sprachlos und überwältigt von der unglaublichen Pracht in den Ausstellungsvitrinen glitt ihr Blick durch den Raum. Ein unbeschreiblich kunstvolles Ornat, die Festkleidung der Ritter vom Goldenen Vlies, fesselte vor allem ihre Aufmerksamkeit. Der mit weißer Seide gefütterte Mantel aus dunkelrotem Samt war das Schönste, was sie je an burgundischer Hofkleidung gesehen hatte. Er war mit unglaublich prunkvollen Gold- und Silberbordüren gesäumt. Darin waren die Embleme des Ordens eingearbeitet: Feuerstein, Feuereisen und Widderfell. Am Saum des einzigartigen Kunstwerkes stand in goldenen Lettern geschrieben: »JE LAY EMPRINS – Ich hab's gewagt.« Verwirrt von der Atmosphäre dieses Raumes, von den edlen Gewändern, goldenen Ketten, funkelnden Edelsteinen, dem Heroldstab und der in ihren Ausmaßen und Schönheit im wahrsten Sinne des Wortes unbeschreiblichen Wappenkette für den Herold des Ordens suchten ihre Augen einen Ruhepunkt. Sie fühlte sie erdrückt von der Vielzahl der kostbaren Exponate. Dann sah sie, wonach sie suchte: vier Bilder, vier relativ kleine, unscheinbare Porträts. Ohne näher zu treten, wusste sie einen der Männer mit den sehr markanten Nasen sofort einzuordnen: Herzog Philipp der Gute von Burgund! Gebannt starrte sie auf das Bild.

Marie-Claire war plötzlich erschöpft. Ihre Wahrnehmungsfähigkeit ließ nach. Ihre Gedanken entschwanden und einten sich unter dem Eindruck all dieser sie in diesem Raum umgebenden Pracht zu einem märchenhaften, von imaginären Stimmen erfüllten Traum, in den sie eintauchte an jenem Tag, von dem sie in den alten Archiven gelesen hatte. Es handelte sich um jenen Tag vor sechs Jahrhunderten, den 10. Januar des Jahres 1430. Der Herold von Flandern trat nach Beendigung eines Ritterturniers vor und verkündete den anwesenden Edelleuten: »Mein Gebieter, der durchlauchtigste und großmächtigste Fürst und Herr, Herzog von Burgund, Graf von Flandern, Artois und Pfalzgraf von Namur, erlaubt sich, aus Anlass seiner Vermählung mit Prinzessin Isabella von Portugal einen Orden zu stiften, genannt das Goldene Vlies – eine ritterliche Bruderschaft und ein Freundschaftsbund von

Edelleuten, geeint zu Ehren des Allmächtigen und der Verteidigung des christlichen Glaubens.«

Als wolle sie sich aus dem tranceähnlichem Zustand herauskatapultieren, schüttelte Marie-Claire den Kopf. Verstohlen schaute sie sich um. Ihre Freundin Christiane war nirgends zu sehen. Wieder wanderte ihr Blick zu den kleinen Gemälden, den Porträts der berühmten Burgunder. Sie stand nur einen Schritt entfernt, nunmehr Auge in Auge jenem Mann gegenüber, dem ihr größtes Interesse galt: Charles le Téméraire – in die Geschichte des Abendlandes eingegangen als Karl der Kühne, vierter Herzog von Burgund aus dem Hause der burgundischen Valois! Dieser Mann war vielleicht der Schlüssel zu all jenen Geheimnissen, die sie im Auftrag ihres Arbeitgebers, des Auktionshauses Christie's, zu ergründen suchte. Er war der erste urkundlich nachgewiesene Eigentümer des in Deutschland geraubten Kleinen Sancy, des in Florenz entwendeten Großen Sancy – und des Florentiners. Dieser legendäre burgundische Herzog, so ging er ihr nun durch den Kopf, ist der erste Besitzer im Abendland all jener Diamanten gewesen, die du jetzt suchst. Und er war ein Ritter vom Goldenen Vlies.

»Kannst du mal aufhören, diese langnasigen Burgunder so anzustarren?«, rissen die Worte ihrer Freundin sie aus ihrer sprachlosen Begeisterung. Sie wandte sich um. Schweißperlen standen ihr auf der Stirn. Das viele Gold, all die unschätzbar wertvollen Edelsteine, die atemberaubend schönen Gewänder und die Porträts der burgundischen Herzöge hatten sie in eine andere Welt versetzt. Christiane stand vor einer Vitrine. In der für sie so typischen Trotzhaltung, einen Arm in die Hüfte gestemmt, den Kopf leicht nach hinten geworfen und mit funkelnden Augen, grinste sie Marie-Claire an.

»Schau mal!« Mit einer leichten Kopfbewegung wies sie auf die Vitrine. Marie-Claire de Vries wusste zunächst nicht, um was es ging. Langsam kam sie näher und starrte auf den Glaskasten. Ihre Augen weiteten sich. Ungläubig sah sie Christiane an. Ihre Freundin grinste triumphierend.
»Hier fehlt ja ein Exponat!«
Marie-Claire hauchte die Worte kaum hörbar vor sich hin. Sie starrte dorthin, wo laut Ausstellungskatalog ein Kreuz stehen sollte, ja müsste. Ein etwa vierzig Zentimeter großes, laut Bildern und Beschreibung mit Perlen, Saphiren und Rubinen besetztes goldenes Kreuz. Das Schwurkreuz der Ritter vom Goldenen Vlies. Jenes Kreuz, auf das die Ritter des Ordens seit der Ordensgründung ihren Eid ablegten.
Aber das Kreuz war nicht da!
Stattdessen stand auf einem kleinen Schild mehrsprachig zu lesen, dieses Exponat sei wegen Restaurationsarbeiten für kurze Zeit leider nicht verfügbar.
»Schade«, murmelte sie zu ihrer Freundin gewandt. Sie war maßlos enttäuscht. »Hast du eine Ahnung, wann es aus der Werkstatt zurückkommt?«
Verwundert stellte Marie-Claire de Vries fest, wie ihre Freundin sie plötzlich seltsam ernst ansah. Dann grinste sie schelmisch und sprach auffallend leise.
»Das Schwurkreuz wird nicht restauriert! Es ist gestern Abend in einer ziemlich spektakulären Aktion von einem Sicherheitsdienst hier abgeholt worden. Ich habe das eigentlich nur mitbekommen, weil du mich gestern am Telefon auf die Ritter vom Goldenen Vlies angesprochen hast. Deshalb haben bei mir alle Glocken geklingelt, als sich mein Chef heute Morgen darüber echauffierte, dass eins der prächtigsten Kunstwerke der Wiener Schatzkammer auf so seltsame Art und Weise aus dem Mu-

seum geholt wurde. Ich habe dann natürlich ein wenig nachgefragt, was da abläuft und wo dieses Ding denn hingebracht wurde.«

Gebannt lauschte Marie-Claire ihrer Freundin. Plötzlich war es wieder da, dieses Gefühl, dieses Kribbeln im Bauch, das sie vor einigen Tagen zum ersten Mal verspürt hatte, als sie sich durch die Unterlagen über den Florentiner und über den Orden vom Goldenen Vlies gearbeitet hatte. Irgendetwas Mystisches, Geheimnisvolles und Außergewöhnliches hing an diesem Auftrag, den sie von ihrer Zentrale bekommen hatte.

»Und?«, fragte sie. »Wo ist das Kreuz jetzt? Wer ist so einflussreich, dass er dieses unvorstellbar wertvolle Kreuz hier aus der Wiener Schatzkammer rausholen darf?«

Christiane Schachert lächelte geheimnisvoll. Sie genoss es zu sehen, wie ihre Freundin Marie-Claire vor Neugierde fast platzte.

»Hm«, zögerte sie die Antwort absichtlich hinaus, »das kostet dich mindestens einen Wochenendaufenthalt in einem Fünf-Sterne-Hotel – inklusive Massagen, natürlich! Diese Sache hier ist heiß, sehr heiß …«

»Du bist gemein!«, zischte Marie-Claire de Vries und funkelte vermeintlich böse mit ihren blauen Augen. »Also gut, wenn die Information wirklich so toll ist, reiche ich bei Christie's in London einen Antrag auf ein Informationshonorar ein, mit dem du dein Wellness-Hotel bezahlen kannst. Aber nur, wenn es eine Topinformation ist. Und jetzt sag schon!«

»Weißt du, was morgen für ein Tag ist?«, flüsterte Chrissie.

Marie-Claire de Vries wollte gerade ungehalten auf diese Geheimnistuerei reagieren, als ihre Freundin weiter flüsterte und sich dabei geheimnisvoll im Raum umschaute. »Morgen ist Andreastag – der 30. November!«

Marie-Claire schaute verdutzt. Sie verstand nicht.
»Der Geburtstag des heiligen Apostels Andreas!«
Die Historikerin starrte ihre Freundin geradezu vorwurfsvoll an, als sei sie entsetzt, dass diese den Zusammenhang nicht sofort erkannte. Triumphierend meinte sie: »Ach, meine Liebe! Ihr Experten von den Auktionshäusern habt wirklich ein sehr eingeschränktes Allgemeinwissen! Wirklich sehr traurig! Der Apostel Andreas ist der Patron des Hauses Burgund!«
Marie-Claire war sprachlos.
»Also gut, du unwissende Christie's-Expertin!«, spielte Christiane sich auf. »Morgen ist der Geburtstag des heiligen Andreas. Und jedes Jahr zum Geburtstag des heiligen Andreas treffen sich die Ritter vom Goldenen Vlies. Das war über sechs Jahrhunderte so – und es ist noch immer so! Zudem habe ich gehört, dass da am Vortag, also heute, schon irgendwelche Dinge ablaufen, aber darüber weiß ich nichts.«
»Wo?«, unterbrach Marie-Claire ihre Freundin schroff. Sie konnte kaum reden.
»Hier in Wien!«
»Warum?«
»Weil sie manchmal zu diesem Anlass ein neues Mitglied in ihre edlen Reihen aufnehmen – sie schlagen jemanden zum Ritter! Zum Ritter des Ordens vom Goldenen Vlies!«
»Wo?«, fragte Marie-Claire erneut.
»Weiß ich nicht. Noch nicht.«
»Warum wurde das Schwurkreuz aus der Schatzkammer geholt?«
Die beiden Frauen starrten sich gebannt an. Marie-Claire de Vries registrierte, wie einige der Besucher sie verwundert beobachteten. Einer der Museumswächter schaute irritiert herüber, sah dann jedoch den Ausweis an Christianes Blazer,

der sie als Mitarbeiterin des Kunsthistorischen Museums auswies.
»Nun sag schon, was du sonst noch weißt«, flüsterte Marie-Claire ungeduldig. Sie war jetzt sehr aufgeregt. Sie spürte, dass dieser Zufall sie unerwartet schnell bei ihrer Recherche voranbringen würde.
Christiane zupfte sie leicht am Ärmel und zog sie in eine ruhige Ecke des Raum.
»Meine Liebe, sei mir nicht böse, aber ich habe das unrühmliche Gefühl, dass du dich für höchst seltsame Dinge interessierst. Mir ist zwar noch immer nicht ganz klar, was dieser Orden nun wirklich mit deiner Recherche zum Florentiner zu tun hat, aber eins kann ich dir sagen: Wenn du dich mit dem Ritterorden vom Goldenen Vlies beschäftigst, stößt du ins Zentrum der abendländischen Hocharistokratie – und das nicht nur hier in Österreich!«
»Was meinst du damit?«, fragte Marie-Claire.
»Ganz einfach. Der jetzige Souverän, also quasi der oberste Ritter dieses ebenso mysteriösen wie auch legendären Ritterordens, ist der Sohn von Erzherzog Otto von Österreich, somit also Enkel des letzten österreichischen Kaisers, Karl I.!«
»Du sprichst von Karl Habsburg?«
»Richtig!«
»Deswegen hast du mich vorhin bei dem Gemälde von Karl VI. so genervt? Damals war ein Karl der Souverän – und heute ist es wieder ein Karl? Und beide sind sie Habsburger …«
»Du hast es erraten!« Christiane Schachert atmete tief durch. »Meine Liebe, bitte versprich mir, dass du mich da völlig raushältst, ja? Was ich dir sage, sind mehr oder minder Dienstgeheimnisse. Ich riskiere riesigen Ärger, wenn ich solche Dinge erzähle. Die ganze Sache mit der Entfernung des Schwur-

kreuzes wird hier innerhalb des Kunsthistorischen Museums als Top Secret behandelt. Da kommen morgen sehr einflussreiche Leute zusammen. So viel Blaublütiges auf einen Schlag siehst du nur selten! Es kommen Könige, meine liebe Marie-Claire, wahrhaftige, amtierende Könige aus Europa – und sie alle sind Ritter vom Goldenen Vlies.«

Marie-Claire de Vries war sprachlos. Was ihre Freundin da erzählte, hörte sich an wie aus einem Mittelalter-Roman, aus einem Cinemascope-Historienschinken: geheimnisvolle Ritter, Hochadel, Könige, Schwurkreuze! Doch all das geschah in der Gegenwart, hier in Wien! Und sie war mitten drin. Was diese geheimnisvollen Geschehnisse letztendlich mit dem Florentiner-Diamanten zu tun hatte, wusste sie nicht. Noch nicht.

»Diese ganze Sache hört sich ziemlich verrückt an. Mittelalterlicher Aristokraten-Mummenschanz im 21. Jahrhundert! Fehlen eigentlich nur noch martialisch dreinschauende Männer in schwarzen, wallenden Umhängen, von diffusem Kerzenlicht erhellte Gewölbe und von Weihrauch getränkte Priester, die geheimnisvolle Liturgien vor sich hin murmeln, während die schwarzen Ritter ihren neuen Ordensbruder mit dem Schwurkreuz in der einen und einem Schwert in der anderen Hand in ihre Geheimloge aufnehmen! Ich kann es nicht glauben! Hast du eine Ahnung, wo sich diese ehrenwerte Gesellschaft der Ritter vom Goldenen Vlies trifft?«

»Nicht wirklich!«

»Was heißt das?«

»Nun ja, mein Chef hat irgendetwas von einer barocken Kirche in der Nähe des Stephansdoms gesagt. Tut mir Leid, Marie-Claire, mehr weiß ich nicht. Aber eigentlich gibt es in der Nähe des Doms keine barocke Kirche. Jedenfalls keine, die ich kenne. Aber eins musst du mir jetzt noch verraten: Was hat dieser Ritterorden heute noch mit dem Florentiner zu tun?«

»Wenn ich das wüsste, Chrissie, wäre ich wahrscheinlich einen großen Schritt weiter. Aber ich weiß es nicht! Wirklich nicht. Ich weiß nur, dass sich all das ein bisschen viel nach einer Geschichte aus Tausendundeiner Nacht anhört. Ich glaube nicht, dass sich mein Sicherheitschef, Francis Roundell, damit zufrieden gibt. Der will Fakten – Fakten über den Florentiner.«

6. Kapitel

Kaum hatte Flugkapitän Richard Kristoffs die Turbinen des Learjets bei der Ankunft in Wien abgeschaltet, sah er einen schwarzen BMW mit Blaulicht über das Rollfeld auf sein Ambulanzflugzeug zurasen. Sofort wusste er, dass ihn seine Intuition nicht getäuscht hatte. Er öffnete die Flugzeugtür am Rumpf.

Die Morgensonne blendete ihn. Der Wetterdienst hatte mitgeteilt, dass im Großraum Wien heute Fön mit viel Sonnenschein und Temperaturen bis zu zwanzig Grad erwartet würden.

Zwei Männer traten mit forschem Schritt auf ihn zu. Einer von ihnen hielt ihm einen Ausweis unter die Nase. Flüchtig blickte Richard Kristoffs darauf. Der Doppeladler und der Schriftzug »Bundesamt für Verfassungsschutz und Terrorismusbekämpfung« darauf überraschten ihn nicht. Er hatte irgendwie damit gerechnet.

»Flugkapitän Kristoffs?«

»Ja, richtig.«

»Wir sind vom österreichischen Innenministerium. Wir

müssen Sie bitten, uns einige Frage zu beantworten. Ist Frau Dr. Blagus auch an Bord?«

»Ja, natürlich!«, antwortete er und drehte sich um. Die Notärztin, die mit ihm nach Marrakesch geflogen war, stand bereits hinter ihm am Ausstieg.

»Bitte steigen Sie beide zu uns in den Wagen.«

Fünfundvierzig Minuten später hielt der BMW vor dem ehemaligen Palais Modena, dem Haus Nummer 7 in der Herrengasse im ersten Bezirk von Wien. Die beiden Männer vom österreichischen Sicherheitsdienst hatten während der Fahrt vom Flughafen Schwechat in die Innenstadt kein Wort gesagt. Ulrike Blagus saß noch immer verunsichert im Fond des Wagens. Sie war sichtlich nervös. Flugkapitän Richard Kristoffs signalisierte, dass sie sich keine Sorgen machen solle.

In einem Büro in der dritten Etage wurden sie von einem etwa fünfzigjährigen Mann mit lichtem Haar und einem schlecht sitzenden, dunkelblauen Anzug erwartet. Ein Namensschild an der Außentür wies den Zimmerinhaber als Dr. (Jus) René Poll aus, doch der Mann stellte sich nicht vor. Die Einrichtung des Büros war ausgesprochen kärglich. Außer dem Schreibtisch, drei Stühlen und einem Tresor befand sich nichts in dem Raum. Keinerlei persönliche Gegenstände zierten ihn. Nicht einmal ein Bild hing an den Wänden.

»Bitte, Frau Dr. Blagus, Herr Kristoffs, nehmen Sie doch Platz. Darf ich Ihnen einen Kaffee oder etwas Gebäck anbieten?«, gab sich Dr. René Poll sehr freundlich. Er wartete die Antwort nicht ab, blätterte in einem Ordner auf seinem Tisch und sprach, ohne seine beiden Besucher anzuschauen.

»Wenn ich richtig informiert bin, haben Sie gestern einen

Mann, einen Patienten namens Faisal Ben Ait Haddou, am Flughafen Rheintal in der Schweiz abgeholt und ihn von dort nach Marrakesch geflogen, stimmt das?«
»Ja, das ist richtig«, antwortete Richard Kristoffs. »Wir haben diesen Patienten nach Marrakesch geflogen und hätten uns ohnehin nach der Rückkehr bei der Polizei gemeldet«, kam der Pilot der nächsten Frage des Geheimdienstlers zuvor. Der Beamte tat erstaunt.
»Warum das?«
»Weil sowohl ich als verantwortlicher Pilot als auch Frau Dr. Blagus als Ambulanzärztin spätestens nach der Landung in Marrakesch ahnten, dass mit diesem Patienten etwas nicht in Ordnung war.«
Bevor er weiter sprechen konnte, unterbrach ihn der Beamte des Innenministeriums.
»Um es gleich vorwegzunehmen: Sie beide sind lediglich als Zeugen hier, nicht als Beschuldigte! Aber unser Gespräch unterliegt in jeglicher Hinsicht der Geheimhaltung. Bevor Sie mein Büro verlassen, werden Sie schriftlich und unter Strafandrohung verpflichtet werden, über das, was Sie in Verbindung mit Ihrem Flug erlebt und gehört haben, aber auch über alles, worüber wir jetzt sprechen werden, absolutes Stillschweigen zu wahren. Sie beide sind von Berufs wegen in sehr verantwortlichen Positionen. Daher kann ich Ihnen bereits jetzt sagen, dass es bei dieser Sache um hoch brisante Staatsangelegenheiten geht. Es besteht der dringende Verdacht, dass Ihr Patient ein Terrorist ist! Wir wissen nicht, wer er ist, aber wir wissen, dass sein Name, seine Personaldokumente wie auch die gesamten Ihnen vorgelegten Dokumente für den Ambulanzflug perfekte Fälschungen waren. Mehr, das muss ich zu meinem Bedauern sagen, wissen

weder wir hier in Wien noch unsere Kollegen von den deutschen Nachrichtendiensten. Das sei also vorweg gesagt. Und nun, werte Frau Dr. Blagus und Herr Kristoffs, seien Sie bitte so nett und erzählen Sie mir so detailliert wie möglich, was Sie von jenem Moment, da Sie den Flughafen Rheintal verlassen und heute hier in Wien wieder gelandet sind, erlebt haben! Erzählen Sie bitte alles. Jedes Detail ist wichtig.«

Zwei Stunden dauerte die »vertrauliche Einvernahme«, wie das Gespräch mit dem Geheimdienstmann in den Dokumenten, die sie als Verschwiegenheitserklärungen hatten unterzeichnen müssen, deklariert wurde. Erst hatte Richard Kristoffs als Pilot dem Beamten die Abholprozedur am Flughafen Rheintal bis ins letzte Detail beschrieben, hatte erklärt, dass ihm diese Sache höchst merkwürdig vorgekommen war, er aber keinerlei rechtliche Grundlagen gehabt habe, den Flug und Transport des Patienten zu verweigern. Größte Aufmerksamkeit zeigte der Beamte dann, als Kristoffs beschrieb, wie am Flughafen von Marrakesch nicht, wie üblich und erwartet, ein Ambulanzfahrzeug, sondern zwei schwarze Limousinen direkt aufs Flugfeld gekommen waren und den Patienten ohne Trage und ohne jegliche ärztliche Begleitung abgeholt hatten. Die Begrüßung des Patienten durch zwei der Fahrzeuginsassen, so deutete Richard Kristoffs seine Beobachtungen, sei »geradezu freundschaftlich-vertraut« gewesen.
Dann schilderte die noch immer sehr nervöse Ambulanzärztin das Ganze aus medizinischer Sicht und machte deutlich, dass es sich ihrer Meinung nach nicht um eine Unfallverletzung, sondern um eine Schusswunde gehandelt habe. Eine,

die fraglos schon einige Tage alt, gut geheilt und professionell versorgt worden war.
Nach endlos langen, sehr akribischen Fragen des Geheimdienstmannes schilderten Richard Kristoffs und Dr. Ulrike Blagus, wie erstaunt sie gewesen waren, dass der direkte Rückflug nach Wien von den marokkanischen Flughafenbehörden mit höchst fadenscheiniger Begründung immer und immer wieder hinausgezögert worden war, bis es schließlich so spät geworden war, dass angeblich das Nachtflugverbot am Flughafen von Marrakesch einen Start unmöglich machte.
Dann waren sie unter Bewachung zweier Polizisten in einem Hotel nahe dem Flughafen und außerhalb von Marrakesch mehr oder minder festgehalten worden. Das Telefon im Zimmer funktionierte nicht. Kristoffs hatte sein Handy abgeben müssen. Es war ein Skandal, aber sie hatten nichts dagegen unternehmen können. Die Zentrale der Flugambulanz in Wien, so hatte man ihnen erklärt, sei informiert worden, dass der Rückflug aus Witterungsgründen nicht möglich gewesen sei. Erst am heutigen Morgen hatten sie ihr Hotelgefängnis verlassen dürfen.
»Mir fällt da noch etwas ein«, meldete sich nach gut zwei Stunden die Ambulanzärztin zu Wort. »Dieser arabische Patient hatte eine jener Spezialkühltaschen bei sich, in denen Blutkonserven transportiert werden. Diese Tasche ist aber vom Ambulanzfahrer in Rheintal nicht mir als Ambulanzärztin übergeben worden, sondern dem Patienten. Das war sehr ungewöhnlich! Aus medizinischer Sicht gab es keine Veranlassung, Blutkonserven mitzuführen, denn die Wunde war längst gut verheilt. Und wenn, dann wird eine solche Tasche den Ärzten der Flugambulanz ausge-

händigt. Der Patient hat diese Kühltasche während des Fluges derart auffällig beobachtet, dass ich nicht widerstehen konnte, einen Blick hineinzuwerfen, als er kurz eingeschlafen war.«

Der Geheimdienstmann schaute wie elektrisiert auf. »Und, waren es Blutkonserven?«

»Nun ja, es waren sehr wohl zwei undurchsichtige Aluminiumbeutel mit Flüssigkeiten. Sie sahen täuschend echt aus wie richtige Blutkonserven, aber als ich den einen Beutel in die Hand nahm, hatte ich das Gefühl, als befände sich außer einer Flüssigkeit auch noch ein harter Gegenstand in dem Beutel. Ungefähr so groß wie eine Walnuss. Aber dann dachte ich mir, dass es, wenn es etwas Verdächtiges wäre, es sicherlich beim Sicherheitscheck am Flughafen Rheintal aufgefallen wäre. Auch Kranke werden in der Sicherheitsschleuse durchleuchtet.«

Richard Kristoffs wurde langsam ungeduldig. Er war müde. Im Hotel in Marrakesch hatte er nicht wirklich schlafen können. Zu sehr war er mit seiner höchst ungewöhnlichen Situation beschäftigt gewesen – und damit, alle nur erdenklichen Details wahrzunehmen und zu notieren. Er hatte geahnt, dass er das später brauchen würde.

»Was immer da auch ablief und wer immer unser Patient auch war«, resümierte Richard Kristoffs, »das weiß ich nicht und das geht mich so gesehen auch nichts an. Was ich nicht verstehe, ist, wieso man uns nicht sofort nach Wien hat zurückfliegen lassen.«

Dr. René Poll vom österreichischen Bundesamt für Verfassungsschutz und Terrorismusbekämpfung und als Leiter der Abteilung II zuständig für internationale Belange des Staatsschutzes stand auf und ging nachdenklich in dem Büro auf und ab. Auch er hatte keine wirklich plausible Erklärung für dieses Verhalten der Behörden in Marokko. Die ganze Angelegenheit war höchst seltsam. Sie tangierte nach dem jetzigen Stand der Dinge zwar nicht direkt österreichisches Sicherheitsinteresse. Vielmehr war es ein Amtshilfeersuchen der Kollegen vom deutschen Bundesnachrichtendienst im bayrischen Pullach gewesen, die ihn um Einvernahme des Piloten und der Ambulanzärztin gebeten hatten. Zusammen mit den wenigen Hintergrundinformationen, die ihm die deutschen Kollegen über den Überfall auf das Schloss in Bayern gegeben hatten, und dem spektakulären Kunstraub von Florenz, der auch seiner Behörde nachrichtlich zur Kenntnis gelangt war, ahnte er bei dem Ganzen, dass da vielleicht doch noch mehr auf ihn und seine Mitarbeiter zukommen würde. Eines hatte er nämlich bereits in Erfahrung gebracht: Angeblich steckte eine arabische Terrororganisation mit dem kryptischen Namen »Heilige Krieger der Tränen Allahs« hinter den seltsamen Aktivitäten. Doch von dieser Organisation hatten die europäischen Geheimdienste bislang noch nie etwas gehört.

Abrupt blieb er stehen und sagte zu Flugkapitän Richard Kristoffs gewandt: »Mag schon sein, dass das Verhalten der marokkanischen Behörden auf den ersten Blick wenig Sinn ergibt. Der ergibt sich allerdings dann, wenn irgendjemand verhindern wollte, dass wir zu früh von diesen Geschehnissen erfahren. Deshalb hat man Sie und Frau Dr. Blagus festgehalten! Da hat vermutlich jemand Zeit schinden wollen. Entweder, weil man jemandem die endgültige Flucht ermöglichen wollte, oder weil man wusste, dass noch ein anderer oder auch mehrere Männer erst aus Europa eintreffen mussten. Vielleicht war dieser Faisal Ben Ait Haddou nicht der Einzige, der aus Europa geflohen ist! Und vielleicht war er nicht der Einzige, der Blutkonserven mit sich führte, in denen etwas versteckt war, was das Röntgengerät durch einen Aluminiumbeutel hindurch nicht so ohne Weiteres entdeckt. Etwas sehr Hartes. Vielleicht etwas aus Kohlenstoff.«

Dr. Ulrike Blagus schaute den Geheimdienstmann verwundert an. »Kohlenstoff? Meinen Sie, in den Blutkonserven war eine Waffe, die aus Kohlenstoff hergestellt wurde?«

»Nein, werte Frau Dr. Blagus«, lächelte der Geheimdienstler, »keine Waffe! Etwas, das vor Millionen von Jahren tief unten in der Erde unter unvorstellbaren Temperaturen und wahnwitzigem Druck entstanden ist. Gepresster, durchsichtiger Kohlenstoff: Diamanten!«

*

Marie-Claire de Vries war völlig außer Atem. Sie fühlte sich elend. Ihr Puls raste. Schweiß rann ihr über die Stirn. Keuchend saß sie zusammengekauert mit dem Rücken gegen die Hauswand gelehnt und schaute ungläubig an dem nur wenige Meter entfernten Stephansdom hoch. Klar und schön zeichneten sich die romanischen Türme, das gotische Langhaus aus dem 15. Jahrhundert und die Erker des berühmtesten Wahrzeichens von Wien gegen den metallblauen Föhnhimmel des Vormittags ab. Vom Hauptturm war nicht viel zu sehen. Ein riesiges Werbeplakat vor den Baugerüsten verhüllte den schlanken Turm. Die Erste Bank warb darauf in riesigen Lettern: »Der Steffl braucht Hilfe.«

Es war so ungewöhnlich warm für einen späten Novembertag, dass selbst die Pantomimedarsteller in ihren Mozartperücken auf dem Stephansplatz schwitzten. Die drei fünfzackigen, in das Pflaster eingelassenen weißen »Memory-Stars« für Wiens bekannteste Söhne der Musik – Strauß, Mozart und Haydn – schillerten im hellen Sonnenlicht.

»Ein sehr symbolträchtiges Umfeld haben sich die ehrenwerten Ritter vom Goldenen Vlies da ausgesucht«, murmelte Marie-Claire so laut vor sich hin, dass eine vorbeigehende Passantin sie verwundert anschaute. Ihr Blick wanderte noch einmal hoch zum Werbebanner der Bank am Kirchturm, von dort zu dem Messingschild an der Wand hinter ihr. Es war die Dompfarre St. Stephan. Nur wenige Meter links von ihr befand sich das dort residierende Bankhaus Carl Sprängler & Co., Österreichs ältestes Bankhaus. Ganz in der Nähe hatte sich die Bank Austria Creditanstalt einquartiert. Alles in erstbester Innenstadtlage, dachte Marie-Claire. Wirklich eine sehr symbolträchtige Konstellation! Die Banken scharen sich um den Dom, das Symbol klerikaler Macht, wie Vasallen um ihren wahren Herrscher! Als suche ihr Auge nach weiteren Beweisen, nach Indizien für das, was sie eigentlich seit wenigen Minuten wusste, starrte sie auf ein Plakat am Stephansdom. Für Touristen stand dort erklärt, dass es im Dom eine romanische Empore gab, auf der die Herrscher Messen gefeiert – aber auch Regierungsgeschäfte getätigt hatten. Ja, ganz offensichtlich einten sich hier an diesem Dom inmitten Wiens seit Jahrhunderten die Symbole staatlicher wie auch weltlicher Macht. Und dazu gehörte der Orden der Ritter vom Goldenen Vlies!

Aber das wusste sie erst seit einer Viertelstunde. Seit sie es entdeckt hatte, überschlugen sich ihre Gedanken. Sie wusste, wo sich heute Abend die Honoratioren des Ordens vom Goldenen Vlies treffen würden! Ja, sie wusste es!

Zwei Stunden war sie gestern in der Dunkelheit durch die Gassen der Innenstadt nahe des Doms geirrt, aber nirgendwo hatte sie eine Barockkirche ausfindig machen können. Mehr und mehr waren ihr Zweifel gekommen, ob sie sich nicht in etwas verrannte. Denn eine direkte Verbindung zwischen dem Orden vom Goldenen Vlies, dem Florentiner und den Raubüberfällen von Florenz und Deutschland existierte bislang eigentlich nur in ihrem Kopf. Es war Intuition, ihre Intuition – mehr nicht! Und mit jedem Schritt durch die Gassen der Wiener Innenstadt war sie sich sicherer, dass ihr Sicherheitschef Francis Roundell ihre Intuition schlichtweg als Spinnerei bezeichnen würde.
Enttäuscht und missmutig hatte sie gegen acht Uhr abends schon aufgeben wollen, als die Glocken des Stephansdoms zu läuten begonnen hatten. Die dumpfen Glockenschläge des von den Wienern liebevoll »Steffl« genannten Doms hatten sie zu einem letzten Blick hinauf zu dem festlich beleuchteten, im tiefdunklen Abendhimmel noch stolzer und noch beeindruckender wirkenden Turm veranlasst. Und plötzlich war ihr der zündende Gedanke gekommen.
Ohne Frühstück und extrem aufgedreht war sie schon am frühen Morgen wieder hierher gekommen – und hatte triumphiert! Ja, die Tür zur Türmerstube war auf! Die kleine, hölzerne Tür gegenüber der Dompfarre, vor der sie jetzt saß, sie war geöffnet! Ein junger Bursche kauerte unausgeschlafen im winzigen Kassenraum.
»Dreihundertdreiundvierzig Stufen! Eine stolze Leistung am frühen Morgen!« Mehr hatte der Kassierer nicht gesagt, als sie die drei Euro Eintritt zahlte und dann losging – den beängstigend engen, eiskalten Wendeltreppengang hinauf zu dem fast in der Mitte des Hauptturms wie ein gotisches Schwalbennest

thronenden Türmerstübchen. Von dort oben, so war ihr am Vorabend klar geworden, würde sie einen perfekten Panoramablick über das nähere Umfeld des Doms haben. Wenn es diese Kirche, diese barocke Kirche der Ritter vom Goldenen Vlies, wirklich irgendwo hier gab, dann müsste sie von dort oben zu sehen sein. Denn wo eine Kirche, so hatte sie kombiniert, da ist auch ein Kirchturm, eine Glocke – oder ein Kreuz!

Und sie hatte Recht behalten! Nach Minuten strapaziöser Treppensteigerei hatte sie die Aussichtsplattform des Türmerstübchens erreicht. Zweimal hatte sie umkehren wollen, weil ihr Puls ihr bis ins Trommelfell pochte. Den prächtigen, in die grün-weiß-schwarz-goldenen Dachschindeln des Kirchenschiffs eingearbeiteten Doppeladler des österreichischen Kaisertums hatte sie kaum beachtet. Bei Stufe zweihundertfünfzig hörte sie auf zu zählen. Der Sinn des ganzen Unterfangens erschien ihr mit jeder Stufe immer absurder. Zweifel marterten sie. Sie sollte sich mit dem Florentiner beschäftigen, hechelte jetzt aber wie eine Verrückte auf den »Steffl« – auf der Suche nach einer Kirche, von der sie nicht einmal wusste, ob es sie überhaupt gab, geschweige denn, was diese Kirche mit dem Florentiner zu tun hatte. Aber sie wollte nicht aufgeben, wollte Recht haben, sich und anderen beweisen, dass sie sich auf ihre Intuition verlassen konnte. So war sie das enge Treppenhaus weiter hinaufgewankt. Drei Stufen vor dem Stübchen mit den gotischen Erkerfenstern musste sie nochmals lange ausruhen.

Und dann sah sie ihn! Zum Greifen nahe, keine fünfzig Meter Luftlinie entfernt. So unglaublich nahe war er, dass sie nicht glauben konnte, dass man ihn in den Straßen unten nicht sehen konnten: ein Kirchturm! Ein kleiner, kaum mehr als zehn Meter hoher Kirchturm mit einem winzigen Kreuz oben drauf und mit einigen kleinen, romanisch wirkenden Fenstern. Ein schlanker Turm mit grünlich patiniertem Metalldach. Die Fassade war so hässlich-stillos mit schnödem Zement verputzt, dass Marie-Claire annahm, dass diese Kirche, die da unten liegen musste, im Zweiten Weltkrieg höchstwahrscheinlich zerstört oder arg in Mitleidenschaft gezogen und bis heute nicht originalgetreu wieder aufgebaut worden war. Das war es! Sie war sich ganz sicher. Da unten hinten den Fassaden eines Tabak- und eines Modegeschäftes verbarg sich eine Kirche. Doch war es eine barocke Kirche?

Sie rannte so schnell sie konnte wieder nach unten. Zweimal stolperte sie in dem engen Treppenhaus, und mehrmals musste sie verschnaufen. Mit wehenden Haaren war sie schließlich an dem verdutzten Kassierer vorbeigerannt, raus auf den Stephansplatz, in die kleine Churhausgasse, dann wieder links in die Singerstraße. Dann starrte sie ungläubig auf die graue, unscheinbare Fassade eines mächtigen, dreigeschossigen Gebäudes mit schnörkellosen, klassizistischen Fensterbögen, das auf den ersten Blick eher wie ein altes Krankenhaus aussah. Sie sah ein mit der rot-weißen Staatsfahne dekoriertes Schild »Mozarthaus«, war völlig verwirrt, weil sie nicht wusste, warum und dass es in Wien ein Mozarthaus gab, suchte mit einem Blick nach oben den kleinen Kirchturm, den sie vom Stephansdom aus gesehen hatte. Doch von hier unten war nichts zu sehen. Im Eckteil des Hauses war eine Buchhandlung, in der ersten Etage ein Frisör untergebracht. Erst spät sah sie die Straße hinunter links die drei Kirchenfenster. Sie jubelte innerlich. Es waren barocke Kirchenfenster! Drei barocke Fenster mit jeweils fünf schwarzen, sehr ungewöhnli-

chen Kreuzen auf weißem Untergrund. Sie hatte diese Art Kreuze schon einmal gesehen, wusste aber nicht wo und wusste auch nicht, was sie bedeuteten – bis sie das unscheinbare, kaum lesbare bronzene Schild an der Fassade las: »Am 1. September des Jahres 1938 lösten die Nationalsozialisten die Ballei Österreich des Deutschen Ordens auf. Am 26. März 1947 wurde die Auflösung von der Republik Österreich als widerrechtlich erklärt.«
Marie-Claire de Vries lächelte unendlich glücklich und zufrieden vor sich hin: Du bist selten dämlich! Wieso bist du nicht gleich darauf gekommen? Dies hier ist die St.-Elisabeth-Kirche, die Kirche eines der berühmtesten Orden des Abendlandes, jenes der »Brüder vom Deutschen Haus St. Mariens« in Jerusalem, kurz Deutscher Orden genannt. Im gesamten Mittelmeerraum, im Heiligen Römischen Reich Deutscher Nation und im baltischen Raum errichtete dieser aus einer Hospitalbruderschaft entstandene Ritterorden seit dem 12. Jahrhundert ein päpstlich anerkanntes, unglaublich mächtiges Gefüge aus weltlichen und kirchlichen »dienenden Brüdern«, dessen Zentrum eine der größten Festungsanlagen der Welt wurde: Marienburg – dessen Fahne jenes Kreuz trug, das sie nun in den barocken Kirchenfenstern über sich sah.
Plötzlich waren ihr die Zusammenhänge klar: Der Deutsche Orden, einst als Deutscher Ritterorden bezeichnet, war berühmt-berüchtigt geworden als Unterdrückungsinstrument der katholischen Kirche. Und als Instrument des abendländischen Kampfes gegen die Heiden – die Moslems. In diesem Orden einten sich einst mächtige Kräfte, die zu den Kreuzzügen aufbrachen. Zur Befreiung Jerusalems und zur Verteidigung des christlichen Glaubens. Und das, so wusste sie

mittlerweile, galt auch als eines der wichtigsten Ziele des Vlies-Ordens. Der Orden der Ritter vom Goldenen Vlies war kein Verdienstorden. Er war ein politischer Orden – und war ebenfalls eng verknüpft mit der katholischen Kirche.
Marie-Claire ging zurück zu dem unscheinbaren Eingang, in dem ein junger Mann Eintrittskarten für Konzerte im Mozarthaus verkaufte. Sie sah das alte, hölzerne Portal rechts im Durchgang, sah die zwei in die Holztür eingearbeiteten Kreuze des Deutschen Ordens und wusste, dass dies der Ort war, den sie suchte. Dann sah sie das Schild an der Tür: »Diese Kirche bleibt heute geschlossen.«

Beinahe hätte sie geweint vor Enttäuschung! Nachdem sie einen flüchtigen Blick in den von der Straße her kaum sichtbaren Innenhof des Gebäudetraktes geworden hatte, beschloss sie, erst einmal ihre Gedanken zu ordnen. Nun saß sie mit dem Rücken an die Wand der Pfarre St. Stephan gelehnt und wusste nicht, was sie tun sollte. Der Wind zerzauste ihr langes, blondes Haar. Sie war nervös, müde und abgespannt. Sie spürte, wie sich die ersten Anzeichen von Migränekopfschmerzen über die Schläfen zur Stirn hin schlichen. Ihre Füße taten weh. Ihre Gedanken überschlugen sich. Deutscher Orden, Ritter vom Goldenen Vlies: Wie hing all das wirklich zusammen? War sie nicht schon längst viel zu weit von ihrem eigentlichen Auftrag – dem Florentiner – entfernt?
Plötzlich war sie hungrig. Mühsam erhob sie sich und ging in Richtung Café Haas hinter dem Dom. Sie mochte das Haas & Haas – das geschmackvoll-modern eingerichtete Restaurant unten im Kellergewölbe ebenso wie den idyllischen Gartenpavillon. Was viele Wiener ins »Haas« trieb, war die Tatsache,

dass sich höchst selten Touristen in dieses versteckt und unscheinbar in eine Fassade hinter dem Stephansdom eingebettete Café verirrten.
Heute jedoch war das Café völlig überfüllt. Sie entschied sich, den Hinterhof aufzusuchen, wo im Sommer Tische und Stühle standen. Die fahle Mittagssonne erwärmte den lauschigen Patio ein wenig. Da der Herbst über Wochen herrlich sonnig gewesen war, standen die Bottiche mit den Oleanderbüschen noch immer draußen. Sie rückte einen Korbstuhl, der direkt an dem zugerankten Zaun stand, in die Sonne, setzte sich und schloss die Augen. Ein Motorengeräusch weckte kurz darauf ihre Aufmerksamkeit. Ihr Blick fiel durch die welken Blätter hindurch auf den unmittelbar neben dem Café liegenden Hinterhof. Unglaublich! Nur durch einen Maschendrahtzaum mit gold-gelb verfärbtem wildem Wein getrennt lag dort ein Hof mit einem mächtigen Gebäudetrakt, der ohne Frage zu der Deutschordenskirche gehören musste. Ja, dies war ohne Zweifel der rückwärtige Teil der alten Ordenskommende. Sie hatte hier schon sehr oft gesessen – und mit Sicherheit schon oft auf diesen Hinterhof geschaut. Ja, all das hatte sie schon sehr oft gesehen, aber was sich hinter den eher ärmlich ausschauenden Fassaden verbarg, hatte sie erst vor wenigen Minuten herausgefunden!
Nun kam das Fahrzeug, das sie eben gehört hatte, über den Hinterhof auf den Parkplatz gerollt. Neugierig lugte sie durch den wilden Wein hindurch. Es war ein dunkelblauer Jaguar. Die klassische Limousine fuhr fast lautlos auf den Zaun zu, hinter dem sie saß. Ihr Blick heftete sich auf die silberne Jaguarstatue auf der Motorhaube des Fahrzeugs, das jetzt nur noch knapp einen halben Meter von ihrem verborgenen Sitzplatz entfernt stehen blieb. Sie konnte den Fahrer nicht genau

sehen, wollte aber wissen, wem diese prächtige Luxuslimousine gehörte. Vorsichtig stand sie auf, bückte sich, stierte durch den wilden Wein hindurch auf die Fahrertür, die sich nun öffnete. Ein Mann stieg aus. Sie erstarrte! Gänsehaut schoss ihr über den Rücken.
Das ist nicht wahr! Nein, das konnte nicht wahr sein. Das war unmöglich! Mit weit aufgerissenen Augen versuchte sie aus ihrem Versteck hinter dem Zaun heraus das Gesicht des Mannes genauer auszumachen. Doch, er war es! Kein Zweifel! Dieses markante Profil, das etwas längere, seidig-glänzende Haar, das ihm über die Stirn fiel – und diese Augen! Diese Augen, die selbst auf einem Foto unglaublich ausdrucksstark waren und grenzenloses Selbstbewusstsein ausdrückten. Er war groß, gut aussehend, mit breiten Schultern. Er trug einen perfekt sitzenden Anzug. Der da, und sie zitterte dabei am ganzen Körper, war Gregor Friedrich Albert von Freysing!

Der Jaguarfahrer ging zielstrebig auf einen Torbogen auf der rechten Seite des Hofes zu und verschwand darin. Das Echo seiner Schuhe hallte noch lange durch den Innenhof. Hastig sprang Marie-Claire de Vries hinter dem Zaun hervor und rannte ihm hinterher. In dem Torbogen presste sie sich an die Wand und schielte um die Ecke herum in den sich nun vor ihr öffnenden Innenhof. An der ihr gegenüberliegenden Gebäudeseite thronte ein wunderschöner Erkerwintergarten über ihr. Sie konnte Bücher erkennen. Freysing stand links im Hof vor einer grünen Holztür mit Sprossenfenstern, kramte einen Schlüssel aus seinem Aktenkoffer und verschwand in dem Gebäude.
Marie-Claire atmete mehrmals tief durch. Sie zitterte am ganzen Leib. All das war unglaublich! Dieser Innenhof war die

Rückseite der Deutschordenskirche! Hier würden sich die Ritter vom Goldenen Vlies heute treffen. Und jetzt war dieser Mann hier aufgetaucht!

Langsam trat sie aus dem Durchgang heraus. Um wie eine Touristin zu wirken, schritt sie langsam über den Innenhof und schaute sich um. Die Hauswände waren partiell mit wildem Wein bewachsen. Die Gebäude wirkten heruntergekommen. Der Hof war sehr idyllisch und irgendwie friedlich. Nur die breite Glastür mit den Oleanderbüschen davor schien neu gestrichen zu sein. Sie ging darauf zu. Das Herz blieb ihr fast vor Schreck stehen, als die Tür sich öffnete. Ein kleinwüchsiger Mann in einem wallenden Priestergewand kam heraus, direkt auf sie zu. Er trug eine Brille und hatte einen sehr gütigen Blick.

»Grüß Gott! Kann ich Ihnen helfen?« Er hatte eine sehr nette Stimme: bestimmt, offen, ehrlich – aber nicht einladend.

»Ja, doch vielleicht ...«, log sie. »Ich bin Fotografin und arbeite an einem Bildband über deutsche Ritterorden.«

»Dann sind Sie hier ja im Garten Eden, meine Liebe!«

Marie-Claire lächelte in sich hinein. Dieser Pater war ein Charmeur! Seine sanfte Stimme und sein gewinnendes Lächeln gefielen ihr. »Meine Liebe« hatte er gesagt! Sie war sich sicher, dass er genau wusste, was er da gesagt hatte. Ungezwungen plauderte der Priester weiter. Er schaute ihr dabei selbstbewusst in die Augen.

»Zugegeben, die Kollekten der letzten Jahre sind nicht mehr ganz so von grenzenloser Großherzigkeit und von Verständnis für die baulichen Nöte unseres netten Kirchleins St. Elisabeth geprägt. Und auch die Spenden halten sich angesichts der schlechten wirtschaftlichen Zeiten sehr in Grenzen. Aber diese wunderschöne Kirche und diese altehrwürdigen Gemäuer aus dem 14. Jahrhundert sind doch fraglos ein außergewöhnliches Kleinod.«

»Ich wäre ja gerne einmal in die Kirche gegangen, Vater«, unterbrach sie ihn, »aber die Tür ist verschlossen. Warum?«

Die Antwort des Paters war lapidar. »Ach, da findet heute Abend eine private Messe statt.«

»Und kann ich dann nicht zur Messe gehen?«, fragte sie und fügte schnippisch hinzu: »Ich gehe eigentlich jeden Abend in die Messe. Schade, wäre gerne heute Abend hier in die Deutschordenskirche gekommen. Was ist denn da so Wichtiges, dass ein Gotteshaus geschlossen bleibt?«

»Ja, liebes Kind«, lachte der Priester schelmisch, warf den Kopf dabei in den Nacken, fasste sie am Arm, zog sie sehr bestimmt zu sich heran und flüsterte geheimnisvoll: »Das ist so geheim, liebes Kind, dass selbst ich, als treuer Diener Gottes in diesem ehrenwerten Haus, nichts Genaues weiß! Ich werde heute Abend zum Lakaien der Hochherrschaftlichen degradiert. Da kommen nämlich honorige, sehr wichtige Leute aus aller Welt! Da darf niemand rein. Und Frauen schon gar nicht! Aber ich kann es Ihnen beim besten Willen nicht sagen, wer es ist. Wirklich nicht. Auch wenn die Versuchung groß ist!«

Sein Griff wurde ein wenig fester. Sie war verwirrt und musste lachen. Dieser Priester war ein Unikum, ein Schelm! Er hatte es faustdick hinter den Ohren.

»Honi soit qui mal y pense«, reagierte sie grinsend auf seine Avancen und war höchst erstaunt, als der Priester nicht nur deutlich machte, dass er das Motto des englischen Hosenbandordens kannte, sondern zudem perfekt Französisch sprach. Akzentfrei parlierte er: »Wie wahr, wie wahr, mein Kind! Ein Schelm ist, wer Böses dabei denkt!«

Marie-Claire war beeindruckt. Ihr gefiel dieser fröhliche, wortgewandte und zugleich tiefsinnige Priester.
»Kann ich nicht wenigstens einen kurzen Blick in die Kirche werfen? Ich komme dann sicherlich in den nächsten Tagen nochmals vorbei und hoffe, dass Sie mir als Führer zur Verfügung stehen können.«
Wieder funkelten die lebhaften Augen des Gottesmannes. Und wieder ließ er es sich nicht nehmen, zweideutig zu antworten: »Gotteshäuser, meine Liebe, sind auch Refugien für Engel. Blonde Engel wie Sie! Also gut, kommen Sie. Aber nur einen kurzen Blick.«

Schon beim Betreten der auffällig kleinen, mit Eichenbänken möblierten und recht dunkel wirkenden Deutschordenskirche sah Marie-Claire, dass dort Vorbereitungen für eine besondere Zeremonie getroffen wurden. Die Eichenbänke waren mit roten Tüchern bedeckt. Der Altar vor dem prachtvollen Mariengemälde war festlich geschmückt. An den Wänden hingen Dutzende von Wappentafeln europäischer Adelshäuser und Fürstenhöfe. Die Details der Tafeln ließen ihr wieder einmal Gänsehaut über den Rücken laufen. Diese Kirche strotzte nur so vor heraldischen Zeichen abendländischer Aristokratie!
Zunächst wusste Marie-Claire nicht so genau, wonach sie mit hastigem Blick suchte. Dann aber sah sie es genau. Über dem Eingang stand, versteckt in einer Empore, eine Orgel. Zwei kleine Erkerfenster entlang der Längswand ließen sie erahnen, dass dort oben ein Kreuzgang verlief. Wahrscheinlich führte er zur Sakristei oder zu dem Treppenaufgang, den sie flüchtig registriert hatte und an dem geschrieben stand »Sala Terrena – Mozart-Konzerte«.

»So, mein Kind, jetzt muss ich Sie bedauerlicherweise hinauskomplimentieren. Ich habe noch Wichtiges zu tun«, rissen die Worte des Priester sie aus ihrer Euphorie. Ja, sie war euphorisch. Denn dort oben in dem Kreuzgang lag vielleicht der Weg hin zu ihrem Traum! Aufgeregt verabschiedete sie sich und verließ die Kirche auf dem Weg, den sie gekommen war. Plötzlich sprühte sie vor Elan und Einfallsreichtum. Ihre Entscheidung war gefallen. Jetzt galt es nur noch, den Plan in die Tat umzusetzen.

Schnellen Schrittes eilte sie durch den Torbogen, ging zurück zu dem Zaun, der Café und Parkplatz trennte, nahm an der gleichen Stelle wieder Platz und wartete. Es dauerte eine Stunde. Dann kam er. Groß und von kräftiger Statur schritt er auf seinen Jaguar zu. Marie-Claire bewegte sich hinter dem Zaun. Nicht zufällig, sondern unübersehbar und deutlich hörbar. Sie schaute durch den Zaun hindurch, sah sein markantes Gesicht, die dunklen Augen.

Dann sah er sie, blickte verwundert durch den Blätterwald hindurch. Mehr als ihr rot-braunes Kleid und ihre langen, blonden Haare, schoss es ihr durch den Kopf, konnte er nicht von ihr sehen. Ihre Blicke trafen sich durch den Zaun hindurch. Sie sahen sich in die Augen, kaum mehr als einen Meter voneinander entfernt. Sie sah, dass er nicht wusste, wer sie war. Aber sie wusste, wer er war.

Den Blick auf den Boden geheftet, so, als suche sie etwas, kam sie langsam hinter dem Zaun hervor.

»Suchen Sie etwas, junge Frau?«

Sie jubelte innerlich. Bingo! Seine sanfte Stimme ließ die wenigen Worte in ihren Ohren wie Engelsposaunen klingen. Mein Gott, dachte sie, diese Stimme! Dieses Sanfte in der Stimme!

»Ja«, zitterte ihre Stimme wie Espenlaub, »ich habe hier vorhin beim Aussteigen aus dem Wagen eine Karte verloren. Ein Ticket für ein Mozart-Konzert in der Sala Terrena dort in der Kirche.« Sie bemühte sich, sehr traurig zu wirken. »Es ist sehr schwer, für diese Konzerte Karten zu bekommen.«

»Das ist aber höchst bedauerlich, wirklich schade«, reagierte er sehr galant und begann unverzüglich neben und unter seinem Auto den Boden abzusuchen. Auch sie schlich auf dem Parkplatz herum, bückte sich, lugte unter die Autos, suchte – und fand nichts. Er fand ebenfalls nichts. Nach einigen Minuten erwies er sich als das, was sie erwartet hatte – als Gentleman.

»Das ist ja eine richtige Tragödie! Die Sala Terrena ist nicht nur der älteste Konzertsaal Wiens. Die wunderschönen Fresken im Stil venezianischer Spätrenaissance haben selbst Mozart so begeistert, dass er in den wenigen Monaten, die er hier in diesem Haus im Jahre 1781 wohnte, mehrere Konzerte dort gab.«

Ja, dachte Marie-Claire, er ist, was ich vermutet habe. Ich habe es sofort gesehen. Er ist ein wortgewandter, gebildeter, unglaublich gut aussehender Mann mit Stil. Mit Klasse. Und er hat angebissen!

»Ich mache Ihnen einen Vorschlag«, lächelte er sie an. »Da ich weiß, wie schwer es ist, für dieses Mozart-Ensemble Karten zu bekommen, ich aber aus geschäftlichen Gründen zu dem Hausherrn exzellente Kontakte habe, werde ich Ihnen eine neue Karte besorgen. Darf ich Ihnen das anbieten?«

»Oh, das ist ja wunderbar«, jubelte Marie-Claire. Ihre Freude war nicht gespielt, aber dennoch wartete sie noch auf eine weitere Frage. Und die kam prompt.

»Würden Sie es als aufdringlich betrachten, wenn ich Sie

fragen würde, ob ich Ihnen bei diesem Konzert Gesellschaft leisten dürfte?« Er sagte es so ehrlich und unwiderstehlich, dass sie viel zu schnell antworte: »Nein, ganz und gar nicht. Sehr gern!«

Zehn Minuten später verließ Marie-Claire de Vries mit wild pochendem Herzen den Hinterhof der Deutschordenskirche St. Elisabeth. Sie war glücklich, hatte Kopfschmerzen, hätte Salto schlagen können und vor Freude hüpfen wollen. So wunderbar hatte sie sich schon lange nicht mehr gefühlt. Heute Abend würde sie wieder hierherkommen. Und in einigen Tagen würde sie ins Konzert gehen. Hier, in den Sala Terrena – mit ihm! Mit Gregor Friedrich Albert von Freysing. Jenem Mann, der sich vor einigen Monaten in die Christie's-Zentrale in London so auffällig für den Florentiner Diamanten interessiert hatte und der dabei vom Sicherheitsdienst fotografiert worden war. Sie hatte ihn sofort wiedererkannt. Er sah so aus wie auf dem Foto – unglaublich gut!

Marie-Claire de Vries ging in die kleine Passage bei Haas & Haas. Ihre Gedanken waren längst beim heutigen Abend, und so bemerkte sie nicht, dass Gregor Friedrich Albert von Freysing an der Ausfahrt des Parkplatzes mit seinem Jaguar stehen blieb, durch das Fondfenster hindurch nachdenklich der attraktiven Frau mit den langen, blonden Haaren hinterherblickte. Leise murmelte er vor sich hin: »Seltsam! Da stimmt doch irgendetwas nicht!«

Der Schlagbaum öffnete sich. Der Jaguar rollte hinaus auf die Straße. Gregor Friedrich Albert von Freysing dachte angestrengt nach. Wie konnte diese Frau hier parken und dabei ihre Konzertkarte verlieren? Das war eigentlich unmöglich.

Dieser Parkplatz im Hinterhof des Deutschordens war durch einen Schlagbaum gesichert. Nur die Mitarbeiter mit einer elektronischen Chipkarte durften hier rein. Und einige ausgewählte Mitglieder des Ritterordens vom Goldenen Vlies, die fünf Offiziere. Und der Souverän …

7. Kapitel

Seinen Geburtstag hatte sich Freiherr Georg Ludwig von Hohenstein anders vorgestellt. Freunde, Geschäftspartner und Verwandte aus aller Welt hatten kommen sollen. Mehr als vierhundert Gäste waren geladen gewesen. Doch die dramatischen Geschehnisse vor etwa zwei Wochen hatten alle Pläne zunichte gemacht. Sein Leben und das von Klara hatte eine tragische Wende erfahren. Ihre unbändige Lebenslust war einer grausamen Realität gewichen. Er fühlte sich leer, antriebslos, litt unter extremen Stimmungsschwankungen und musste sich zwingen, dem Leben positive Aspekte abzuringen. Aber er war sich längst im Klaren darüber, dass nichts in seinem Leben jemals wieder so sein würde, wie es einmal gewesen war. Die herannahenden kalten Tage und Nächte des Winters verstärkten seine trübsinnigen Gedanken. Klara war noch immer im Sanatorium. Wie sehr er sie vermisste! Die hoch über der Donau gelegene Burg kam ihm ohne sie wie ein finsteres Verlies vor. Klaras Ärzte zeigten sich sehr skeptisch. Ihr fragiler Zustand war weder medikamentös noch mit Hilfe von Therapeuten zu stabilisieren. Ihre Seele war in dem

Sanatorium am Chiemsee in eine andere Welt geflüchtet. Sie war hochgradig suizidgefährdet. Die Gegenwart nahm sie nicht wahr, starrte apathisch aus ihrem Fenster hinaus auf dem See. Stunden- und tagelang. Physisch lebte sie. Sie aß, weil die Ärzte ihr sagten, dass sie essen müsse. Sie trank, weil er sie darum bat. Und trotzdem war ihr körperlicher Verfall nicht zu übersehen. Ihre einst so strahlenden Augen hatten jeglichen Glanz verloren. Nicht ein einziges Wort hatte sie seit jenem grausamen Morgen gesprochen. Sie war körperlich gegenwärtig, aber ihre Seele war tot. Und niemand wusste, ob sich das jemals wieder ändern oder zumindest bessern würde.

Ihm ging es nicht viel anders. Seit dem Überfall durch die Araber hatte er das Gefühl, neben sich zu leben. Er tat alles, was überlebensnotwendig war. Aber was er tat, war kaum mehr als dumpf dem tief in ihm nach bio-chemischen Gesetzen funktionierenden Überlebenstrieb zu gehorchen. Ein Trieb, ein Urinstinkt, der nur von einem einzigen Gedanken genährt wurde: Rache! Er wollte Rache. Um jeden Preis.

Er saß im Erkerzimmer der Bibliothek. Das Kaminfeuer flackerte unruhig. Es war ungewöhnlich warm für diese Jahreszeit. Die Nachmittagssonne kolorierte Hügel und Wälder. Mit Erstaunen stellte er fest, dass er diesen Tag tatsächlich als angenehm empfand. Das erste Mal seit Wochen. Nervös griff er nach dem Brief, der soeben per Eilboten zugestellt worden war. Schon der Poststempel hatte bei ihm geradezu euphorische Gefühle freigesetzt. Endlich! Das war die Antwort seines guten Freundes und Geschäftspartners Robert aus Frankreich. Hastig riss er den Umschlag auf, entfaltete den Brief und überflog die Zeilen. Bei den letzten Sätzen glitt ein Lä-

cheln über sein Gesicht. Leise las er die Worte, auf die er gewartet und gehofft hatte, vor sich hin: »... nach Rücksprache mit meinem Freund in Ouarzazate steht dir seine Jagdhütte selbstverständlich zur Verfügung. Sowohl für Niederwild als auch für Schwarzwild sind hochwertige Waffen vorhanden. Ich kann dir aus eigener Erfahrung sagen, dass es immer sehr lustig ist, dort zu jagen. Mir persönlich macht die Jagd auf Pendrix-Hühner und Sumpfschnepfen viel Freude. Besonders schön ist es in Sidi Boughaba und auf der Ile de Skhirate! Da die Saison für Schwarzwild bereits am 3. Oktober angefangen hat und einige seiner Freunde die Jagdhütte bereits vor längerer Zeit angemietet haben, müsstest du in der Zeit vom 21. bis 29. Dezember allerdings auf ein Hotel ausweichen. Für Details und konkrete Absprachen setze dich bitte direkt mit meinem Freund Ousmane in Ouarzazate in Verbindung. Denk bitte daran, dass er als Provinzgouverneur viel unterwegs ist. Du erreichst ihn aber am Abend unter folgender Telefonnummer: 00212-44-4465651.«
Das war die beste Nachricht, die er in den letzten Tagen erhalten hatte! Georg Ludwig von Hohenstein spürte, wie plötzlich wieder dieses eigentümliche Gefühl in ihm aufkam. Jagdfieber. Ja, es war das gleiche Gefühl, das er gehabt hatte, als er den Arabern nachgefahren war. Genau so hatte er sich gefühlt, als er durch das Zielfernrohr hindurch das Gesicht des Fahrers anvisiert hatte. Jetzt war dieses Gefühl wieder da! Von dem Moment an, da er erfahren hatte, dass er nicht den Vergewaltiger, sondern einen der anderen Araber erschossen hatte, war er nur noch von einem Gedanken beseelt: Er wollte den Kleinen, den schmächtigen Araber, den, der Klara vergewaltigt hatte, töten. Seit ihm sein beim bayrischen Innenministerium beschäftigter Studienkollege vertraulich mitge-

teilt hatte, dass zumindest einer der Araber verwundet nach Marrakesch geflohen war und dort ganz offensichtlich auch wohnte, stand sein Plan fest. Es war ein guter Plan. Mit diesem Brief aus Frankreich rückte dessen Realisierung in greifbare Nähe. Zufrieden faltete er den Brief zusammen, ging zielstrebig zum Bücherregal und holte einen Atlas hervor. Nach längerem Blättern fand er Marokko. Gebannt starrte er auf einen im Süden gelegenen Ort namens Ouarzazate.

»Mehr als zweihundert Kilometer werden das nicht sein«, flüsterte er und tippte mit dem Zeigefinger auf eine Stadt nördlich der von Osten nach Westen quer durch Marokko verlaufenden Gebirgskette. »Marrakesch! Auf geht's, zur Jagd nach Marrakesch!«

*

Seit Stunden blätterte Carlo Frattini in den Reisekatalogen herum, ohne auch nur ein für ihn annähernd erschwingliches Angebot zu finden. Er war wütend. Die Erbschaftsangelegenheiten seines Vaters würden sich länger als erwartet verzögern. Bis zur Auszahlung des Geldes würden höchstwahrscheinlich noch zwei Monate vergehen. Das war die schlechte Nachricht. Die gute war, dass sein Vater Leonardo im Laufe seine Lebens ganz offensichtlich sehr fleißig gespart hatte. Wie es aussah, vererbte er Carlo neben dem kleinen Boot und dem Haus bei San Teodoro auch noch die stattliche Summe von einhundertzwanzigtausend Euro. Woher sein Vater so viel Geld hatte, war ihm schleierhaft. Weder als Fremdenlegionär noch als Museumswärter hätte er genug beiseite legen können, um diese Summe anzusparen.

Letztendlich war das Carlo gleichgültig. Früher oder später würde der Notar das Geld freigeben. Das Problem war nur, dass er dieses Geld sofort brauchte. Nach Informationen seines Freundes Gianfranco, der hervorragende Kontakte zu Interpol hatte, stand fest, dass diese Araber sich nach Marokko abgesetzt hatten und noch immer dort waren. Einer war von der Schweiz aus geflohen. Ein anderer hatte sich, ebenfalls mit einem Ambulanzflugzeug, vom französischen Strasbourg nach Marokko abgesetzt. Zusammen mit den Informationen, die ihm dieser kleine, zwölfjährige Killer gegeben hatte, zeichnete sich ein ziemlich klares Bild ab: Wer immer diese Araber auch waren, ob schnöde Kriminelle oder vielleicht sogar Terroristen, sie hatten ein Versteck in Marrakesch. Dort fühlten sie sich ganz offensichtlich sehr sicher. Wahrscheinlich genossen sie Unterstützung und Rückendeckung aus hochrangigen politischen Kreisen in Rabat. Da ihm der kleine Junge in Todesangst auch noch verraten hatte, dass sein eigener Bruder mit zu diesen brutalen Leuten gehörte, die sich den Überfall auf den Palazzo Pitti ausgedacht hatten, zeichnete sich eine realistische Chance ab, an die Killer heranzukommen. Die Frage war nur, wie?
Er musste so schnell wie möglich nach Marrakesch, um anhand der ihm vorliegenden Details dieses Versteck ausfindig zu machen. Es war fraglich, wie lange sich diese Dreckskerle, die seinen Vater auf dem Gewissen hatten, noch dort aufhalten würden. Aber er hatte nicht einmal das Geld für ein Ticket, geschweige denn so viel, um seinen Plan vor Ort umsetzen zu können. Denn einen Plan hatte er bereits. Es war ein sehr simpler Plan. Einer, der bei den vielen Vendetta-Morden in seiner Heimat Sardinien schon oft perfekt funktioniert

hatte und sicherlich auch in Marokko funktionieren würde. Besonders in dem in ganz Italien als »Banditendorf« berüchtigten Bergstädtchen Orgosolo waren nach diesem Prinzip über die letzten fünfzig Jahre immer wieder Männer umgebracht worden. Dort oben in den sardischen Bergen, nicht weit von der Provinzhauptstadt Nuoro entfernt, hatten sich über Jahrhunderte und auch noch in den letzten Jahrzehnten grausame Familienfehden abgespielt. Immer ging es um die Ehre. Und immer folgte dem Tod der Tod eines anderen. Manchmal wurden Familien geradezu ausgerottet. Mal wurden Männer erschossen, auf offener Straße, beim Frisör oder fern ihrer Heimat, mal verschwanden sie ganz einfach, was meistens bedeutete, dass sie in eine der unzähligen Grotten und »su disteru« genannten Karstschlünden der Insel gestürzt wurden und damit auf Nimmerwiedersehen verschwanden. Nicht einmal der Einsatz italienischer Armee- und Sondereinheiten hatte diese grausamen Blutfehden von Orgosolo beenden können.

Ja, dachte Carlo Frattini, es war ein einfacher Plan, den er hatte, einer, der auf außerordentlicher Brutalität basierte und daher von den meisten Menschen nicht für denkbar gehalten wurde. Aber auf Sardinien galten seit jeher andere Gesetze. Das Rechtsprinzip der Vendetta, als eigenes Regulativ eines archaisch strukturierten Hirtenvolkes über Jahrhunderte entstanden, kannte kein Mitleid. War das Opfer auserkoren, stand sein Tod fest. Es war nur eine Frage der Zeit. Und Zeit war der engste Vertraute eines *bandito d'onore di Sardegna.* Es gab kein Vergessen, wenn die Schuld feststand und das Todesurteil ausgesprochen war. Die Rache konnte auch manchmal erst zwanzig oder dreißig Jahre später erfolgen. Nein, Zeit spielte wirklich keine Rolle, wenn es galt, ein Urteil zu vollstrecken. Die besudelte Ehre wieder herzustellen steuerte das Denken einer sardischen Familie ein Leben lang. Wer vollstreckte, war ebenso gleichgültig wie das Wann. Hauptsache, es wurde getan.

Und so stand auch für Carlo Frattini fest, dass er den Tod seines Vaters Leonardo rächen würde. Das Problem war lediglich, dass er sich beeilen musste. Die einzige Chance sah er daher darin, sich Geld zu borgen. Ganz gleich von wem und ganz gleich zu welchen Konditionen. Er musste nach Marokko. Erst dort würde er absehen können, wie lange er wirklich brauchte, um seinen Plan umzusetzen. Ja, dachte er, als er an diesem späten Nachmittag durch die nebligen Gassen von Florenz stadtauswärts in seine Wohnung in Borgo San Lorenzo fuhr, ja, du musst auf jeden Fall einen Flug reservieren. Erst den Flug reservieren! Das Geld würde er dann schon irgendwie auftreiben. Ohne Geld kein Flug. Und ohne Geld würde er auch die Waffe nicht bekommen. Die Rache für den Tod seines Vaters, durchfuhr ihn die ernüchternde Erkenntnis, hing von Geld ab.

*

»Ich glaube es nicht! Schau dir das bloß an! Eine Luxuslimousine nach der anderen! Chauffeure, Diplomatenkennzeichen – und höchstwahrscheinlich sind diese Edelkarossen auch noch gepanzert. Noblesse oblige!«

Als sie die von Chauffeuren gesteuerten schwarzen Nobelwagen mit getönten Scheiben vorfahren und in der Einfahrt neben der Deutschordenskirche verschwinden sah, die zu jenem Parkplatz führte, auf dem sie heute Gregor Friedrich Albert von Freysing kennen gelernt hatte, wurde Ma-

rie-Claire de Vries schnell klar, dass sich an diesem Abend nicht nur Aristokraten, sondern auch Geldadel in Wien treffen würde. Nur wenige Stunden waren seit ihrer Begegnung mit Gregor von Freysing vergangen. Stunden, die sie nie in ihrem Leben vergessen würde, denn alles, was am heutigen Tag passiert war, kam ihr wie ein Traum vor.
Zusammen mit ihrer Freundin Christiane saß sie in ihrem Suzuki-Geländewagen. In dem Fahrzeug wurde es empfindlich kühl. Sie hatte den Wagen schräg gegenüber des Eingangs der Kirche mit Blick auf die Einfahrt geparkt. Die beiden Sicherheitsbeamten, die seit einer Stunde in der Toreinfahrt standen, hatten schon neugierig zu ihnen herübergeschaut, dann aber Christianes Hund gesehen und sie wohl als Frauen auf Einkaufstour eingeschätzt.
Soeben fuhr wieder eine noble Karosse vor. Ein von einem Chauffeur gesteuerter Audi A8 mit getönten Scheiben. Ein kleines Schild mit den Buchstaben CD neben dem Kennzeichen WD-82313 ließ darauf schließen, dass es ein Diplomatenfahrzeug war. Es war früher Abend. Sie war froh, dass sich Christiane kurzfristig entschlossen hatte mitzukommen. Nach dem gemeinsamen Besuch der Schatzkammer war sie zu dem Schluss gekommen, dass die vor ihr liegenden Aufgaben den üblichen Rahmen ihrer Arbeit für Christie's sprengen würden. Und natürlich hatte Chrissie in der Schatzkammer sehr schnell gespürt, dass es hier nicht um eine simple Basisrecherche ging. Obwohl Francis Roundell sie mit Nachdruck gebeten hatte, diese Angelegenheit streng vertraulich zu behandeln, hatte sie ihre Freundin dann doch eingeweiht und sie gebeten, absolut verschwiegen zu sein. Sie ahnte, dass Christiane ihr helfen konnte, und sie spürte, dass diese Aufgabe vielleicht sogar ein bisschen gefährlich werden

konnte. Daher war Marie-Claire nun froh, ihre Freundin neben sich zu wissen. Die kramte gerade aufgeregt in einem Stapel Papier. Es waren Informationen über den Orden der Ritter vom Goldenen Vlies. Woher Chrissie sie in den wenigen Stunden seit ihrem Telefonat hatte, wusste Marie-Claire nicht, aber was ihre Freundin da vorlas, verschlug ihr die Sprache.

»Meine liebe Marie-Claire, wenn ich mir das hier anschaue, werden wir heute Abend wohl Zeugen eines geheimnisvollen Treffens der aristokratischen Hautevolee Österreichs und Europas! Schau! Da! Siehst du den Mann dort, der gerade in die Toreinfahrt geht?«

Aufgeregt deutete sie auf einen kräftigen, etwa fünfzigjährigen Mann.

»Was ist mit ihm?«

»Den kenne ich! Das ist der Industrielle Baron Friedrich Mayr-Melnhof! Mitglied des Aufsichtsrates eines Konzerns, der mit Holz und Kartons ein Vermögen macht. Der hat ein riesiges Schloss mit einhundertsechzig Zimmern im Attergau.«

Hektisch blätterte Chrissie in ihren Unterlagen und las sichtlich beeindruckt weiter.

»Gehört angeblich zu den reichsten Männern Österreichs, Landrat a.D., ist Ehrenpräsident des Golfverbandes; mit vierzehn Jahren nach Kanada gegangen, hat dort als Waldarbeiter geschuftet, ist passionierter Jäger, gilt als Naturbursche und …«

Chrissie brach abrupt ab und schaute ihre Freundin mit großen Augen an. »Voilà! Der Herr Baron ist …«

»Nun sag es schon«, zischte Marie-Claire sie an.

»Der Herr Baron ist einer der fünf Ordensoffiziere des

Ordens vom Goldenen Vlies! Und zwar nicht irgendein Offizier, sondern der wichtigste: nämlich der Chancellier!«
Marie-Claire verfolgte gebannt das Geschehen. Wieder fuhren zwei Fahrzeuge vor. Weil die Singerstraße vor der Ordenskirche eine Sackgasse war, mussten alle Autos sehr langsam fahren und direkt vor dem Suzuki wenden. Im Fond des ersten Fahrzeuges sah sie einen Mann, den auch sie aus dem Fernsehen kannte.
»Welch honorige Gesellschaft! Da kommt Seine Exzellenz, der Wiener Erzbischof, Christoph Graf Schönborn-Wiesentheid.«
Chrissie blätterte erneut in ihren Unterlagen, fand und las vor.
»Erzbischof Dr. Christoph Kardinal Schönborn! Studierte Philosophie und Psychologie, ein Jahr in Regensburg, wo der jetzige Papst Benedikt XVI., Joseph Ratzinger, sein Lehrer war. Lehrte als Ordinarius katholische Dogmatik an der Katholischen Universität im Schweizerischen Fribourg. Und ... er ist Aumonier ...«
»Er ist was?«, fragte Marie-Claire.
»Seine Exzellenz ist Aumonier – Kaplan des Ordens der Ritter vom Goldenen Vlies, also zuständig für die geistlichen Belange des Ordens. Der Hüter von Moral und Ethik quasi!«
Christiane kramte weiter in ihren Blättern. Immer wieder artikulierte sie ihr Erstaunen, schüttelte verwundert den Kopf und flüsterte bruchstückhaft Informationen vor sich hin.
»Ich glaube, ich bin hier in einem Film über das Mittelalter«, presste sie hervor. »Die Herrschaften da drinnen haben einen so genannten Herold, ein Herr Waldstein, den Chan-

cellier, Baron Friedrich Mayr-Melnhof, natürlich auch einen Greffier namens Alexander Graf von Pachta-Reyhofen. Und, selbstredend, den Trésorier, nach meinen Unterlagen ist das Wulf-Gordian Freiherr von Hauser! Ach ja, fast hätte ich es übersehen: Da gibt es logischerweise auch einen Chef, der neunzehnte Chef und Souverän dieses ehrenwerten Ritterordens: Karl von Österreich, beziehnungsweise Karl von Habsburg – der Enkel des letzten österreichischen Kaisers! Jener österreichische Kaiser, der erst unlängst vom Papst selig gesprochen wurde. Man sagt, das sei so schnell gegangen, weil die Ritter vom Goldenen Vlies exzellente Verbindungen zum Papst haben. Apropos Papst: Wenn ich richtig informiert bin, war es seit Bestehen dieses Ordens so, dass so genannte unabdingbare Ordensstatuten nur mit Genehmigung des Papstes geändert werden durften. Du siehst also, der Orden vom Goldenen Vlies ist der katholischen Kirche sehr verpflichtet. Und wohl auch umgekehrt.«

Marie-Claire de Vries hörte ihrer Freundin kaum noch zu. Die Namen, die Chrissie da vor sich hinplapperte, kannte sie, hatte sie schon oft gehört. Sie alle waren fester Bestandteil der Klatschspalten von Magazinen. Ihre Familiennamen hatten das monarchistische Österreich der letzten Jahrhunderte ebenso geprägt, wie sie im politischen wie auch wirtschaftlichen Leben dieses Landes noch immer allgegenwärtig waren. Doch all das interessierte sie im Moment nur beiläufig. Ihre Gedanken waren woanders, denn nur wenige Schritte von ihr entfernt hielt soeben eine weitere Luxuslimousine vor der Toreinfahrt zur Kirche. Eine, die sie kannte. Es war sein Jaguar! Gebannt starrte sie hinüber, sah den dunklen Anzug unter seinem schwarzen Mantel, sah, wie er selbstbewusst und zielstrebig in auf Hochglanz polierten schwarzen Lackschuhen

auf die Toreinfahrt zustrebte und darin verschwand. Wie elegant er aussah! Aber was hatte er mit diesem seltsamen Orden zu tun? War auch er ein Mitglied des geheimnisvollen Ritterordens?
Marie-Claire merkte, dass seine Nähe sie irritierte. Plötzlich hatte sie dieses seltsame Gefühl im Bauch. Sie kannte dieses Gefühl. Vor einigen Jahren hatte es sich eingestellt, als sie Frederik kennen gelernt hatte, und bald hatte es sich zu einer großen Liebe entwickelt – die dann unter grausamen seelischen Schmerzen abgestorben war.
Unwillig versuchte sie, diese Gedanken abzuschütteln. Es gelang ihr nicht. Der hervorgepresste Aufschrei ihrer Freundin riss sie aus ihren Erinnerungen.
»Meine Liebe«, stotterte Christiane, »damit du eine Ahnung hast, was da heute Abend im Wien des 21. Jahrhunderts abläuft, lese ich dir einmal vor, wer da in den letzten Jahrzehnten alles zu diesen Vliesrittern gehörte beziehungsweise immer noch dazu gehört – und möglicherweise heute Abend da drinnen anwesend sein wird. Es ist unglaublich! Also, da haben wir den Fürsten von Liechtenstein, Hans Adam II., dann der sechste König von Belgien, Prinz Albert II., und Seine Königliche Hoheit, Großherzog Jean von Luxemburg! Wahnsinn! Könige! Fürsten! Herzöge und das mitten in Wien! Ohne Polizeieskorten, ohne großes Trara – einfach so, klammheimlich und direkt vor unseren Augen.«
»Ich muss da rein!«, unterbrach Marie-Claire de Vries ihre Freundin. Sie sagte es sehr leise, aber bestimmt.
Verdutzt starrte Christiane ihre Freundin an. Sie sah, wie diese mit einem eigentümlichen Blick hinüber zu der Toreinfahrt starrte.
»Ich muss in diese Kirche rein, egal wie.«

Christiane Schachert war für einen Moment sprachlos. Nervös fuhr sie sich mit beiden Händen durch ihre Haare. Ihre unmissverständliche Bewegung mit dem Zeigefinger zur Stirn leitete einen wahren Wortschwall ein.

»Du hast einen Knall, Marie-Claire! Und zwar einen ziemlich großen! Da drinnen trifft sich der Hochadel Europas zu einer geheimnisvollen Zeremonie, abgeschottet durch Bodyguards, hinter verrammelten Kirchentüren. Die beiden hünenhaften Typen da am Eingang, das sind ohne Frage keine privaten Leibwächter, sondern mit an Sicherheit grenzender Wahrscheinlichkeit Beamte vom Staatsschutz oder so. Die fressen dich bei lebendigem Leibe auf, wenn du auch nur einen Schritt zu nahe an die Kirche kommst. Mademoiselle de Vries belieben wohl zu scherzen?«

»Nein, das ist kein Scherz! Ich will, ich muss da rein!« Marie-Claire de Vries wandte sich zu ihrer Freundin um. Sie war plötzlich sehr ernst. »Der Typ mit dem Jaguar! Ich muss wissen, ob er zu diesem Ritterorden gehört, denn er ist hinter dem Florentiner-Diamanten her. So wie ich.«

Kaum, dass sie es gesagt hatte, wusste sie, dass dies nur die halbe Wahrheit war. Ja, sie wollte, sie musste wissen, was er mit diesem Ritterorden und mit dem Florentiner zu tun hatte. Sie wollte wissen, was es mit diesem höchst geheimnisvollen Ritterorden auf sich hatte, der im 21. Jahrhundert Zeremonien praktizierte, die schon vor fast sechshundert Jahren praktiziert worden waren, um die einflussreichsten Männer des damaligen Europas zu einer mächtigen Bruderschaft zusammenzuführen. Ja, all das wollte sie wissen. Aber das alleine war nicht der Grund. Da war noch etwas: Marie-Claire war auf dem besten Wege, sich in Gregor von Freysing zu verlieben.

Eine Viertelstunde später stieg Marie-Claire de Vries aus ihrem Wagen. Christiane hatte zwar vehement versucht, sie abzuhalten, aber nichts und niemand hätte sie an diesem Abend stoppen können. Sie wusste, dass es irrational war, was sie tat. Es ging nicht um den Florentiner, nicht um ihren Auftrag. Es ging um dieses Gefühl.
Seit zehn Minuten waren keine Limousinen mehr vorgefahren. Die Kirche wirkte in der Dunkelheit völlig unscheinbar. Nichts verriet nach außen, was sich hinter den drei Kirchenfenstern abspielte. Nur die beiden Sicherheitsbeamten passten nicht zu dieser friedlichen Atmosphäre.
Bestrebt, wie eine flanierende Shopperin zu wirken, schlenderte sie die Singerstraße hinab, schaute in die Schaufenster und überquerte nach etwa vierzig Metern die Straße. Sie blickte auf die Armbanduhr. Ihr Herz pochte wild. Würden dort drüben, vor oder in der Einfahrt zum Hinterhof des Café Haas, dem Parkplatz der Deutschordenskirche, auch Sicherheitsbeamte stehen? Fast auf Zehenspitzen schlich sie einen Schritt in die Einfahrt hinein. Der Innenhof war stockdunkel. Sie sah nur die rot-weiße Sicherheitsschranke in der Toreinfahrt hin zum Parkplatz. Misstrauisch schielte sie über ihre Schulter nach hinten, ob einer der beiden Sicherheitsbeamten zu sehen war. Nein! Aber sie sah Chrissie, wie sie aus dem Wagen stieg und mit selbstbewusstem Schritt auf den Eingang zur Kirche zuging. Mach bloß keinen Mist, dachte sie und ging so leise wie nur möglich auf dem Kopfsteinpflaster in den Innenhof.

Christiane Schachert steuerte mit festem Schritt auf die beiden Bodyguards zu. Sie fühlte sich sehr mutig, aber sie spürte, wie ihre Knie dabei zitterten. Die Männer starrten sie an. Mit

Genugtuung registrierte sie, wie beide ihren Körper taxierten, unverhohlen auf ihren kurzen Rock und ihre geöffnete Weste stierten. Sie kannte diesen Blick nur zu gut und hatte daher auch keine Bedenken, dass der Plan funktionieren würde. Jedenfalls ihr Part des Plans.

»Grüß Gott«, lächelte sie die beiden Sicherheitsbeamten schon von Weitem an und fingerte dabei ihren Dienstausweis des Kunsthistorischen Museums hervor.

»Grüß Sie«, reagierte der etwas Jüngere der beiden. Seinem Blick sah sie an, dass er es sein würde, mit dem sie sprechen musste.

»Sie sind sicherlich die Herren vom Sicherheitsdienst des Innenministeriums, die auf unsere Kunstschätze aufpassen, oder? Mein Name ist Christiane Schachert, ich bin Mitarbeiterin des Kunsthistorischen Museums!«

Demonstrativ hielt sie ihren Ausweis mit dem Dienstsiegel und ihrem Passbild dem Jüngeren hin. Er lächelte sehr nett und fragend, aber sie ließ ihm keine Zeit für eine Frage.

»Ich bin von meinem Chef, Herrn Hofrat Professor Doktor Wilfried Seipp, beauftragt, hier nach dem Rechten zu schauen. Sie wissen ja, wie das ist, wenn so wertvolle Kunstschätze aus der Wiener Schatzkammer außerhalb der Panzerglasvitrinen benutzt werden. Da ist die Versicherung schwer nervös. Sind ja Millionenwerte, die da drinnen sind«, heuchelte sie berufliches Pflichtbewusstsein. Der Titel ihres Chefs zusammen mit dem amtlichen Lichtbildausweis des Museums verfehlte nicht seine Wirkung. In Österreich waren Amtstitel und Dienstsiegel wie ein Passepartout. Wenn nichts mehr in diesem verstaubt-bürokratisierten Land funktionierte, half ein Titel immer weiter.

»Alles in Ordnung hier«, hüstelte der Jüngere und versuchte

zu flirten. »Wirklich charmante Wissenschaftlerinnen gibt es im Kunsthistorischen. Da freuen wir uns doch auf die Mitarbeit!«

Beide Männer standen nun nur wenige Schritte von ihr entfernt inmitten der Toreinfahrt, mit dem Rücken zum Hinterhof. Für Bruchteile von Sekunden sah sie plötzlich das Gesicht von Marie-Claire, die hinter dem Rücken der Sicherheitsbeamten um die Mauerecke herumlugte, ihr zuzwinkerte und dann wieder verschwunden war.

»Na ja, ist nur eine Routinesache! Die Versicherungen spinnen eben, seit sie uns vor drei Jahren die berühmte Saliera, das goldene Salzfass von Benvenuto Cellini, aus dem Kunsthistorischen geklaut haben. Wir wissen natürlich, dass die edlen Ritter da drinnen mit ihren Collanen und dem Schwurkreuz vom Sicherheitsdienst professionell bewacht werden und daher werde ich nicht länger bleiben. Ist ja eh alles verschlossen. Nach der Messe schau ich dann noch einmal bei Ihnen vorbei.«

Marie-Claire de Vries hörte nur Bruchstücke der Unterhaltung, die ihre Freundin mit den beiden Sicherheitsbeamten führte. Sie lächelte triumphierend. Chrissie war wirklich genial!

Leise huschte sie hin zu der grünen Tür in der rechten Ecke des Hofes. Heute Vormittag hatte sie gesehen, dass dort der Eingang zur Sakristei war. In der Kirche hatte sie dann bemerkt, dass sich in der Höhe des Altars eine Tür befand, die, dessen war sie sich sicher, ebenfalls in die Sakristei führte. Eine zweite Tür gab es links vom Eingang. Vermutlich war dahinter eine Treppe, die hinauf zu der Orgelempore über dem Eingang führte. Die Frage war nur, ob die Empore mit den zwei Fenstern, die sie gesehen hatte, auch ein Verbindungsgang zwischen Sakristei und Orgel war. Wenn sie dort oben in den Emporengang gelangte, würde sie einen fast perfekten Blick von oben herab auf das Innere der Kirche haben. Aber wenn der Orgelspieler durch diesen Emporengang gehen musste, würde sie entdeckt werden. Das war das eigentliche Risiko ihres Plans.

Die Sakristei war fast dunkel. Marie-Claire zog ihre Schuhe aus. Auf Strümpfen lief sie über den Steinfußboden durch den Raum auf eine Tür zu. Ihr Herz pochte wild. Irgendwo hinter der anderen Tür, jener, die ganz offensichtlich direkt in die Kirche führte, hörte sie Männerstimmen. Zitternd drückte sie die schwere Messingtürklinke herunter und öffnete die Tür Millimeter für Millimeter. Im Halbdunkel erkannte sie eine Steintreppe. Ein diffuser Lichtschimmer ließ sie innerlich jubeln. Ja, diese Treppe führte nach oben. Es musste die Treppe zur Empore sein. Plötzlich zuckte sie erschrocken zusammen, presste sich die Hand vor den Mund. Lautes Orgelspiel hallte die enge Treppenstiege herab zu ihr. Die Männerstimmen verstummten. Irgendwo über ihr räusperte sich jemand. Nach vorne gebeugt, mit beiden Händen nach den Treppenstufen tastend, arbeitete sie sich Zentimeter für Zentimeter die Treppe hinauf. Sie zählte jede einzelne Stufe. Wenn sie hier wieder runter wollte, würde sie im Dunkeln kaum etwas erkennen können.

Es kam ihr unendlich lange vor, bis sie einen schmalen Lichtschein vor sich erkannte. Die Tür! Das musste die Tür zur Empore sein. Die Orgel verstummte. Ein Schweißtropfen rann ihr übers Gesicht und klatschte grausam laut auf die Steintreppe unter ihren Händen. Das Geräusch kam ihr wie ein Donnerschlag vor. Sie verharrte, lauschte, hörte nichts –

und schob die Holztür einen Spalt breit auf. Ja! Es war der Gang der Empore. Sie hätte am liebsten laut gejubelt, denn sie sah direkt vor sich, nur einen Meter entfernt, jenes Erkerfenster, von dem aus sie sicher gut die Zeremonie der Ritter vom Goldenen Vlies beobachten konnte.
Sie kroch fast über den Boden hin zu dem Erkerfenster, kauerte sich darunter und richtete sich dann langsam auf. Ihr Kleid raschelte. Panisch starrte sie nach rechts, den Gang entlang, wo es zu der Orgel ging. Nichts geschah. Millimeter um Millimeter richtete sie sich auf und blickte über den Fenstersims. Das Streiflicht der von der Kirchendecke herabhängenden Kronleuchter touchierte ihr Gesicht und blendete sie für Momente. Sie sah, dass die gegenüberliegende Empore dunkel war. Dann erfasste ihr Blick die gesamte Kirche einige Meter unter sich. Sie war wie paralysiert. Wieder glaubte sie ihren Herzschlag zu hören. Ihr stockte der Atem, denn sie begriff sofort, als sie in die Deutschordenskirche mit ihren rot-weißen Granitkacheln hinunterblickte, dass sie das sah, wovon sie geträumt hatte und von dem sie noch vor wenigen Tagen nicht einmal gewusst hatte, dass es so etwas in Wien, ja auf der Welt noch gab.
Die Kirche war durch sieben schlichte Bronzeleuchter nur dezent erhellt. Einige wenige Kerzen verliehen dem Kirchenschiff eine gespenstische Atmosphäre. Die jeweils sechs Holzbänke beidseitig des Mittelgangs waren mit Tüchern bedeckt. Teppichläufer führten auf dem Granitboden hin zum Altar, auf dem Kerzen standen. Ihr flackerndes Licht spiegelte sich in dem goldenen Rahmen des prächtigen Muttergottesbildes hinter dem Altar.
Zwei dumpfe Klopfzeichen ließen Marie-Claires Puls stocken. Sie sah einen sehr aufrecht und würdevoll in die Kirche

hereinschreitenden Mann. Er hatte eine jener unvorstellbar kostbaren goldenen Collanen über Schulter und Brust gehängt, die sie in der Wiener Schatzkammer gesehen hatte. Da war es! Das Goldene Vlies – mit dem goldenen Widder, der auf der Brust des Mannes hing. Bedächtig schritt der Vlies-Ritter in die Kirche. Er hielt einen langen Stab in seiner Hand. Der Heroldsstab! Ja, das war der Herold des Ordens. Wie hatte Christiane gesagt, hieß er? C. A. Waldstein? Der Herold des Ordens verharrte, schaute sehr ernst und andächtig und stampfte mehrmals mit seinem Stab auf den Boden. »Procedamus« hallte seine Stimme durch die Kirche. Im gleichen Moment traten weitere Männer in schwarzem Ornat und mit weißen Handschuhen aus dem Schatten an der Tür in die Kirche ein.

Marie-Claire sah die Schar der schwarz Gekleideten, sah die goldenen Collanen und den Widder im Kerzenlicht erstrahlen und erschauerte. Plötzlich fühlte sie sich um Jahrhunderte zurückversetzt, entrückt in eine Zeit, die von mittelalterlich-romantisch verklärten Idealbildern der Chevaliers, der tugendhaften Ritter mit untadeliger Lebensführung, geprägt war. Ritter, die für Gott, den Papst und andere, oftmals sehr weltliche Ideale lebten, kämpften – und starben. Diese Männer dort unten, das begriff sie erst jetzt, erfüllten diese Tradition noch heute mit Leben. Doch für wen oder was kämpften sie?

Hinter dem Herold traten nun zwei Männer ins Licht der Kerzen. Sie schienen besondere Funktionen zu haben. Vielleicht der Trésorier und der Greffier, der Ordenssekretär, dachte sie. Den Namen des Greffiers kannte sie aus den Zeitungen. Er war ein bekannter Manager eines in Österreich ansässigen internationalen Konzerns. Ein gut aussehender

Mittvierziger mit grau melierten Haaren schritt der Gruppe voran, wies jedem einzelnen der Männer einen offensichtlich vorgegebenen Sitzplatz zu. Alle Männer knieten vor dem Altar nieder, bevor sie auf den Bänken Platz nahmen. Erst als die etwa dreißig Männer an ihren Plätzen waren, geleitete ein offensichtlich noch bedeutsamerer Vlies-Ritter mit sehr erhabenem Gesichtsausdruck einen verhältnismäßig jungen Mann zu einem kleinen Tisch nahe dem Altar.

Neugierig versuchte sie, im Dunkel der Kirche nach Gregor Ausschau zu halten, aber sie konnte von ihrem Versteck aus im Halbdunkel nur die Vlies-Ritter in den ersten Reihen und in den gegenüberliegenden Bänken einigermaßen erkennen. Wer direkt unter der Empore saß, war für sie nicht zu sehen. War das da vorne rechts, der alte Mann mit dem Oberlippenbärtchen, nicht der Großherzog von Luxemburg? Und der neben ihm, war das nicht König Albert II. von Belgien? Ihr Blick glitt über die Bankreihen. Ob er dort unten saß? War auch Gregor von Freysing ein Ritter des Ordens vom Goldenen Vlies?

Wieder ging ihr Blick hinüber zu dem Ordenssouverän an dem kleinen Tisch vor den Sitzbänken. Sie wusste, wer der Mann war, der dort saß: Karl von Habsburg – der Enkel des letzten österreichischen Kaisers! Auf dem kleinen Tisch vor ihm beleuchteten zwei Kerzen eine goldene Schale – und das Schwurkreuz! Da war es! Jenes legendäre Kreuz aus dem Besitz der Herzöge von Burgund, das bei ihrem Besuch in der Wiener Schatzkammer gefehlt hatte und auf das jeder Ritter vom Goldenen Vlies seit nahezu sechshundert Jahren seinen Eid ablegte. Das mit funkelnden Rubinen, Saphiren und Perlen besetzte goldene Kreuz mit dem mächtigen Goldfuß strahlte im Kerzenschein der dunklen

Kirche wie ein Komet. Marie-Claire fühlte sich plötzlich wie ein kleines Kind, das mit glänzenden Augen die brennenden Kerzen des Weihnachtsbaums anstarrt. Die mystische Atmosphäre, die Erhabenheit in den Bewegungen der Vlies-Ritter dort unten beeindruckten sie maßlos. Ein inneres Leuchten schien vom festen Glauben dieser Männer auszugehen. Und von den hohen Idealen dieses Ritterbundes.

Dann setzte das Orgelspiel ein. Die Männer unten in der Kirche sangen. Der Vlies-Aumonier, Erzbischof Christoph Graf von Schönborn-Wiesentheid, zelebrierte, assistiert von einem Priester, eine feierliche Messe. Plötzlich stand ein Ritter nach dem anderen auf, schritt andächtig hin zu dem kleinen Tisch mit dem Schwurkreuz. Jeder von ihnen warf eine große, goldene Münze in die goldene Schale.

Marie-Claire vergaß zu atmen. Sie war fasziniert von der mittelalterlich anmutenden Zeremonie der Vlies-Ritter und war doch hin und her gerissen in ihren Empfindungen. War das alberner Mummenschanz, aristokratisch-monarchistischer Dünkel? War das in tiefer Religiosität verankerte Tradition? Was wollten diese Männer dort unten? War sie Zeugin der Zeremonie einer Geheimbruderschaft, einer Loge?

Nachdenklich hockte sie auf dem Steinboden unter dem Erkerfenster. Ihre Gedanken und Empfindungen überschlugen sich. Wie von ferne hörte sie inbrünstig gemurmelte Gebete, lauschte sie den mystischen Liturgien und dem Orgelspiel. Als sei sie der Realität entrückt, in eine andere, eine unwirkliche Welt entfleucht, nahm sie alles um sich herum eigenartig gedämpft wahr. Wieder setzte das Orgelspiel ein. War das nicht ...? Ja, das war sie! Die Orgel in der Kirche spielte soeben jene Melodie, die sie selbst noch aus Kindheitstagen kannte. Ihre Großeltern, Verehrer des letzten österreichischen Kaisers, des in Verbannung auf der Insel Madeira verstorbenen Karl I., hatten sie in ihrer grenzenlosen Bewunderung schon als kleines Mädchen dieses Lied zu singen gelehrt. Ja, sie kannte diese Melodie, die von Haydn komponierte und von Lorenz Haschka getextete »Kaiserhymne« – deren Melodie jetzt die deutsche Nationalhymne war.

Entrückt in Erinnerungen, zurückkatapultiert in ihre Kindheit, ergriffen von den plötzlich vor ihren Augen zu neuem Leben erwachenden Bildern ihres so geliebten Großvaters, flüsterte sie ganz leise eine jener Strophen vor sich hin, von denen sie ahnte, dass diese dort unten versammelten Männer, die Ritter vom Goldenen Vlies, sie nun auch vor sich hin flüstern würden: »Lasst uns fest zusammenhalten, in der Eintracht liegt die Macht; mit vereinter Kräfte Walten wird das Schwere leicht vollbracht; lasst uns eins durch Brüderbande gleichem Ziel entgegengehn; Heil dem Kaiser, Heil dem Lande, Österreich wird ewig stehn …«

»Hände hoch! Keine Bewegung!«

Die kaum hörbar und dennoch Furcht erregend dahingezischten Worte des Mannes, der hinter ihr stand, rissen sie aus ihren Träumen. Bevor sie sich umdrehen konnte, spürte sie einen kalten Gegenstand an ihrem Hinterkopf. Ihr Herz schien stillzustehen. Ihr Puls hämmerte in ihren Schläfen. Ihr wurde übel. Panische Angst bemächtigte sich ihrer, als sie begriff, dass der Mann ihr eine Pistole an den Kopf presste.

»Langsam aufstehen! Ganz … ganz langsam aufstehen – und keine falsche Bewegung!«

Es fiel ihr schwer, sich aufzurichten. Die Orgelmusik übertönte das Rascheln ihres Kleides, als sie sich Zentimeter für Zentimeter an der Wand hochzog. Plötzlich wusste sie, woher sie die Stimme des Mannes kannte. Sie hätte am liebsten geweint. Denn vor dem, was nun geschehen würde, hatte sie unendliche Angst.

8. Kapitel

Der nach dem Schriftsteller Antoine de Saint-Exupéry benannte Flughafen von Lyon war in den späten Abendstunden fast menschenleer. Francis Roundell lächelte. Seit Jahren war er nicht mehr hier gewesen. Mit Lyon verbanden ihn viele angenehme Erinnerungen. Während seiner Dienstzeit in der für Kreditkartenbetrug zuständigen Abteilung bei Interpol war er von hier aus zu vielen interessanten Reisen rund um die Welt losgeflogen. Der Umzug Interpols von Paris nach Lyon hatte letztendlich seinen wichtigsten Karrieresprung herbeigeführt. Wäre er nicht nach Lyon gegangen, hätte er nie den Kontakt zum Auktionshaus Christie's bekommen. Im Rahmen einer weltweiten Interpol-Ermittlung gegen eine vornehmlich von Saudi-Arabien aus operierende Kreditkartenbetrügerorganisation, die vor allem Kunsthändler schädigte, war der Kontakt zu Christie's in London entstanden. Schon sechs Monate später hatte man ihm die Position des Sicherheitschefs bei dem renommierten Auktionshaus angeboten. Da er dort seine private Passion für Kunsthandel mit seinen hervorragenden weltweiten Kontakten zu nationalen Polizeibehörden optimal verbinden konnte, füllte ihn diese Tätigkeit für Christie's ganz und gar aus und machte ihm viel Freude. Nur die finanziellen Rahmenbedingungen seiner Tätigkeit ließen zu wünschen übrig, aber das würde sich ja bald ändern.

Knapp dreißig Minuten nach der Landung stieg er bereits vor dem direkt an der Rhône gelegenen Hotel Bellecour aus dem Taxi. Die Bäume der Allee entlang des Quai Gailleton vor dem hässlichen quadratischen Hotelbau mit seinen acht Stockwerken bogen sich unter starken Windböen. Nur noch einige wenige Blätter hingen an den Platanen. Er schaute auf die Uhr. Es war bereits nach neun. Er war etwas spät dran. »Bonsoir«, grüßte er den Portier und bat ihn, sein Gepäck direkt auf sein reserviertes Zimmer zu bringen, denn er war im Restaurant Les Trois Domes verabredet.

Entgegen seiner Erwartung saß Bernhard Kleimann nicht im Restaurant in der achten Etage. Der modern-luxuriöse Speiseraum war auffallend leer. Durch die riesigen Fensterwände hindurch genoss Francis Roundell einen kurzen Blick über die Stadt. Die vier Türme des nahen Doms erstrahlten im Scheinwerferlicht. In den dunklen Fluten der Rhône spiegelten sich die Häuser der gegenüberliegenden Vergnügungsmeile der Stadt.

Seinen ehemaligen Kollege und langjährigen Freund Bernhard fand Francis in der Cocktailbar Le-Melhor direkt neben dem Restaurant. Er war der einzige Gast. Gedankenversunken saß der korpulente Mann mit dem Rücken zur Bar und stierte aus dem Fenster. In der Hand hielt er ein Glas Rotwein. Er war froh, seinen ehemaligen Kollegen wieder einmal zu sehen. Über die Jahre hinweg hatte sich ihre Freundschaft aus alten Zeiten als sehr hilfreich erwiesen. Bernie saß bei

Interpol in exponierter Position. Er hatte Zugang zu allen Computern und Informationssystemen und konnte ihm damit manchmal sensible Polizeiinformationen zukommen lassen. Als Gegenleistung hatte er Bernie dafür auch hin und wieder über seine Kontakte zum internationalen Kunstmarkt bei polizeilichen Ermittlungen helfen können. Dieses Eine-Hand-wäscht-die-andere-Prinzip funktionierte hervorragend. Als Freunde vertrauten sie sich und gingen entsprechend vorsichtig mit den oftmals brisanten Daten um.

»Bernie, du alter Terrorist! Was schaust du denn so trübsinnig drein?«, begrüßte er den Interpol-Beamten lachend. Bernhard Kleimann zuckte zusammen, rutschte ungelenk vom Barhocker und umarmte Francis Roundell geradezu stürmisch.

»Mensch, Alter, ist das schön, dich mal wieder zu sehen. Gut schaust du aus! Scheinst den großen Stich gemacht zu haben mit deinem Auktionshaus. Ist ja ein richtiger edler Zwirn, den du da anhast! Wohl kein Anzug von der Stange, was?«

Der Blick des korpulenten Deutschen heftete sich auf die Schuhe seines ehemaligen Kollegen. »Na, sauber! Sehe ich da Maßschuhe an den Füßen des edlen Herrn?«

Francis Roundell blickte verunsichert hinüber zu dem Barkeeper, der die Begrüßungszeremonie seiner beiden einzigen Gäste lächelnd beobachtete.

»Komm, hör auf, mich hier zu blamieren! Lass uns lieber rüber in die Ecke am Fenster gehen und unser Wiedersehen feiern. Mensch, Bernie, ich freue mich so, dich zu sehen! Sind viele Jahre vergangen, seit wir das letzte Mal hier an der Bar saßen …«

Beide Männer setzten sich an das große Fenster und bestellten eine Flasche Rotwein. Die guten Freunde redeten über ihre gemeinsamen schönen Zeiten bei Interpol in Paris, besonders aber über die enormen Veränderungen innerhalb der Organisation nach dem Umzug im Jahre 1989 nach Lyon.

»Weiß du, Francis«, resümierte Bernhard Kleimann nach gut einer halben Stunde, »nichts ist mehr so, wie es einst war! Ich kann dir nur sagen, dass es sehr klug war, dir einen Job in der Privatwirtschaft zu suchen. Aus dem alten Interpol ist eine grauenhaft bürokratisierte, lahme Ente geworden! Mit Verbrechensbekämpfung hat meine Tätigkeit kaum mehr was zu tun. Ich schiebe Akten hin und her, mehr nicht! Seit Europa so rasant wächst, gewinnt Europol eine immer größere Bedeutung. Die sind einfach effizienter und leiden nicht unter diesen wahnwitzigen politischen Rücksichtnahmen, die seit jeher Interpol zu einem Adler mit gestutzten Flügeln machen. Den großen polizeilichen Herausforderungen des 21. Jahrhunderts, dem Rauschgifthandel und dem Terrorismus, hat Interpol nichts entgegenzusetzen. Solange diese unrühmliche Resolution aus alten Zeiten vorschreibt, dass der politische Charakter von Straftaten im nationalstaatlichen Ermessen liegt, bleibt Interpol eine reine Verwaltungsbehörde. Du weißt ja, die Interpol-Statuten verbieten jede Hilfestellung bei politisch motivierten Delikten, bei militärischen und religiösen Angelegenheiten. Und da gibt es nun einmal zwischen den Mitgliedsstaaten höchst unterschiedliche Interpretationen. Wir sagen, der Typ ist ein Terrorist, und die anderen sagen, er ist ein Freiheitskämpfer, ein Held, dem höchste Ehre gebührt. Das kann ja nichts werden! Ist zwar schön, dass wir jetzt so wunderbare internationale Kommunikationstechniken wie das I-24/7-System haben. Das spart viel Zeit beim weltweiten Austausch von Informationen, aber ohne Exekutivrechte nutzt all das nichts! Wir verwalten das Böse der Welt und informieren quasi all unsere knapp einhundertachtzig Mitgliedsstaaten, dass es das Böse gibt. Aber das war es dann auch schon. Na ja, du kennst die Problematik ja.«

Francis Roundell hatte seinem einstigen Kollegen sehr aufmerksam zugehört. Lange hatte er auf ein Schlüsselwort gewartet, um das Gespräch auf jenes Thema zu lenken, das ihn interessierte und weshalb er extra von London nach Lyon geflogen war. Bei dem Stichwort Terrorismus sah er seine Chance gekommen.

»Deswegen habe ich den Kram damals auch hingeschmissen, Bernie. Als ich neulich las, dass Interpol aus Anlass der Flutkatastrophe in Asien jetzt eine Datenbank für DNS-Profile zur besseren Identifizierung von Vermissten und Toten erstellt, kam mir sofort der Gedanke, dass aus dem, was einmal als weltweit tätige Organisation im Kampf gegen die Kriminalität angedacht worden war, eine karitative Hilfsorganisation geworden ist. Das ist nichts für mich, Bernie! Ich bin noch immer tief in meinem Herzen ein echter Bulle. Aber du weißt ja, entgegen der Darstellungen in vielen Kriminalromanen gibt es nun einmal keine Interpol-Agenten, die Verbrecher rund um die Welt verfolgen. Nicht einmal eine Knarre dürfen die Interpol-Beamten tragen, ohne in den jeweiligen Mitgliedsstaaten freundlichst um Genehmigung fragen zu müssen, und dann wird es meistens abgelehnt. Wozu brauchen sie auch eine Waffe, sie dürfen ja sowieso niemanden festnehmen. Sesselpupser sind es, mehr nicht. Wie gesagt, das ist nichts für mich.«

Francis Roundell sah, wie sein Freund Bernie nachdenklich aus dem Fenster über das hell erleuchtete Lyon starrte. Er wusste, dass auch Bernhard Kleimann ein leidenschaftlicher Kriminalbeamter war, jetzt aber nur noch aus finanziellen und familiären Erwägungen in Lyon blieb. Bernie hatte vier Kinder. Die hohen steuerfreien Auslandszuschläge, die man als Interpol-Beamter erhielt, ließen viele Mitarbeiter dieser Organisation bleiben, obwohl sie die reine Verwaltungstätigkeit hassten. So wie Bernhard, der schon als Kriminalbeamter im einstigen 14. Kommissariat der Kripo in Bonn für politische Delikte zuständig gewesen war, danach ins Terrorismus-Referat des Landeskriminalamtes Düsseldorf und dann als deutscher Verbindungsbeamter für Terrorismus zu Interpol gewechselt war.

»Da wir ja nun schon beim Thema sind, Bernie: Kannst du mir in dieser Sache, die ich am Telefon angedeutet habe, weiterhelfen? Habt ihr da Informationen?«

Kriminalhauptkommissar Bernhard Kleimann schaute hinüber zu dem Barkeeper, bevor er antwortete. Der junge Afrikaner hinter der Theke war zu weit weg, um ihr Gespräch belauschen zu können.

»Ja, Francis«, sagte er sehr leise, »da gibt es einige sehr interessante Sachen. Ich brauche dir ja nicht weiter zu erklären, dass ich meinen Job riskiere, wenn du nicht vorsichtig mit dem Material, dass ich dir geben kann, umgehst?«

»Bernie«, war Francis Roundell bestrebt, die Ängste seines Freundes auszuräumen, »du weißt, dass ich Quellenschutz über alles stelle. Du bist mein Freund! Wir kennen uns lange genug und brauchen uns wohl nicht über dieses Thema zu unterhalten.«

»Also gut, Francis ...« Bernhard Kleimann zog einen Stapel Dokumente aus seinem Aktenkoffer. »Die beiden Überfälle in Deutschland und Florenz sind so ziemlich das heißeste Thema, das es derzeit bei Interpol gibt! Und nicht nur bei uns! Das deutsche Bundeskriminalamt, der Bundesnachrichtendienst, das Bundesamt für Verfassungsschutz und so ziemlich alle italienischen Polizeibehörden und Geheimdienste sind extrem nervös wegen dieser Sache. Bei Interpol haben sie eine eigene Sonderkommission mit dem Namen *Mraksch* mit fünf Beamten eingerichtet.«

»Na ja, war ja auch ziemlich brillant, was diese Typen da abgezogen haben«, unterbrach ihn Francis Roundell und ergänzte: »Brillant – und extrem brutal! Das waren eiskalte Typen, die das geplant und durchgeführt haben …«

»Das Verrückte an dieser Sache ist«, flüsterte Bernhard Kleimann, »dass wir alle noch immer nicht genau wissen, ob das nun professionelle Kriminelle waren oder doch Terroristen! Die Tatsache, dass bei beiden Überfällen jeweils nur ein ganz bestimmter Edelstein geraubt wurde, schließt eigentlich die eine Vermutung aus. Die hätten sowohl in Bayern als auch in Florenz Berge von wertvollem Schmuck klauen können! Haben sie aber nicht. Andererseits tun sich meines Wissens so ziemlich alle Nachrichtendienste Europas mit diesem ominösen Bekennerschreiben schwer.«

»Ein Bekennerschreiben?«, unterbrach Francis Roundell seinen Freund erneut. »Erzähl!«

»Nun ja, wenn er denn authentisch ist, dann gibt es einen Bekennerbrief! Er ist auf Arabisch verfasst. Die Typen nennen sich ›Heilige Krieger der Tränen Allahs‹. Von einer solchen Gruppierung hat noch nie irgendein Terrorismusexperte in Europa je gehört. Sie haben den Brief an ein französisches Magazin geschickt. Da stehen allerdings so viele Einzelheiten drin, die nur die Täter wissen können, dass man davon ausgehen kann, dass er authentisch ist. Andererseits faseln die in einer für politisch motivierte islamische Straftäter sehr untypischen Terminologie etwas von der Rückführung der von den Kreuzrittern bei den Kreuzzügen gestohlenen Kulturgüter, die dem arabischen Volk gehören.«

»Das ist wirklich höchst seltsam. Von einer solchen Gruppierung habe ich auch noch nie gehört«, brachte Francis Roundell sein Erstaunen zum Ausdruck.

»Eben!« Bernhard Kleimann schaute kurz auf, schien dann aber das von ihm gesuchte Dokument in dem Stapel der mitgebrachten Papiere gefunden zu haben. »Hier, schau dir das mal an! Wenn die Informationen vom deutschen Bundesnachrichtendienst richtig sind beziehungsweise tatsächlich richtig gedeutet wurden, dann haben sich zwei der Täter nach Marrakesch abgesetzt. Und zwar sehr clever! Die sind mit Ambulanzflügen nach Marokko geflogen.«

Der Interpol-Mann reichte Francis Roundell ein Dokument. »Hab bitte Verständnis dafür, Francis, dass ich bei der Kopie den Briefkopf des Originalschreibens vom BND weggelassen habe. Das Ding da ist als ›Streng geheim‹ klassifiziert. Wenn man es bei dir finden würde, wäre ich wegen Geheimnisverrats dran! Ich denke, dir reicht der Inhalt des Dokuments. Was die ganze Sache mit diesem vom BND zitierten Buch mit dem Titel *Vitrine XIII* zu tun hat, weiß ich allerdings nicht! Ist wahrscheinlich ein Code des BND. Weiß der Teufel für was.«

Neugierig überflog Francis Roundell das Dokument. Aus seiner Amtszeit bei Interpol wusste er die Details in den Betreff- und Verteilerzeilen sofort zu deuten. Dieses Schreiben war zum Staatsschutz nach Österreich, an das italienische Innenministerium, an diverse Abteilungen des deutschen Bundeskriminalamtes und des Bundesamtes für Verfassungsschutz in Köln, aber auch zu seiner großen Verwunderung an die deutsche Botschaft in Rabat gegangen. Plötzlich blieb sein Blick an zwei Namen hängen. Damit hatte er nicht gerechnet. Francis gab das Dokument zurück.

»Scheint so, als seien die beiden Araber, die mit den Ambulanzflügen aus Europa geflohen sind, bereits identifiziert? Glaubt ihr, dass es die Initiatoren der beiden Überfälle oder nur Handlanger waren beziehungsweise sind?«

Auf diese Frage hatte Bernhard Kleimann gewartet. Lächelnd griff er nach seinem Weinglas und prostete seinem alten Freund Francis zu.

»Das werden wohl die Handlanger gewesen sein. Zumindest sind sie weder bei uns noch bei irgendeiner europäischen Ermittlungsbehörde bislang in Erscheinung getreten. Mit den Fingerabdrücken konnten wir nichts anfangen. Es liegen keine Erkenntnisse vor. Die beiden Namen dort sind sicherlich Totalfälschungen. Du siehst also, dass wir alle noch im Dunklen tappen. Aber sobald ich neue Informationen habe, melde ich mich bei dir, Francis. Und jetzt, alter Kumpel, lass uns diese Flasche hier leeren und über die guten alten Zeiten bei Interpol quatschen.«

Knapp zwei Stunden später erhob sich Francis Roundell, Sicherheitschef des Auktionshauses Christie's, und verabschiedete sich von seinem Freund und einstigen Kollegen mit dem Hinweis darauf, dass er bereits kurz nach sechs zurück nach London fliegen würde. Die kopierten Dokumente, die er von Bernhard Kleimann bekommen hatte, verstaute er in seinem Aktenkoffer. Nach einer sehr herzlichen Verabschiedung verließ Francis Roundell die Bar und fuhr mit dem Aufzug hinab in den vierten Stock. Sein Freund Bernie gab vor, noch die Toilette aufzusuchen.

Kaum dass sich die Aufzugstür hinter Francis Roundell geschlossen hatte, trat Kriminalhauptkommissar Bernhard Kleimann wieder in die Bar. Er hatte hinter der Garderobe gewartet, bis sein Freund verschwunden war. Der Barkeeper war gerade dabei, Flasche, Gläser und Aschenbecher abzuräumen.
»Stopp! Lassen Sie alles so stehen, wie es ist!«, befahl er dem mit Entsetzen auf seinen Ausweis starrenden Afrikaner. »Interpol! Das Glas, die Flasche und der Aschenbecher da sind sichergestellt! Sie sind verpflichtet, über diese Sache hier Stillschweigen zu bewahren!«
Mit routinierten Handgriffen streifte sich Bernhard Kleimann einen Plastikhandschuh über, steckte Glas, Flasche und zwei der Zigarettenfilter von Francis Roundell in eine Plastiktüte und verließ dann die Bar.
»Das darf ich als bürokratisierter Beamter von Interpol zwar nicht«, murmelte er im Aufzug vor sich hin, »aber wenn alle Bullen dieser Welt immer nur das machen würden, was ihnen die Gesetze vorschreiben, dann wäre unsere Welt längst schon im Chaos der Kriminalität und des Terrors untergegangen ...«
Um Punkt 23 Uhr 34 französischer Ortszeit verließ er das Hotel Bellecour.

Francis Roundell saß zu diesem Zeitpunkt bereits auf dem Bett in seinem Zimmer. Nervös paffte er eine Zigarette, drückte sie aus und zündete sich eine neue an. Sein Blick fiel auf sein Handy. Es lag nur eine Meldung vor. Jemand hatte versucht, ihn anzurufen. Ohne auf die Nummer des Anrufers zu achten, verließ er sein Zimmer, fuhr hinab zur Rezeption im Erdgeschoss. Er wusste, dass nur wenige Meter vom Hotel entfernt am Quai Gailleton eine öffentliche Telefonzelle stand. Aus seiner Zeit bei der Kripo und bei Interpol wusste er, dass es klüger war, nicht das Telefon im Hotel und schon gar nicht sein eigenes Handy für diesen Anruf zu benutzen.

Die Nacht war extrem kühl. Francis Roundell fror. Das Telefonhäuschen war in einem fürchterlichen Zustand. »Hoffentlich funktioniert dieses Ding überhaupt«, schimpfte er vor sich hin und begann, die sehr lange Nummer einzutippen. Nach der Vorwahl 00212 44 brach die Leitung zusammen. Wieder und wieder versuchte er es. Er bibberte vor Kälte und fluchte. Endlich hörte er einen sehr leisen Rufton am anderen Ende. Sein Blick auf die Armbanduhr sagte ihm, dass es dort jetzt kurz vor 23 Uhr war. Hoffentlich war er da! Eine männliche Stimme krächzte schließlich ein sehr missmutiges »Qui« in den Hörer.

»Ich bin es!«, rief Francis Roundell in den Hörer. Er hoffte, dass er zu hören war und dass der Mann am anderen Ende seine Nachricht verstehen würde, als er leise sagte: »Die Namen der beiden Mitreisenden der letzten Urlaubsreise sind bekannt geworden! Das Ticket nach Wien ist daher nicht mehr gültig. Bitte ein neues Ticket beantragen. Und unbedingt das Buch *Vitrine XIII* kaufen. Details zu dem Buch habe ich per Mail geschickt. Das Manuskript ist in Wien verfügbar.«

Blitzschnell legte er auf, schaute auf den Sekundenzeiger seiner Armbanduhr. Vierzehn Sekunden hatte er gebraucht! Sehr gut! Kein Satellitenaufzeichnungscomputer dieser Welt würde schnell genug reagieren und diesen Anruf aufzeichnen können. Und selbst wenn die National Security Agency der Amerikaner rein zufällig dieses öffentliche Telefon hier in Lyon oder gar den Anschluss bei ihm im Visier hätte und per Satellitenpeilung mitschneiden würde, die Bedeutung dieser

Nachricht würde niemand verstehen! Bis die Amerikaner vielleicht doch Verdacht schöpfen würden, wäre die ganze Aktion längst abgeschlossen.
Zufrieden rannte er durch den einsetzenden Regen zurück ins Hotel. Im Zimmer angekommen, zog er sein Handy hervor und schaute nach, wer versucht hatte, ihn anzurufen.
»Marie-Claire, das ist ja eine nette Überraschung«, sagte er zu sich selbst und wählte die Nummer seiner Mitarbeiterin. Seit zwei Tagen hatten sie nicht mehr miteinander gesprochen. Ob Marie-Claire mittlerweile etwas über diesen Gregor von Freysing herausbekommen hatte? Wusste sie bereits, warum dieser Österreicher hinter dem Florentiner her war?

*

Cathrine de Vries saß schweigend in dem Sessel und schaute ihre Schwester mitleidig an. Seit Stunden hörte sie ihr nun schon zu, ohne selbst zu Wort gekommen zu sein. Marie-Claire war in einer solch desolaten Stimmung, dass sie ohnehin nicht gehört hätte, was sie als ihre Schwester zu all diesen Dingen zu sagen hatte. Marie-Claire redete unablässig, rauchte, trank, redete, weinte und schwieg dann immer wieder für lange Zeit. In einem solch fürchterlichen Zustand hatte Cathrine sie noch nie gesehen, und so richtig verstand sie auch noch immer nicht, was der Auslöser für diesen Zusammenbruch gewesen war.
Marie-Claires Handy klingelte. Erstaunt schaute sie erst ihre Schwester Cathrine an und blickte dann auf die Uhr. Es war fast halb eins in der Nacht! Auf dem Display erkannte sie die Nummer ihres Chefs Francis Roundell.
»Auch das noch …«, schluchzte sie. Sie fühlte sich absolut

nicht in der Lage, jetzt mit Francis zu reden. Sie hatte selbst vor einigen Stunden, kurz nach der Festnahme, versucht, ihn zu erreichen, in der Hoffnung, er könne ihr in der sehr misslichen Situation helfen. Daher hatte sie nun keine Wahl, als sein Gespräch entgegenzunehmen. Sie holte schnell tief Luft, trank einen Schluck Wein und klappte dann das Handy auf.

»Hallo, Francis! Nett, dass Sie noch so spät in der Nacht anrufen. Ja, soweit ist alles in Ordnung. Es gab nur ein sehr unangenehmes Zusammentreffen mit Beamten von der österreichischen Staatssicherheit.«

Marie-Claire erzählte ihrem Chef von der Festnahme im Kreuzgang der Deutschordenskirche, von ihrer sensationellen Entdeckung im Zusammenhang mit dem Vlies-Orden, erwähnte Gregor von Freysing und erzählte von ihrem Versuch, zu erkunden, ob er zu diesem Orden gehörte. Sie berichtete von den beiden Sicherheitsbeamten, die sie mit vorgehaltener Pistole abgeführt und wie eine Schwerverbrecherin in Handschellen in ein Zimmer des Deutschordens gebracht hatten, wo sie von einer Kollegin der beiden peinlich genau durchsucht worden war.

»Ja, natürlich ich habe denen sofort gesagt, dass ich als freiberufliche Fotografin für das Auktionshaus Christie's an einer Dokumentation über berühmte Ritterorden in Europa arbeite«, antwortete sie auf Francis' Frage. »Nein, nein ... keine Angst, ich habe nichts von den beiden Sancys gesagt und auch nicht über den Florentiner gesprochen«, schluchzte sie in ihr Handy.

Francis schien nicht sonderlich überrascht, geschweige denn betroffen zu sein. Ungerührt stellte er ihr Fragen, ließ sie reden, hakte nach und schien so gar nicht nachvollziehen zu können, welche Ängste sie hatte durchstehen müssen.

Verdammt noch mal, dachte sie, wie kann ein Mensch nur so gefühlskalt sein? Ich hasse ihn, durchzuckte es sie plötzlich. Ja, ich hasse diese völlig abgeklärte Art vom ihm. Es war nicht das erste Mal, dass sie über diesen Charakterzug von Francis Roundell stolperte. Menschliche Aspekte schienen ihn absolut nicht zu interessieren. Er funktionierte wie ein Uhrwerk: gefühllos, professionell. War das Ergebnis der Arbeit seiner Mitarbeiterinnen und Mitarbeiter seines Erachtens erstklassig, gab er sich extrem großzügig und erging sich in Lobeshymnen. Aber das war nur gespielt, eine perfide Art, seinen Leuten eine optimale Leistung abzuverlangen. Für Francis zählte nur das Ergebnis. Die Mittel und Wege waren ihm egal. Mit Vorliebe spielte er den großen Moralisten, den stilvollen Gentleman: charmant, gebildet – jovial! Letztendlich aber war er bereit, für ein Ziel – für sein Ziel – über Leichen zu gehen. Eigentlich, und diese Erkenntnis erschütterte Marie-Claire, eigentlich weißt du das schon lange. Aber du hast es nicht wissen wollen, hast es verdrängt – wie so vieles in deinem Leben.

Dann kam die Frage, die kommen musste. Verlegen hüstelte sie ins Handy. Spontan entschied sie sich zu lügen. Sie log und hatte das Gefühl, lügen zu müssen, als er sie fragte, wieso sie so schnell aus dem Polizeigewahrsam entlassen worden war.

»Ich habe denen einen Auktionskatalog von Christie's gezeigt, den ich im Auto hatte. Da stand mein Name im Editorial drin. Und ich habe ihnen außerdem gesagt, dass ich nicht absichtlich in die Kirche eingedrungen, sondern versehentlich dort eingeschlossen worden sei, aber aus reiner Neugierde nicht auf mich aufmerksam gemacht hätte. Das haben sie mir geglaubt und mich dann entlassen.«

Marie-Claire sah, wie ihre Schwester Cathrine die Augen verdrehte und ihr wild gestikulierend einen Vogel zeigte. Sie musste lächeln. Wieder einmal staunte sie darüber, wie unglaublich ähnlich sie sich sahen, besonders, wenn sie lachten. Es war wahrhaftig nicht zu übersehen, dass sie eineiige Zwillingsschwestern waren. Mit heftigen Gesten bedeutete sie ihrer Schwester, sich ruhig zu verhalten. Francis sprach noch immer. Mit Schrecken fiel ihr bei seinen Worten ein, dass sie in drei Tagen im Schloss Charlottenburg in Berlin einen Vortrag über berühmte Edelsteine im Schmuck der preußischen Könige halten musste.

»Ja, Francis, ich habe den Diavortrag noch einmal überarbeitet! Ja, ich werde natürlich nicht auf die beiden gestohlenen Sancys eingehen«, beschwichtigte sie ihn und war froh, dass er wenig später das Telefonat beendete.

Sofort begann ihre Schwester wie eine Furie zu schimpfen. »Bist du total bescheuert? Das war dein Chef! Du kannst doch deinem Chef nicht verheimlichen, was da heute passiert ist! Und schon gar nicht, was vielleicht noch passieren wird!«

Marie-Claire atmete tief durch. Das Gespräch mit Francis Roundell hatte ihr viel Selbstbeherrschung abverlangt, doch das war das Allerletzte, wonach ihr derzeit war. Die Flut von Informationen über die Ritter vom Goldenen Vlies, diese höchst eigentümlichen Verbindungen zwischen den gestohlenen Sancy-Diamanten und dem Florentiner, all das hatte sie in den letzten Tagen mitgerissen, ohne dass sie bisher Zeit gefunden hatte, das alles logisch zu ordnen. Zu Hause stapelten sich mittlerweile Dutzende Bücher und Dossiers über die Diamanten, über den Vlies-Orden, über Karl den Kühnen, Maria de Medici, Marie-Antoinette und über die Habsburger. Zum Lesen war sie aber kaum gekommen. Sie wusste nicht mehr so recht, wo ihr der Kopf stand. Das war vor der

Zeremonie der Vlies-Ritter in der Kirche schon so gewesen und das war jetzt, nach den Geschehnissen in der Deutschordenskirche, noch viel schlimmer. Sie war froh, dass sich Cathrine bereit erklärt hatte, sie mitten in der Nacht abzuholen, dass sie heute bei ihr schlafen konnte. Zu allem Überfluss war sie emotional völlig aufgewühlt. Seit Gregor von Freysing zu der Vernehmung durch die Beamten des Staatsschutzes hinzugekommen war, stand ihre Gefühlswelt Kopf. Ja, sie stand Kopf! Marie-Claire ahnte, dass dies erst der Anfang war. Die Worte von Cathrine rissen sie aus ihrer Nachdenklichkeit.

»Du bist schlichtweg zu ehrlich, Schwesterlein! Es ist zum Kotzen! Immer und immer wieder passiert dir das! Das ist zwar ein sehr ehrenwerter und heutzutage höchst seltener Charakterzug, aber irgendwann musst du doch mal lernen, dass Emotionen zwar was Wunderschönes sind, sich aber in den Händen der falschen Männer schnell zu einem Bumerang für dich entwickeln. Am Ende deiner Träumereien von der großen Liebe stand bislang ausnahmslos das Chaos, dein Zusammenbruch! Das hast du nun schon so oft erlebt, und dennoch verfällst du immer wieder in die gleichen Verhaltensweisen, sobald ein auch nur halbwegs passabler Mann am Horizont auftaucht. Langsam zweifle ich an deinem Verstand!«

»Wenn du ihn sehen würdest, Cathi«, unterbrach Marie-Claire ihre Schwester, »wüsstest du, warum ich so durchgeknallt bin, als er plötzlich im Vernehmungszimmer stand. O Gott, was wird er wohl gedacht haben? Ich dämliches Huhn werde vom Staatsschutz wie eine Terroristin abgeführt und durchsucht, stehe halb nackt da im Büro des Deutschordens – und genau in dem Moment kommt er rein und sagt nur einen einzigen Satz: ›Noch immer auf der Suche nach der verlorenen Konzertkarte?‹ Weißt du, Cathi, wie ich mich in diesem Augenblick gefühlt habe? Weißt du das? Du hast keine Ahnung – weil du nicht weißt, wie er mich dabei angeschaut hat! Hast du auch nur annähernd eine Idee, wie puterrot mein Kopf wurde? Mein Herz ist mir aus den Ohren rausgehüpft! Mein Verstand war weg!«

»Ja, ich ahne sehr wohl, dass dein Verstand weg war, Schwesterlein! Sonst hättest du wohl kaum so selten blöde Dinge getan und gesagt, kaum dass er dir mal in die Augen beziehungsweise auf den Hintern geschaut hat.«

Marie-Claire musste plötzlich laut prustend lachen. Sie lachte so gelöst und befreit von den Ängsten der letzten Stunden, dass ihr Tränen aus den Augen kullerten. Die Vorstellung, nach der Durchsuchung durch die Beamtin vom Staatsschutz barfuß, nur mit Rock und BH dagestanden zu haben, als er die Tür öffnete, fand sie plötzlich köstlich.

»Cathi, ich weiß, dass du mich sowieso für verrückt hältst, aber war das nicht toll? War das nicht mutig von mir – dem verklemmten Mäuschen der letzten Jahren?«

Marie-Claire fühlte sich unglaublich wohl, so wie sie jetzt sprach: selbstbewusst, fest davon überzeugt, das Richtige getan zu haben. Jetzt, wo plötzlich alle Angst gewichen war, fand sie es umwerfend mutig, wie sie in jenem Augenblick Gregor von Freysing in die Augen geschaut und ganz einfach gesagt hatte: »Ich bin eigentlich nur in die Kirche gekommen, weil ich Sie wieder sehen wollte.«

Und das war die Wahrheit gewesen. Sie wollte ihn wieder sehen.

Marie-Claire traf Gregor Friedrich Albert von Freysing sehr schnell wieder. Am frühen Abend, Punkt halb sechs stand sein dunkelblauer Jaguar vor ihrer Wohnung in der Nähe des

Donaukanals. Er trug einen dunkelblauen Anzug mit dezent grauen Streifen. Die Krawatte passte so perfekt zu seinem Hemd, dass sie endgültig wusste, dass er Stil und Geschmack hatte – und das Geld, sich diesen Stil zu erlauben. Bereits zehn Minuten später, auf der Fahrt in die Innenstadt, gelangte sie zu der Überzeugung, dass er außergewöhnlich charmant und zugleich angenehm zurückhaltend war. Kurz darauf sah sie ihn zum ersten Mal lachen. Er lachte laut und selbstbewusst, und seine Augen glänzten dabei. Es war ein herzliches Lachen. Das wunderschöne Gefühl, das sie bereits bei ihrer ersten Begegnung mit ihm empfunden hatte, war wieder da.

Das Mozart-Kammerkonzert in der Sala Terrena begann um halb acht. Marie-Claire jedoch bekam davon nicht sehr viel mit. Das »Mozart Ensemble«, die vier in historische Gewänder aus dem 18. Jahrhundert gekleideten Musiker, spielte nicht wirklich perfekt, aber sehr engagiert und gefühlsbetont. Die Musik von Haydn, Schubert, Bach und Mozart versetzte sie sehr schnell in eine andere Welt. Als sie wieder auftauchte, wurde Marie-Claire bewusst, dass es erst einen Tag her war, dass sie hier im Gebäude der Deutschordenskirche eine mystische Zeremonie der Vlies-Ritter beobachtet – und dann halb nackt jenem Mann gegenübergestanden hatte, der jetzt neben ihr saß!

Dieser Mann war ein wahrer Gentleman! Er war höflich, hielt ihr die Tür auf, half ihr aus dem Mantel, rückte ihr den Stuhl zurecht, plauderte ungezwungen und unaufdringlich. Die Musikstücke des Kammerorchesters erkannte er schon mit den ersten Tönen. Von Erzbischof Colloredo, in dessen Diensten Mozart im Jahre 1781 gestanden und daher hier in diesem Hause gewohnt hatte, wusste er ebenso viel Interessantes zu erzählen wie von Florenz, von dem er im Restaurant Firenze, nur wenige Schritte von der Deutschordenskirche entfernt, schwärmte. Sie waren nach dem Konzert durch den Nieselregen zu dem Restaurant gegangen. Sie sprachen nicht, aber ihre Körper kommunizierten miteinander. Und Marie-Claire genoss es.

Das Restaurant Firenze, von dem sie lediglich wusste, dass es eine der besten Adressen für italienische Küche in Wien war, füllte sich an diesem Abend schnell mit vielen Konzertbesuchern. Noch immer fühlte sie sich wie in Trance.

Das elegante Interieur des Restaurants verunsicherte sie ein wenig. Sie kannte solche Restaurants aus jenen Zeiten, da sie – zusammen mit ihrer Schwester Cathrine – als blond gelockte Rauschgoldengel und Vorzeigezwillinge ihres Vaters immer wieder zu seinen langweiligen Dinners mit Geschäftspartnern und honorigen Mitgliedern des Wiener Establishments hatte mitkommen müssen. Brav und nett lächelnd, ausstaffiert wie Barbie-Püppchen, hatte ihr profilneurotischer Vater sie seinen langweiligen Altherrenrunden präsentiert. Er war ein renommierter Universitätsprofessor und ein nicht zuletzt durch seine Tätigkeit als ÖVP-Abgeordneter im Parlament landesweit bekannter Rechtsanwalt. Daher hatte es stets sehr viele dieser gesellschaftlich verpflichtenden Runden und Empfänge gegeben. Seither waren für Marie-Claire bestimmte Jahreszeiten der reinste Horror.

Cathrine hatte all das sehr gemocht. Schon als Kind fühlte sie sich zu dieser Glitzerwelt hingezogen. Die Opernballzeit in Wien war Cathrines liebste Zeit. Schon Monate vorher machte sie sich Gedanken darüber, was sie zu welchem Ball tragen würde. Sie beide waren zwar Zwillinge, die selbst von nahen

Verwandten wegen ihrer unglaublichen Ähnlichkeit oft verwechselt wurden, aber sie waren sich nur äußerlich wirklich ähnlich. Cathrine war ganz anders. Das hatte sich schon in der Kindheit abgezeichnet. Und als Jugendliche waren ihre höchst unterschiedlichen Charaktere und Interessen schnell Anlass für viele Streitereien gewesen.
Für Momente versank sie in Erinnerungen. Bilder aus jener Zeit, da sie zusammen mit Cathrine als Zwillings-Debütantinnen zum Wiener Opernball musste, wurden wach. Ihr Vater hatte es sich nicht nehmen lassen, sie wieder einmal als Zwillingspüppchen der Presse vorzuführen. Für Cathrine war der Opernball der Traum ihres Lebens schlechthin gewesen. Marie-Claire dagegen hatte es gehasst, und so war es auch in den letzten zwanzig Jahren gewesen.
Cathrine liebte die Glamourwelt, doch Marie-Claire hatte auf ihren Reisen in Syrien, Ägypten, Tunesien und Marokko eine andere Welt schätzen und lieben gelernt. Als sie ihren höchst langweiligen Job im Außenministerium gegen eine Ausbildung als Goldschmiedin eingetauscht hatte, war ihr längst klar gewesen, dass ihr Leben in Zukunft anders verlaufen würde als das ihrer Schwester. Auch die Kunstgeschichte hatte sie in andere Welten entführt. Nein, sie fühlte sich nicht wohl bei den bürgerlich-republikanischen Nachfolgern der ehemaligen Wiener Hof- und Adelsbälle. Dort gehörte sie nicht hin. Das war nicht mehr ihre Welt, doch sie wusste noch nicht, wohin sie wirklich gehörte.
Ihr Verstand focht mit ihren Gefühlen. War es Zufall, dass er dieses Restaurant vorgeschlagen hatte? Firenze – Florenz! In Florenz war vor nicht einmal einer Woche einer der Sancy-Diamanten geraubt worden! Firenze! Glanzvolle Metropole der Medici. Auch dieses Adelsgeschlecht hatte einst den

Florentiner-Diamanten besessen! Und er interessierte sich für den Florentiner! Aber warum?
»Darf ich Sie Marie-Claire nennen?«, fragte Gregor von Freysing in diesem Moment. Da war es wieder, dieses gewinnende und offene Lächeln.
»Und wie darf ich sagen? Gregor? Friedrich? Albert?«, antwortete sie keck. Sie erschrak für Bruchteile von Sekunden, weil sie nicht sicher war, ob sie seine drei Namen nur aus den Akten kannte oder ob er sich mit all seinen Namen vorgestellt hatte. Schnell fügte sie hinzu: »Ich habe die vielen Namen unter dem Protokoll vom Staatsschutz gelesen. Ich habe Ihnen ja zu verdanken, dass ich aus dem vorläufigen Arrest entlassen wurde. Danke, dass Sie sich für mich verbürgt haben. Und das, obwohl Sie mich nicht kannten! Wie soll ich Sie nun nennen?«
»Gregor – oder Greg.«
»Friedrich und Albert finde ich ehrlich gesagt auch sehr steif.«
»Das hat mir mein Vater eingebrockt. Das ist alter Adelsdünkel. Die ganzen Vorfahren müssen herhalten, um die edle Abstammung zu dokumentieren. Es gibt auch heute noch Menschen, die auf so etwas achten ...«
»Die Leute vom Goldenen Vlies?«
Kaum hatte sie die Frage gestellt, verfluchte sich Marie-Claire dafür. Es war nicht sonderlich geschickt, ihn so schnell auf dieses Thema anzusprechen. Doch er reagierte sehr gelassen.
»Ja, die auch. Ohne adligen Stammbaum geht da kaum was. Adelig und untadelig muss man sein. Traditionspflege ist eines der tragenden Fundamente dieses Ordens. Seit sechs Jahrhunderten!«
»Und was sind die anderen Fundamente?«

»Glauben, zum Beispiel! Die Werte des christlich-katholischen Glaubens.«
Marie-Claire spürte, dass es nicht gut war, über dieses Thema zu sprechen. Er wirkte plötzlich eigentümlich reserviert. Obwohl ihr die Frage auf der Zunge brannte, ob er Mitglied des Ordens der Ritter vom Goldenen Vlies sei, hielt sie sich zurück. Ihr Blick huschte zu seinen Händen. Er trug keinen Ring! Irgendwie konnte sie sich nicht vorstellen, dass er nicht verheiratet war. Er mochte sicherlich schon fast fünfzig sein. Ein Mann mit dieser Bildung, mit diesem Aussehen und wahrscheinlich noch wohlhabend, wenn nicht gar reich, ein solcher Mann hatte ganz sicher längst eine Familie – Frau und Kinder. Seine Händen lagen ruhig auf dem Tisch. Es waren schöne, gepflegte Hände: kräftig, aber ohne jegliche Anzeichen von irgendeiner körperlichen Arbeit. Dieser Mann hatte in seinem Leben noch nie körperlich arbeiten müssen.
»Was machst du beruflich?«, versuchte sie, vom Thema abzulenken. Er schien ihre Gedanken erahnt zu haben.
»Ich bin in leitender Position eines internationalen Elektronikkonzerns. Seit ich von meiner Frau und meinen drei Kindern getrennt lebe, kümmere ich mich sehr intensiv um die historischen Belange des Ordens. Es macht mir viel Spaß, mich mit den ruhmreichen Zeiten des Hauses Burgund und des Hauses Habsburg zu beschäftigen. Es lenkt ab. Und gelegentlich erlebt man auch sehr nette Dinge. Zum Beispiel, wenn man ins Büro kommt und dort völlig unerwartet eine attraktive Einbrecherin in sehr reizvollen Dessous steht. Das passiert nicht jeden Tag. Wenn man dann auch noch hört, dass diese Frau sich letztendlich nur eingeschlichen hat, weil sie mich wieder sehen will …«
Marie-Claire de Vries erstarrte. Gregor hatte nur einige weni-

ge Sätze gesagt, aber sie spürte es sofort. Sicher, er war sehr wortgewandt und wusste sich gewählt auszudrücken. Er war nicht so ein dumpfköpfiger Typ wie der in Ägypten, dieser neureiche deutsche Single-Anwalt in ihrem Urlaub, der sie zwei Mal alleine hatte zum Abendessen gehen sehen und danach geglaubt hatte, sie nach zwei Glas Wein an der Bar fragen zu können, ob sie einen Mann fürs Bett suche. Nein, Gregor war für solch billige Anmache viel zu feinfühlig und intelligent. Aber dennoch war sie sich sicher, dass er nichts anderes wollte als dieser ordinäre Deutsche. Diese Zwischentöne, diesen kaschierten Schmäh, all das kannte sie. Sie kannte es von den alten Männer, den Geschäftspartnern ihres Vaters, die sie mit lüsternen Blicken abgetastet und ihr in gewählten Worten letztendlich eindeutige Avancen gemacht hatten. Und sie kannte es von Patrick, von Dirk, von Fredrik – und wie sie sonst noch alle geheißen hatten. Jeder von ihnen hatte seine Masche gehabt, mal einfallsreich, mal plump. Manchmal konnten sie den Anschein, sie wollten mehr – eine wirkliche Partnerschaft –, über einen längeren Zeitraum aufrechterhalten. Dann wieder zeigten sie erschreckend schnell ihre wahren Intentionen. Alle hatten sie letztendlich nur eins von ihr gewollt: ihren Körper! Sie aber hatte stets mehr gesucht: Zärtlichkeit, Vertrautheit und Wärme. Die Einheit von Körper und Seele!

Verwirrt räusperte sie sich. Gregor lächelte sie an. Er war sehr attraktiv, aber Marie-Claire spürte, wie sie sich von ihm distanzierte. »Entschuldige mich bitte für einen Moment«, lächelte sie ihm ein wenig gezwungen zu und stand auf.

In der Damentoilette holte sie tief Luft. Irritiert starrte sie in den Spiegel. Sie sah heute hervorragend aus. Ein wenig übermüdet vielleicht. Aber in dem schwarzen Kleid hatte sie eine perfekte Figur. Es war ein nahezu perfekter Körper. Ja, sie hatte eine gute, durchtrainierte und zugleich sehr weibliche Figur. Schon als Kind hatte sie Ballettunterricht genommen. Sport hatte in ihrem Leben stets eine große Rolle gespielt. Sie liebte es, Ski zu fahren, hatte Surfen gelernt, war mit den Eltern intensiv gesegelt und ging seit Jahren regelmäßig ins Fitnessstudio. Ja, sie war sich ihres guten Aussehens bewusst!

Ihr langes, blondgelocktes Haar ließ sie noch verführerischer sein. Manchmal hatte sie sich jedoch gewünscht, einen weniger reizvollen Körper zu haben.

Marie-Claire de Vries trat näher an den Spiegel heran und blickte tief in ihre großen, blauen Augen. Ihre Augen hatten in den letzten Jahren ein wenig an Glanz verloren, aber es waren sehr schöne Augen. Und doch sah sie jetzt, hier in der Damentoilette des Ristorante Firenze in Wien, plötzlich einen Schimmer von Traurigkeit. Nicht nur in ihren Augen.

Marie-Claire starrte noch immer in den Spiegel. Sie versuchte, die traurigen Gedanken abzuschütteln. Was hatte sie nur plötzlich an Gregor so gestört? Du weißt es, sagte sie jetzt in Gedanken zu sich selbst. Du weißt es sehr genau!

Es waren seine Worte gewesen! Seine bestimmende Männlichkeit! Der Unterton in seinen vermeintlich so netten Worten!

»Du bist völlig bescheuert!«, sagte sie zu ihrem Spiegelbild. »Wenn du immer glaubst, dass es sowieso wieder schiefgeht, dann wird es nie was werden mit den Männern!«

Kaum, dass sie das geflüstert hatte, fiel ihr ein, dass dies die Worte ihres Therapeuten gewesen waren. Ja, er hatte Recht gehabt mit seiner Einschätzung. Sie konnte eine neu entstehende Beziehung nicht locker nehmen. Sofort wurden ihre alten Ängste geweckt, und am Ende stand sie wieder allein da. Demonstrativ warf sie den Kopf in den Nacken, schüttelte ihr Haar locker, zog das Kleid zurecht und ging zurück in das Restaurant. Schon von weitem lächelte ihr Gregor wieder mit dieser unglaublich gewinnenden Art zu. Sie lächelte zurück. Trotz ihrer trüben Gedanken wurde es ein sehr langer und sehr schöner Abend mit Gregor Friedrich Albert von Freysing. Dennoch: Er verlief anders, als sie sich das am Tage zuvor vorgestellt hatte.

9. Kapitel

Das Buch war um acht Uhr per Eilboten mit der Post gekommen. Eine Stunde später saß Marie-Claire de Vries bereits im Flugzeug nach Berlin. Am Flughafen waren ihr wieder einmal die Veränderungen der letzten Jahre in Wien bewusst geworden. Die Osterweiterung der EU hatte die Stadt mit ihren traditionellen historischen Verbindungen nach Ungarn, Tschechien, Rumänien und den Balkanstaaten binnen kürzester Zeit zu einem wirtschaftlichen, aber auch kulturellen Zentrum Europas werden lassen. Das hatte sich auch auf die Flugverbindungen niedergeschlagen. Allein die Air Berlin flog dreimal täglich von Wien nach Berlin, was, wie sie erst kürzlich gelesen hatte, die ohnehin boomende Tourismuswirtschaft Wiens extrem beflügelte. Die Hoteliers der Stadt waren bei Auslastungen bis zu achtundneunzig Prozent glücklich. Gleiches galt für die Museen. Und für die Fiaker. Nur die Einwohner Wiens litten mittlerweile unter den Millionen Besuchern, die sich im Sommer wie im Winter vornehmlich durch die zum Weltkulturerbe deklarierte Innenstadt bewegten. Die Mieten explodierten, die Verkehrsstaus

waren längst unerträglich, ebenso wie die Feinstaubbelastung. Ja, Wien hatte sich gewandelt – wie auch Berlin, wo sie diesen leidigen Vortrag halten musste.
Sie mochte Berlin, das neue, quirlige, ungeteilte Berlin, und reiste gern dorthin. Doch dieses Mal machte sie sich geradezu missmutig auf in die deutsche Hauptstadt.
Schlecht gelaunt schlang sie das Frühstück im Flugzeug herunter. Sie war müde und fühlte sich ausgelaugt. Auch die letzten beiden Nächte hatte sie kaum geschlafen. All ihre früheren Aufträge für Christie's waren ihm Vergleich zu diesem geradezu lächerlich gewesen. Wann immer ihr Wissen als Expertin für historischen Schmuck gefragt gewesen war, hatte es sich zumeist um eher nüchterne Schreibtischrecherchen oder Nachforschungen in Bibliotheken und in den Privatarchiven namhafter Adelshäuser gehandelt. Um für das Auktionshaus Expertisen zu Schmuck- und Kunststücken erstellen zu können, sammelte sie alle nur verfügbaren Informationen, holte Sachverständigengutachten ein, ließ Preziosen taxieren – und legte ihre Einschätzung dann den für Auktionen verantwortlichen Experten bei Christie's vor. All das machte ihr sehr viel Spaß, es war aber alles andere als spannend.
Aus diesen Zeiten kannte sie auch die Familie des Freiherrn von Hohenstein, jene Adelsfamilie, die in Bayern auf ihrem prachtvollen Schloss residierte, und die nun durch den brutalen Überfall ins Blickfeld der Weltöffentlichkeit gerückt war. In deren Privatbesitz befanden sich unvorstellbar wertvolle Preziosen, Schmuckstücke, Bilder und Edelsteine. Viele dieser einmaligen Kunstwerke hatten in der Geschichte Europas eine große Rolle gespielt und wurden daher immer wieder von Museen für Ausstellungen angefordert. So wie jetzt in Berlin.

Marie-Claire lehnte sich in ihrem Flugzeugsessel zurück. Die Reise nach Berlin passte überhaupt nicht in ihre Pläne. Ihr Auftrag, sich mit dem Florentiner-Diamanten zu beschäftigen, lief nicht wie geplant. Immer, wenn sie begann, sich auf ihren eigentlichen Auftrag zu konzentrieren, wenn sie sich zu rationalen, professionellen Vorgehensweisen zwingen, Strukturen in ihre Recherche bringen wollte, geschahen unvorsehbare Dinge, die all ihre Pläne durcheinander wirbelten. Ständig kamen neue Aspekte, verwunderliche Zusammenhänge und Querverbindungen zustande. So wie jetzt mit diesem Buch, das vor ihr auf der Ablage lag. Glücklicherweise hatte sie es noch vor ihrem Abflug bekommen und konnte vom Taxi aus ihren Freund Peter anrufen, der in einem Wiener Verlag arbeitete. So wenig sie bislang von diesem Buch gewusst und gehört hatte, so überrascht war sie nämlich gewesen, als sie in der Titelei des Buches einen höchst ungewöhnlichen Vermerk entdeckt hatte.

Marie-Claire griff nach dem Buch und blätterte erneut darin. Schon die Aufmachung und der Buchtitel selbst fielen auf. Auf schwarzem Untergrund prangte in lilafarbenen und weißen Lettern der Titel: *VITRINE XIII* – Geschichte und Schicksal der österreichischen Kronjuwelen – herausgegeben von XXX. So etwas hatte sie noch nie zuvor gesehen. Ein Buch, bei dem der offensichtlich anonyme Herausgeber mit den Buchstaben »XXX« firmierte. Als sie dann beim Lesen des Umschlagtextes auf viele interessante Details zum Florentiner gestoßen war, rief sie kurz entschlossen ihren Freund an. Er wusste sofort, um welches Buch es sich handelte. Das hatte sie sehr gewundert, immerhin waren seit seinem Erscheinen vierzig Jahre vergangen. Obendrein war das Buch nicht sonderlich bekannt – zumindest ihr hatte der Titel nichts gesagt.

Peter war sehr hilfsbereit gewesen. Nachdem sie ihm gesagt hatte, dass ihr Interesse an diesem Buch in Zusammenhang mit dem Florentiner-Diamanten stehe, hatte er um kurze Bedenkzeit gebeten, sie dann aber bereits zwanzig Minuten später, als sie schon im Wartesaal am Flughafen saß, angerufen. Was sie dann von ihm erfahren hatte, war mehr als spannend. Wie sie mittlerweile wusste, schilderte dieses Buch das mysteriöse und Aufsehen erregende Verschwinden eines Teils der österreichischen Kronjuwelen aus der Wiener Schatzkammer im Jahre 1918, kurz vor der Flucht der österreichischen Kaiserfamilie in die Schweiz. Sensationell für sie war die Tatsache, dass zu den seither fast ausnahmslos spurlos verschwundenen Preziosen auch der Florentiner gehörte. Der Hundertsiebenunddreißig-Karat Diamant hatte im dritten Raum der Wiener Schatzkammer in der Vitrine XIII gelegen. Daher auch der Titel des Buches, das auf den Memoiren des Schweizer Juwelenhändlers Alphonse de Sondheimer basierte. Er war es gewesen, der wahrscheinlich im direkten Auftrag des im Exil weilenden österreichischen Kaisers von Genf aus Juwelen, Schmuck und Kunstgegenstände von unvorstellbarem Wert verscherbelte. Ganz offensichtlich hatte auch Sondheimer als Letzter einen der berühmtesten Diamanten des Abendlandes, den Florentiner, gesehen.
Hastig blätterte Marie-Claire in dem Buch herum. Sie schüttelte fasziniert den Kopf.
»Unglaublich, unfassbar – Wahnsinn!«, murmelte sie so laut vor sich hin, das der vor ihr sitzende Passagier sich zu ihr umdrehte und sie verwundert anschaute.
Was sie da an Zahlen und Details bereits erfahren hatte, ließ ihr Gänsehaut über den Rücken laufen. Hier hatte sie die akribischen Aufzeichnungen über einen der spektaku-

lärsten Kunst- und Edelsteinhandel der letzten Jahrhunderte in der Hand. Es tauchten Summen auf, bei denen ihr schwindelig wurde. Absoluter Wahnwitz war die Schilderung, wie eines der berühmtesten Herrscherhäuser der Welt im Exil aus Geldnot Gold, Edelsteine, Schmuck und andere Wertgegenstände über dubiose Mittelsmänner verschleudert und verpfändet hatte. Prachtvolle Edelsteine waren aus Fassungen gebrochen, teils auf barbarische Weise zerstückelt und auf dem schwarzen Markt weltweit verkauft worden. Aus unschätzbar kostbaren Schmuckstücken, deren Namen seit Jahrhunderten die Inventarlisten königlicher und kaiserlicher Schatzkammern in Europa geziert hatten, waren Rubine, Saphire und Diamanten herausgeschlagen, zerteilt und an suspekte Zwischenhändler verkauft worden. Und das alles offenbar von diesem Schmuckhändler Sondheimer – im persönlichen Auftrag des letzten Kaisers von Österreich!

Marie-Claire fragte sich, ob das alles stimmte, was in diesem kleinen Büchlein geschrieben stand. Warum der Herausgeber anonym geblieben war? Und warum war dieses sensationelle Buch nie bekannt geworden? Was hatte ihr Freund gesagt? Sie überflog ihre handschriftlichen Notizen, die sie sich während des Telefonats gemacht hatte: »... es beruht auf den handschriftlichen Aufzeichnungen von Sondheimer ... ging an den Bestsellerautor Robert Neumann ... hat für eine Veröffentlichung gesorgt ... von der Familie Habsburg dementiert ... gerichtliche Auseinandersetzungen ... Sondheimer ins Gefängnis gekommen ... emigriert ... eine handschriftliche Abschrift des Originalmanuskripts existiert noch ...«

Marie-Claire atmete tief durch. Ob in diesem Originalmanuskript vielleicht stand, wohin der berühmte hundertsieben-

unddreißigkarätige Florentiner damals in der Schweiz, im Jahre 1920, verschwunden war und vor allem wer ihn gekauft hatte? War dieses geheimnisvolle Manuskript vielleicht der goldene Schlüssel zu ihren Recherchen? Stand darin vielleicht sogar, worin die Verbindung zwischen dem Florentiner und den beiden Sancy-Diamanten tatsächlich bestand? Welches Geheimnis verbarg sich hinter den einst im Besitz von Karl dem Kühnen befindlichen »drei Brüdern«? Existierte dieser legendäre Florentiner tatsächlich noch? Oder war er damals in der Schweiz zerstückelt worden? Jagte sie einer Legende hinterher?
Plötzlich wurde es Marie-Claire heiß und kalt, denn eine wichtige Frage drängte sich ihr auf: Wusste Gregor von dem Buch – und von diesem Manuskript?

Kaum in Berlin gelandet, schaltete Marie-Claire de Vries ihr Handy wieder an. Während sie auf ihren Koffer wartete, starrte sie nervös auf das Display. Eine Mailbox-Nachricht und eine SMS wurden angezeigt. Die SMS war von Gregor.
»Fahre am Wochenende ins Haus an den Wörthersee. Kommst du mit? Gästezimmer zugesichert …«
»Auch das noch«, entfuhr es ihr. Das war das Letzte, womit sie gerechnet hatte. Seit dem Abendessen mit Gregor hegte sie zwiespältige Gefühle für ihn. Sie brauchte Zeit, Abstand und Ruhe, um sich über ihre Empfindungen für Gregor klar zu werden. Stattdessen kam nun diese Einladung!
Mit zitternden Händen drückte sie die Taste zum Abfragen ihrer Mailbox. Schon die Nummernansage ließ sie erahnen, dass das Verwirrspiel noch kein Ende gefunden hatte. Es war die Nummer ihres Freundes Peter. Der Lärm in der Ankunftshalle war fast unerträglich und machte sie unendlich

nervös. Mit der linken Hand hielt sie sich das Ohr zu, während sie der Nachricht ihres Freundes lauschte. Peter schien sehr aufgeregt zu sein.

»Hallo, Marie-Claire. Ich würde vorschlagen, dass wir uns nach deiner Rückkehr aus Berlin sofort treffen. Du musst mir reinen Wein einschenken, weshalb du dich für diesen Diamanten interessierst. Komische Dinge passieren hier! Kaum warst du weg, da habe ich erfahren, dass sich vor einigen Wochen ein Mann für das Originalmanuskript dieses Buches *Vitrine XIII* interessiert hat. Es war ein Österreicher mit Namen Freiling oder so ähnlich! Und ob du es nun glaubst oder nicht, vor einer halben Stunde ging hier ein Fax aus Marokko ein. Da will ein Araber nach Wien kommen und mit dem Verlag über die Einsichtnahme oder gar den Kauf dieses Originalmanuskripts sprechen. Schreibt irgendwas von einer Organisation für die Rückführung arabischer Kulturgüter. Komische Sache! Sehr komisch! Das, meine liebe Marie-Claire, ist mir ein bisschen zu viel der Zufälle! Also, melde dich und sag mir, wann wir uns treffen können. Bussi.«

*

Der Wintergarten im Erdgeschoss des Grand Hotel Esplanade in Berlin war am späten Abend bis auf den letzten Platz gefüllt. Die Stimmung unter den Gästen des Auktionshauses Christie's war ungewöhnlich gut und ausgesprochen locker. Die Idee ihrer Berliner Kollegin Viktoria, die Veranstaltung nicht wie üblich in einem der kleinen Konferenzräume, sondern auf der *MS Esplanade,* dem Schiff des Hotels, durchzuführen, war ein riesiger Erfolg gewesen. Mehr als einhundert Gäste waren der Einladung von Christie's in Berlin gefolgt.

Das Interesse an diesem Vortrag über berühmte Edelsteine im Schmuck der preußischen Könige war groß. Selbst aus Hamburg waren gut ein Dutzend Gäste angereist. Ihre Kollegin Martina, Deputy Chairman der Hamburger Niederlassung, war mächtig stolz gewesen, dass sie die renommierten Hamburger Kunden nach Berlin hatte einladen können.
Ja, Viktorias Idee war grandios gewesen. Statt in der zumeist sterilen Atmosphäre eines Konferenzsaals zu tagen, hatte man das Ganze auf dieses sehr stilvolle Schiff verlegt. Vielen Gästen war anzumerken, dass sie die maritime Seite Berlins noch nicht kannten. Die anfänglichen Befürchtungen, das Konzentrationsvermögen der Zuhörer würde unter den draußen vorbeigleitenden Sehenswürdigkeiten leiden, hatten sich schnell gelegt. Begeistert folgte man dem mit Dias unterlegten Vortrag. Nicht nur Marie-Claire war sich im Klaren darüber, dass dies ohne Frage auf die Geschehnisse in Bayern und Florenz zurückzuführen war. Schließlich hatte der in Bayern auf Schloss Hohenstein geraubte Kleine Sancy zu den berühmten Edelsteinen im Besitz preußischer Könige gehört. Ja, sie war sich sicher, dass diese dramatischen Geschehnisse maßgeblich zum Erfolg dieses Abend beigetragen hatten. Einige der Zuhörer schienen geradezu darauf zu warten, dass sie auf den Kleinen Sancy zu sprechen kam. Dafür aber hatte sie sich Zeit gelassen.
Nach der Abfahrt an der vis-à-vis des Hotels gelegenen Landungsbrücke hatte sich das Tagungs- und Restaurantschiff zu einer Fahrt durch die Berliner und Brandenburger Kanäle, über Flüsse und kleine Seen aufgemacht. Man war auf dem Landwehrkanal Richtung Tiergarten und Berliner Zoo geschippert. Unter der Charlottenburger Brücke hindurch auf der Spree waren sie an Schloss Bellevue, vorbei am Bundeskanzleramt, dem Reichstagsgebäude, der Museumsinsel hin

zum Berliner Dom gefahren. Berlin bei Nacht an Bord eines Schiffes, dazu der exzellente Service und ein hervorragender Vortrag, ja, es war ein perfekter Abend gewesen. Und das Wetter hatte ebenfalls mitgespielt. Es war zwar empfindlich kühl, aber in den Pausen konnten die Gäste an Deck Luft schnappen und die Skyline von Berlin bei Nacht genießen.

Marie-Claire hatte ihre Zuhörer kurzweilig, nicht zu detailliert und angereichert mit allerlei kleinen Geschichten begeistert. Sie konnte in den Gesichtern der gebannt lauschenden Gäste genau ablesen, wo deren Interesse angesiedelt war. Als sie erzählte, dass von der einst mit einhundertzehn Diamanten, acht Brillanten, acht tropfenförmigen Perlen und dreiundachtzig runden Perlen besetzten goldenen Kronprinzenkrone nicht einmal mehr die Karkasse übrig sei, weil der »Soldatenkönig« sie im Jahre 1737 aus dem Krontresor im Berliner Schloss genommen und sie mittels Schere schlichtweg in Stücke geschnitten hatte, um die Juwelen an sich zu nehmen, ging ein Raunen durch die Zuhörerschaft.
Erst auf dem Rückweg, nach gut zwei Stunden, hatte sie schließlich mit einem Dia das angesprochen, worauf alle warteten: der Kleine Sancy – mit vierunddreißig Karat einer der schönsten Edelsteine im Besitz preußischer Könige.
»Meine sehr verehrten Damen und Herren, und nun zu einem der fraglos weltbekannten Schmuckstücke aus dem Besitz preußischer Kaiser«, hatte sie die Aufmerksamkeit ihrer Gäste kurz vor dem Anlegen am Hotel Esplanade nochmals geweckt. »Die Königin verwendete den Stein in einer Zusammenfassung von vier großen und fünf kleinen Brillanten als Bouquet, an dem der Kleine Sancy als Pendeloque befestigt war. In derselben Verbindung wurde der Stein auch von

Königin Luise öfter getragen. Bei den Vermählungen der Töchter Friedrich Wilhelms III., zuerst bei der Prinzessin Alexandrine im Jahre 1822, wurde der Kleine Sancy wiederholt im Brautschmuck benutzt, und zwar als Pendeloque an einem Collier von zweiundzwanzig und mehr Rosetten. In Verbindung mit einer Brillantenkette hat ihn auch die Kaiserin getragen. Wie Sie sicherlich der Presse entnommen haben, befand sich dieser prachtvolle Brillant bis vor kurzem in privatem Besitz. Er wurde bei einem spektakulären Raubüberfall gestohlen und ist seither verschollen.«

Wie elektrisiert hatten nahezu alle Gäste an Bord auf diesen Satz reagiert. Ein seltsames Schweigen machte sich breit, als Marie-Claire die Historie des Kleinen Sancy kurz skizzierte. Seltsamerweise stellte niemand nach Beendigung des Vortrages Fragen, was den Sancy betraf. Erst jetzt, nachdem das Ausflugsboot vor dem Hotel angelegt und alle Gäste zum abschließenden Empfang in den Wintergarten gegangen waren, kamen erste, sehr dezente Fragen. Die meisten der honorigen Gäste hielten sich jedoch extrem zurück, brachten lediglich ihr Entsetzen über die Geschehnisse in Bayern und Florenz zum Ausdruck.

Marie-Claire war nach dem Vortrag völlig erschöpft. Am liebsten hätte sie sich in ihr Hotelzimmer zurückgezogen, auch um endlich das Buch über Alphonse de Sondheimer zu lesen. Mit der Nachricht von Peter stand für sie nun außer Frage, dass in diesem Buch die Klärung des Geheimnisses um das Verschwinden des Florentiners versteckt war. Das Buch wimmelte von Zahlen und Fakten, und sie musste es jetzt dringender denn je lesen – jetzt, wo klar war, das sich auch Gregor für dieses Buch und das Originalmanuskript interessierte.

Wie hatte Peter gesagt? Ein Mann namens »Freiling oder so

ähnlich«? Ein Österreicher? Nein, das konnte kein Zufall sein! Sie war sich absolut sicher, dass es Gregor von Freysing war, der zu dem Verlag Kontakt aufgenommen hatte! Gregor! Warum, zum Teufel, interessierte sich Gregor für das Originalmanuskript des Buches? Wer war er wirklich? Sie wusste immer noch nicht ganz sicher, ob er ein Ritter des Ordens vom Goldenen Vlies war. Warum hatte er sie zu einem Wochenende am Wörthersee eingeladen? Und wer war dieser Araber, der sich plötzlich beim Verlag gemeldet und sein Interesse an dem Originalmanuskript des Buchs bekundet hatte? Ein Araber! Araber hatten die Familie von Hohenstein auf ihrem Schloss überfallen. Und Araber hatten offensichtlich auch den Überfall auf den Palazzo Pitti verübt.

Marie-Claire plauderte soeben im Wintergarten des Hotels unbedarft mit einer Gräfin aus Potsdam, einer sicherlich fast achtzigjährigen Dame mit weißem Haar und einem herrlichen Rubincollier, als sie den Mann plötzlich wieder sah. Schon auf dem Schiff war er ihr aufgefallen. Sein ganzes Auftreten hatte sie zu dem Schluss kommen lassen, dass dies jener Mann sein musste, der auf der Gästeliste als VIP besonders hervorgehoben worden war. Ihre Berliner Kollegin Viktoria hatte sie nachdrücklich darum gebeten, sich um diesen Ehrengast zu kümmern. Denn Sanjay Kasliwal, Mitinhaber des weltbekannten »Edelstein-Palastes« von Jaipur im indischen Bundesstaat Rajasthan, hatte sich in den letzten zwei Jahrzehnten zu einem außergewöhnlich wichtigen Geschäftspartner von Christie's entwickelt. Die Kasliwal-Dynastie führte seit dem Jahre 1852 ein exklusives Edelsteinimperium, in das Söhne, Brüder und Cousins eingebunden waren. Einerseits waren sie alle geradezu fanatische Kunstsammler und gehörten zu den renommiertesten Einkäufern bei Christie's; anderseits hatten sie die

Veränderungen auf dem weltweiten Schmuckhandel binnen weniger Jahre in den Blickpunkt des internationalen Edelsteinmarktes gerückt. Denn in den Werkstätten des Edelstein-Palastes in Jaipur wurden nicht nur Edelsteine ge- und verkauft, sondern auch geschliffen. Zudem hatten sie sich einen Namen gemacht mit der Kreation von Schmuckstücken, die sich an traditionellen Vorlagen aus der indischen Mogulzeit orientierten. Dabei wurden Diamanten und andere Edelsteine mit Halbedelsteinen kombiniert. Nicht die Reinheit und damit der Wert von Diamanten alleine, sondern die Kombination mit leuchtenden Türkisen, fliederfarbenen Amethysten, wasserblauen, brandybraunen oder blassgelben Topasen oder auch zart gefärbten Rosenquarzen gaben diesen im Hause Kasliwal geschaffenen Schmuckstücken ihre Einzigartigkeit. Der Familienklan konnte von sich behaupten, Juweliere der Maharadschas, der Könige, Aristokraten und seit einigen Jahren auch der Hollywoodstars zu sein.
Bei Christie's war man auf diese Veränderung auf dem internationalen Schmuckmarkt aufmerksam geworden, als 1977 bei einer Auktion in London indische Juwelen außergewöhnliche Beachtung seitens der Kunden erlangten. Im September 2003 wechselte eine mit Smaragden und Diamanten verzierte Brosche aus der Mogulzeit für spektakuläre 1,5 Millionen Euro den Besitzer. Und so hatte es nicht lange gedauert, bis sich auch Cartier mit der Opulenz von Maharadscha-Juwelen beschäftigte und sich mit der Linie »Delice de Goa« dem neuen Kundengeschmack anpasste. Seither erlebten die indischen Brüder einen ungeheuren Zuspruch aus aller Welt. Schmuckliebhaber, die nicht nur den Wert, sondern auch das Sinnliche in einem Schmuckstück zu schätzen wussten, kauften bei ihnen.

Neugierig verfolgte Marie-Claire mit ihren Blicken den etwa fünfundvierzigjährigen Inder. Sanjay Kasliwal unterhielt sich mit einem Landsmann. Sein Gesicht war durch eine Palme hindurch nur teilweise zu erkennen, und doch erregte irgendetwas an seiner Mimik und Körpersprache Marie-Claires Aufmerksamkeit. Dieser Mann bewegte sich anders als alle anderen männlichen Gäste. Es lag eine gewisse Geschmeidigkeit, eine eigentümliche Ruhe in seiner Art, sich zu drehen. Sprach er, verharrten seine Arme ruhig hinter seinem Körper. Lachte er, schien das offene Lachen seinen ganzen Körper zu durchströmen. Hörte er seinem Gesprächspartner zu, hing sein Blick an den Lippen des anderen.

»Madame de Vries, Sie hören mir ja gar nicht zu!«, hörte sie plötzlich die Gräfin sagen. Die alte Dame lächelte sehr warmherzig, drehte sich um und schaute nun ebenfalls hinüber zu Sanjay Kasliwal. »Oh, ich verstehe«, lächelte sie und sagte verschmitzt: »Dem orientalischen Reiz eines solch blendend aussehenden Mannes kann ich als alternde Lady natürlich nichts entgegensetzen!«

Marie-Claire errötete. Sie spürte, dass die alte Dame es ihr nicht übel nehmen würde, wenn sie sich dem Inder widmen würde.

»Sehen Sie es mir bitte nach, Gräfin«, entschuldigte sie sich, »der Herr mit dem, wie Sie so treffend feststellten, orientalischen Reiz ist ein renommierter Schmuckhändler aus Jaipur, ein Geschäftspartner des Hauses Christie's. Ich werde nicht umhin kommen, mich ein wenig mit ihm zu unterhalten.«

Marie-Claire nahm sich ein Glas Champagner, wandelte durch den Flur, begrüßte mit einem freundlichen Lächeln einen ihr als Kunden bekannten Baron aus Schleswig-Holstein, machte einer jungen Dame in Begleitung eines greisenhaften Mannes

ihre kurze Aufwartung und schlenderte dann zu den beiden indischen Männern hin. Erst wenige Schritte von den beiden entfernt sah sie, dass Sanjay Kasliwal sich auf einen Stock stützte. Dennoch strahlte er Eleganz aus. Sein tiefschwarzes Haar war kurz geschnitten. Der braune Teint seiner Haut unterstrich seine orientalische Aura. Marie-Claire ging mit direktem Blickkontakt auf ihn zu. Sie war bestrebt, selbstbewusst zu wirken, doch die Ausstrahlung dieses Mannes verwirrte sie. Bestrebt, akzentfrei Englisch zu sprechen, begrüßte sie die beiden Männer: »Guten Abend, die Herren! Es ist mir eine Ehre, zwei der renommiertesten Edelsteinexperten Indiens als unsere Gäste begrüßen zu dürfen! Ich gehe doch recht in der Annahme, dass ich das Vergnügen mit den Herren Kasliwal habe, oder?«, lächelte sie zunächst den ihr von Fotos bekannten Inder an. Der etwas jüngere Mann neben ihm verbeugte sich respektvoll, während Sanjay Kasliwal ihr ein wenig schüchtern und doch mit unglaublicher Herzlichkeit direkt in die Augen schaute.
»Mrs. de Vries, ich war grenzenlos begeistert von Ihrem kurzweiligen und doch so unglaublich aufschlussreichen Vortrag«, antwortete Sanjay Kasliwal in nahezu perfektem Deutsch. Marie-Claire war überrascht. Ein wenig verunsichert reichte sie ihm ihre Hand. So kräftig dieser breitschultrige Manne wirkte, so einfühlsam nahm er ihre Hand und hielt sie fest umklammert, lehnte seinen Stock an sein Bein, verlagerte sein Gewicht, umfasste nun mit der zweiten Hand ebenfalls ihre rechte Hand und schaute ihr so unglaublich tief in die Seele, dass sie erschauerte. Er hatte tiefdunkle Augen. Ihr Glanz irritierte sie. Sein Lächeln war so unvorstellbar gewinnend, dass sie in Bruchteilen von Sekunden wusste, dass dieser Mann etwas in sich trug, was sie nie zuvor an und in einem Mann gesehen und gefühlt hatte.

»Ihr perfektes Deutsch verdient meine grenzenlose Hochachtung, Mr. Kasliwal! Ich fürchte, mein Englisch ist nicht annähernd so gut.«

»Die entscheidende Frage, verehrte Mrs. de Vries, ist nicht, wie sich Menschen verständigen! Viel bedeutsamer ist, wie sie sich verstehen. Dort, wo die Seele Gemeinsamkeiten findet, bedarf es keiner Worte!«

Marie-Claire war zum ersten Mal seit langer Zeit sprachlos. Es war nicht nur diese ruhige, wie Wellen auf einem Sandstrand sanft auslaufende Stimme, die sie verwirrte. Da war etwas anderes. Etwas, was sie nicht kannte, nicht beschreiben und schon gar nicht einzuordnen wusste. Dieses Timbre, die Sanftheit – und diese Tiefsinnigkeit seiner Worte einten sich auf solch wunderbare Weise, dass sie ihre Sprachlosigkeit nur dadurch kaschieren konnte, dass sie den anderen Inder ansah.

»Gewisse Ähnlichkeiten lassen mich vermuten, dass Sie einer der Brüder von Mr. Sanjay Kasliwal sind, richtig? Sudhir oder Pappu?«

»Richtig, verehrte Mrs. de Vries!«, antwortete der Mann. »Aber unglücklicherweise spreche ich nicht so gut Deutsch wie mein Bruder Sanjay. Dennoch bin ich sehr erfreut, Sie kennen zu lernen. Ich bin Pappu Kasliwal. Aber bitte verstehen Sie es nicht als Unhöflichkeit, wenn ich mich jetzt auch gleich wieder verabschiede. Ich muss Sie leider mit meinem Bruder alleine lassen. Mein Taxi zum Flughafen geht in zehn Minuten. Aber ich bin mir sicher, dass Sie den Abend mit meinem Bruder Sanjay genießen werden. Er wird Ihnen fraglos sehr unterhaltsame Geschichten erzählen können …«

10. Kapitel

Eine Stunde später hatten alle geladenen Gäste das Grand Hotel Esplanade verlassen. Marie-Claire dagegen war noch immer mit Sanjay Kasliwal ins Gespräch vertieft. Die beiden saßen in einer Nische in Harry's New York Bar, nur wenige Schritte vom Hotel entfernt.

Für Marie-Claire war das Zusammentreffen mit diesem Inder ein in jeglicher Hinsicht außergewöhnliches Erlebnis. Sie kannte Sanjay Kasliwal erst seit zwei Stunden, aber sie wusste über ihn bereits unendlich viel. Sie konnte sich nicht erklären, woher diese seltsame Vertrautheit rührte. Der Gleichklang, der sich zwischen ihnen in so kurzer Zeit entwickelt hatte, war die Basis wunderbar offener Gespräche. Sie plauderten und lachten, versanken in philosophische Betrachtungen und trieben durch die Nacht. Sie spürte, dass er sie als Mensch schätzte. Sein Interesse galt allein ihr, jenseits jeglicher gesellschaftlicher oder geschäftlicher Intentionen. Sanjay Kasliwal erzählte von sich, seinem Leben in Indien, seinen Wünschen, Träumen und Illusionen. Sein Bruder und er waren begeisterte Polospieler, er hatte sich jedoch vor Jahren beim Polo am

Bein schwer verletzt und brauchte daher jetzt einen Gehstock. Sie erfuhr, dass sein Bruder im Januar zum Winter-Poloturnier nach St. Moritz reisen würde, und er selbst hatte sich in Europa mit mythologisch-religiösen Themen im Zusammenhang mit Edelsteinen beschäftigen wollen. Deshalb war er zu dieser Abendveranstaltung von Christie's gekommen.

Marie-Claire fühlte, dass sie diesem Mann vertraute, wie sie noch nie zuvor in ihrem Leben einem Fremden, und schon gar nicht einem Mann, vertraut hatte. Irgendetwas verband sie tief in ihren Seelen, und das Schöne daran war, dass weder er noch sie wissen wollten, was es war.

Das war vielleicht der wahre Grund ihrer unbedarften, von Lachen, Witz und doch so erfrischender Tiefsinnigkeit geprägten Gespräche. Dieser Mann mochte sie, und sie mochte ihn. Sanjay war fraglos ein attraktiver Mann. Groß, schlank und ehemals sehr sportlich hatte er sich lässig-selbstbewusst zwischen all den adligen Gästen des Abends bewegt. Seine sehr angenehme Zurückhaltung verlieh ihm eine ganz besondere Aura. Seine Augen sprühten vor Leben, sein dezenter Charme war umwerfend, sein Lächeln gewinnend. Und doch verspürte Marie-Claire keinerlei sexuelles Verlangen.

Nur zögerlich, fast schon widerwillig sprach er über seine Ausbildung an einem Elite-Internat in der Schweiz. Er hatte Philosophie, Wirtschaftswissenschaften und Jura studiert, natürlich an den renommiertesten Universitäten. Auch dazu äußerte er sich kaum. Und über Geld sprach er schon gar nicht.

Den Erzählungen ihrer Kollegin Viktoria, die aus beruflichen Gründen die Vita eines jeden ihrer Kunden kannte, hatte sie entnommen, dass sein Reichtum geradezu legendär war. Er hatte längst jene Dimension erreicht, die nicht mehr mit Zahlen zu vermitteln war. Daher glaubte sie Sanjay sofort, als er erzählte, niemand in seiner Familie wisse genau, welchen Wert all die in ihrem Edelstein-Palast in Jaipur in Kisten und Vitrinen aufbewahrten Edelsteine und Schmuckstücke hätten.

»Marie-Claire«, hörte sie ihn plötzlich sagen, während im Hintergrund ein Pianospieler Beethovens *Mondscheinsonate* zu spielen begann, »Sie sollten wissen, dass viele Menschen in Indien zu den materiellen Seiten unseres irdischen Daseins eine eher metaphysische Einstellung haben! Der wahre Wert eines Edelsteins liegt für uns daher tief verborgen. Für mich entscheidet nicht der materielle Wert über dessen Schönheit, sondern die Farbe des Steins und sein Verschmelzen mit der Fassung, mit den irdischen Gegebenheiten bringen seine Einzigartigkeit hervor! Daher freue ich mich auch, dass sich die Zeiten in Europa und in Amerika allmählich wandeln. Diamanten werden hier zwar nach wie vor wegen ihres Wertes und der Wertbeständigkeit gekauft, faktisch ist es jedoch so, dass immer mehr Menschen Schmuck unter Modeaspekten erwerben. Und Mode ist nun einmal eine Frage von Stil und Design, also eine Frage der Schönheit.«

Marie-Claire atmete tief durch. Sanjay katapultierte sie schon den ganzen Abend mit solchen Aussagen in neue geistige Dimensionen. Und das gefiel ihr. Es entsprach ihrem persönlichen Denken und Fühlen, ihren Neigungen, was er so perfekt auszudrücken verstand. Bei ihrer Arbeit hatten solche Aspekte freilich kaum Bestand.

»Aber Sie handeln mit diesen Steinen, Sanjay! Für Sie als Schmuckhändler werden Edelsteine nach realen Kriterien eingeschätzt und in ihrem Wert bestimmt! Sie orientieren sich doch daran, ob es nun ein lupenreiner Diamant ist, also einer ohne nur mittels Zehnfach-Lupe erkennbare Einschlüsse, oder ob es ein VS2, also einer mit schwer erkennbaren Einschlüssen ist. Und da Gewicht und Größe eines Diamanten nun mal in einer berechenbaren Abhängigkeit zueinander stehen, so dass von dem Durchmesser auf das Karat-Gewicht geschlossen werden kann, bleibt letztendlich nur noch die Frage nach dem Cut, also dem Schliff, der den Wert des Steins für den Händler ergibt. In den Händen des Diamantenschleifers wird dann aus dem Diamanten entweder ein quadratischer Princess, ein ovaler Marquise, ein runder Brillant oder ein perlenförmiger Pear. Das sind doch die Kriterien, die den Wert eines Diamanten für Sie ausmachen! Für Sie sind sie eine Ware, leblose Materie – oder?«

»Das ist nicht ganz richtig, Marie-Claire. Immer mehr Menschen kommen zu uns und bitten um die Anfertigung eines Schmuckstücks, bei dem es nicht um die Frage Diamant, Rubin, Saphir oder Smaragd geht. Diese Menschen orientieren sich an Farben. Sie sehen in dem unverwechselbaren Licht, das in jedem Halb- oder Edelstein verborgen liegt, eine größere Bedeutung als in dem Wert eines Diamanten, dessen Preis sich letztendlich an Details orientiert, die sich erst unter der Lupe zeigen, also für das menschliche Auge mehr oder minder unsichtbar sind. Mir gefällt es, wenn Kunden sagen, sie möchten eine Halskette mit Steinen in einer bestimmten Farbe oder ein Arrangement bestimmter Farben, akzentuiert mit einem Edelstein, dessen Schönheit sich nicht allein an seiner Reinheit orientiert. Sich der Schönheit und Einmaligkeit dieses Schmuckstücks bewusst zu sein ist bedeutsamer als das Benennen eines Preises. Solche Menschen sind mir lieber als jene, die kommen und einen Einkaräter in ›slightly tinted white‹ wollen.«

Die Natürlichkeit dieses Mannes begeisterte Marie-Claire. Er hatte nichts Kapriziöses. So, wie er sich gab, so sprach er auch über Edelsteine. Sanjay hielt regelmäßig Schmuckstücke von unvorstellbarem Wert in der Hand und besaß sie auch. Dennoch schien er völlig immun gegen weltliche Werte, war ganz Ästhet und gestand Edelsteinen offensichtlich eine Art inneren Wert und Bedeutung zu.

Plötzlich wirkte Sanjay sehr ernst. Fast unangenehm lange schaute er ihr in die Augen.

»Marie-Claire, Sie sind eine Frau, die weiß, was ich denke, was ich fühle. Sie wissen es – und Sie verstehen es! Denn auch Sie haben mit Ihrem Beruf etwas zum Inhalt Ihres Lebens gemacht, das neben den schnöden materiellen Aspekten viel Seele in sich trägt. Das, und nicht nur das, verbindet uns. Deswegen möchte ich Ihnen von einer indischen Überlieferung erzählen, die Ihnen helfen möge, mich noch besser zu verstehen. Denn das, Marie-Claire, würde meiner Seele sehr schmeicheln ...«

Fasziniert von der Ruhe, mit der Sanjay Kasliwal sprach und sie dabei so unglaublich tiefgründig anschaute, glaubte Marie-Claire für Momente, sie müsse erröten. Aber sie fühlte, dass das nicht geschah. Sie hatte nur eine Erklärung dafür: Vertrauen! Ja, zu diesem Menschen hatte sie Vertrauen, etwas, das sie noch nie in ihrem Leben gehabt hatte. Schon gar nicht zu einem Mann ...

Sanjay lächelte. Sie hatte das Gefühl, er habe ihre Gedanken gelesen. Sie lehnte sich im Sessel zurück und signalisierte damit, dass Sie ihm zuhören wollte.

»In meiner Heimat, Marie-Claire, sagt man, dass Diamanten die Tränen Gottes sind. Denn nur so ist für uns dieses einzigartige, unverwechselbare und in seinem Farbspektrum kosmisch-schöne innere Feuer, das ein jeder Diamant in sich trägt, zu erklären. Und weil dem so ist, wurden Diamanten immer wieder als Augen von Götterstatuen verwendet.«

Marie-Claire stockte der Atem. Sie ahnte, ja wusste, was jetzt kommen würde.

»Beim Untergang der Maharadscha-Reiche versteckten meine Vorfahren ihre heiligen Schätze, den Familienschmuck, Edelsteine und uns heilige Insignien, im Inneren einer hohlen Statue. Sie war mehrere Meter hoch, aus dem Fels herausgeschlagen und somit auf immer mit dem Fels verbunden. Die Statue war so schwer, dass selbst fünfzig Männer sie nicht hätten wegtragen können. Drei Augen hatte diese Statue – drei große, ungewöhnlich reine Diamanten. Diese drei Tränen Gottes waren mit einem nur wenigen Familienangehörigen bekannten Mechanismus kombiniert. Nur wenn die Sonne an einem ganz bestimmten Tag im Jahr in einem bestimmten Winkel über dieser Statue stand, wenn das Licht der Sonne durch die drei Diamanten hindurch ins Innere der Statue fiel, ließ sich dieses Heiligtum öffnen. Denn jeder Diamant hat, wie Sie selbst ja wissen, ein unverwechselbares inneres Feuer, das sich aus dem Licht des Tages nährt. Und so war vorbestimmt, dass nur die Träger dieses Geheimnisses, ehrwürdige Männer unserer Familie, in der Lage sein würden, dieses Heiligtum zu öffnen, wenn Gottes Zeichen ihnen kundtun würde, es zu tun. Und damit keine Schurken, keine Unwürdigen sich mit Gewalt Zugang zum Inneren dieser Statue verschaffen konnten, war diese Statue mit einem zweiten Mechanismus versehen, der alles Irdische zerstört, würde der Steinkoloss gewaltsam geöffnet werden.«

Marie-Claire wurde von Gefühlen und Gedanken übermannt. Sie hatte von dieser Götterstatue schon gehört – vor wenigen Wochen erst. Francis Roundell hatte bei ihrem Treffen im Café

Landtmann in Wien davon gesprochen und diese Geschichte als Legende bezeichnet. Und er hatte sie im Zusammenhang mit dem Florentiner erzählt! Nun saß ein Mann vor ihr, dessen Aura sie völlig verwirrte, und erzählte ihr genau diese Legende, die ganz offensichtlich keine Legende war.

Zaghaft fragte sie: »Warum erzählen Sie mir all das, Sanjay?«

»Weil ich spüre, nein, ich weiß, Marie-Claire, dass Ihr und mein Karma in einer wundersamen Weise dazu auserkoren sind, den Willen des Schöpfers mit Leben zu erfüllen, seinen Wunsch zu erfüllen!«

»Seien Sie mir bitte nicht böse, Sanjay«, flüsterte Marie-Claire de Vries, »Ihr Vertrauen, Ihre Herzlichkeit und Ihre Worte verwirren mich. Ich verstehe all das nicht!«

Sanjay Kasliwal lächelte sie voller Herzenswärme an.

»Ich kann, ich darf Ihnen leider nicht alles erklären, Marie-Claire. Es hat mit einem Traum, mit einer Prophezeiung zu tun, die mein Großvater, der Allmächtige sei seiner Seele gnädig, hatte. Träume sind Geschenke Gottes. Man darf nicht darüber reden, denn dann verflüchtigen sie sich. Aber man muss ihnen folgen. Sie, Marie-Claire, müssen dieser Prophezeiung nicht folgen, aber Sie könnten es, Sie können mir helfen, den Traum, die Prophezeiung zu erfüllen – wenn Sie es wollen.«

»Was muss ich tun?« Marie-Claires Stimme zitterte ebenso wie ihre Hände.

»Grabräuber, seelenlose Schurken haben dieses Heiligtum unserer Familie und unseres Volkes entweiht, sie haben die drei Diamanten, die göttlichen drei Brüder, die Augen, die Tränen Gottes aus der Statue herausgeschlagen. Das geschah vor vielen hundert Jahren. Seither ist der Zugang zu dem Schatz und zu den heiligen Insignien unseres Volkes für

immer verhindert. Ich weiß, wo diese Statue versteckt ist! Und ich weiß, dass ich dazu auserkoren bin, diese Tränen Gottes, die Diamanten zu finden. Ich suche die göttlichen drei Brüder. Deswegen bin ich in Europa. Sie gehören meinen Vorfahren, meinem Volk. Es ist ein nationales Heiligtum. Nicht der Schatz, nicht der materielle Wert der Diamanten, der Juwelen, des Goldes und Silbers interessiert mich. Ich will, dass mein Volk das zurückbekommt, was ihm seit Jahrtausenden gehört. Es schien mir in den letzten Jahren ein schier aussichtsloses Unterfangen. Die Spuren dieser drei prachtvollen Diamanten haben mich rund um die Welt geführt. Ich glaube zu wissen, dass sie von Indien in den Nahen Osten gelangt sind. Dort, so vermute ich, gingen sie in den Besitz der Kreuzritter, höchstwahrscheinlich der Templer. Es geht die Sage um, dass die drei Diamanten zum legendären Schatz der Templer gehörten, wobei ich mittlerweile der festen Überzeugung bin, dass es diesen Schatz der Templer so, wie man sich ihn gemeinhin vorstellt, gar nicht gab. Viel wahrscheinlicher ist, dass die Templer wussten, dass die drei Diamanten zu jener Götterstatue gehörten, in deren Innerem unvorstellbare Schätze lagen und noch immer liegen. Das, Marie-Claire, ist meine Vermutung. Und ich habe es mir zur Lebensaufgabe gemacht, die Steine zu finden – um meinem Volk dieses heilige Eigentum zurückgeben zu können!«
Sanjay Kasliwal schwieg für einen Moment. Er schien höchst konzentriert. Sein Blick war fest auf Marie-Claire de Vries gerichtet. Mit ernsthafter Miene sprach er weiter: »Edelsteine von solch ungewöhnlicher Größe und Schönheit hinterlassen Spuren, weil sie Begehrlichkeiten wecken. Die Gier der Menschen nach solchen Edelsteinen hinterlässt Spuren. Zumal diesen Diamanten nachgesagt wird, dass sie seit der Entfernung

aus der Statue mit einem Fluch belegt sind, der Unheil über ihre neuen Besitzer bringt. Wir beide wissen, dass dem so ist, denn dieser Fluch hat Spuren hinterlassen. Ich bin ihnen gefolgt – hier im Abendland. Was das Ganze schwierig macht, ist die Tatsache, das es von zumindest einem dieser Edelsteine eine Kopie gibt. Die Ähnlichkeit dieser Kopie mit dem Original ist so frappierend, dass ich nicht immer sicher bin, ob ich nun der Spur einer Kopie folge oder jener des Originals.«

Marie-Claire zitterte nicht nur innerlich. Was Sanjay ihr in geradezu erschreckender Offenheit mitteilte, war in seinen Dimensionen so unglaublich, dass es nicht alleine mit seinem Vertrauen zu ihr zu erklären war. Warum erzählte er ihr das? Warum offenbarte er Details über ein Geheimnis, das mit schier unvorstellbaren materiellen Werten verknüpft war? Er kannte sie doch überhaupt nicht! War es Taktik? Wollte er ihr Informationen entlocken? Oder war er einfältig? Nein, das war dieser Mann ganz sicher nicht! Aber man erzählte doch einem fremden Menschen nicht solche Dinge! Oder doch?

Nervös nippte sie an dem Rotwein und zündete sich eine Zigarette an. Sie entschied sich, vorsichtig und doch ehrlich zu sein.

»Einer jener drei Diamanten, von denen Sie sprechen, Sanjay, wird jetzt der Florentiner genannt, richtig?«

Gebannt starrte sie ihn an. Er antwortete, ohne lange zu überlegen und sehr ruhig. Sie sah, dass er die Wahrheit sagte.

»Ja, das stimmt!«

»Und Sie sagen, es gibt eine Kopie?«

»Ja! Und das wissen Sie, Marie-Claire! Ich kann mir nicht vorstellen, dass Sie als Wienerin und als renommierte Expertin für historischen Schmuck nicht wissen, dass in der Wiener

Schatzkammer eine solche Kopie dieses Diamanten, den Sie Florentiner nennen, existierte.«
»Nein, davon weiß ich wirklich nichts!« Marie-Claire riss die Augen weit auf. Ihre Überraschung war nicht gespielt.
»Ja, es existierte eine! Und vielleicht gibt es sie noch immer«, sprach Sanjay Kasliwal weiter. »Die Wiener Schatzkammer hatte meines Wissens Mitte des 18. Jahrhunderts unter Leitung eines Mannes mit Namen Joseph Angelo de Frances den Charakter einer Kunstkammer bekommen. Später wurde dann sogar ein eigenes Juwelenzimmer eingerichtet. In dieser Zeit lag eine Kopie in diesem Juwelenzimmer – und zwar zusammen mit dem auch damals schon Florentiner genannten Original, ein Hundertsiebenunddreißig-Karäter mit gelblichem Schimmer. Sowohl das Original als auch die Kopie sind aber verschwunden.«
Dieser Mann aus Indien, das war Marie-Claire klar, war ein absoluter Kenner von Edelsteinen, ein Experte – und auch ein Experte, was den Florentiner betraf. Nein, sie hatte nichts von einer Kopie in der Wiener Schatzkammer gehört. Sie wusste lediglich, dass der Florentiner im Jahre 1919 zusammen mit anderen Edelsteinen, Schmuck und Preziosen von der kaiserlichen Familie aus der Vitrine XIII der Schatzkammer entnommen und als Habsburger Privatschmuck in die Schweiz geschafft worden war. Siedend heiß fiel ihr plötzlich eine Passage aus jenem Buch ein. Der Schmuckhändler Alphonse de Sondheimer hatte sich maßlos enttäuscht über die mindere Qualität des Florentiners ausgelassen. Mein Gott, durchzuckte es Marie-Claire. Hatte der österreichische Kaiser bei seiner Flucht in die Schweiz etwa gar nicht den Florentiner, sondern eine Kopie mitgenommen? Hatte über Jahrhunderte hinweg nur eine Kopie dieses legendären Diamanten in der

Wiener Schatzkammer gelegen? Konnte das sein? War es möglich, mit den damals verfügbaren technischen Mitteln eine täuschend echte Kopie eines solch großen Diamanten herzustellen? Wenn das aber nur eine Kopie gewesen war, wo war dann das Original?
Sanjay Kasliwal beobachtete Marie-Claire de Vries. Er sah, wie verwirrt sie war und dass ihre Gedanken sich überschlugen. Leise räusperte er sich.
»Es tut mir Leid, Marie-Claire, dass ich Sie solchen Irritationen aussetze. Ist die Sache mit der Kopie denn für Sie so bedeutsam?«
»Mehr als das, Sanjay! Es ist eine Sensation! Denn wenn zutrifft, was Sie sagen, müssen wir die ohnehin sehr verwirrende Geschichte dieses Florentiners neu schreiben! Es gibt nämlich noch eine Kopie!«
Zum ersten Mal, seit sie Sanjay Kasliwal kannte, sah Marie-Claire ihn nun staunen. Er war erstaunt – oder schockiert. Dessen war sie sich nicht ganz sicher. Es stand jedoch fest, dass er von dieser Information maßlos beeindruckt war.
»Sind Sie sich sicher?«, fragte er. Es gelang ihm nicht, seine Erregung zu verbergen.
»Ja, absolut sicher! Ich weiß es seit gestern. Diese Kopie liegt im Museo Nazionale della Scienza e della Tecnologia Leonardo da Vinci in Mailand, in der Abteilung Arte Orafa. Ich habe gestern ein Fax erhalten – und ein digitales Foto dieser Kopie. Es ist eine zumindest optisch beeindruckend schöne und täuschend ähnliche Kopie. Die Frage ist nun, ob sie jene Kopie ist, die einst in der Schatzkammer in Wien lag – oder ob es eine zweite Kopie ist. Des Weiteren stellt sich die Frage, ob es eigentlich jemals ein Original in der Schatzkammer in Wien gegeben hat. Wenn nicht, wäre das die Sensation des Jahrhunderts!«

Marie-Claire erschrak über sich selbst: Warum hatte sie das gesagt? All das wusste sie selbst erst seit gestern und hatte diese Information bislang weder verifizieren noch in ihrer Auswirkung auf ihren Auftrag richtig einschätzen können. Jetzt hatte sie ein Geheimnis preis gegeben. Dabei hatte Francis Roundell sie in aller Eindringlichkeit gebeten, über ihren Auftrag absolutes Stillschweigen zu wahren. Warum nur hatte sie Sanjay soeben all das verraten?

Sanjay schien ebenso fasziniert wie verwirrt zu sein. Seine Reaktion zeigte jedoch nichts davon.

»Sehen Sie, das ist ein Grund, warum die Suche nach den Tränen Gottes so irritierend und doch so spannend ist. Legenden, Mythen, Sagen und Fakten einen sich zu einem Konglomerat von Informationen. Keiner weiß so richtig, wo zumindest dieser Florentiner, also das Original ist! Seit 1920 ist er angeblich spurlos verschwunden ...«

»Und die beiden anderen Tränen Gottes?«

Marie-Claire war sich im Klaren darüber, wie provokant diese Frage war. Sanjay wich ihr nicht aus. Fast mystisch lächelte er sie an.

»Marie-Claire, warum sollten wir uns mit taktischen, von Misstrauen bestimmten Spielchen das Leben schwer machen? Sie wissen ebenso wie ich, dass wir von den seit Jahrhunderten als der Große und der Kleine Sancy bezeichneten Steinen sprechen. Und die wurden leider vor kurzem geraubt! Der Fluch bewahrheitet sich also. Der Fluch des Florentiners wird die Räuber einholen. Dessen bin ich mir absolut sicher. Ich ahne, aber ich weiß noch nicht ganz sicher, wo die Diamanten jetzt sind. Und ich glaube und hoffe, Marie-Claire, dass Sie mir dabei helfen werden, die Tränen Gottes, die göttlichen drei Brüder, wieder nach Indien zurückzubringen. Dieser

Fluch wird nur zu durchbrechen sein, wenn wir die Originale haben und sie dahin zurückbringen, wo sie hingehören: nach Indien! Ich glaube übrigens nicht, dass der Mechanismus der Statue auch mit Kopien funktioniert. Es gibt ja in Amerika einen Mann namens Carter Clarke, einen ehemaligen US-General. Er fertigt künstliche Diamanten an, die mit herkömmlichen Methoden nicht von echten Diamanten zu unterscheiden sind. Sie haben sicher schon von ihm gehört?«

Marie-Claire nickte. Der umtriebige Exgeneral sorgte seit einiger Zeit mit seinem Unternehmen in Sarasota, Florida, für erhebliche Turbulenzen auf dem milliardenschweren internationalen Diamanten- und damit auch auf dem Schmuckmarkt. Der Amerikaner hatte sein Wissen, künstliche Diamanten herzustellen, von einem russischen Wissenschaftler erworben. So revolutionär sich das Ganze anhörte, so simpel war im Prinzip der Herstellungsprozess. Letztendlich wurden in Reaktoren die Bedingungen im Bauch der Erde vor vielen Millionen Jahren, als die meisten Diamanten unter extremsten Temperatur- und Druckverhältnissen aus Kohlenstoff entstanden, nachgeahmt. In den USA wurden dabei echte Diamantsplitter zusammen mit Graphit in einem Reaktor unter dreitausend Grad Celsius und einem Druck von fünfzigtausend Atmosphären zu Diamanten geformt. Kaum mehr als drei Tage dauerte die Herstellung eines Rohdiamanten. Vor allem die begehrten gelben Diamanten, so wie der Florentiner, wurden dort hergestellt. Kostete ein echter Diamant auf dem internationalen Markt zirka zwanzigtausend Euro pro Karat, verkaufte die Firma Gemesis sie für rund viertausend Euro. Da diese synthetischen Edelsteine von einem echten fast nicht zu unterscheiden waren, beunruhigte diese Entwicklung die Edelsteinexperten von DeBeers, dem größten

Diamantenkonzern der Welt. Der Monopolist hatte sofort reagiert und ein neuartiges Prüfgerät entwickelt. Im Prüflabor IGI in Antwerpen wurden seither alle Diamanten im »Diamond View System« mit ultraviolettem Licht bestrahlt. In starker Vergrößerung zeigt sich die unregelmäßige Wachstumsstruktur eines echten Diamanten, während der synthetische Diamant durch seine Ebenmäßigkeit entlarvt werden kann – aber nur für Experten. Ein Laie ist selbst mit Lupe nicht in der Lage, Original von synthetischer Ware zu unterscheiden. So gelassen DeBeers sich vermeintlich gab und damit warb, dass ein Konsument stets das Echte haben wolle, so viele Turbulenzen zeichneten sich längst auf den Edelstein- und Schmuckmärkten ab.

Für Marie-Claire setzten enorme Gewissens- und Interessenkonflikte ein. Sollte sie Francis Roundell von diesem Gespräch berichten? Wieso zögerte sie eigentlich, ihren Sicherheitschef zu informieren? Traute sie ihm nicht? Aber wieso traute sie Sanjay? Sollte sie diesem Inder sagen, dass sie selbst ebenfalls auf der Suche nach dem Florentiner war? Sollte sie ihm trauen, misstrauen – oder gar mit ihm kooperieren? Sollte sie ihre persönlichen Empfindungen für diesen faszinierenden Mann aus Indien unterdrücken und rational vorgehen? Sie wusste nicht, wie sie handeln sollte, als sie antwortete:

»Ja, ich weiß natürlich, welche Perspektiven durch diese Produktionsverfahren von künstlichen Diamanten für die Zukunft entstehen werden! Allerdings sind diese Leute in den USA derzeit nur in der Lage, Diamanten bis zu etwa viereinhalb Karat herzustellen. Eine täuschend echte Kopie des Florentiners mit seinen hundertsiebenunddreißig Karat wird es also aus den USA nicht geben. Und die beiden Sancys können dort aus dem gleichen Grund nicht reproduziert werden – noch nicht!«

Der indische Edelsteinexperte aus Rajasthan nickte wissend mit dem Kopf. »Ich teile Ihre Einschätzung, Marie-Claire! Für mich ist ohnehin klar, dass das Geheimnis der Götterstatue erst dann entschlüsselt und der Fluch des Florentiners durchbrochen werden kann, wenn das Original des Steines wieder nach Indien zurückkehrt. Diamanten haben eine Seele. So sehe zumindest ich das. Die Seelen dieser göttlichen drei Brüder müssen geeint werden, denn gemeinsam wachen sie über Macht, Erleuchtung und ewiges Leben ...«

Knapp eine Viertelstunde später verließ Marie-Claire de Vries Harry's New York Bar. Die Uhr in der Hotelrezeption zeigte bereits fünf Uhr am Morgen an. Sie war völlig erschöpft und zugleich aufgedreht. Dieser Mann in der Bar – wer war das gewesen? Litt sie schon unter Halluzinationen, unter Verfolgungswahn?

»Du hast einen Knall, Marie-Claire de Vries«, murmelte sie im Hotelaufzug vor sich hin und versuchte, ihre wahnwitzigen Gedanken zu verdrängen. Doch irgendetwas stimmte da nicht! Etwas an diesem Mann mit dem schütteren Haar und der Krücke in der Bar war seltsam gewesen.

Mit Sanjay Kasliwal war sie so verblieben, dass er sich in Kürze bei ihr in Wien melden würde. Er hatte ihr von seinen Reiseplänen erzählt.

»Ich folge der Seele des Florentiners«, hatte er gesagt und von Besuchen in Grandson, Florenz und Paris gesprochen. Sie war sich einerseits im Klaren darüber, dass diese in der Historie des Florentiner-Diamanten einst so bedeutsamen Orte und Städte für ihre Aufgabe nicht wirklich von Relevanz waren, andererseits spürte sie ein sehr ausgeprägtes Verlangen, Sanjay wiederzusehen. Der Gedanke, mit ihm zu diesen

Orten zu fliegen, mit ihm zu diskutieren und ihm zuzuhören, reizte sie maßlos. Ja, sie wollte mehr über ihn wissen, denn sie genoss seine Gegenwart. Das für sie wirklich Faszinierende daran war, dass sie spürte, dass es keines jener üblichen Verlangen nach der Nähe eines Mannes war. Aber was war es? Und wer war dieser Mann in der Bar gewesen? Er hatte den ganzen Abend in der Bar verbracht und war zur selben Zeit wie sie dort aufgetaucht. Eigentlich hatte sie ihn ständig registriert, ihm aber keine große Aufmerksamkeit geschenkt. Zudem hatte er sich ihnen gegenüber sehr desinteressiert gezeigt. Nur für Bruchteile von Sekunden hatte sie Blickkontakt mit ihm gehabt, als sie die Bar verlassen wollten. Beim Aufstehen hatte sie ihm und er hatte ihr ganz kurz in die Augen geschaut, und genau dieser Moment hatte bei ihr ein eigentümliches Gefühl ausgelöst. Ein Satz von Francis Roundell war ihr in den Sinn gekommen: »Der Verräter verrät sich durch das Gedankengut des Verräters – und seine Augen sind seine Lippen.« Wie wahr! Wer log, verriet sich schnell durch eine ungewöhnliche Reaktion seines Körpers. Manche wurden rot bei der Lüge, andere hüstelten, wiederum andere Menschen kratzten sich am Kopf oder glaubten, sich durch das Verschränken der Arme vor verräterischen Reaktionen zu bewahren. Und manchen Menschen konnte man die Lüge in den Augen ablesen. So wie diesem Mann. Doch was war an ihm so auffällig? Der vielleicht Fünfundvierzigjährige hatte nur da gesessen, einige Bier getrunken und geschwiegen. Er hatte einen Gipsfuß. Seine Krankenhauskrücke lag die ganze Zeit quer über seinen Oberschenkeln. Seine Aktentasche stand neben dem Sessel.

Der Aufzug hielt in der fünften Etage des Hotels. Die Türen öffneten sich. Plötzlich lief Marie-Claire ein Schauer über den

Rücken. Sie spürte, wie sich ihre Nackenhaare aufrichteten. Ihre Müdigkeit war wie weggefegt. Die Erkenntnis war wie ein Schock, der den Körper in Alarmbereitschaft versetzte. Ja, natürlich! Die Krücke! Die Krücke dieses Mannes hatte über nahezu vier Stunden quer auf seinem Schoß gelegen. Nicht ein einziges Mal war er aufgestanden, hatte sich nicht um einen Millimeter bewegt. Und das, obwohl er sicherlich sechs bis acht Glas Bier getrunken hatte. Der Mann war dort wie eine Statue sitzen geblieben. Mit einer Tasche neben sich. Und mit einem Krückstock, der keinen Gummipfropfen am unteren Ende hatte. Ein Krückstock, der die ganze Zeit mit dem unteren Ende in ihre Richtung gezeigt hatte. Ja, das war es!
Zehn Minuten später lag Marie-Claire de Vries im Bett. Sie war hellwach. Um acht Uhr würde Francis Roundell in seinem Büro sein. Dann würde sie ihn anrufen und fragen.
Ja, sicherlich würde er es wissen. Er mit seiner beruflichen Vergangenheit als Kriminalbeamter wusste bestimmt, ob es technisch möglich war, in eine solche Krücke ein Richtmikrofon einzubauen. Ein Richtmikrofon, mit dem man das Gespräch am Nebentisch abhören konnte. Francis wusste so was. Aber sollte sie Francis wirklich fragen? Wieso, dachte sie plötzlich, musst du eigentlich darüber nachdenken, ob du ihn fragst? Wieso hast du Zweifel? Erklären konnte sie sich das nicht wirklich. Sie wusste nur, dass eine innere Eingebung ihr nahe legte, vorsichtig zu sein. Auch gegenüber jenem Mann, der ihr den Auftrag gegeben hatte, den Verbleib des Florentiner-Diamanten zu recherchieren. Wie auch immer: Um acht Uhr würde sie ihn anrufen.

11. Kapitel

Kriminalhauptkommissar Bernhard Kleimann jubelte innerlich und war zugleich sehr irritiert. Die Abendsonne traf auf das Fenster seines Büros in der Interpol-Zentrale in Lyon. Er atmete tief durch. Seine Intuition hatte sich als richtig erwiesen. Dennoch, das, was sich nun aus den neuen Erkenntnissen an Schlussfolgerungen aufdrängte, überforderte seine Fantasie. Nochmals überflog er die Mitteilung, die er vor wenigen Minuten über das interne I-24/7-System vom Deutschen Bundeskriminalamt erhalten hatte:

... Fingerabdrücke und genetische Merkmale des von Ihnen vorgelegten Datenträgers (Glas) und der Zigarettenreste sind zweifelsfrei identisch mit der von Ihnen benannten Person. Die von Ihnen übermittelten Personaldaten stimmen überein mit den hier beim BKA vorliegenden Erkenntnissen. Die Person wurde im Rahmen eines Einstellungsverfahrens bei Interpol Paris erkennungsdienstlich behandelt. Weitere Daten und Informationen können Ihnen aus datenschutzrechtlichen Gründen nicht übermittelt wer-

den, da die benannte Person nicht mehr Angehörige von Interpol ist.
Des Weiteren können wir jedoch bestätigen, dass diese Person vor drei Jahren im Rahmen einer Observation der BKA-Staatsschutzabteilung in Zusammenarbeit mit den Kollegen von der BKA-Abteilung Rauschgift sowie marokkanischen Exekutivbehörden in Rabat festgestellt und fotografiert worden ist. Zielperson war der tunesische Staatsangehörige

Jilani REZAIGUI
geb. 07.12.1960 in Tunis/Tunesien

Rezaigui besitzt zudem amtliche Personaldokumente auf unterschiedliche Aliasnamen aus Marokko, Syrien und dem Irak, darunter legale diplomatische Pässe und Dienstausweise.
Jilani Rezaigui stand und steht im dringenden Verdacht, Mitglied zu sein bzw. zum Führungskader einer irakisch-marokkanisch-libanesisch-syrischen Gruppierung zu gehören. Diese Gruppe hat direkte Verbindungen zu islamisch-fundamentalistischen Terrorzellen und finanziert sich vornehmlich durch Rauschgifthandel (Heroin/Haschisch) aus dem libanesischen Bekaa-Tal. Erkenntnisse zu anderen Varianten der Beschaffungskriminalität dieser Gruppierung (u.a. Schutzgelderpressung, Waffenhandel und Kunstraub) liegen hier vor. Alle staatsschutzrelevanten Erkenntnisse sind als STRENG GEHEIM klassifiziert. Wir bitten diesbezüglich um eine formelle Erkenntnisanfrage an die zuständige Abteilung des BKA.
Ein Zugriff konnte in Rabat nicht erfolgen, weil Jilani Rezaigni einen exterritorialen Status als Mitglied der Kulturabteilung der irakischen Botschaft in Rabat innehatte.
Die konkrete Verbindung zwischen Jilani Rezaigui und Fran-

cis R. konnte nicht zweifelsfrei verifiziert werden. Die Vermutung stand im Raum, dass Francis R. sich im Rahmen des Rückkaufs eines geraubten Kunstgegenstandes zu Verhandlungen im Auftrag einer Versicherungsgesellschaft in Marokko aufhielt. IPOL Neu-Delhi meldete im Jahre 2004 auffällig intensive Reisebewegungen des Jilani R. in Indien.

MfG
Meyer-Müllndorf, KHK
Bundeskriminalamt

Bernhard Kleimann stand auf und ging in seinem Büro umher. Viele Fragen drängten sich ihm auf. Diese Angelegenheit war hoch brisant. Und wieder einmal war Zufall mit im Spiel gewesen. Hätte er vor zwei Wochen nicht im Rahmen seiner Tätigkeit bei der Interpol-Sonderermittlungsgruppe *Mraksch* in einigen alten Akten über marokkanische Terrorgruppierungen zufällig diese Observationsfotos gesehen, wäre er nie über diese höchst eigentümliche Verbindung zwischen seinem alten Freund und Exkollegen Francis Roundell und der nun anhängigen Ermittlung gestolpert. Es war nur ein Verdacht gewesen, denn das Observationsfoto zeigte zwar den Araber Jilani Rezaigui ganz klar, der Mann im Hintergrund war jedoch nur unscharf abgebildet. Dennoch war Kleimann die Ähnlichkeit sofort aufgefallen. Zunächst hatte er seinen ersten Verdacht als geradezu aberwitzig abgetan. Als sich dann wenige Tage später völlig unerwartet Francis Roundell bei ihm gemeldet und um ein persönliches Gespräch unter »alten Freunden« gebeten hatte, war ihm das nach zwanzig Dienstjahren doch als zu viel des Zufalls erschienen. Und nun lag dieses Schreiben des Bundeskriminalamtes auf seinem

Schreibtisch. Es bestand absolut kein Zweifel: Sein alter Freund und Kollege Francis Roundell hatte vor einigen Jahren direkten Kontakt zu diesem Jilani Rezaigui gehabt. Warum, das war nicht ganz klar. Vielleicht war er tatsächlich als Kunstexperte mit dem Rückkauf gestohlener Kunstgegenstände beschäftigt gewesen. Solche Deals zwischen Kunsträubern und Versicherungsgesellschaften liefen immer unter extremster Geheimhaltung ab, zumal sie letztendlich illegal waren, von den Ermittlungsbehörden jedoch mehr oder minder stillschweigend geduldet wurden. Die Versicherungsgesellschaften zeigten sich im Gegenzug manchmal sehr kooperativ und übermittelten nach einem heimlichen Rückkauf die ihnen vorliegenden Erkenntnisse. Zu Festnahmen kam es dennoch höchst selten.

Ja, dachte Hauptkommissar Bernhard Kleimann, eigentlich sprach einiges dafür, dass Francis Roundell einer dieser heiß begehrten Vermittler war, die im Graubereich zwischen Legalität und Illegalität arbeiteten. Seine berufliche Vita sprach dafür. Als Exkriminalbeamter und Interpol-Beamter mit viel Erfahrung im Betrugsdezernat und nun Sicherheitschef eines Kunst-Auktionshauses hatte er eigentlich all das Know-how, das solche Versicherungsagenten haben sollten. Sie brauchten diese Erfahrungen, wenn sie Dieben und Räubern die gestohlene Ware abkaufen wollten, für die Versicherungen ansonsten viel Geld an den Versicherungsnehmer zahlen müssten. In diesem Zusammenhang war der Diebstahl der so genannten »Saliera«, des goldenen Salzfasses von Benvenuto Cellini, das im Mai 2003 aus dem Kunsthistorischen Museum Wien gestohlen worden war, in die Schlagzeilen geraten und auch Thema einer Sonderkonferenz bei Interpol geworden. Der Versicherungswert dieses unersetzbaren Kunstwerkes, das hatte er als Mit-

arbeiter der damaligen Interpol-Sonderkommission erfahren, war nicht einmal konkret zu beziffern. Fest stand lediglich, dass die involvierte UNIQA-Versicherung im Höchstfall eine Summe von zirka sechsunddreißig Millionen Euro im Einzelschadensfall zahlen müsste, würde das gestohlene Objekt nicht nach drei Jahren wieder auftauchen. Da war viel Spielraum für die Kunstagenten! Wenn es ihnen beispielsweise gelänge, die Saliera für einen Bruchteil der Versicherungssumme, also erfahrungsgemäß zirka zwanzig Prozent, von den Dieben zurückzukaufen, dann würde die Versicherung eine unvorstellbare Summe sparen. Diebe wie Kunstagenten wären gleichermaßen glücklich, denn die Erfolgsprämie läge sicherlich bei zehn Prozent des Versicherungswerts. Ein solcher Agent könnte dann bei einem Deal wie bei der Saliera schnell mal einige Millionen einstecken – plus der ohnehin ausgelobten siebzigtausend Euro Belohnung!
So etwas wusste Francis Roundell natürlich. Er war ein alter Fuchs und ein erfahrener, sehr cleverer Ex-Bulle. Fakt aber war jetzt, dass Francis offensichtlich sehr engen Kontakt zu höchst gefährlichen Leuten gehabt hatte. Oder noch hatte. Denn dieser Jilani Rezaigui, mit dem zusammen Francis heimlich fotografiert worden war, galt als die Hauptzielperson der Interpol-Sonderkommission *Mraksch!* Seine Rolle bei den beiden Raubüberfällen war noch nicht geklärt. Offen war ebenfalls, ob er einer der beiden Männer war, die in Ambulanzflügen aus Europa entkommen waren. Fest stand lediglich, dass sich mehrere Männer in ein und demselben Haus in Marrakesch aufhielten, und unter ihnen befand sich auch Jilani Rezaigni.
Wie aber sollte Kleimann nun mit diesen brisanten Informationen über Francis umgehen? Francis war sein Freund, ein guter Freund. Der Raub der beiden Diamanten machte die

Situation nicht einfacher. Ständig geschahen eigentümliche Dinge. So konnte er sich zum Beispiel nicht erklären, warum sich ein Staatssekretär aus dem Bayrischen Innenministerium über das BKA ständig nach dem aktuellen Ermittlungsstand erkundigte. Was hatte dieser Staatssekretär mit der Sache zu tun? Erkenntnisse über ihn lagen Kleimann nicht vor. Über das Internet hatte er lediglich herausgefunden, dass der Beamte mit Freiherr von Hohenstein in München Jura studiert hatte. Die beiden kannten sich also. Dennoch, Kleimann wurde aus diesem großen Interesse an der Soko *Mraksch* nicht schlau. Wahrscheinlich ist das wieder einmal so eine Gefälligkeitsklamotte, dachte er sich.

Bernhard Kleimann kehrte in Gedanken zurück zu seinem alten Freund und seinen merkwürdigen Verabredungen. Was, so schoss es ihm durch den Kopf, würde passieren, wenn er den Leiter der Soko *Mraksch* über diese dubiose Sache mit Francis Roundell informieren würde? Er hatte nicht vor, Francis Ärger zu bereiten, aber die Sonderkommission zur Klärung der Raubüberfälle von Bayern und Florenz war mit Topleuten und Kriminalbeamten aus vielen Staaten besetzt. Darunter befanden sich auch Marokkaner. Sie waren es gewesen, die auf die Bezeichnung für die Soko gekommen waren. Denn »Mraksch« hieß auf Arabisch »Stadt«. Und in Marokko gab es eine Stadt, die ihren heutigen Namen davon ableitete – Marrakesch! Genau dort hielt sich jetzt dieser Jilani Rezaigui auf. Zufall?

»Die Frage ist letztendlich«, murmelte Bernhard Kleimann an diesem Dezemberabend in Lyon vor sich hin und entschied, seine Karriere nicht für einen alten Freund zu riskieren, »... die Frage ist, wo Francis Roundell jetzt steckt!«

»Viktoria … grüß dich! Ich bin's!« Marie-Claire de Vries war froh, ihre Berliner Kollegin noch so spät am Abend telefonisch zu erreichen. »Du, ich habe im Hotel Esplanade meinen Schminkkoffer stehen lassen. Könntest du dich bitte darum kümmern und ihn mir, wenn ihr ihn gefunden habt, per Post schicken?«

Genüsslich streckte sich Marie-Claire auf ihrem Bett aus. Sie fühlte sich pudelwohl. Schon die letzte Nacht hatte sie ausgezeichnet geschlafen, gemütlich gefrühstückt und zum ersten Mal seit langem wieder Zeit gehabt, all ihre Gedanken und die neuesten Erkenntnisse zu ordnen. Längst hatten sich ihr E-Mail-Postfach und der Briefkasten mit Informationen und Dokumenten von der Sicherheitsabteilung in London, von Universitätsbüchereien und Antiquariaten gefüllt. Sie brauchte dringend Zeit, das Puzzle um den Florentiner zusammenzusetzen. Morgen würde sie für Francis Roundell einen Zwischenbericht erstellen. Jetzt, nach dem Abendessen und einem herrlichen Bad, wollte sie nur noch einige Telefonate erledigen. Es wunderte sie nicht, dass sie ihre Schminkutensilien in Berlin vergessen hatte. Das nächtliche Gespräch mit Sanjay war bis in die frühen Morgenstunden gegangen. Beinahe hätte sie sogar ihren Rückflug verschlafen. Sie hatte nicht einmal die Zeit gehabt, sich zu schminken, sie war vielmehr in großer Eile zum Flughafen gefahren.

Ihre Kollegin Viktoria, die gern plauderte und für die der Job bei Christie's ein wahrer Segen war, plapperte am anderen Ende des Telefons wie ein Wasserfall. Als sie den Namen ihres Sicherheitschefs beiläufig erwähnte, kam Marie-Claire plötzlich ein Gedanke.

»Sag mal, Vicki, wer hat eigentlich diese beiden Inder, die Brüder Kasliwal, auf die Einladungsliste für diesen Abend

gesetzt? Das sind ja keine Berliner oder Hamburger Kunden, meines Wissens sind sie in der Regel auf den Auktionen in London und in Genf anzutreffen.«
Neugierig lauschte Marie-Claire den Worten ihrer Kollegin. Abrupt richtete sie sich auf. Jede Antwort hatte sie erwartet, nur nicht diese!
»Bist du sicher?«, unterbrach sie Viktoria. »Francis Roundell? Das ist aber sehr ungewöhnlich. Die Einladungen werden doch von der Verkaufs- oder Marketingabteilung rausgeschickt. Francis hat überhaupt nichts damit zu tun ...«
Gespannt hörte sie ihrer Kollegin zu. So wohlig müde sie nach dem heißen Bad gewesen war, so hellwach war sie jetzt. Nach zwei, drei weiteren Fragen an Viktoria legte sie den Hörer auf, holte sich einen Cognac, zündete sich völlig in Gedanken eine Zigarette falsch herum an, überlegte – und wählte dann die Handynummer von Francis Roundell. Sie wusste, dass er Wert darauf legte, rund um die Uhr erreichbar zu sein. Und das war er eigentlich schon immer. Von seinen persönlichen Lebensumständen wusste sie nichts. Er erzählte nie freiwillig von sich. Das war ihr vorher nie aufgefallen. Eigentlich kannte sie ihn kaum. Genau in dem Moment meldete er sich am anderen Ende der Leitung. Er klang hellwach, obwohl es spät in der Nacht war.
»Hallo, Francis! Tut mir Leid, dass ich Sie noch so spät störe, aber ich war den ganzen Tag über so fix und fertig, dass ich es einfach nicht früher geschafft habe. Ich wollte Sie nur telefonisch vorab über den derzeitigen Stand meiner Recherchen informieren. Einen ausführlichen Bericht bekommen Sie dann morgen per E-Mail.«
Marie-Claire bemühte sich, ruhig zu wirken, aber eigentlich war sie sehr nervös. Da war es wieder, dieses untrügliche Ge-

fühl, ihre Intuition, die ihr schon so oft im Leben geholfen hatte.

Sie berichtete ihm, dass es ihr gelungen war, Kontakt zu Gregor von Freysing aufzunehmen. Sie erzählte von ihrer Lektüre diverser Bücher, den höchst interessanten Aspekten, die sie dem Buch *Vitrine XIII* entnommen hatte und die sie nun nachzurecherchieren gedenke. Schließlich stellte sie die Frage, die sie am meisten beschäftigte.

»Bei meinem Vortrag in Berlin waren zwei Inder anwesend, ein Sanjay Kasliwal und sein Bruder Pappu, beides Kunden von Christie's und renommierte Schmuckhändler aus Jaipur. Ich habe mit ihnen sehr aufschlussreiche und interessante Gespräche geführt, wobei ich mich gefragt habe, wie diese beiden Männer eigentlich auf die Einladungsliste gekommen sind. Wissen Sie das, Francis?«

Nervös nippte Marie-Claire an dem Cognac und zog hektisch an der Zigarette. Francis' Antwort kam prompt. Obwohl sie ein wenig damit gerechnet hatte, war sie doch so überrascht, dass ihr das Glas aus der Hand rutschte und der Cognac sich über ihren Bauch ergoss.

»Ach so, die Marketingabteilung aus London ... ja, klar doch, die hatten erfahren, dass die beiden in Berlin sind ... ich verstehe, ja, hätte ich mir auch denken können.«

Zehn Minuten dauerte das Telefonat mit Francis Roundell. Es kam ihr unendlich lange vor. Kaum, dass sie den Hörer aufgelegt hatte, schenkte sie sich einen weiteren Cognac ein. Wieder griff sie zu einer Zigarette. Sie ging unruhig im Zimmer auf und ab, blieb am Fenster stehen, schaute hinunter auf den Donaukanal und dachte nach. Warum hatte Francis sie angelogen? Warum hatte er nicht gesagt, dass er bei der PR-Abteilung in London darauf bestanden hatte, dass diese

beiden Männer aus Jaipur unbedingt eingeladen wurden? Marie-Claire hatte genau das von Viktoria erfahren. Die Kollegen der PR-Abteilung hatten Viktoria extra telefonisch davon in Kenntnis gesetzt und dabei keinen Hehl aus ihrer Überraschung gemacht, dass der Sicherheitschef persönlich sich um eine Einladungsliste kümmerte. Niemand im Hause Christie's hatte davon gewusst, dass die Brüder Kasliwal überhaupt in Europa waren! Warum auch, dachte Marie-Claire, der eine war gekommen, um Polofreunde in Hamburg zu besuchen und mit ihnen dann in St. Moritz auf dem gefrorenen See Winterpolo zu spielen. Und der andere, Sanjay, war auch nicht in Europa unterwegs, um an Auktionen teilzunehmen. Aber warum, zum Teufel, hatte Francis ihr die Unwahrheit gesagt und die beiden Männer nach Berlin einladen lassen?
Eine weitere Frage drängte sich Marie-Claire auf, die sie selbst betraf. Seit Berlin gab es eine Sache, die sie permanent beschäftigte, und dazu hatte sei Francis eigentlich befragen wollen: zu dem Mann in der Bar. Dieser Mann in Harry's New York Bar ging ihr nicht mehr aus dem Kopf. Dieser Krückstock auf seinem Schoß! Kein Mensch lässt seinen Krückstock stundenlang quer über seinem Schoß liegen und bewegt sich gleichzeitig nicht einmal einen Millimeter! Es war geradezu unnatürlich, wie starr dieser Mann dort, zwei Meter von ihnen entfernt, gesessen hatte. Alleine. Mit einem Krückstock ohne Gummipfropfen unten dran. Aber ein Loch hatte dieser Stock am unteren Ende gehabt, ein Loch, in das ein Metallteil eingearbeitet gewesen war. Danach hatte sie Francis Roundell eigentlich fragen wollen, hatte wissen wollen, ob es technisch möglich sei, in einem solchen Krückstock ein Mikrofon, ein Richtmikrofon einzubauen. Eines, das man unerkannt und perfekt auf die Teilnehmer eines Gesprächs am Nebentisch

richten konnte. Seine Lüge hatte Marie-Claire von ihrer Frage abgehalten.

Marie-Claire war fassungslos und zugleich verwirrt. Ihr Misstrauen gegen Francis Roundell, den Sicherheitschef von Christie's und ihren Auftraggeber, hatte sich als richtig erwiesen. Wem konnte sie jetzt noch vertrauen? Doch vor allem fragte sie sich, was diese Lüge zu bedeuten hatte.

Sie blätterte lustlos in ihren Unterlagen. Ein Merkzettel fiel heraus. Es war eine Notiz, die sie sich am Berliner Flughafen gemacht hatte. Einen Moment lang überlegte sie, dann nahm sie das Handy und tippte eine SMS. »Freue mich auf den Wörthersee! Wann, wo? Bitte Rückruf morgen Vormittag. Gruß, Marie-Claire.«

12. Kapitel

Am Wörthersee regnete es in Strömen. Nebelschwaden zogen, getrieben von einem starken Südwind, über die Wälder an den Hängen bei Mariawörth. Die barocke Kapelle auf dem Hügel vor dem kleinen Ort war kaum zu erkennen. Dunkle Regenwolken hingen über den Berggipfeln um den See herum.

Marie-Claire war beeindruckt. Gregors Haus lag an einem bewaldeten Hang einige hundert Meter oberhalb von Mariawörth. Der Blick hinab auf den mittleren Teil der drei miteinander verbundenen, mit Inseln und Halbinseln durchsetzten Seen war grandios. In der einbrechenden Dunkelheit konnte sie die romantisch im Wald versteckte Villa nur schemenhaft erkennen. Es war ein idyllisches Anwesen, dominiert von einer dreigeschossigen Fachwerkvilla mit schiefergedeckten Türmchen und Erkern und einem Park, so groß wie ein Fußballfeld. Uralte Bäume säumten die Zufahrt. Kein Namensschild oder irgendein anderer Hinweis verriet, wem diese herrschaftliche Villa gehörte.

Sie war sehr lange nicht mehr am Wörthersee gewesen. Mit ihm verband sie viele Erinnerungen. Als Kind hatte ein Sommeraufenthalt am See zu den alljährlichen Pflichtveranstaltung ihrer Eltern gehört. Mal waren es Seminare, zu denen ihr Vater geladen worden war, mal Einladungen zu rauschenden Festen der hier etablierten High Society oder Besuche bei Verwandten in Klagenfurt, die sie bisher geführt hatten. Für Marie-Claire waren es meist sehr langweilige Tage gewesen. Wer in Österreich was auf sich hielt, hatte hier am Wörthersee eine Villa. Die Reichen lockten die Massen an wie Speck die Mäuse. Die Zauberformel der Gegenwart hieß Event-Tourismus. Fernsehsendungen wie *Das Schloss am Wörthersee* kreierten einen lärmenden Bustourismus. Heerscharen von Gaffern und Hunderttausende Kaffeefahrtenbesucher eilten seither an die Ufer des Sees. In Pörtschach prägten längst grauenhafte Betonsilohotels, Souvenir- und Würstchenbuden die einst so romantische Uferpromenade. Die Grundstückspreise waren in astronomische Höhen geschnellt. Von einem ihrer Freunde wusste sie, dass eine der kaum mehr erhältlichen Lizenzen für ein Motorboot auf dem See jetzt rund siebzigtausend Euro im Jahr kostete. Es gab genug Leute, die willens und in der Lage waren, diese horrende Summe zu bezahlen.

Mit den seit einigen Jahren stattfindenden Beach-Volleyball-Weltmeisterschaften am Strandbad in Klagenfurt pilgerten nun allerdings auch jugendliche Partyjünger und Sportfreaks nach Kärnten. Die da einst dieses landschaftliche Juwel knapp vier Stunden südlich von Wien als Deluxe-Wochenend- und Sommerrefugium auserkoren hatten, stöhnten unter dem Szenen-Hype des Jungvolkes, das in der Diskothek »Fabrik« mit der Fête Blanche das Party-Highlight des Sommers feierte, während das selbst ernannte Establishment am See mit dem Weißen Fest auf der Moosburg eine dekadente Variante

dagegensetzte. Der Dresscode war für alle gleich: Es musste ein weißes Outfit sein.
Die Massen standen an den Würstchenbuden Schlange, während Österreichs Crème de la Crème im Restaurant Leon auf Schloss Leonstain bei Pörtschach schlemmte. Oder in der Orangerie des Tophotels am See überhaupt: dem Fünf-Sterne-Relais & Chateau-Etablissement Seefels, wohin, wer Rang und Namen hatte, mit dem Boot zum Dinner fuhr.
Gregor schien beides zu haben. Als sie mit seinem gut zehn Meter langen, mit Mahagonitäfelung und weißen Ledersesseln ausgestatteten Motorboot vom West- zum Ostufer schipperten und am Seefels anlegten, erwartete sie ein smarter Hotelangestellter bereits mit einem »Grüß Gott, gnädige Frau – schön, Sie wieder einmal zu sehen, Herr von Freysing«. Weil das Seerestaurant Porto Bello nur im Sommer geöffnet war, führte der weiß livrierte Angestellte sie an den im Restaurant bereits reservierten Tisch mit Blick auf den See. Sie hatten kaum Platz genommen, als der Küchenchef, ein etwa fünfunddreißigjähriger Mann mit Brille und relativ langen, mittelblonden Haaren, herbeieilte. Er begrüßte Gregor sehr vertraulich, machte Marie-Claire eine widerwärtig schleimig wirkende Aufwartung und schlug ein Menü vor, bei dem sie begriff, dass sie schon seit zwei Tagen nicht mehr richtig gegessen und daher einen unvorstellbaren Hunger hatte.
»Der Jahreszeit entsprechend, verehrte gnädige Frau …«, parlierte der Küchenchef wie auswendig gelernt, »würde ich Ihnen als Entrée den Yellow-fin-Tunfisch mit Wasabi-Panna-Cotta oder den Kefir-Limonen-Cappuccino mit Seeteufel und schwarzem Sesam empfehlen. Als Spezialität des Wörthersees kann ich Ihnen danach nur zu der Lasagne vom Bachsaibling mit Blattspinat, Forellenkaviar und Karotten-

schaum raten. Der lauwarme Hummer mit Eierschwammerln und Junglauch wird diese Vorspeisen exzellent abrunden und sich fraglos mit einem Rohmilchbrie mit Nussbrot, Apfelspalten und Rucola hervorragend kombinieren lassen.«
Marie-Claire war plötzlich bedrückt. Das hier war nicht ihre Welt! Gregor dagegen fühlte sich sichtlich wohl. Es saßen nur wenige Gäste in dem von orangefarbenen Stühlen und Vorhängen dominierten Restaurant. Was dieses empfohlene Menü kosten würde, konnte sie nur erahnen. Über Preise sprachen aber weder der Küchenchef noch Gregor, der einen trockenen 82er Riesling aus dem Rheingau zum Essen bestellte und nicht auf die Idee zu kommen schien, dass sie vielleicht lieber einen Rosé getrunken hätte. Unauffällig schaute Marie-Claire sich um. Die drei alten Damen zwei Tische weiter waren teuer-elegant gekleidet. Die eine trug Schmuck, den sie mit einem Blick als Cartier-Kollektion erkannte. Zwei weitere Frauen saßen in der Nische am Fenster und schienen soeben von einer Modenschau in Mailand zurückgekehrt zu sein.

Gregor trug eine elegante Kombination aus blauem Blazer und hellgrauer Hose. Verlegen räusperte sie sich. Sie selbst hatte nur Jeans und einen eher sportlichen, schwarzen Rollkragenpullover an und kam sich sehr deplatziert vor. Sie fühlte sich hier wie auf dem Präsentierteller, denn sie spürte die Blicke der anderen Gäste und war sich sicher, dass man sie für eine Geliebte, eine attraktive, aber keinesfalls standesgemäße Wochenendgespielin von Gregor hielt.

Gregor schien das zu bemerken, doch er wirkte seltsam steif. Schon während der Fahrt hatte er sich sehr schweigsam gegeben. Er war wortkarg, aber wie immer sehr höflich.

»Wenn du möchtest, können wir uns auch ein Dinner zusammenstellen und drüben in der Bar servieren lassen. Da ist es gemütlicher.«

Das stellte sich als sehr gute Idee heraus, und es sah so aus, als habe Gregor mit diesem Vorschlag den Abend gerettet. In der großen, aber kaum besuchten Bar nahmen sie in einem sehr anheimelnden Erker Platz. Die beiden Couchen waren sehr bequem, das Interieur geschmackvoll, und die Atmosphäre war plötzlich wie ausgewechselt. Sie fühlte sich befreit und lächelte. Gregor schien auf diesen Moment gewartet zu haben.

»Du bist keine Fotografin und arbeitest auch nicht an einem Bildband über deutsche Ritterorden, richtig?«

Marie-Claire errötete. Es blieb ihr keine Zeit, über ihre Antwort nachzudenken. Gregor schaute sie sehr freundlich, aber auch fordernd an. Sie wusste, dass es wenig Sinn haben würde, zu lügen. Daher entschied sie, den direkten und ehrlichen Weg zu gehen.

»Nein, bin ich nicht«, gab sie zu. »Ich arbeite für das Auktionshaus Christie's. Ich bin Expertin für historischen Schmuck und war auf Recherche. Da habe ich dich dann gesehen. Ich fand dich sehr attraktiv. Du hast mich interessiert! Deswegen habe ich dir diese Geschichte erzählt. Ich hatte nicht genug Selbstvertrauen, das gleich zuzugeben. Welche Frau sagt so etwas schon.«

Sie hatte sehr spontan geantwortet. Dennoch war es nur die halbe Wahrheit. Doch Gregor war mit dieser Antwort zufrieden.

»Schön, dass du ehrlich bist. Ja, doch, das ist sehr schön. Das ist eine gute Basis!«

Er sprach sehr leise, ruhig – besänftigend. Die bisher eher steife Konversation zwischen ihnen lockerte sich auf. Das Knistern des Kaminfeuers, die dezente Musik, das warme Licht, das exzellente Essen, der Wein und Gregors Lachen ließen sie alles um sie herum vergessen. Die Ereignisse der vergangenen Tage und Nächte fielen von ihr ab, die Flut der Gedanken und marternden Verdachtsmomente waren wie weggewischt. Eine seit vielen Jahren nicht mehr erlebte Leichtigkeit überkam sie. Plötzlich hatte sie das Gefühl, dass sie bereit war, ihm zu vertrauen. Marie-Claire, sagte sie zu sich selbst, warum musst du dein Leben immer so kompliziert gestalten? Warum musst du hinter den schönen Dingen des Lebens stets noch etwas anderes vermuten? Warum nimmst du nicht, was ist, was sich anbietet – warum lebst du nicht unbeschwerter? Er ist ein sehr interessanter Mann! Warum machst du es nicht wie deine Freundin Chrissie, deren Wahlspruch »Take it easy – but take it« ihr zwar manchen Ärger, aber auch unendlich viele schöne Erlebnisse eingetragen hatte?

»Du bist geschieden und hast Kinder?« Die Frage war provokativ, denn sie hatte mittlerweile in Erfahrung gebracht, dass es den moralischen Vorstellungen und wahrscheinlich auch den Statuten des Ordens vom Goldenen Vlies entsprechend undenkbar war, dass ein Vlies-Ritter nochmals heiraten konnte und durfte. Marie-Claire wunderte sich, wie ehrlich er war.

»Ja, ich bin geschieden. Ich habe drei Kinder. Sie leben bei der Mutter. Und ich würde dir gerne – sehr gerne – mehr Vertrauen entgegenbringen können! Doch seit wir uns kennen, stellst du sonderbare Fragen. Und du hast mich mehrmals belogen! Kleine Lügen mögen es gewesen sein, vielleicht, aber ich finde es sehr bedauernswert. Eigentlich bin ich traurig darüber. Ich würde dir lieber mehr von mir erzählen – und zuhören, wie du von dir erzählst! Mein Leben ist kompliziert.

Es ist bestimmt von sehr viel Rücksichtnahme, von gesellschaftlichen Verpflichtungen, beruflichen Vorgaben, familiären Zwängen und einem anerzogenen Misstrauen fremden Menschen gegenüber.«

»Aber du belügst mich auch, und ich kann auch dir nicht trauen. Du weißt also, dass ich für Christie's arbeite. Du sagst mir aber nicht, dass du vor geraumer Zeit bei Christie's vorgesprochen und dich für den Florentiner-Diamanten interessiert hast. Wie soll ich da Vertrauen haben?«, unterbrach Marie-Claire ihn. Sie sah in seinen Augen, dass er mit dieser Direktheit nicht gerechnet hatte. Doch Gregor überlegte nicht lange.

»Ich bin von Freunden des Hauses Habsburg beauftragt worden, den Verbleib diverser Kunstgegenstände und Preziosen aus dem Familienbesitz zu klären und, wenn möglich, diese mit den Geldern von honorigen Mäzenen zurückzukaufen. Die österreichische Republik hat damals einen Großteil des Vermögens des Hauses Habsburg konfisziert. Nicht nur den Familienbesitz, sondern auch das ganze private Vermögen des Exkaisers, das sich in Österreich befand. Und zwar mit der Begründung, dass zuerst der Familienschmuck aus der Schatzkammer, der bekanntlich im Auftrage des Kaisers in die Schweiz geschafft wurde, zurückgebracht werden müsse. Das konnte Kaiser Karl damals nicht. Viele Schmuckstücke waren in der Schweiz verkauft oder beliehen worden. Entsprechend mittellos waren der Exkaiser und sein Gefolge plötzlich. Auch später konnte die strittige Frage, was denn nun in der Schatzkammer Privatschmuck und was Staatsschmuck gewesen sei, nie endgültig geklärt werden. Fest steht nur: Würden all die damals aus der Wiener Schatzkammer in die Schweiz verbrachten Schmuckstücke – und dazu gehörte bekanntlich auch der Florentiner-Diamant – wieder zurück nach Wien kommen und an die österreichische Regierung übergeben werden, müssten die Enteignungen von damals überdacht werden. Und das versuchen gewisse Leute nun nach fast achtzig Jahren. Ich bin beauftragt, diese Schmuckstücke zu suchen, also auch den Florentiner. Das ist alles. Es ist kein großes Geheimnis. Es bedarf nur einer gewissen Diskretion, die zu wahren ich mich verpflichtet habe!«

Marie-Claire merkte, wie ihr Herz pochte. Es pochte, weil sie jetzt endlich den Grund für Gregors Interesse an dem Florentiner kannte. Der Florentiner! Deshalb also war Gregor in London gewesen war. Er wollte den Diamanten zurückkaufen. Wenn das stimmte, hatte er damals in London in der Zentrale die Wahrheit gesagt. Ungewöhnlich war ein solches Anliegen auf dem Kunstmarkt nicht. Francis Roundell würde wahrscheinlich jubeln, wenn sie ihm das mitteilen würde. Er würde sich sicherlich in seiner Einschätzung bestätigt sehen. Wie hatte er damals gesagt? »Es ist immer gut, wenn man weiß, dass es auf einer Auktion mehrere Interessenten gibt.«

Plötzlich gefiel ihr die Vorstellung, den heutigen Abend mit Gregor hier am Wörthersee zu verbringen. Eigentlich stand jetzt kein Geheimnis mehr zwischen ihm und ihr. Jeder wusste, was der andere wollte. Jedenfalls was den Florentiner betraf. Ihr Herz schlug schneller, auch weil sie wusste, dass er ihr Vertrauen gewinnen wollte. Seine Stimme klang sehr erotisch, als er sie aus ihren Gedanken riss.

»Dieses permanente Misstrauen zwischen uns würde ich heute Abend sehr gern über Bord werfen. Und zwar ohne weiter darüber zu reden.«

»Ich auch«, flüsterte Marie-Claire de Vries aufgeregt. Sie freute sich auf diesen Abend. Und mehr noch auf die Nacht.

Noch immer lag Nebel über dem Wörthersee. Irgendwo in der dichten Wolkendecke, die sich an den Hügeln um den See herum wie Watte auf die Wälder legte, lugte die Morgensonne hervor, wich dann aber wieder neuen Regenwolken. Marie-Claire lag auf dem Rücken, ohne sich zu bewegen. Seit Stunden lag sie schon so in seinem Bett im zweiten Stock der Villa über Mariawörth und starrte an die Zimmerdecke. Sehnsüchtig wartete sie auf das erste Tageslicht, wartete auf eine Bewegung von ihm, um so schnell wie möglich aus diesem Bett verschwinden zu können. Aber sein Atem war noch immer gleichmäßig. Er schließ tief und fest. Ihn schienen die Geschehnisse der Nacht überhaupt nicht tangiert zu haben.
Vorsichtig richtete sie sich auf und lehnte sich mit dem Rücken gegen das Kopfteil des Betts. Sie wollte zu ihm hinüberschauen, spürte aber einen inneren Widerstand, ihn schlafend neben sich zu sehen. Seine Nähe hatte nichts Beruhigendes, sie empfand es nunmehr als unangenehm, dass er nur eine Hand breit neben ihr lag.
Erst jetzt sah sie, welch einen fantastischen Blick man von der Villa über den See hinüber zu den Wäldern und auf die kleine Insel mit dem gelblichen Schloss zur Rechten hatte. In der Nacht waren es nur die vereinzelten Lichter auf der anderen Seeseite gewesen, die sie hatten erahnen lassen, welch grandiosen Blick man von hier oben haben würde. Doch ihr stand der Sinn nicht nach euphorischen Gedanken. Zu sehr war sie mit den zurückliegenden Stunden beschäftigt. Was da geschehen war, konnte sie sich nicht so recht erklären. Anfänglich hatte sie geglaubt, der permanente Stress und der wenige

Schlaf der letzten Wochen seien der Grund, dass sich ihr Körper verweigert hatte, mit ihm zu schlafen. Doch mit dem ersten Tageslicht wusste sie, warum es zu dieser eher peinlichen Situation gekommen war. Es war sehr romantisch und kurzweilig gewesen mit ihm in der Bar des Hotels. Sie hatten geplaudert, gelacht, geflirtet, waren fast ehrlich zueinander gewesen und hatten auf den Barkeeper sicherlich wie Verliebte gewirkt. Dennoch. Sie hatten eben nur so gewirkt. Immer wieder waren die Momente der Unbeschwertheit von nachdenklichen Gedanken zerstört worden, die ihr ihren Selbstbetrug vor Augen führten. Trotzdem war sie mit ihm nach der sehr romantischen Fahrt mit dem Motorboot um den See herum in sein Schlafzimmer gegangen, statt sich in den Gästetrakt zurückzuziehen. Er hatte sie nicht gedrängt, ganz im Gegenteil, eigentlich hatte er ihr keine Avancen gemacht. Nein, sie hatte es gewollt. Vielleicht, weil sie beschwipst war. Oder weil die Ruhe des Hauses inmitten des Waldes, das flackernde Kaminfeuer in seinem Salon und die beruhigende Musik von Brahms sie in einen tranceähnlichen Zustand versetzt hatten. Vielleicht! Oder weil sie sich seit langer Zeit nach Zärtlichkeit, nach Nähe und Vertrauen sehnte. Er zog sie körperlich an. Sein Selbstbewusstsein und sein Charme gefielen ihr, sie war beeindruckt von seiner Bildung. Im Lauf des Abends war eine Vertrautheit entstanden, von der sie geglaubt hatte, es sei tiefe Sympathie – eine sehr schöne Basis für eine gemeinsame Nacht. Wie sehr hatte sie sich getäuscht. Ihr Körper hatte sie schnell in die Schranken verwiesen, wahrscheinlich, weil sie ihm letztendlich doch misstraute. Er war nicht wirklich offen, es gab Widersprüche.
Während sie ihm erzählt hatte, worin ihre Aufgaben bei Christie's bestand, ihm ehrlich sagte, dass sie die Historie des Floren-

tiners recherchierte, hatte er sich über seine Familie, seine Rolle im Orden der Ritter vom Goldenen Vlies mit eher kryptischen Andeutungen um eine klare Aussage herumgedrückt. Der Terminus »Diskretion« wurde in diesem Zusammenhang von ihm überstrapaziert. Dabei hatte doch er selbst für uneingeschränktes Vertrauen plädiert! Ihr Verstand entschied nach kurzem Zwiespalt, mit Gregor ins Bett zu gehen. Sie wollte einen männlichen Körper spüren und lechzte nach Berührung und Lust.

Schon nach wenigen Minuten hatte sie gewusst, dass sie zwar nach all dem verlangte, sich danach sehnte, aber nicht mit ihm! Während er ihr behutsam den Pullover über den Kopf gestreift hatte, war ihr Blick über seine entblößte Brust gehuscht – und hatte nach einem Anhänger, nach einer Kette gesucht. Nicht dem männlichen Körper, nicht seinem Körper galt ihr Interesse. Nein, sie wollte wissen, ob er unter seinem T-Shirt ein Kettchen mit dem Anhänger der Ritter vom Goldenen Vlies trug. Ihre Freundin Christiane hatte ihr vor zwei Tagen per E-Mail einige Informationen über die Vlies-Ritter geschickt. Darin stand unter anderem, dass jeder Vlies-Ritter verpflichtet war, neben den prachtvollen, nur für besondere Festlichkeiten gedachten Gold-Collanen auch immer einen kleinen Orden zu tragen. Am Revers oder unter dem Hemd. Nach diesem Zeichen hatte sie heimlich Ausschau gehalten, als er erst sich und dann sie auszog. Und selbst als er schon mit seinen Lippen über ihren Halsansatz hin zum Nacken und zu ihrem Busen geglitten war, war sie in Gedanken bei diesem Anhänger! Er trug keinen! Wieso nicht? Wieso tat er so, als gehöre er zum Orden der Ritter vom Goldenen Vlies? Wieso gab er sich zärtlich, liebevoll – und log sie dennoch an?

Als sie schließlich seinen Mund auf ihrem Busen und Bauch

gefühlt hatte, spürte sie, dass es nicht ging. Nein, ihr Körper verweigerte dem Verstand den Gehorsam. Ihre Ratio signalisierte tief in ihr »Tu es, du willst es, du liebst es«, aber ihr Körper sprach eine andere Sprache. Er war erstarrt, in Abwehrhaltung. Ihr Körper wollte sich nicht von ihm liebkosen lassen.

»Guten Morgen.«
Seine Stimme riss sie aus ihren Gedanken. Sanft legte er seine Hand auf ihre Schulter. Die Gänsehaut, die ihr über den nackten Rücken kroch, bestätigte, dass es heute Nacht richtig gewesen war, sich zu verweigern. Sie war froh, dass sie ihren nackten Busen mit dem Satintuch bedeckt hatte.
»Guten Morgen«, versuchte sie sanftmütig zu klingen. »Tut mir Leid, was heute Nacht passiert ist. Ich kann einfach nicht abschalten! Seit Wochen laufen mein Kopf und auch mein Körper auf Hochtouren. Rien ne va plus! Ich bin urlaubsreif. Oder ich brauche einen Psychiater!«
»Ist doch kein Problem«, entgegnete er ruhig. »Ich kenne das. Sehr gut sogar ...«
Sie hörte den Unterton, die Enttäuschung in seinen Worten. Oder war es Misstrauen? Seine Hand lag noch immer auf ihrem Rücken. Sie hoffte, dass er sie nicht streicheln würde. Trotzdem strengte sie sich an, nett zu sein. In Wirklichkeit hatte sie nur einen einzigen Gedanken: raus aus diesem Bett!
»Ich habe ein riesiges Verlangen nach einer Tasse Kaffee und nach einem schönen, gemütlichen Frühstück«, belog sie ihn und auch sich und räkelte sich vermeintlich wohlig als Zeichen dafür, aufstehen zu wollen. Er deutete ihre Körpersprache richtig.
»Ich habe gestern Abend gesehen, dass kein Kaffee im Haus

ist, aber das ist kein Problem. Ich fahre schnell nach Velden, da ist ein Café, das schon morgens geöffnet hat. Dauert aber sicherlich eine halbe Stunde, bis ich zurück bin. Wo das Bad ist, weißt du ja.«

Eine Viertelstunde später wusste Marie-Claire, warum sie sich heute Nacht, nur Bruchteile von Sekunden vor seinem Versuch, mit ihr zu schlafen, anders entschieden hatte. Ja, ihre Intuition hatte sie wieder einmal vor einer falschen Entscheidung bewahrt!

Nach einer schnellen Dusche war sie vom Gästetrakt wieder zurück in den Salon gegangen, hatte sich erst im Kaminzimmer und dann in der angegliederten Bibliothek umgeschaut. Das Haus selbst war riesig und wirkte kalt und unpersönlich. Es hatte keinerlei Charme. Die Bibliothek war so groß wie ihre gesamte Wohnung in Wien. Prächtige Schweinslederbände standen in einer Vitrine. Ein Hondius-Atlas aus dem 17. Jahrhundert lag daneben. Die vielen, teils mehrere hundert Jahre alten katholischen Lexika in der Vitrine zogen sie an. Dann fiel ihr Blick auf den Schreibtisch. Sie wollte nicht wirklich in seinen Unterlagen stöbern. Sie konnte jedoch nicht widerstehen, als sie in einer Ablage neben der Couch ein Manuskript mit einem wunderschönen Wappen sah, dessen heraldische Details sie weder kannte noch zu deuten wusste. Hastig blätterte sie in dem Manuskript, das offensichtlich die Vorlage einer Rede war, die er gehalten hatte oder noch zu halten gedachte. Es war eine Laudatio für eine Organisation, deren Namen sie noch nie gehört hatte, die aber allem Anschein nach in London ansässig war und zu der er sich laut Titel *Sei's Panier* in Treue ergeben fühlte.

Verwundert las sie die ersten Seiten quer. Die Diktion ließ sie aufmerken. Da war die Rede von Geschwüren am Leib der Kirche und von London als einer so wenig katholischen, hedonistischen Stadt. Irritiert blätterte sie weiter, überflog insbesondere die mit Farbstift markierten Passagen: »... denken wir nur an diesen Kult des Hässlichen, Bösen, Abstoßenden, der heute in so vielen Subkulturen gepflegt wird – bis hin zu so genannten Kunstwerken, wo man versucht, uns Sudeleien aus Körpersäften und Fäkalien als Malerei zu verkaufen ... setzen wir dem Gott entgegen! Gott, den Schöpfer des Guten, des Wahren und des Schönen!« Verwirrt schaute sie nochmals auf das Deckblatt. Ja, das hatte offensichtlich Gregor geschrieben – unglaublich! Ihre Augen blieben an Schlagwörtern hängen, die sie bislang noch nie gelesen hatte: »Realpräsenz Jesu Christi in den gewandelten Gestalten des Altarsakraments ... der allein selig machende Charakter der katholischen Kirche.« Was sollte das heißen? Sie schüttelte den Kopf. Weiter stand da: »... es wäre scheinheilig, sich katholisch zu nennen und nicht gleichzeitig gegen die höllischen Pervertierungen zu kämpfen und uns vor dem fanatischen Liberalismus zu hüten ...«

Marie-Claire konnte nicht glauben, dass diese Termini aus dem Mund jenes Mannes stammten, der heute Nacht neben ihr im Bett gelegen hatte. War das Gregor? War das sein zweites, sein wirkliches Ich? War er das, was sich in diesem Text »milites christiani« – christliche Soldaten nannte? Was wollte er, was wollten diese Leute, für die er diese Rede hielt? Sie las die markierte Zeile nochmals: »Die Demokratie hat wieder gesiegt! Nein, lautet unsere Antwort!«

Marie-Claire zuckte zusammen. Sie hatte ein Geräusch gehört. Kam Gregor bereits zurück? Nein, sie hatte sich getäuscht. Mit zitternden Händen blätterte sie vor, zurück, vor, schüttelte immer wieder ungläubig den Kopf. Diese Rede war der verbale Rundumschlag eines ultrakonservativen, in gewisser Hinsicht sogar antidemokratischen Menschen! Kein Zweifel: Hier schrieb ein christlicher Fanatiker. Und ein Neo-Monarchist!

»Nicht zu fassen, so ein abstruses Zeug«, murmelte sie vor sich hin. Schließlich fand sie eine Passage, aus der sie glaubte entnehmen zu können, um was es bei diesem Vortrag eigentlich ging: »Der Staat, in dem sich diese Idee verkörpert, ist die alte habsburgische Doppelmonarchie ... Und wie das Reich Gottes sein himmlisches Jerusalem hat, hat das Heilige Römische Reich sein irdisches Jerusalem. Das ist Wien ... die dortige Karlskirche ist der neue Tempel Salomons und Wien das kaiserliche Jerusalem ... die Idee einer europäischen Eidgenossenschaft – Österreich als deren Zentrum ... denn Österreich ist zum irdischen Exil des in Transzendenz entrückten, verklärten Reichs geworden.«

»Er ist verrückt!«, presste Marie-Claire entsetzt hervor. Das war das extremistisch-monarchistische Gedankengut eines Ewiggestrigen, absurde Fantasien von einer »Österreich-Idee«, von einem Orbis Europaeus Christianus.

Marie-Claire konnte ihre Blicke nicht von dem Manuskript wenden. Sie war völlig außer sich. Gregor – und mit ihm diese Leute – waren irre Fanatiker! Was waren das für Menschen, die solch wahnwitzige Ideen hatten? Ihr wurde schlecht. Plötzlich erinnerte sie sich seines seltsamen Gesichtsausdruckes, als sie am vorherigen Abend gemeint hatte, dass sie ihre Position als Frau in einer Beziehung nicht als Kinder hütende Mutter, sondern als berufstätige, gleichberechtigte Partnerin definiere. Er hatte recht verdutzt dreingeschaut, aber nichts gesagt. Jetzt wusste sie, warum. Jetzt ahnte sie, wer Gregor

Friedrich Albert von Freysing wirklich war, was sich hinter seiner Fassade aus Reichtum, Charme und Koketterie wirklich verbarg. Er war ein Machtmensch! Er war wie ihr Vater: machtbesessen, skrupellos und gefühlskalt. Ihr Vater konnte ebenfalls wie ein galanter, feinfühliger, weltoffener und liberaler Mensch wirken. Doch das tat er nur, wenn er es wollte und wenn es ihm etwas nutzte. Gänsehaut lief ihr über den Rücken und breitete sich über ihren ganzen Körper aus. Noch vor wenigen Stunden hatte dieser Mann sie ausgezogen, hatte ihren Körper berührt, sie liebkost. Beinahe hätte sie mit ihm geschlafen! Er hatte sie vorgeführt wie ein kleines Mädchen! Er hatte mit ihr gespielt – und ihr in kürzester Zeit entlockt, worin ihre wahre Aufgabe bei Christie's bestand. »Verfluchter Scheißkerl!«, artikulierte sie ihre tiefe Enttäuschung und Wut.

Heftig atmend legte sie das Manuskript zur Seite. Sie wollte nur noch weg, weg vom Wörthersee, weg von Gregor. Nein, sie brauchte nicht weiterzulesen. Oder doch? Schnell las sie die letzten drei Seiten der Rede nach auffälligen Passagen durch. Sie fand, was sie hoffte zu finden! »Burgund« stand dort in großen Lettern, gedacht als Stichwort für das Resümee der Rede. »Nein …!«, entfuhr es ihr so laut, dass sie ängstlich aufschaute, ob sie wirklich noch alleine in der Bibliothek sei. Dann las sie flüsternd vor sich hin, was Gregor geschrieben hatte: »… Damit ist ein wichtiges Stichwort gefallen: Burgund! Aus Burgund kommt der Orden vom Goldenen Vlies. Seit einigen Jahren ist die Funktion des obersten Bandinhabers unserer ehrenwerten Bruderschaft untrennbar mit der des Führers und Souveräns des Ordens vom Goldenen Vlies verbunden! Die Idee, die dem Orden zugrunde liegt, war die Schaffung einer internationalen Ritterschaft, die dem Ideal des *Chevalier sans peur et sans reproche* – des Ritters ohne Furcht und Tadel entspricht … Feuerstrahl und Feuerstein versinnbildlichen den Wahlspruch des Ordens: *Ante ferit quam flamma micet* – man muss ihn schlagen, ehe die Flamme lodert! Welch edles Bild des Rittertums! Lassen wir unser Feuer lodern! In diesem Sinne sage ich mit den Worten Karls des Kühnen: *Je lai empris* – ich habe es gewagt!«

Entsetzt starrte Marie-Claire aus dem Fenster. Sie hatte das Gefühl, in eine irreale Welt entführt worden zu sein. Das konnte nicht wahr sein! Er war verrückt, machtgierig, ein Fantast – ein Mann mit gefährlichen Ideen! Wie konnte ein halbwegs gebildeter Mensch solche konfusen und antidemokratischen Gedanken haben? Die Vorstellung, dass es in dieser dubiosen Vereinigung viele Männer gab, die in einflussreichen Positionen in Österreich und ganz Europa saßen, ließ sie erschaudern. War das eine Geheimloge? Drehten diese Männer an den Schrauben der Macht – heimlich, aber beharrlich? Waren die Intentionen der Ritter vom Goldenen Vlies identisch mit den Zielen dieser Bruderschaft? Oder suchten hier Männer nur die Nähe zu einem mächtigen Orden? In diesem Pamphlet stand ganz eindeutig, dass die Funktion des obersten Bandinhabers dieser katholischen Bruderschaft untrennbar mit der des Führers, des Souveräns des Ordens vom Golden Vlies verbunden war! War Gregor der oberste Bandinhaber? Was bedeutete diese Verbundenheit in der Praxis?
Plötzlich erinnerte sie sich, was sie bei ihrem Besuch in der Schatzkammer in Wien im Saum der Ordensornate der Ritter vom Goldenen Vlies eingenäht gelesen hatte: »Je lai empriss.« Ja, das war es! Was Karl der Kühne einst gewagt hatte, das wollte Gregor, das wollten diese Männer, für die er diese Rede

geschrieben hatte, auch. Diese Männer identifizierten sich mit den Rittern vom Goldenen Vlies. Was aber, schoss es ihr durch den Kopf, wollten sie wagen? Warum interessierte sich Gregor, warum interessierten sich die Leute dieser Bruderschaft oder gar die Vlies-Ritter für den Florentiner-Diamanten?

»Hallo, Marie-Claire!«
Gregor war eingetreten. Sie hatte seinen Wagen nicht vorfahren hören. Er musste ihn außerhalb des Grundstücks geparkt haben und die Holztreppe lautlos heraufgeschlichen sein. Wie lange war er schon im Haus? Hatte er sie absichtlich bis zum Ende lesen lassen? Was würde er jetzt tun? War er gefährlich? Hatte sie ein streng gehütetes Geheimnis, eine Geheimloge enttarnt? War das hier eine politische Verschwörung? Auf einmal hatte sie Angst.
Gregor wirkte sehr gelassen, aber jede Wärme und Güte, die sie gestern Abend noch zu erkennen geglaubt hatte, war aus seinen Augen gewichen. Er ballte die Fäuste. So wie er jetzt da stand, war erschreckend deutlich zu sehen, dass er die Ideen, die er in seiner Rede vertrat, tatsächlich in sich trug. Seine Worte waren wie Dolchstöße.
»Schnüffelst du immer in anderer Leute Unterlagen herum? Schade, wirklich schade! Für kurze Zeit hatte ich tatsächlich geglaubt, du hättest ein persönliches Interesse an mir. Ja, das dachte ich Idiot wirklich! Aber dann merkte ich, dass du eine verkorkste Feministin bist, die hinter meinem Geld her ist. Und du hast nur deinen Job im Kopf, suchst diesen Florentiner – aus welchen Gründen auch immer! Bedauerlich ist eigentlich nur, dass ich dich heute Nacht nicht vernaschen konnte! Du kennst ja jetzt meinen Wahlspruch: *Je lai*

empris! Na ja, einen Versuch war es allemal wert. Aber jetzt ist es wohl besser, wenn du mein Haus verlässt. Und zwar sofort! Ich rufe dir ein Taxi zum Bahnhof.«

Als sie zum Gästetrakt gehen wollte, hielt er sie zurück.

»Noch eins: Du solltest dir sehr genau überlegen, wem du etwas über mich und meine Freunde erzählst.«

13. Kapitel

Abdel Rahman war verärgert. Sein Gepäck war verschwunden. Die Formalitäten am Lost & Found-Schalter in der Ankunftshalle des Flughafens Wien-Schwechat hatten sich über fast eine Stunde hingezogen. Nur mit seinem Handgepäck, einem kleinen Aktenkoffer, und einem Einkaufsgutschein der Austrian Airline über zweihundert Euro in der Hand stand er nun vor dem Flughafen und fror. Wenn er die Stewardess richtig verstanden hatte, würde der nächste Flieger aus Marokko erst in zwei Tagen eintreffen. Dann würde der vermutlich in Casablanca verloren gegangene Koffer in sein Hotel in Wien nachgeliefert werden. Das Problem war nur, dass er nicht genau wusste, ob er dann noch in Wien sein würde.

»Merde, Merde!«, fluchte er laut. So etwas war ihm noch nie passiert. Der Blick der Bodenstewardess hatte ihm wieder einmal bestätigt, wie hilflos ein Mensch in Europa war, wenn er keine Kreditkarte besaß. Man sah, dass sie ihm nicht so recht glauben wollte, dass er seine Kreditkarten versehentlich in den Koffer gesteckt hatte. Wer packt seine Kredit-

karten schon in den Koffer! Auch er würde in einem solchen Fall stutzig werden. Glücklicherweise hatte er in seinem Handgepäck sowohl eine Kopie seines Passes als auch der Kreditkarte auf den Namen Abdel Rahman. Das hatte seine Haut gerettet.
Die ganze Sache war ihm mehr als peinlich, zumal er sehr wohl eine Kreditkarte besaß, sie aber nicht benutzen konnte. Mit Schrecken war ihm am Schalter in allerletzter Minute aufgefallen, dass er versehentlich die falsche Kreditkarte, jene mit seinem syrischen Aliasnamen, eingesteckt hatte.
Die Situation beunruhigte ihn. Er hatte kaum Geld in der Tasche. Einen warmen Pullover und ein T-Shirt konnte er sich damit kaufen, mehr nicht. Wie sollte er aber das Hotel bezahlen?
Noch immer wütend, stellte er den Kragen seines Jacketts hoch. Der kalte Abendwind ließ ihn frieren. Als er losgeflogen war, hatte das Thermometer in Marrakesch am Flughafen noch zwanzig Grad angezeigt. Hier waren es kaum mehr als fünf Grad. Missmutig zog er sein Handy aus der Tasche und wartete, bis er Empfang hatte. Die Vorwahl 0044 war ständig besetzt. Schließlich gelang es ihm nach zehn Minuten, jene Nummer in London zu wählen, die er auswendig kannte. Er war sehr erleichtert, als sein Kontakt sich sofort meldete.
»It's me! Ich stecke in einer blöden Situation. Ich bin in Wien am Flughafen, mein Koffer ist weg. Ich brauche dringend Geld«, erklärte er dem Mann am anderen Ende seine missliche Situation und bat ihn, dringend das auf den Namen Abdel Rahman im Hotel Imperial in Wien gebuchte Zimmer per Kreditkarte im Voraus zu zahlen. Der Mann in England tobte. Seine Stimme überschlug sich fast, als er seinen Gesprächs-

partner am Wiener Flughafen einen Dilettanten schimpfte. Abdul Rahman gab ihm insgeheim Recht, doch das Problem musste gelöst werden, und zwar schnell.
Seine Finger waren klamm. Er fror erbärmlich. Wieder wählte er eine Nummer, diesmal mit der Vorwahl 0021244. Eine arabische Stimme meldete sich. Wieder erklärte er seine peinliche Situation. Erschrocken stellte er fest, wie schwer es war, eine solche Lage und seine Bitte um Übersendung seiner Kreditkarte auf den richtigen Namen durchs Telefon hindurch zu erklären und sich dabei an die Vorsichtsmaßnahmen zu halten. Das war wirklich schwer! Aber er musste immer davon ausgehen, dass sein Handy oder der Anschluss in Marrakesch von der Polizei oder von Nachrichtendiensten abgehört wurde. Nach welchen Kriterien die unzähligen Spionage-Satelliten der westlichen Geheimdienste programmiert waren, wusste kein Mensch. Er war zwar ziemlich sicher, dass sie noch unentdeckt waren, aber es galt, vorsichtig zu sein. Die Operation war jetzt in einer sehr kritischen Phase. Was sollte er machen? Zurückfliegen ging nicht. Also musste er an seine Kreditkarte herankommen, an jene mit dem richtigen Namen, also jenem Namen, der jetzt in seinem Pass stand und auf den er eine Aufenthaltserlaubnis im Pass eingetragen hatte.
Zehn Minuten dauerte das Telefonat. Dann war er sich sicher, dass Faisal wusste, was er zu tun hatte, damit seine Kreditkarte schnellstmöglich per Kurierdienst nach Wien gelangen würde. Völlig durchgefroren steckte er sein Handy ein und ging in Gedanken versunken in der Dunkelheit zu dem gegenüberliegenden Taxistand. Plötzlich hörte er Autoreifen quietschen. Der dunkle Wagen, ein Van, stand nur wenige Zentimeter von ihm entfernt auf dem Zebrastreifen. Eine

Frau saß hinter dem Steuer. Sie hupte wie wild, zeigte ihm zornig einen Vogel. Im Wagen saßen noch ein Mann und drei Kinder. Er konnte sie nur schemenhaft erkennen. Völlig verstört signalisierte er durch eine Handbewegung, dass es ihm Leid täte. Dann ging er auf ein Taxi zu, stieg im Fond ein und wies den Taxifahrer an, zum Hotel Imperial zu fahren.
»Bokra ... Insch Allah«, murmelte er genervt und war sehr erstaunt, dass der Fahrer ihm in perfektem Arabisch mit türkischen Akzent antwortete: »Hier in Wien hilft dir Allah nicht sehr. Ist besser, mein Freund, wenn du dir im Klaren darüber bist, dass Ausländer und vor allem Moslems in diesem Land nicht bei allen Menschen sonderlich beliebt sind.«
Demonstrativ deutete der Fahrer an der Auffahrt zur Autobahn in Höhe der Tankstelle auf ein zerfranstes Werbeplakat. Abdel Rahman blickte aus dem Fenster. Ein Mann mit auffallend blauen Augen blickte von dem Plakat herab, auf dem in großen Lettern geschrieben stand: »Deutsch – statt Nix verstehen«. Hundert Meter weiter war der gleiche Mann vor dem Hintergrund eines historischen Gemäldes, das einen martialisch dreinblickenden Mann auf dem Pferd zeigte, zu sehen.
»Worum geht es auf diesem Plakat?«, fragte Abdel Rahman den Fahrer.
»Die sind von der letzten Wahl hier hängen geblieben«, erklärte dieser. »Der Mann auf dem Pferd ist Prinz Eugen. Der hat vor ein paar hundert Jahren die Türken besiegt und vertrieben. Und das will dieser Politiker da mit den blauen Augen wohl auch.«
Abdel Rahman fühlte sich zwar irgendwie belästigt von dem redseligen Türken, und als »Freund« mochte er auch nicht bezeichnet werden. Dann aber dachte er sich, dass es viel-

leicht für seinen Aufenthalt in Wien hilfreich sein könnte, einen ortskundigen und Arabisch sprechenden Menschen, zudem noch einen Taxifahrer zu kennen. In der misslichen Situation, in der er sich ohne Kreditkarte und mit nur wenig Bargeld befand, waren solidarische Helfer sicher von Nutzen. Widerwillig signalisierte er seine Kommunikationsbereitschaft.

»Du bist Türke?«

»Ja, mein Freund, ich bin Türke – Kurde! Schon seit zehn Jahren hier. Aber ich weiß nicht, ob ich hier bleiben will. Ist eine schöne Stadt. Aber die Menschen … viele mögen keine Ausländer. Der da mit den blauen Augen hat das zu seinem Wahlkampfthema gemacht und fast fünfzehn Prozent der Wiener scheinen seiner Ansicht zu sein, was Ausländer betrifft. Das ist kein gutes Gefühl, mein Freund! Fünfzehn Prozent von zwei Millionen Wienern – das sind dreihunderttausend Menschen in dieser Stadt, die gut finden, was dieser Politiker und seine Partei denken. Sie haben Angst vor Fremden und vor Fremdem. Sie wissen nichts über uns Moslems. Seit es Osama bin Laden gibt, sehen sie, glaube ich, in jedem Moslem einen Terroristen! Sehe ich etwa aus wie ein Terrorist, hm? Ich habe vier Kinder. Alle sind sie hier geboren, haben die österreichische Staatsangehörigkeit. Es sind gute Kinder …«

Der Fahrer schaute durch den Rückspiegel seinen Fahrgast in dem eleganten Anzug an, an dessen Handgepäck er den Anhänger der ersten Klasse der Austrian Airlines bemerkt hatte.

»Na, und du, mein Freund, siehst ja nun auch nicht gerade wie ein Terrorist der Al Kaida aus.«

*

Richard Kristoffs hatte die Situation nicht mitbekommen. Er war mit seinen Töchtern hinten im Fond des Wagens beschäftigt gewesen, als seine Frau mit aller Kraft auf die Bremse getreten hatte. Er prallte mit seinen Knien gegen das Armaturenbrett. Es tat höllisch weh. Schmerzerfüllt starrte er erst seine Frau an, erkannte dann die Zusammenhänge und wollte dem Mann auf dem Zebrastreifen unflätige Schimpfworte zubrüllen. Aber er tat es nicht. Völlig entsetzt starrte er den ungefähr fünfundvierzigjährigen Mann in dem sommerlichen Jackett durch die Windschutzscheibe hindurch an. Er erkannte ihn sofort. Er sah dessen eigentümliche Schulterhaltung, etwas nach vorne gebeugt, den Arm leicht angewinkelt. Ja, er war es!

»Wahnsinn! Absoluter Wahnsinn ...«, flüsterte er so leise, als könne der da draußen ihn hören. Seine Frau schaute ihn fragend an. Richard Kristoffs wühlte hektisch in seiner Jackentasche, zerrte sein Handy hervor. Zitternd ging er den Nummernspeicher durch und fluchte dabei.

»Scheiße, Scheiße ... wo habe ich nur diese Nummer gespeichert. Wie hieß dieser Typ bloß noch mal?«

Schließlich fand Richard Kristoffs, was er suchte. Nervös drückte er die automatische Wahltaste. Eine Frauenstimme meldete sich.

»Hier ist Kristoffs, Flugkapitän Richard Kristoffs. Ich muss dringend Herrn Poll, Dr. René Poll von der Terrorismusfahndung sprechen. Es ist eilig. Sehr eilig ... Mist, verfluchter! Dann sagen Sie ihm, dass ich angerufen habe. Sagen Sie ihm, dass ich eben am Flughafen Wien den Terroristen Faisal Ben Ait Haddou gesehen habe! Sagen Sie ihm, dass ich absolut sicher bin. Absolut! Der Araber steigt jetzt in ein Taxi mit dem Kennzeichen W – 32221 – TX.«

Eine halbe Stunde später saß Richard Kristoffs in dem startklaren Learjet. Das Flugzeug hob ab und stieg in den Nachthimmel über Wien. Als Richard Kristoffs die hell erleuchtete Innenstadt Wiens sah, konnte er nicht ahnen, dass dort unten soeben ein Mann aus dem Taxi stieg und in das schräg gegenüber der Oper gelegene Hotel Imperial ging. Und Flugkapitän Richard Kristoffs konnte auch nicht ahnen, dass nicht unweit der Oper und des Hotels in einem Büro des ehemaligen Palais Modena Dr. René Poll von der Abteilung II des österreichischen Bundesamtes für Verfassungsschutz und Terrorismusbekämpfung zusammen mit gut einem Dutzend Kollegen aus ganz Europa eine Einsatzbesprechung führte. Wenige Minuten zuvor hatte seine Sekretärin ihn über den Anruf des Flugkapitäns Richard Kristoffs informiert. Der österreichische Sicherheitsbeamte unterbrach das Gespräch für einen Augenblick.

»Das ist ja eine nette Überraschung! Der Flugkapitän, der damals unseren Mann nach Marrakesch geflogen hat, hat ihn vor wenigen Minuten zufälligerweise am Flughafen Wien gesehen!« Zu dem neben ihm sitzenden Beamten von Interpol Lyon, dem deutschen Kriminalhauptkommissar Bernhard Kleimann gewandt, ergänzte Dr. René Poll süffisant: »Gute Arbeit, Kollege Kleimann! Ohne Ihren Riecher würden wir jetzt ganz schön ins Schleudern geraten. Aber so wussten wir ja bereits, dass Faisal Ben Ait Haddou alias Jilani Rezaigui alias Abdel Rahman uns in Wien besuchen wird. Die alte Regel gilt eben noch immer, auch für Araber: Mit Speck fängt man Mäuse.«

*

Faisal Jawda war sich nicht ganz sicher, aber er hatte das Gefühl, diesen Mann schon einmal gesehen zu haben. Heute Morgen, ganz in der Nähe des Djemaa el Fna. Beschwören wollte er es nicht, liefen doch am Vormittag Hunderte von ausländischen Touristen über den großen Marktplatz am Rande der Medina. Europäer sahen sich in seinen Augen oft sehr ähnlich; er konnte sie nur schwer auseinander halten. Die oftmals sehr dicken Männer trugen fast immer diese hässlichen, wadenlangen Baggyhosen und ärmellose T-Shirts, eine Baseballkappe und die obligatorische Kameratasche. Dazu eine Sonnenbrille. Viele von ihnen sahen geradezu lächerlich und vor allem nicht gerade männlich aus. Und lächerlich benahmen sie sich zumeist auch, wenn sie über den »Platz der Gehenkten« von Marrakesch schlichen, um Schlangenbeschwörer, Akrobaten, Marktweiber und vor allem die Wasserträger mit ihren roten Pluderhosen und den Messingkannen auf dem Rücken zu fotografieren.

Dieser Mann heute Vormittag hatte ebenfalls eine kurze Hose und ein ärmelloses Shirt getragen. Auffällig war lediglich seine große Tasche gewesen, in der Faisal schließlich einen Laptop vermutet hatte. Er hatte den dicklichen Mann nur für Bruchteile von Sekunden gesehen. Das war wenige Minuten nachdem er von der Avenue de la Ménaa durch das Bab el-Djedid in die kleine Seitengasse an der Kutubiya-Moschee gegangen war. Hier ließ sich Faisal regelmäßig bei seinem Stammfriseur rasieren, trank dabei einen Tee und las die Zeitung. Meistens hielt er danach noch ein kleines Schläfchen. Heute war er zunächst jedoch zu beschäftigt gewesen, hatte er doch dringend zum Postbüro am Place du 16 Novembre gehen müssen, um dafür zu sorgen, dass sein Freund diese verdammte Kreditkarte per

DHL oder Fedex schnell bekommen würde. Auf dem Rückweg war ihm dieser Europäer erneut aufgefallen. Vielleicht weil sich der Mann nicht so ängstlich durch die Medina bewegte. Faisal hätte nicht weiter darüber nachgedacht, wenn er diesen Mann mit dem südländischen Teint und der schwarzen Umhängetasche soeben nicht ein drittes Mal gesehen hätte. Auffällig war auch, dass dieser Mann jetzt, zur Mittagszeit, durch die Medina ging. In einer Zeit, in der kaum ein Tourist unterwegs war. Die saßen um diese Uhrzeit meist beim Lunch im Luxushotel La Mamounia oder an den Swimmingpools in den modernen Hotels drüben in Marrakesch Nouvelle. Es waren nur einige Augenblicke gewesen, dann war der Fremde mit der ungewöhnlich selbstbewussten Haltung in einer Seitengasse verschwunden.

Kurz darauf stand Faisal Jawda wieder vor dem Friseurgeschäft. Wie erwartet hatte Moussa in der Mittagszeit nichts zu tun. Er war nicht da, aber sein Laden war auf. Die drei Sessel in dem kleinen Raum mit den blauen Türen und Fenster waren unbesetzt, und auch die beiden Sessel unter dem großen Eukalyptusbaum waren frei.

Faisal Jawda freute sich. Er saß sehr gerne hier draußen im Schatten des riesigen Baumes, las Zeitung, trank seinen Chai und nutzte die halbe Stunde der Rasur, um sich zu entspannen. Danach stand ihm heute der Sinn. Im Moment lief nicht alles nach Plan. Ständig geschah etwas, das ihren Zeitplan durcheinander brachte. Vorgestern noch hatte ihr guter Freund und Bruder Ismail vom Innenministerium in Rabat für große Aufregung gesorgt, weil er sie darüber informiert hatte, dass auffällige Aktivitäten bei Interpol in Lyon zu beobachten seien. Eine Terrorismus-Sonderkommission war dort eingerichtet worden, die strengster Geheimhaltung unterlag, und daher kam ihr Verbindungsmann auch an keinerlei Information.

Trotz dieser beunruhigenden Nachricht sah es jedoch ganz so aus, als ob ihre Aktion schon in Kürze abgeschlossen werden würde. Und zwar erfolgreich! Was sollte schon noch passieren? Sobald die anderen wieder aus Wien zurück in Marrakesch wären, würden vermutlich kaum mehr als zwei Wochen vergehen, bis sie die Stadt verlassen konnten – mit viel Geld auf einem Schweizer Bankkonto.

Faisal Jawda setzte sich auf den bequemen Friseursessel unter dem Baum, kippte ihn nach hinten, kramte eine alte Zeitung aus seiner Jackentasche und legte sie sich aufs Gesicht. Die Dezembersonne ließ ihn schläfrig werden. Er nahm den Ruf des Muezzin von der nahen Kutubya-Moschee nur noch im Unterbewusstsein wahr, fühlte sich mit einem Mal sehr entspannt und entschied gerade, einen Mittagsschlaf zu halten, als kräftige Männerhände sich plötzlich von hinten um seinen Hals legten und zudrückten. Panisch riss er die Augen auf. Er wollte sich aufrichten, aber die Hände pressten ihn mit enormer Kraft zurück in den Sessel. Der Druck um seinen Hals verstärkte sich. Seine Angst artikulierte sich in einem furchterregenden, kehligen Schrei. Mit aller Kraft stürzte er nach vorne. Der Druck um den Hals war weg. Er wirbelte herum und ging geduckt in Angriffsstellung, bereit, den Angreifer abzuwehren.

»A Salemaleikum, du Schurke! Was fällt dir ein, dich hier mit deinem von Allah gestraften Körper und Geist so einfach auf meinen edlen Liegesitzen niederzulassen!«

Faisal Jawda verdrehte ungläubig die Augen. Es fiel ihm schwer zu lachen. Noch immer zitterten seine Hände. Vor ihm stand sein Freund Moussa, der fettleibige und stets grinsende Besitzer des Ladens. Ein gutmütiger Riese, der keiner Fliege der Welt etwas zuleide tun konnte, der aber eine höchst eigentümliche Vorliebe für Scherze dieser Art hatte. Faisal atmete tief durch. Warum bist du bloß so panisch?, fragte er sich. Es ist doch alles in Ordnung. Weit und breit war kein Fremder zu sehen, nichts Ungewöhnliches war geschehen.

Als er sich wenige Minuten später wieder in den Sessel legte und schließlich tief und fest einschlief, löste sich aus dem Schatten eines nahen Torbogens eine männliche Gestalt und verschwand blitzschnell in einer Nebengasse. Der Mann trug helle Baggyshorts und ein T-Shirt.

Zehn Minuten später stieg derselbe Mann aus einem Renault-4-Kastenwagen auf dem Parkplatz nahe des Bab Doukkala. Er war nicht wiederzuerkennen. Er trug jetzt die weiten, stahlblauen Gewänder der *hommes bleus* der Wüste. Kopf und Gesicht waren mit einem schwarzen Tuch umwickelt, so wie es die Tuareg in den Wüsten der Sahara im Süden Marokkos zu tun pflegten. Nur seine Augen waren noch zu sehen. Es waren die dunklen, unergründlichen Augen, die viele Sarden haben.

Für einen Targi war Carlo Frattini allerdings verhältnismäßig klein, aber er fühlte sich wie einer dieser »Söhne des Windes«, wie diese Wüstennomaden in jenem Buch genannt wurden, das er sich vor seinem Abflug von Rom nach Marrakesch gekauft hatte. Er liebte dieses Buch, verschlang es geradezu, sog jede Zeile in sich auf. Zweimal hatte er den Roman *Tuareg* von Alberto Vasquez-Figuera bereits gelesen. Viele Tipps hatte er sich aus diesem Buch geholt. Auch die Idee, sich in Marrakesch wie ein Targi zu verkleiden, war ihm durch dieses Buch gekommen. In einem Souvenirladen in der Altstadt hatte er sich alle erforderlichen Kleidungsstücke gekauft, ein

großes Schwert und auch ein kleines Messer, das, so hatte er gelesen, jeder Targi versteckt im Ärmel seines Gewandes trug. Selbst Sandalen mit Lederriemen hatte er dort kaufen können. Jetzt fühlte er sich fast wie Gacel Sayah, die Hauptfigur aus dem Roman.
Noch nie in seinem Leben hatte er ein Buch gelesen, das den Hass eines Menschen und die daraus resultierenden Rachegefühle auf so nachvollziehbare Weise beschrieb. Dieser Targi hatte alles aufgegeben, seine Heimat verlassen, war bereit, sein Leben zu geben, um die besudelte Ehre seiner Familie, den Tod seiner Frau zu rächen. Ja, der Targi in diesem fantastischen Buch dachte, fühlte und handelte wie er, Carlo Frattini aus dem kleinen sardischen Ort Lu Fraili, Sohn des von diesen hier in Marrakesch lebenden Männern getöteten Leonardo Frattini – einem alten Museumswärter im Palazzo Pitti von Florenz.
Von heute an würde es nur eine Frage der Zeit sein, bis er die Vendetta vollenden könnte. Die Täter hatte er ausgemacht. Die Angaben des kleinen Araberjungen hatten sich als sehr genau und wahr erwiesen. Alles andere hatte er über seine Kollegen und Freunde in Erfahrung gebracht. Drei der vermutlich insgesamt sechs Araber hatte er gestern gesehen. Sie wohnten etwa zehn Kilometer außerhalb von Marrakesch in zwei Wohnungen auf dem Terrain einer noblen Wohnanlage nahe eines Golfclubs. Der Mann, den er heute observiert hatte, war mit an Sicherheit grenzender Wahrscheinlichkeit einer derjenigen, die in Deutschland mit dabei gewesen waren. Die vorliegenden Personenbeschreibungen ließen diesen Verdacht zu. Drei Araber waren gestern verreist. Wohin, das hatte er nicht herausfinden können. Wann sie zurückkommen würden, war ihm egal. Er hatte Zeit. Und Geduld. Für jeden

einzelnen dieser Mistkerle würde er, der Targi Gacel Sayah alias Carlo Frattini, sich Zeit nehmen. Wenn es sein musste, ein ganzes Leben lang. Alle würden sie sterben – ohne zu wissen, wer sie getötet hatte.

*

Freiherr Georg Ludwig von Hohenstein rieb sich zufrieden die Hände. Vor ihm auf dem Tisch lagen vier Pakete. Zu seiner großen Überraschung waren sie alle ohne Probleme angekommen. Keines der Pakete sah so aus, als sei es vom Zoll oder einem Unbefugten geöffnet worden. Die Sicherheitsfäden, die er beim Verschließen in die Kordeln jedes einzelnen Paketes spiralförmig eingewickelt hatte, waren alle unbeschädigt. Dieser Trick gefiel ihm. Ein Freund vom militärischen Abschirmdienst hatte ihm das einmal gezeigt und vorgemacht, wie man ein Paket mit den Kordeln so umschlingt, dass es absolut unmöglich ist, sich heimlich Zugang zu dem Paketinhalt zu verschaffen, ohne dabei die hauchdünnen Sicherheitsfäden zu zerreißen. Nein, an allen vier Päckchen waren die Fäden intakt. Und nirgendwo war ein kleines Loch zu sehen, das darauf hätte schließen lassen, dass der Inhalt mittels Sonde überprüft worden war. Perfekt! Jedes Teil war da! Endlich!
Das erste Paket war ihm schon vor einigen Tagen unter der Anschrift der Jagdhütte von Ousmane, des Provinzgouverneurs von Ouarzazate, zugestellt worden. Die zweite Sendung war vor vier Tagen in der Post in der Avenue Mohammed V. postlagernd angekommen. Nur eine Woche hatte es von München nach Marrakesch gedauert. Das dritte Päckchen war per DHL an seine Adresse hier in Marrakesch

gegangen und auch das vierte, dessen Inhalt sicherlich bei jeder Kontrolle die Aufmerksamkeit eines marokkanischen Zollbeamten erweckt hätte, war per internationalem Kurierdienst in Ouarzazate zugestellt worden. Er ging zwar davon aus, dass einige der Pakete routinemäßig geröntgt worden waren, aber bis auf Paket Nummer vier war das bei keinem ein Problem. Die Metallteile konnte man in einem Röntgenbild absolut nicht als das erkennen, was sie letztendlich waren. Das hatte er in Deutschland extra bei einem befreundeten Arzt in dessen Röntgengerät getestet. Nur das Super ZF 4-12 x 50 mit dem beleuchteten MilDot-Absehen und Paralexenausgleich, das mit dem vierten Paket ankam, war ein wenig kritisch gewesen. Deswegen hatte er als Adressat absichtlich den Namen, Titel und die Anschrift des marokkanischen Provinzgouverneurs angegeben und diesen auch über das zu erwartende Paket informiert. Ein Zielfernrohr war für den Provinzgouverneur als Waffenscheinbesitzer und leidenschaftlicher Jäger nichts Verfängliches. Die fünf wie Kugelschreiber aussehenden Metallstäbe im gleichen Paket wiederum konnten nur nachdenklich machen, wenn man wusste, was in den anderen Paketen war.

Georg von Hohenstein war jetzt endlich entspannt. Die Vorbereitung der ganzen Sache hatte viel Zeit und auch Nerven gekostet. Die Waffe in so viele Einzelteile zu zerlegen, dass jedes Teil für sich völlig nichts sagend war, hatte eine echte Herausforderung dargestellt. Er hatte das Problem mit Hilfe eines Jagdfarmers in Namibia gelöst, bei dem er schon mehrfach als Jagdgast gewesen war. In Namibia wurde mit solchen Waffen gejagt. Ansonsten war ein solches Gerät als Jagdwaffe überall auf der Welt entweder verboten oder verpönt. Er selbst hatte auch lange Zeit Ressentiments gehabt. Dann aber, während eines Aufenthalts in Namibia, war die Ablehnung in grenzenlose Begeisterung umgeschlagen. Pieter, der Besitzer der Jagdfarm, hatte ihn mitgenommen, hatte ihn mit der Handhabung dieser ungewöhnlichen Waffe vertraut gemacht und ihn davon überzeugt, dass die gängigen Vorurteile durch nichts zu begründen waren.

»Die Schockwirkung ist die gleiche wie die eines Gewehres. Das Tier verspürt weder außergewöhnliche Schmerzen, noch leidet es lange. Vorausgesetzt, du triffst richtig. Und, vorausgesetzt, du kommst nahe genug an das Tier heran«, hatte er geschwärmt und ergänzt: »Genau darin liegt die wahre Herausforderung dieser Form des Tötens: Du musst gut sein als Jäger, musst nahe herankommen an das, was du töten willst. So gesehen hat bei dieser Jagd das Opfer eine größere Chance als bei der Jagd mit dem Gewehr samt Zielfernrohr, wo du auf eine Distanz von mehreren hundert Metern anonym schießen und töten kannst. Mit dieser Waffe hier bist du nahe dran, siehst, fühlst und riechst deine Beute. Und umgekehrt! Zwischen Opfer und Jäger existiert eine Verbindung. Es kann sein, dass du in die Augen jenes Wesens blickst, das du zu töten bereit bist. Das ist Jagd! So wie in den Zeiten des Urmenschen. Und sie ist lautlos! Wenn du ein guter Schütze bist und da triffst, wo der Tod im Körper lebt, wird das Röcheln des getroffenen Opfers das Einzige sein, was du hörst.«

Diese Worte Pieters hatte er nie vergessen. Niemals in seinem Leben zuvor hatte er ein derart ausgeprägtes Verlangen verspürt, seiner Beute so nahe zu sein, wenn er sie tötete. Mit dieser Waffe würde er ihn töten! Bald. Er musste nur Geduld haben. Er wusste bereits, wo sie sich versteckten. Die Waffe brauchte nur zusammengebaut zu werden. So, wie sie jetzt

vor ihm lag, in mehr als dreißig Teile zerlegt, sah sie unscheinbar und harmlos aus – nicht wie eine Waffe.
Gelöst lehnte Georg von Hohenstein sich zurück. Er verließ seine Suite über die Terrasse und ging dann zu einer Couch nahe dem Swimmingpool und ließ sich eine Flasche Rotwein bringen. Die späte Nachmittagssonne kolorierte die beiden Seitenflügel der Villa in zarten Pastellfarben. Der Swimmingpool erstrahlte in kristallklarem Blau. Das in einer ebenso beeindruckenden wie auch eigenwilligen Architektur einer römischen Villa nachempfundene Palais Rhoul gefiel ihm außergewöhnlich gut. Er war begeistert. Ein Freund aus Paris, der seit langer Zeit in Marrakesch lebte, hatte ihm dieses auf fünf Hektar Land erbaute Juwel marokkanischer Lebenskunst empfohlen. Es entsprach geradezu perfekt Georgs persönlichem Lebensstil wie auch den Erfordernissen seines Vorhabens.
Wenngleich er nach seiner Ankunft von Ouarzazate im Palais Rhoul sehr versucht gewesen war, das im Garten aufgebaute, extrem luxuriöse Royale-Zelt mit seinen hundert Quadratmetern, mit einem kleinen Pool im Schlafzimmer, mit Kamin und Deluxe-Plüsch-Ambiente zu nehmen, hatte er sich letztendlich für eine Suite im Haupthaus entschieden. So geschmackvoll und luxuriös dieses Royale-Zelt auch war, so wenig sicher schien es ihm für sein Vorhaben. Die Suiten in dem U-förmig um den Pool herum gebauten Haupthaus waren abschließbar und schalldicht. Hier konnte er ungestört telefonieren und seine vier Pakete auspacken, ohne dabei überrascht zu werden.
Georg Ludwig von Hohenstein atmete tief durch. Er fühlte sich wohl, war aber auch von sich selbst überrascht. Dafür, dass er mit der Planung eines Mordes an einem Menschen be-

fasst war, fühlte er sich außergewöhnlich entspannt. Moralische Bedenken bedrückten ihn nicht. Sein Unrechtsbewusstsein war durch sein Verlangen nach Rache, nach gerechtfertigter Rache verdrängt worden. Was er vorhatte, musste er tun. Es war weder gesetz- noch rechtmäßig, aber es war gerechtfertigt. Und es war die einzige Möglichkeit, zumindest zu versuchen, sein Leben wieder erträglich zu machen. Und das von Klara. Gestern hatte er mit der Klinik am Chiemsee telefoniert. Sie lag noch immer in diesem medizinisch schwer einzuschätzenden Tod-Leben-Wach-Tiefschlaf-Zustand. Sie lebte, aber sie war tot.

Georg von Hohenstein betrachtete die Anlage des Palais Rhoul. Sein Versteck lag auch unter logistischen Kriterien optimal. Zum Zentrum von Marrakesch waren es kaum mehr als zwanzig Minuten. Der Flughafen war in dreißig Minuten zu erreichen. Und das Versteck der Araber lag, so wie das Palais Rhoul, in der Palmeraie – also ganz in seiner Nähe! Alles war absolut perfekt!

Dass er sich so sonderbar zufrieden und wohl fühlte, hatte aber auch andere Gründe. Es war das Bewusstsein, seit langer Zeit wieder einmal etwas zu tun, das nicht mit Geld, mit dem Mehren des Vermögens, der Verwaltung der Güter und Wertpapiere und mit dem Gieren nach mehr zu tun hatte.

Er war sich an diesem Abend im Palais Rhoul in der Palmeraie von Marrakesch absolut sicher, dass sein Plan gelingen würde. Sein Opfer hatte er bereits lokalisiert. Es wohnte im Palmeraie Golf Palace, einer noblen Hotelanlage.

Für die Araber war dieser Komplex ein ideales Versteck, das war ihm bei der ersten Besichtigung klar geworden. Das Gelände war riesig, unüberschaubar und von vielen Tagesgästen frequentiert. Niemand achtete hier auf unbekannte Gesichter.

Was für die Araber von Vorteil war, das erwies sich jetzt auch für ihn als idealer Ort, seinen Plan zu realisieren. Das Palais Rhoul lag nur wenige Minuten entfernt. Eine Golfausrüstung hatte er sich bereits gekauft. Die Waffe passte ohne Probleme in den Golfbag – samt Golfschlägern. Nahe genug rankommen würde er auch. Er hatte sich als vermeintlicher Golfspieler bereits für zwei Wochen ein Zimmer auf der anderen Seite des Pools, direkt gegenüber ihren Wohnungen gemietet. Jetzt galt es, die Aktivitäten der Araber zu beobachten, ihren Tagesablauf auszukundschaften, die Fährten zu verfolgen, zu warten, bis das Wild müde war – und ein gutes Ziel abgeben würde. Seine Rache würde lautlos sein.

14. Kapitel

Um neun Uhr morgens war der Anruf ihres Verlagsfreundes Peter gekommen. Das Gespräch hatte nicht dazu beigetragen, dass Marie-Claire de Vries ruhiger wurde. Seit ihrer Rückkehr vom Wörthersee fiel es ihr schwer, sich zu konzentrieren. Die Geschehnisse dort setzten ihr sehr zu. Millionen Fragen schossen ihr durch den Kopf. Warum nur hatte Gregor sie so rüde behandelt? Hatte er das, was er gesagt hatte, wirklich so gemeint? Oder war er menschlich von ihr so enttäuscht, weil sie in seinen Unterlagen herumgeschnüffelt hatte, dass er ihr nur wehtun wollte?

Marie-Claire war völlig aufgelöst. Sie hatte das Gefühl, durch ihr Leben zu taumeln. Sie reagierte auf Impulse von außen, aber sie agierte nicht. Und das schadete vor allem ihrer Arbeit. Sie arbeitete nicht so, wie Francis Roundell es von ihr erwartete. Es war ihr noch nie während ihres gesamten Berufslebens passiert, dass sich private Befindlichkeiten auf ihre beruflichen Pflichten ausgewirkt hatten. Die Konflikte zeichneten sich bereits so drastisch ab, dass sie keine Ahnung hatte, wie sie Francis all das erklären sollte. Francis! Natürlich hatte er sich wieder gemeldet, hatte telefonisch nach dem Stand der Dinge gefragt und angedeutet, dass entweder er nach Wien oder sie nach London kommen müsse. Glücklicherweise konnte sie ihn wegen des anstehenden Gesprächs mit Peter etwas vertrösten. Heute Abend jedoch musste sie ihn anrufen. Weder wusste sie, welche Fakten – und nur um die ging es – sie ihm mitteilen sollte, noch hatte sie einen blassen Schimmer, was sie ihm überhaupt sagen wollte und konnte! An ihrem Misstrauen ihm gegenüber hatte sich nichts geändert.

Ihr Leben hatte sich komplett verändert. Ihr spukten nur noch Bilder und Fakten von Vlies-Rittern, absurde Philosophien einer christlich-fundamentalistischen Organisation, indische Mythen und aberwitzige Theorien über den Florentiner durch den Kopf. Nachts hatte sie eigentümliche erotische Träume.

War das Zufall? Gab es solche Zufälle? Gab es hinter dem Geflecht der kleinen Geschehnisse eine Bestimmung, die vorgab, was geschah – geschehen würde? Warum, und diese Frage beschäftigte sie seit dem Anruf von Peter am frühen Morgen, warum kam dieser dubiose Araber ausgerechnet jetzt nach Wien? Wieso hatte ihre Freundin Chrissie ausgerechnet heute Vormittag angerufen und ihr mitgeteilt, dass Gregor kein Vlies-Ritter – aber oberster Bandinhaber dieser ultra-katholischen Bruderschaft war? Was hatte Chrissie gesagt? »Vielleicht legt dieser Gregor von Freysing sich ja so ins Zeug mit der Suche nach dem Florentiner, weil er sich für die Aufnahme in den Vlies-Orden qualifizieren will. Vielleicht ist er ein Profilneurotiker.«

All diese Geschehnisse, die sich um den Florentiner rankten, verwirrten sie und beeinträchtigten ihre Disziplin, die sie sonst stets bei der Arbeit zeigte. Zumal sie Gregor noch im-

mer nicht richtig einzuschätzen wusste. Seit dem Besuch am Wörthersee versuchte sie jegliche Gedanken an ihn zu verdrängen. Doch es gelang ihr nicht so recht. Sie wusste jedoch, dass ihre anfängliche Begeisterung für Gregor einer tiefen Nachdenklichkeit gewichen war. So, wie sie jetzt empfand, konnte sie sich kaum vorstellen, Gregor jemals wieder sehen zu wollen. Und jetzt dieser Araber! Wie war noch einmal sein Name? Abdel Rahman? Sie fand das sehr hilfreich von Peter, dass sie diesen Mann am späten Nachmittag kennen lernen würde, auch wenn es ganz sicher bedeutete, weitere Verflechtungen bei ihrer Recherche berücksichtigen zu müssen. Denn der Araber interessierte sich ebenfalls für den Florentiner. Sein Interesse war so ausgeprägt, dass er dem Verlag, bei dem Peter arbeitete, jetzt sogar offiziell angeboten hatte, das Originalmanuskript des Buches über die Vitrine XIII in der Wiener Schatzkammer für zweihunderttausend Euro abzukaufen. Peter hatte auch keinen Hehl daraus gemacht, dass dies für den Verlag eine enorme Summe war, zumal dieses Buch bereits vor fast fünfzig Jahren veröffentlicht worden war. Da sich niemand mehr für das Buch interessierte, war die Wahrscheinlichkeit groß, dass der Verlag das Manuskript an den Araber verkaufen würde. Das hatte Peter am Telefon angedeutet. Die Entscheidung würde im Laufe des Tages fallen. Daher hatte man sich mit dem Araber auf ein erneutes Treffen um achtzehn Uhr geeinigt.
Marie-Claire schaute auf die Uhr. Zum Mittagessen hatte sie sich mit ihrer Schwester Cathrine verabredet, und vermutlich würde ihre Freundin Christiane Schachert ebenfalls kommen. Mit Neuigkeiten, wie sie am Telefon gesagt hatte. Entsprechend gespannt stieg Marie-Claire an der Urania in die Straßenbahn. Zehn Minuten später betrat sie das Eck-Café im

Gebäude der Börse am Inneren Ring. Cathrine ging hier regelmäßig hin, weil ihr Mann Christoph beruflich an der Börse zu tun hatte.

Womit Christoph letztendlich sein Geld machte, konnte Marie-Claire nicht so recht sagen. Wann immer er davon sprach, überschüttete er sie mit einem derart verwirrenden Fachchinesisch, dass sie es längst aufgegeben hatte, irgendetwas davon verstehen zu wollen. Sie wusste nur eins: Christoph schwamm in Geld – und seine Ehefrau Cathrine somit auch. Das aber war seit Jahren das Einzige, was die beiden noch gemeinsam hatten. Die Ehe von Cathrine und Christoph war kaum mehr als ein Interessenverband. Er war fast sechzig Jahre alt, und er war wirklich alt. Cathrine war erst einundvierzig und sah noch sehr jung und attraktiv aus. Ihr Mann interessierte sich für Geld – und zwar ausschließlich dafür. Cathrine hatte mit den Jahren gelernt, dass sie mit Geld ihre Interessen befriedigen konnte. Davon gab es nicht viele: Kleider, Schmuck – und Reisen. Auf ihren Reisen holte Cathrine das nach, was Christoph ihr weder geben wollte noch geben konnte. Ein bisschen Liebe, Zärtlichkeit, Sex.

Cathrine saß im hinteren Raum des Tri-Café. Wie immer war das Café in der Mittagszeit mit Börsianern überfüllt. Sie sahen alle gleich aus. Die Männer im Alter zwischen dreißig und vierzig Jahren trugen dunkle Anzüge und schienen ein Faible für rosafarbene Hemden und glänzende Gel-Frisuren zu haben. Die Frauen hatten entweder Hosenanzüge oder viel zu kurze Röcke an. Alle besaßen mindestens zwei Handys, die selbst in der Mittagszeit ständig rappelten.

Cathrine trug ein umwerfend schickes Kleid, das ihre schlanke, feminine Figur unterstrich. Da sie Cathrines Lieblingsboutiquen in der Stadt kannte, ahnte Marie-Claire, dass dies eins der Dreitausend-Euro-Kleidchen war, von denen die Kleiderschränke ihrer Schwester in der Villa im dreizehnten Bezirk überquollen.

»Schwesterchen, du siehst umwerfend aus!«, begrüßte sie Cathrine und umarmte sie liebevoll. Sie freute sich wirklich, Cathrine wieder einmal zu sehen. In der Hektik der letzten Wochen hatten sie fast nur noch telefonisch Kontakt gehalten. Cathrine wusste zwar so ziemlich alles, was geschehen war, aber ihre Neugierde entlud sich sofort.

»Hat er dich noch mal angerufen?«

Marie-Claire stutzte: »Wen meinst du?«

»Na, dieser Gregor – der reiche Herr von Freysing! Der mit dem netten Häuschen am Wörthersee!«

Marie-Claire lächelte zwar, aber es fiel ihr schwer, Cathrine nicht anzufauchen. Kaum hatte sie ihr damals von Gregor auch nur im Ansatz erzählt, hatte ihre Schwester sofort begonnen, sich mit der Geschichte der von Freysings zu beschäftigen. Adel übte auf Cathrine eine grenzenlose Faszination aus. Sie war eine wandelnde Enzyklopädie europäischer Adelsgeschlechter. Was sie nicht über Bücher und das Internet herausbekam, suchte und fand sie in den Klatschspalten der Yellow-Press-Magazine. Ja, Cathrine wusste alles über die vermeintliche High Society Wiens und Österreichs. Und fraglos war es schon immer ihr großer Traum gewesen, auch ein »von« in ihrem Namen zu tragen.

»Nein, er hat nicht angerufen! Und ich glaube auch nicht, dass er das tun wird, liebe Schwester! Gregor ist emotionslos. Er hat von mir etwas gewollt, hat es nicht gekriegt – und hat mich dann fallen lassen wie eine heiße Kartoffel. Das war's!«

»Ich kann dich wirklich nicht verstehen.« Cathrine schüttelte verständnislos den Kopf. »Dieser Mann steht mit beiden Beinen im Leben, siehst gut aus, hat Geld – und ist geschieden! Du warst doch so grenzenlos begeistert am Anfang. Wieso angelst du dir den nicht? Musst du immer nur deinen Job im Kopf haben?«

»Der wollte nichts von mir, jedenfalls nichts außer meinem Hintern. Das war von Anfang an nichts anderes als der Versuch einer Affäre! Allerdings geschickt und auch stilvoll eingefädelt, das muss ich schon sagen. Hätte er es offen gesagt, dass er mich nur bumsen will, hätte ich wahrscheinlich sogar Ja gesagt. Ich weiß nämlich schon nicht mehr, wie das überhaupt geht ...«

Marie-Claire war sich im Klaren darüber, das es nicht so ganz stimmte und ziemlich pathetisch klang, was sie da sagte. Jedenfalls was Gregor betraf. Die Bemerkung zu ihrem Liebesleben stimmte jedoch: Ihr war bewusst geworden, dass sie in Sachen Streicheleinheiten und Sex enorme Defizite hatte. Lange hatte sie das perfekt verdrängen können, aber seit dem Intermezzo am Wörthersee begriff sie, wie sehr sie sich danach sehnte. Gregor hatte sie sehr wohl angezogen, schließlich war er ein attraktiver Mann. Und er war zärtlich gewesen. Als er sie gestreichelt und liebkost hatte, war da eine fast erloschene Flamme in ihrem Inneren kurz aufgeflammt. Nur leider war sie sofort wieder verschwunden, weil sie mehr wollte als nur ein flüchtiges Abenteuer. Doch das hatte sich wieder einmal als eine Illusion herausgestellt. Daher hatte sie in den letzten Tagen für sich die Entscheidung getroffen, zumindest in Bezug auf Sex auf ihre Kosten zu kommen.

Sie wollte Cathrine soeben bitten, das Thema Gregor endgültig fallen zu lassen, als Christiane kam. Schon von Weitem war ihr anzusehen, dass sie bester Laune war. Chrissie war einfach eine Lebenskünstlerin, eine Frohnatur. Sie schaffte es immer wieder, dem Leben die positiven Aspekte abzugewinnen.

»Mein Gott, ihr beiden seht euch heute mal wieder so verblüffend ähnlich, dass selbst ich euch kaum auseinander halten kann! Wenn ihr jetzt noch das gleiche Kleid anhättet, möchte ich den Mann sehen, der weiß, wer Cathrine und wer Marie-Claire ist.«

Christiane wandte sich an Marie-Claire. »Du, ich habe tolle Nachrichten für dich! Dass dieser Gregor tatsächlich der oberste Bandträger dieser katholischen Bruderschaft ist, habe ich dir ja schon am Telefon gesagt. Und ich kann dir als beste Freundin eigentlich nur raten, dir diesen Typen zu angeln! Vergiss doch seine Feierabendspielchen mit dieser Bruderschaft! Vergiss sie! Männer brauchen ihre Träume! Die einen spielen Fußball am Wochenende, die anderen träumen davon, ein edler Ritter zu sein und wiederum andere sehen sich als milites christiani im Kampfe für einen Orbis Europaeus Christianus! Ist eh nur Fantasterei. Also schnapp dir diesen Mann. Er sieht gut aus, hat Geld, will dich – und ist geschieden!«

Marie-Claire lachte lauthals los. Chrissie war so unglaublich süß mit ihren pragmatischen Lebensweisheiten. Dennoch stimmten sie die Worte der Freundin nachdenklich, denn Chrissie hatte ihr praktisch den gleichen Rat gegeben wie Cathrine.

»Ihr beide seid unmöglich! Lasst mich doch in Ruhe mit euren Ratschlägen. Schaut einfach mal ehrlich in den Spiegel. Dann erkennt ihr, dass meine Einsamkeit nicht nur ehrlicher, sondern auch verträglicher ist. Ich muss mir nicht im Abstand

von wenigen Monaten die Birne zusaufen, um das Wissen, wie fad und inhaltslos mein Leben ist, zu ertränken. Und ich bekomme auch nicht in regelmäßigen Abständen Krisen, die mit der Erkenntnis enden, dass man nichts ändern kann und es deswegen besser ist, alles so zu lassen, wie es ist! Also lasst mich in Frieden! Sag mir lieber, was du so Sensationelles in Sachen Florentiner herausgefunden hast.«
Die Stimmung war kurz davor zu kippen. Cathrine de Vries blinzelte ihre Schwester verärgert an. Sie mochte es nicht, wenn Marie-Claire ihr Dinge sagte, die sie selbst wusste. Christiane Schachert hingegen schaute verwundert drein. Für Momente herrschte betroffenes Schweigen. Dann kramte Christiane Schachert einige Notizen aus ihrer Handtasche. »Also gut, betrachten wir das hier eben als rein geschäftliches Meeting. Ist wohl besser so. Unsere liebe Marie-Claire scheint mir derzeit nicht in der besten Stimmung zu sein. Also, ich war so frei, in der Nationalbibliothek für dich einige Recherchen zu machen. Langsam finde ich die vielen Geschichten um den Florentiner-Diamanten nämlich wirklich sehr interessant. Die Informationen, die ich vom Kustos der Wiener Schatzkammer bekommen habe, werden dich umhauen. Pass auf, ich lese dir mal was vor …«
Christiane Schachert blätterte in ihren Unterlagen. Schließlich schien sie gefunden zu haben, was sie suchte. Sie räusperte sich. »Auszug aus den Allerneusten Nachrichten vom Römisch-Kaiserlichen Hofe – nebst einer ausführlichen historischen Beschreibung der Kaiserlichen Residenzstadt Wien …«
Christiane Schachert blickte Marie-Claire triumphierend an: »Das ist ein Buch, das im Jahre 1730 von einem Johann Basilii Küchelbeckers in Hannover veröffentlicht wurde. Und was, glaubst du, steht da auf zwei Seiten geschrieben, was wird da

als vermeintliches Prunkstück der Wiener Schatzkammer en detail beschrieben?«

Marie-Claire de Vries musste lächeln. Ihre Freundin lachte triumphierend, und ihre Augen blitzten auf.

»Der Florentiner?«

Christiane Schachert schüttelte den Kopf. »Daneben geraten, meine Liebe! Absolut daneben! Hör zu ...« Wieder blätterte sie und las dann vor: »... ein Modell von dem Florentinischen großen orientalischen Diamant, in der Größe einer Welschen Nuss ... Solches aber ist nur ein Böhmischer Diamant, und nebst anderen Präsenten der Spanischen Kaiserin ehemals aus Spanien nachgeschickt worden ...«

Marie-Claire de Vries starrte erst Chrissie und dann ihre Schwester Cathrine an. Zunächst wusste sie das Gehörte gar nicht einzuordnen. Dann aber begriff sie, was Christine da ausgegraben hatte.

»Ein böhmischer Diamant? Also eine Kopie ...?« Sie zitterte innerlich, wartete auf Chrissies Antwort.

»Richtig! Das war eine Kopie. Eine originalgetreue Kopie des Florentiner-Diamanten. Und zwar in der Wiener Schatzkammer!«

Marie-Claire wollte etwas sagen, aber Christiane unterbrach sie. »Wahrscheinlich war es eine Kopie aus Quarz. Aber sie muss täuschend echt gewesen sein, was für sich schon eine Sensation ist. Das Verrückte daran ist was ganz anderes. Diese Kopie war in Wien, bevor der wirkliche Diamant, also der echte Florentiner nach Wien kam. Und zwar bereits Jahre vorher! Jetzt frage ich mich mit meinem kleinen Kunsthistorikerhirn, was Seine Durchlaucht, der Kaiser zu Wien, mit der Kopie eines schon damals weltbekannten Diamanten macht. Vor allem in der Schatzkammer! So eine Quarzkopie ist gerade mal den Arbeitslohn des Schleifers wert gewesen. Ein solches Steinchen muss man nicht in der Schatzkammer bewachen lassen! Oder was denkst du?«

Marie-Claire brauchte eine Weile, um diese höchst eigentümliche Situation einzuschätzen. Ihre Schwester Cathrine kam ihr zuvor.

»Ist doch ganz einfach! Entweder die kaiserlichen Hoheiten haben sich mit einem Diamanten geschmückt, den sie gar nicht besaßen, haben also unglaublich angegeben, quasi vorgegeben, diesen unvorstellbar wertvollen Diamanten zu besitzen. Oder die wussten überhaupt nicht, dass es eine Kopie war, und sind vielleicht beim Kauf betrogen worden. Sie haben Ramsch gekauft und haben den Ramsch dann vielleicht auch noch beliehen, wenn die Kassen knapp waren! Wer hätte sich schon damals getraut, dem Kaiser zu sagen, dass es eine Kopie ist, die er als Sicherheit für ein Darlehen anbietet?«

»Kann schon sein«, schaltete sich Christiane Schachert wieder ein. »Es gibt da schon einige ähnliche Geschichten. Hinzu kommt, dass unser werter Herr Kustos der Schatzkammer freimütig zugibt, dass kein Mensch weiß, was mit dieser Kopie später passiert ist. So akribisch die Bücher der Schatzkammer stets geführt wurden, so verwunderlich ist, dass in den Jahren und Jahrhunderten danach diese Kopie nie wieder erwähnt wurde. Weg ist er – der Florentiner – äh, die Kopie! Einfach weg.«

Eine Stunde später fuhr Marie-Claire de Vries zurück nach Hause. Statt mehr Klarheit zu haben über die Historie des Florentiners, zeichnete sich nun doch das ab, was sie seit dem Gespräch mit Sanjay Kasliwal befürchtete: ein Skandal, eine

Sensation. Es gab tatsächlich zwei Kopien eines der berühmtesten Diamanten des Abendlandes! Eine hatte in der Schatzkammer in Wien gelegen – und war verschwunden. Eine andere Kopie lag, wie sie bereits wusste, in dem Museum in Mailand. Dort wusste niemand, woher sie stammte. Aber das Original, der echte Florentiner, war seit 1920 verschwunden! Der Schmuckhändler Alphonse de Sondheimer hatte ihn vermutlich über Mittelsmänner vom letzten österreichischen Kaiser bekommen, um ihn zu verscherbeln. Plötzlich fiel ihr eine Passage aus dem Buch *Vitrine XIII* ein. »Das kann doch wohl nicht wahr sein, das ist unmöglich ...«, murmelte sie in der Straßenbahn vor sich hin. Jetzt wollte sie nur noch nach Hause und lesen, lesen, was Sondheimer damals geschrieben hatte.

Aber sie kam nicht zum Lesen. Kaum dass sie ihre Wohnung betreten hatte, läutete das Telefon. Peter bat sie ohne Angabe von Gründen, eine Viertelstunde vor dem verabredeten Termin in das Café zu kommen. Wenige Minuten später klingelte ihr Telefon erneut. Diesmal war es Francis Roundell. Auffällig kühl, kurz und knapp bat er sie für den nächsten Morgen um ein ausführliches Telefonat, bei dem sie ihm den aktuellen Stand ihrer Recherchen darlegen sollte. Einen schriftlichen Bericht, den er der Geschäftsleitung von Christie's vorlegen wollte, erwartete er spätestens Anfang kommender Woche. Gegen Ende ihres Gespräches fragte er beiläufig, wann sie plane, nach Grandson zu reisen. Am Wochenende, hatte sie geantwortet. Ja, am Wochenende wollte sie in die Schweiz, auch wenn sie noch nicht wusste, wie sie das zeitlich schaffen wollte.

Der recht barsche Ton von Francis beschäftigte sie noch, als sie geduscht und dem Anlass entsprechend elegant-adrett gekleidet das Kaffeehaus gegenüber dem Hotel Imperial betrat.

Peter erwartete sie bereits. Er wirkte ungewöhnlich nervös und rauchte eine Zigarette nach der anderen. Er sah übernächtigt und sehr fahl aus und sprach geradezu gehetzt.
»Hallo, Marie-Claire. Schön, dich mal wieder zu sehen. Ist sicherlich schon gut ein Jahr her. Immer noch auf der Spur der verschwundenen Preziosen reicher Menschen?«
»Grüß dich, Peter! Na, du schaust mir aber sehr urlaubsreif aus! Gehörst wohl auch zu jenen Menschen, die für ein Taschengeld den Beruf zu ihrem Leben machen – so wie ich.«
»Da hast du freilich Recht. Gestern hatten wir Vertretertagung, vorgestern waren zwei Autoren bei mir, morgen werde ich nach Berlin fliegen – und den heutigen Tag habe ich mit nichts anderem verbracht als mit diesem blöden Manuskript eines Buches, das fünfzig Jahre alt ist, ein Ladenhüter war – und jetzt dem Verlag zu unerwartetem Reichtum verhelfen würde, wenn Interpol nicht dagegen wäre.«
Marie-Claire betrachtete ihren alten Freund. Warum er diesen Beruf gewählt hatte, war ihr stets schleierhaft gewesen. Er las nicht sonderlich viel und gerne, aber er liebte es, sich mit Literaten und Künstlern zu umgeben. Sie gaben seinem ansonsten recht farblosen Leben einen Inhalt, wie er einmal freimütig eingestanden hatte. Peter, sie wusste das, weil er ihr eine Zeit lang Avancen gemacht und damals seine Lebensgeschichte erzählt hatte, war ein Konglomerat aus Komplexen. Und er war ein sehr unsicherer Mann. Obwohl er recht fesch aussah, glaubte er, für Frauen ein Antityp zu sein. Sie hatte das nie so gesehen, auch wenn aus ihnen beiden nichts geworden war. Seither waren sie Freunde, und daher wusste er, dass sie Verständnis für eine so emotionslose Begrüßung hatte.

»Jetzt mal schön langsam, Peter«, versuchte sie seinen Redefluss ein wenig zu stoppen. Sie verstand nichts von dem, was er gerade gesagt hatte. Aber er hörte ihr nicht wirklich zu. Nervös kramte er in seiner Aktentasche und holte ein dickes Bündel Papiere hervor.

»Das hier ist eine Kopie des handschriftlichen Originalmanuskripts von Alphonse de Sondheimer. Einige Seiten seiner persönlichen Notizen sind ebenfalls dabei. Es weicht in vielen Teilen von dem ab, was wir später in dem Buch gedruckt und veröffentlicht haben. Der Typ hat damals so wirres Zeug geschrieben, dass der Verlag Angst hatte, das Haus Habsburg würde ihn von einem Gericht zum nächsten zerren, wenn das alles so gedruckt werden würde, wie es in dem Manuskript steht. Du wirst sicherlich bemerkt haben, dass wir seitens des Lektorats viele Textpassagen im Buch mit Kommentaren und Fußnoten versehen haben. Das geschah aus rein juristischen Gründen, quasi um seine Tatsachenbehauptungen zu entschärfen. Denn es ist schon unglaublich, was Sondheimer über den Verkauf des Schmucks aus der Wiener Schatzkammer behauptete. Da er jetzt tot ist, kann es mir egal sein, was nun geschieht. Nimm es, Marie-Claire, lies es und mach damit, was du willst – aber versprich mir, dass kein Mensch jemals erfährt, dass du es von mir bekommen hast! Diese ganze Kiste ist so heiß und seltsam, dass es mein Dasein viel zu sehr durcheinander bringt, als dass ich mich damit wirklich beschäftigen möchte.«

Marie-Claire war irritiert. Damit hatte sie nicht gerechnet. »Das ist unglaublich lieb von dir, Peter. Ich weiß dein Vertrauen zu schätzen. Natürlich werde ich absolut diskret damit umgehen. Es ist ja nur dazu gedacht, mir eine Vorstellung davon machen zu können, was damals in den Jahren in der Schweiz mit den Habsburger Kronjuwelen – vor allem mit dem Florentiner – wirklich geschehen ist. Aber was hast du da eben von Interpol gemurmelt? Das habe ich nicht ganz verstanden.«

Ihr Freund schaute noch nervöser als zuvor im Café umher. Seit sie hier zusammen saßen, hatte er mehrere Tassen Kaffee getrunken und eine Zigarette nach der anderen geraucht.

»Ich habe dir ja gesagt, dass dieser Araber, dieser Abdel Rahman, der gleich hierherkommen wird, angeblich im Auftrag einer arabischen Gesellschaft zur Rückführung entwendeter arabischer Kulturgüter damit betraut ist, den Verbleib von Kunstgegenständen und Schmuckstücken zu eruieren, um sie dann zurückzukaufen. Eine höchst dubiose Sache, wie ich finde! Zweihunderttausend Euro hat er dem Verlag für das Manuskript geboten, weil diese seltsame Gesellschaft davon ausgeht, dass in den Aufzeichnungen detaillierte Angaben über den Verbleib bestimmter Schmuckstücke enthalten sind. Natürlich wollten sie erst einmal quer lesen, quasi kostenlosen Einblick in das Manuskript bekommen, bevor sie das Geld auf den Tisch legen. Mensch, Marie-Claire! Zweihunderttausend Euro! Das ist viel Geld. Unsere Verlagsleitung ist vor Freude über die Tische gehüpft, als dieses Angebot kam. Und natürlich wollten sie es verkaufen. Kann ja niemand mehr was mit diesem uralten Kram anfangen. Wer traut sich heute schon noch, diese mehr als suspekte Sache damals in der Schweiz neu aufzurollen? Seit sie Kaiser Karl seliggesprochen haben, ist er hier in Österreich ein Heiliger. Keiner traut sich an dieses Thema ran. Weißt ja, dass die Familie Habsburg seit ewigen Zeiten im Zwist mit allen österreichischen Nachkriegsregierungen lag, weil es Leute gab, die behaupten, der

Kaiser hätte damals Staatsbesitz versilbert. Und die Familie Habsburg sagt natürlich, dass es Privatbesitz, also Familienschmuck gewesen sei. Nein, das Thema will keiner mehr anfassen. Insofern hätte der Verlag den Text sicherlich gern abgestoßen. Aber nun wird er doch nicht verkauft.«
Erstaunt sah Marie-Claire de Vries ihren Freund an. Peter sah ziemlich fertig aus.
»Warum nicht?«
»Weil heute Vormittag ein hohes Tier vom österreichischen Innenministerium im Haus war und unseren Chef bat, wie es so schön in dieser verquirlten Staatsschützersprache heißt, ›aus übergeordneten staatlichen Interessen von einer Weitergabe des Manuskripts an Dritte abzusehen‹. De facto ist es so: Interpol, ja, Interpol bittet freundlichst, dem Herrn Abdel Rahman mit fadenscheinigen Gründen klarzumachen, dass er das Manuskript nicht bekommen kann! Für mich ist das jetzt eine echte Gratwanderung, dich diesem Araber auch noch vorzustellen. Ich habe ihm gesagt, dass du eine Edelsteinexpertin bist, die für uns an einem Buch über berühmte Diamanten arbeitet. Ich habe so getan, als hätten wir zwei hier ein Treffen, um über das Manuskript deines Buches zu sprechen. Er wird es also als Zufall deuten, dass er dich hier trifft. Verdammter Mist, da kommt er schon!«
Marie-Claire sah, wie das Gesicht ihres Freundes noch blasser wurde. Was er mit dem letzten Satz gemeint hatte, verstand sie nicht. Peters Gesicht verzog sich zu einem künstlichen Lächeln. Er stand auf und streckte seine Hand aus. Marie-Claire drehte sich um – und erstarrte.

*

Eine Stunde später hatte sich Marie-Claire de Vries noch immer nicht wirklich erholt. Sie zwang sich zu einem Höchstmaß an Selbstbeherrschung, aber in Wirklichkeit war sie mit den Nerven am Ende. Nur zeigen durfte sie es nicht.
Peter war längst gegangen. Die Unterredung mit dem Araber hatte kaum mehr als zehn Minuten gedauert. Peter hatte im Auftrag der Verlagsleitung sein Bedauern zum Ausdruck gebracht, hatte um Verständnis gebeten dafür, dass die Rechtsabteilung des Verlages zu dem Schluss gekommen war, dass eine Weitergabe des aus handschriftlichen Aufzeichnungen bestehenden Manuskripts die Persönlichkeitsrechte des Autors verletzen würde. Der Autor sei zwar verstorben, aber die Sorgfaltspflicht des Verlages müsse auch eventuelle Interessen der Erben und im Manuskript genannter Dritter berücksichtigen. Daher sei es leider unmöglich, das Manuskript zu verkaufen.
Er hatte das perfekt gemacht. Wirklich professionell. Marie-Claire war maßlos beeindruckt gewesen. Das hatte sie ihm nicht zugetraut. Und sich selbst hatte sie auch nicht zugetraut, mit der danach entstandenen Situation fertig zu werden.
Denn der Mann, der gekommen war und der ihr nun gegenüber saß und freundlich mit ihr plauderte, war niemand anderes als jener andere Mann von den beiden, den die Sicherheitsleute von Christie's vor geraumer Zeit beim Verlassen der Zentrale in London heimlich fotografiert hatten. Ebenso wie Gregor von Freysing hatte sich dieser Abdel Rahman für die Auktion aus dem Jahre 1981 interessiert. Jene Auktion, bei der ein ungewöhnlich großer Diamant zur Versteigerung gelangen sollte. Nach ihrem jetzigen Kenntnisstand war Marie-Claire davon überzeugt, dass Christie's damals der legendären Florentiner angeboten worden war.

Jetzt saß dieser Araber vor ihr. Ja, er war es. Ohne Zweifel. Sie hatte ihn sofort erkannt. Doch das war nicht der einzige, der wirkliche Grund für ihre Verwirrung. Nein. Dass um den Florentiner herum andauernd mysteriöse Dinge geschahen, Dinge, die ihre Welt auf den Kopf stellten, hatte sie im Laufe der letzten Wochen begriffen. Sie hatte sich fast schon daran gewöhnt und rechnete damit, ständig mit etwas Neuem konfrontiert zu werden. Das Problem, das sie nun hatte, war ein ganz anderes: der Mann, von dem sie nicht einmal genau wusste, wer er wirklich war und ob er wirklich Abdel Rahman hieß. Hatte Francis ihr nicht gesagt, dass er sich damals in London als Jilani – oder so ähnlich vorgestellt hatte? Doch das war ihr ebenso gleichgültig wie die Frage, warum er sich für den Florentiner interessierte. Der Mann, den sie nun schon seit einer Stunde betrachtete, dieser Mann verwirrte sie aus einem ganz anderen Grund: Sie hatte schon lange nicht mehr einem so gut aussehenden Mann gegenübergesessen. Er sah aus wie Omar Sharif in jungen Jahren. Sein Gesicht war fast ebenmäßig und doch extrem männlich und markant. Er hatte kräftige und doch schlanke, schöne Hände. Seine tiefdunklen Augen sprühten vor Lebenskraft und Elan. Und er war sympathisch, unendlich sympathisch.

Weit mehr als Gregor stellte er ihre Gefühlswelt auf den Kopf. Sie verlor sich in seinen Augen, sein Charme umhüllte sie – und gleichzeitig riet ihr der Verstand zu extremster Vorsicht. Als sie vor wenigen Minuten von der Toilette zurückgekehrt war, hatte sie gesehen, dass sie einen fatalen Fehler begangen hatte. Unter ihrem Mantel auf dem Stuhl neben ihr lag das Originalmanuskript von Alphonse de Sondheimer, und sie hatte es dort liegen lassen. Sie glaubte, den Mantel beim

Aufstehen leicht gestreift zu haben, so dass der Stapel Papier jetzt deutlich zu sehen war.
Marie-Claire saß nun wieder am Tisch, lächelte und schielte auf den Nachbarstuhl. Die Hälfte des Titelblattes schaute unter dem Mantel hervor. Der Name Alphonse de Sondheimer war in großen Lettern deutlich zu lesen. Hatte der Araber es gesehen und in ihrer Abwesenheit darin geblättert?
Marie-Claire wusste es nicht, und zu ihrer eigenen Beschämung hielt sie sich auch nicht bei diesem Gedanken auf …

Marie-Claire wachte mit schlechter Laune auf. Die Nacht war für sie ein einziges Martyrium gewesen. Mit allem hatte sie gestern gerechnet, aber nicht damit, dass sich der Araber kurz darauf von ihr verabschiedete. So charmant und unglaublich leutselig, wie er mit ihr in dem Café geplaudert hatte, war sie schnell davon ausgegangen, dass er sie zu einem gemeinsamen Abendessen einladen würde. Sie hätte sofort Ja gesagt! Doch er hatte nicht einmal eine Andeutung gemacht. Zuvorkommend-galant war er gewesen, sie hatten viel gelacht, sich über ihre früheren Reisen nach Marokko und Syrien unterhalten – auf Französisch! Sie hatte es unglaublich genossen, mit ihm auf Französisch zu plaudern. Sie liebte diese Sprache. Im Lycée Français wurde ausschließlich in Französisch unterrichtet. Französisch war für sie wie ihre Muttersprache. Sie konnte es besser als Deutsch und träumte sogar in dieser Sprache. Während ihrer Aufenthalte in Tunesien und Marokko hatte sie es geliebt, sich mit den Menschen dieser Länder auf Französisch zu verständigen, zumal sie Französisch sprechende Araber schon immer sehr erotisch gefunden hatte. Das war schon im Lycée so gewesen. Unter ihren Freunden an der Schule befanden sich stets Jungen aus arabischen Ländern. Sie hatten etwas, was ihren österreichischen Klassenkameraden fehlte. Diese eigentümliche Faszination, die orientalische Männer für sie hatten, zog sich wie ein roter Faden durch ihr Leben. Auf ihrer ersten Ägyptenreise, zusammen mit ihren Eltern, hatte sie sich im Alter von fünfzehn Jahren in einen jungen Ägypter verguckt und mit ihm heimlich geschmust. In Syrien war sie dann während ihres Studiums zum ersten Mal den männlichen Verlockungen Arabiens erlegen. Später hatte sie mehrere Jahre eine Beziehung mit einem Mann aus Tunesien geführt und auch die Grenzen einer solchen Verbindung, die in der Einstellung arabischer Männer zu Frauen bestanden, kennen gelernt. Jahrelang hatte sie nicht mehr darüber nachgedacht, warum sie arabische Männer so unglaublich erotisch fand – bis Abdel Rahman gestern aufgetaucht war.

Er hatte mit ihr geflirtet und dabei heimlich nach ihrem Körper geschielt. Sie war sich absolut sicher, dass er sie begehrte. Vieles hatte dieser Abdel Rahman getan und gesagt, was sie schnell glauben ließ, er würde sie bitten, den Abend mit ihm zu verbringen. Doch nach einem kurzem Telefonat entschuldigte er sich aus dringenden geschäftlichen Gründen und war verschwunden. Und mit ihm ihre wilden Fantasien! Ungläubig hatte sie ihm ihre Telefonnummer gegeben, ohne jedoch im Gegenzug seine zu erhalten. Illusion ade, hatte sie beim Verlassen des Cafés noch gedacht.

Draußen hatte er ihr, um ihr über ein unebenes Stück Weg zu helfen, die Hand gereicht – und ihre dann länger festgehalten als nötig. Die Gänsehaut, die sie in diesem Moment verspürt hatte, verging die ganze Nacht nicht. Es war eine grausige Nacht gewesen. Wirres Zeug hatte sie geträumt. Erinnerungsfragmente einten sich im Halbschlaf mit Empfindungen, die

tief in ihr schlummerten und nach neuem Leben lechzten. Wie ein in Zeitlupe rückwärts laufender Film ihres Leben während des Arabistikstudiums verbanden sich Traumbilder aus der wunderschönen altrömischen Wüstenstadt Palmyra in Syrien mit den Stimmen der Sprecher der Son-et-Lumières-Show im Tempel von Karnak in Oberägypten. Da ging die Sonne hinter den Ruinen von Karthago in Tunesien unter und stieg am frühen Morgen aus denen im tunesischen Sbeitla wieder empor. In den Sanddünen des Erg Chebbi und in der Sandwüste von Chigaga sah sie sich neben dem Lagerfeuer auf dem Wüstenboden liegen und die kristallklaren Sterne über sich funkeln. In allen Traumbildern huschten Gesichter durch die Erinnerungen. Gesichter von Männern. Sie waren zu schemenhaft, als dass Marie-Claire sie hätte benennen können, aber sie wusste, wer sie waren und was sie bedeuteten, welche Sehnsucht sich in ihnen verbarg. Ja, das war ihr Leben, wie sie es sich immer vorgestellt und auch über viele Jahre gelebt hatte. Deswegen hatte sie Arabistik studiert. Dann hatte sie dieses Leben aus den Augen verloren. Doch heute Nacht hatte es tief in ihr rumort. Heute Nacht war es wieder erwacht, zusammen mit Gesichtern – arabischen Gesichtern. Was sie etwas schockiert hatte, war, dass sowohl Sanjay Kasliwal aus dem indischen Jaipur als auch Abdel Rahman darin aufgetaucht war. Eines hatte sie darüber komplett vergessen – ihren Auftrag und Francis Roundell.
Das Klingeln des Handys riss sie zurück in die Gegenwart. Marie-Claire stolperte durch ihre Zweizimmerwohnung am Donaukanal. Draußen schien es sehr kalt zu sein. Der durch Abwässer erwärmte Kanal dampfte. Das Handy lag im Badezimmer, aber es klingelte nicht mehr. Die Nummer auf dem Display kannte sie nicht, aber als sie sie wählte, hoffte sie.

Und wirklich, er war es. Seine Stimme am anderen Ende der Leitung klang ihr unglaublich vertraut.
»Oui … quelle surprise … gerne, ja, es ist sehr schönes Wetter. Ich habe eine gute Idee! Treffen wir uns doch um vier Uhr heute Nachmittag am Eingang des Burgtheaters und gehen wir zum Weihnachtsmarkt.«

15. Kapitel

Damit hatte Carlo Frattini nicht gerechnet. Der Sicherheitsbeamte an der Einfahrt zum Palmeraie Golf Palace Hotel & Resort ließ ihn nicht passieren. Gestern war er noch völlig problemlos reingekommen, hatte lediglich gesagt, er sei Hotelgast. Nahezu den ganzen Tag hatte er damit verbracht, sich mit den Örtlichkeiten des mehrere Hektar großen Terrains, mit dem Golfplatz, den Tennisplätzen, Reitställen und den insgesamt neun Restaurants und Bars der Anlage vertraut zu machen. Schnell hatte er erkannt, dass dieses unüberschaubare und von morgens bis abends gut besuchte Resort ideal für seine Pläne war. Niemand achtete hier auf einen Europäer. Um die fünf Swimmingpools herum lagen Urlauber aus aller Welt und marokkanische Stammgäste, die durchweg im Pulk mit vielen Kindern die Liegen bevölkerten. Nein, er als Sarde fiel hier nicht auf. Damit hatte er eine optimale Ausgangsbasis.

Draußen, in Marrakesch, mischte er sich als Gacel Sayah verkleidet, der Targi, unter die einheimische Bevölkerung. In Hotels und Restaurants verhielt er sich wie die Touristen, von

denen Tag für Tag Zehntausende durch die Souks, Prachtpalais und weitläufigen Gartenanlagen der Stadt zogen. So unproblematisch hatte er sich das nicht vorgestellt, als er von Italien aus losgeflogen war. Sein südländisches Aussehen erleichterte es ihm, sich völlig frei zu bewegen.
Die Stadt begann ihm zu gefallen. Sie hatte ein sehr eigenes Flair, lag wunderschön in der fruchtbaren, von herrlichen Palmenhainen und Gärten geprägten Ebene mit den jetzt schon schneebedeckten Bergen des Atlas-Gebirges im Hintergrund. Es war ein reizvolles Motiv: Die mächtige Stadtmauer, überthront von Palmen und Moscheen, durchsetzt von Palästen und wunderbaren Gärten – und im Hintergrund der über viertausend Meter hohe, schneebedeckte Djabal Toubkal. Der Kontrast zwischen dem mittelalterlich-orientalisch anmutenden Treiben auf dem Djemaa el Fna und in der Medina, der Moderne in Marrakesch Nouveau und dem fantastisch-luxuriösen Ambiente in den unzähligen Palästen der Stadt war faszinierend. Das Klima war zudem sehr angenehm. Für Dezember war es noch sehr warm, tagsüber sogar warm genug, um am Pool liegen zu können. In dieser Anlage hier gab es zwei beheizte Schwimmbecken, an denen sich gestern die Gäste aufgehalten hatten. Und genau dort, in einem der dreigeschossigen, roten Wohntrakte an dem größten der insgesamt fünf Swimmingpools, lagen die zwei Zimmer, in denen sich die Araber aufhielten. Einige dieser Männer hatte er bereits identifiziert. Es waren Marokkaner, die zusammen mit ihren Familien hier in Marrakesch lebten. Er hatte bereits damit angefangen, deren Privatleben auszukundschaften. Von jenem Mann, den er in den letzten Tagen nahezu rund um die Uhr observiert hatte, wusste er, dass er einen verhältnismäßig regelmäßigen Tagesablauf hatte. Dazu ge-

hörten der Besuch des Friseurs und der Besuch seiner Freunde hier im Hotel. Ganz offensichtlich war dieser kleine, sehr schmächtige Mann für die Logistik innerhalb der Gruppe zuständig. Er erledigte Botengänge, besorgte Fahrzeuge und schien der Kontaktmann zu bestimmten Behörden zu sein. Mit an Sicherheit grenzender Wahrscheinlichkeit war er bei dem Überfall auf das Schloss in Deutschland dabei gewesen. Er war ganz eindeutig Marokkaner. Bei den anderen war er sich nicht so sicher. Einer hatte seines Wissens gleich mehrere Identitäten. Nach den ihm von Freunden und Kollegen übermittelten Interpol-Daten hieß er mal Jilani Rezaigui, gelegentlich auch Faisal Ben Ait Haddou und derzeit wohl Abdel Rahman. Vieles sprach dafür, dass er der oder zumindest einer der Anführer war. Seine Nationalität war ebenso unklar wie seine Zugehörigkeit zu einer Terrorgruppe.
Carlo Frattini stand noch immer mit seinem Wagen in der Nähe der Zufahrtsstraße zum Schlagbaum des Hotels. Nachdem der Wärter ihn abgewiesen hatte, war er zurückgefahren. Er überlegte, was er tun sollte. Er kannte die Gepflogenheiten hier nicht. Konnte er den Wärter mit einem kleinen Trinkgeld bestechen? Oder würde er mit einem solchen Versuch nur Aufmerksamkeit erwecken? Er war noch nie in Marokko gewesen. Das wenige Arabisch, das er konnte, hatte er in Tunesien gelernt. Diese Sprache war eine echte Herausforderung für jeden Abendländer – geschrieben wie gesprochen. Schon allein das Schreiben von rechts nach links stellte alles Gelernte auf den Kopf. Die achtundzwanzig Basiszeichen der Schrift, die nie als Einzelbuchstaben, sondern stets verbunden verwendet werden, waren eine tückische Fehlerquelle für jeden Europäer. Und die gesprochene Sprache hatte sich für ihn schnell als kaum zu bewältigendes Problem herausgestellt.

Die vielen kehligen Laute malträtierten sein italienisches Sprachgefühl. Das Schlimmste war, dass Arabisch weltweit so viele Dialekte hatte, dass zum Beispiel ein Syrer mit einem Marokkaner nicht kommunizieren konnte. Sein gelerntes Hocharabisch nutzte ihm daher hier in Marrakesch nicht sehr viel. Es reichte, um sich mit einigen arabischen Schimpfworten allzu aggressive Souvenirhändler vom Leibe zu halten. Dagegen konnte er fast alles lesen – auch das Schild am Schlagbaum des Hotels. Dort stand, dass Hotelgäste unaufgefordert ihre Zimmernummer sowie den Namen nennen sollten.

Verärgert wollte er soeben seinen Wagen zurücksetzen, als hinter ihm ein Auto heranfuhr und direkt hinter ihm stehen blieb. Es war ein Mietwagen. Das konnte er an zwei Querstrichen auf dem Kennzeichen erkennen. Er schaute in den Rückspiel. Am Steuer saß ein Europäer um die fünfzig Jahre. Auf dem Rücksitz konnte Carlo Frattini Golfgepäck erkennen. Der Fahrer hinter ihm hupte verärgert. Carlo Frattini beugte sich aus dem Seitenfenster heraus und rief dem Fahrer ein italienisches Schimpfwort zu. Der andere beugte sich nun ebenfalls aus dem Fenster. Als Frattini den Gang einlegte, um zurück in die Stadt zu fahren, hörte er, wie ihm der Mann in dem Golfdress auf Deutsch »Dummkopf, hier ist Halteverbot …« hinterherrief.

*

Auf der Terrasse vor dem Zimmer im Erdgeschoss nahe dem Swimmingpool saßen drei Männer in der wärmenden Morgensonne. Sie tranken Tee. Freiherr Georg Ludwig von Hohenstein schob den Vorhang am Fenster seines Zimmers auf

der gegenüberliegenden Seite des Pools mit der Waffe ein wenig zur Seite. Vorsichtig schaute er durch die Zieloptik. Zwei Männer waren durch einen Oleanderbusch verdeckt. Der dritte saß mit dem Rücken zur Terrassenwand und hielt ein Handy am Ohr. Das Zielfernrohr war von hervorragender Qualität. Gregor von Hohenstein konnte nahezu jedes Detail im Gesicht des Mannes erkennen. Er war kaum älter als dreißig Jahre, ungewöhnlich breitschultrig und dick. Der Araber trug eine goldene Kette und einen fast monströsen Goldring an der Hand, die das Handy hielt. Diesen Mann hatte er in Deutschland nicht gesehen. Vorsichtig justierte Gregor von Hohenstein die Zieloptik. Das 4-12x50-Zielfernrohr hatte eine fantastische Auflösung. Das MilDot-Absehen besaß auf dem feinen Fadenkreuz kleine Pünktchen zum Vorhalten in der Bewegung, aber das würde er nicht brauchen. Die Männer saßen nahezu bewegungslos da. Ungefähr siebzig Meter – mehr waren es nicht zwischen ihm und den Arabern. Die Lochkimme mit dem Leuchtkornvisier hatte ihm soeben ein perfektes Ziel gegeben.
Langsam ließ er den Vorhang wieder zurückgleiten und setzte sich. Geradezu liebevoll strich er über die Waffe in seiner Hand. Sie war sehr leicht. Der modifizierte Schaft aus Aluminium schimmerte matt. Er griff nach der Spannhilfe. Der erste Versuch misslang. Erst jetzt wurde ihm bewusst, welch irrsinnige Kraft hinter den beiden Wurfarmen steckte. Auf neunzig Meter konnte er damit ein faustgroßes Ziel problemlos treffen. Da er sich mit solchen Waffen nicht auskannte, hatte er sich kundig machen müssen, welche Pfeile er am besten verwenden sollte. Seine Wahl war schließlich auf Carbonpfeile gefallen. Sie besaßen eine hervorragende Eigenpräzision. Die Befiederung war leicht gedrallt und ließ damit

den Pfeil im Flug rotieren, was zu einer perfekten Stabilisierung führte.
Er griff nach einem der Pfeile, die er samt der zerlegten Armbrust in seinem Golfsack ins Hotel gebracht hatte. Die zwanzig Zoll langen Pfeile wogen laut Hersteller gerade mal fünfundzwanzig Gramm. Sie hatten Jagdspitzen – kreiert zum gnadenlosen Töten. In Abschussposition blieben die drei Schneiden an der Spitze des Pfeils nach hinten geklappt und wurden durch einen Gummiring dort gehalten. Beim Auftreffen würden die wie Rasierklingen geschärften Schneiden auseinander klappen. Ein solcher Pfeil würde sich wie eine rotierende Rakete in das Ziel bohren und neben der Schockwirkung erhebliche innere Verletzungen bewirken. Das Opfer würde entweder direkt sterben oder verbluten. Bei der enormen Durchschlagkraft solcher Pfeile war die Wahrscheinlichkeit groß, dass die Spitze auf der anderen Seite des Körpers wieder austreten würde. Das gäbe nochmals eine tödliche Wunde. Ja, diese Pfeile waren gedacht, zu töten. Deswegen hatte er sie ausgewählt. Was ihn an dieser Waffe besonders begeisterte, war, dass sie lautlos war. Kein Brechen des Schusses, kein verräterisches Mündungsfeuer verrieten den Schützen. Das Opfer würde den rotierenden Pfeil nicht hören, so schnell flogen diese gefiederten Carbon-Dinger bei einem Zuggewicht von hundertzwanzig Kilogramm. Der Tod wäre nur ein leises Surren. Mehr nicht …
Georg von Hohenstein legte einen Pfeil vorsichtig in die Führung. Mit dem Zeigefinger tippte er sanft gegen die Pfeilspitze, damit das hintere Ende direkt an der Sehne anliegen würde.
Er wollte nochmals versuchen, die Wurfarme der Armbrust mit der Spannhilfe in Schussposition zu bringen, entschied sich dann aber, das Zielfernrohr erneut zu justieren. Ein wei-

terer Blick zwischen den Vorhängen hindurch, durch die Zieloptik hinüber zu den Arabern auf der Terrasse zeigte ihm, dass die Mattscheibe des Zielfernrohrs ihm ein optimales Ziel gab. Der Araber mit dem Handy war jetzt ins Zimmer gegangen, wo er ihn noch sehen konnte. Georg von Hohenstein grinste hämisch. Wenn er jetzt abdrückte, würde der Pfeil wie eine Nadel durch einen solchen Vorhang hindurchsausen. Der Mann im Zimmer würde getroffen umfallen, ohne dass die beiden anderen draußen auf der Terrasse es bemerkten. Vielleicht würde der Getroffene nicht einmal mehr Zeit zum Röcheln haben. Vielleicht würde er sogar die Zeit haben, einen zweiten Pfeil auf einen der Männer auf der Terrasse abzufeuern! Oder wäre es umgekehrt besser? Erst einen Schuss ins Herz einer der Männer draußen, dann die Schockwirkung des zweiten Mannes ausnutzen, seine Sprach- und Handlungsunfähigkeit angesichts seines blutüberströmten, von einem Pfeil durchbohrten Freundes ausnutzen, nachladen und einen zweiten Pfeil auf das nächste Opfer abschießen. Der andere würde bestimmt hochspringen und somit ein perfektes Ziel abgeben. Bei einer solch kurzen Distanz konnte man nicht vorbeischießen! Dann würde der Dritte aus dem Zimmer herauskommen und in Lebensgröße im Türrahmen stehen. Drei auf einen Schlag! Das war nur mit einer solchen Waffe möglich.

Georg von Hohenstein richtete sich abrupt auf. Als wolle er die grausamen Gedanken der letzten Minuten ausmerzen, schüttelte er sich. Er war angewidert von sich selbst, schämte sich plötzlich für das, was ihm durch den Kopf gegangen war. Was war los mit ihm? Wie konnte er nur solch brutale, menschenverachtende und zynische Gedanken haben? Nein, das war er nicht. Er war kein eiskalter Killer, der den Tod mehrerer Menschen plante. Er hatte nicht wirklich Freude an dem, was er hier tat. Er war kein Mörder! Er war immer ein friedliebender Mensch gewesen. Erinnere dich, warum du hier bist, durchfuhr es ihn. Diese Männer da drüben mochten Diebe, Räuber sein, aber sie waren Menschen. Sie hatten ihm nichts getan, auch wenn sie offensichtlich zu einer Bande gehörten. Doch das war Aufgabe der Polizei. Er war nur aus einem einzigen Grund hier und nur aus einem einzigen Grund bereit zu töten: Er wollte den Kleinen, den Schmächtigen, der Klara vergewaltigt hatte! Ihn wollte er töten. Das konnte er nur, weil es seine einzige Hoffnung war, dem Leben wieder einen Hauch von Perspektive zu geben.

Wieder schaute Georg von Hohenstein durch das Zielfernrohr. Entsetzt riss er die Augen auf. Was war das auf einmal? »Verdammte Scheiße! Mist, verfluchter ...«, zischte er. Die Mattscheibe des Zielfernrohrs begann milchig-trüb zu verlaufen. Das Ziel, die Terrasse, der Oleanderbusch, die Männer hinter dem Busch verschwammen. Er konnte sie nur noch schemenhaft erkennen. Alles verlief sich in Grautönen mit Kreisen um das Fadenkreuz herum. Verwirrt starrte er über das Zielfernrohr hinweg zur gegenüberliegenden Terrasse. Dann sah er, was geschah. Die tief stehende Vormittagssonne lugte langsam über den Giebel des Hauses. Sonnenstrahlen touchierten die Palmenkronen über der Terrasse – und schienen nun direkt in sein Zielfernrohr! Er wusste, was nun geschehen würde, er kannte diese Situation von der Jagd. Kein Schütze konnte bei tief stehender Sonne einen halbwegs sicheren Schuss abgeben! Wieder blickte er ins Zielfernrohr – und erstarrte!

Schweißtropfen schossen aus seinen Poren hervor. Sein Herz raste. Seine Hand zitterte mitsamt der Armbrust. Da war er!

Der schmächtige Araber, der Mann, der Klara vergewaltigt hatte! Er hatte offensichtlich die ganze Zeit hinter dem Busch gesessen. Jetzt stand er mitten auf der Terrasse. Die Sonne schien immer mehr in das Zielfernrohr. Das Bild jenes Mannes, den er hasste, löste sich auf der Mattscheibe in Grautönen auf. Sein Körper war faktisch nicht mehr zu sehen. Er trug ein rotes Hemd, dessen Farbe sich mit dem Orange in der Zieloptik zu diffusen Prismen und Kreisen einte. Weg war der Körper, aber er sah den Kopf, das Gesicht. Jenes Gesicht, das ihn hämisch angelacht hatte. Ja, ohne Zweifel: Das war er!
Und dann war er weg. Die Sonne strahlte in voller Kraft genau in die Linse des Fernrohrs. Er war da, er konnte ihn, das rote Hemd, über das Zielfernrohr hinweg sehr gut und klar und erschreckend nahe sehen. Aber schießen konnte er nicht mehr. Ohne Zielfernrohr war das nicht möglich. Dann verschwand der Schmächtige im Hotelzimmer.
Genau in diesem Augenblick klingelte das Handy von Freiherr Georg von Hohenstein. Der Ton riss ihn aus der dumpfen Welt des Tötens und des Hasses. Zitternd klappte er das Handy auf. Mit einem Auge schielte er noch immer hinüber auf die Terrasse. Da war niemand mehr zu sehen.
Die Stimme am anderen Ende des Telefons war sehr freundlich und warm. Es war eine Frau. Er kannte sie nicht. Er hörte ihr auch nicht richtig zu. Alles um ihn herum war irreal, verzerrt, ein Albtraum.
»Sagen Sie das noch mal …«, schrie er plötzlich in sein Handy. Ja, er schrie – ungläubig, glücklich, zweifelnd und doch voller Glauben. Dann weinte er hemmungslos.

*

Faisal Jawda hatte ein höchst eigentümliches Gefühl. Er wusste, dass er träumte. Aber er wusste auch, dass er vor Sekunden noch einen Artikel in der *Gazette du Maroc* gelesen hatte. Solche Halbschlafmomente kannte er – mochte sie. Es war ein wunderschönes, zeit- und raumloses Gefühl, so wie auf einem Wattebausch schwebend auf dem Friseursessel unter dem schattigen Baum zu liegen und der realen Welt zu entgleiten. Er sah über sich die Äste und Blätter des sich sanft in der Mittagshitze bewegenden Eukalyptusbaumes. Und doch waren sein Geist und sein Körper entfleucht. Er hatte oft darüber nachgedacht, wie er dieses Gefühl des Schwebens und Dahintreibens erhalten konnte. Entspannter konnten Körper und Geist nicht sein. Nicht einmal wenn er Haschisch rauchte oder den Rauch der Wasserpfeife lange und tief inhalierte, kamen solche Empfindungen zustande.
Heute war es besonders intensiv, was wahrscheinlich damit zu tun hatte, dass er tatsächlich sehr entspannt war. Zu Recht. Die Dinge liefen gut. Seine beiden Freunde hatten ihn heute Morgen wissen lassen, dass sie die Zimmer im Hotel wahrscheinlich in einer Woche aufgeben würden, weil ihre Arbeit erledigt sei. Deshalb war er nach Marrakesch gefahren, hatte sich eine Zeitung gekauft und war zu seinem Freund, dem Friseur gegangen. Moussa war nicht da, aber der Laden war wie immer geöffnet. Er hatte er sich auf dem Sessel im Freien ausgestreckt, seine Zeitung gelesen und war darüber eingeschlummert, bis ihn die Worte in dieser seltsamen Sprache zu stören begannen.
Arabisch war es nicht, was er da hörte. Auch die Stimme kannte er nicht. Sie kam von irgendwo hinter ihm. War es wieder ein Tourist, der hier zufälligerweise vorbeikam und nach dem Weg fragte? Mühsam rappelte er sich hoch. Und

drehte sich, auf die Ellbogen gestützt, um. Da war zwar keine Stimme mehr, aber hinter ihm stand ein Mann. Es war ein Targi, in blauem Gewand, das Gesicht und den Kopf mit einem schwarzen Tuch umwickelt. Nur die Augen waren zu sehen. Doch diese Augen waren nicht die jener Männer, die er, Faisal Jawda, so gut kannte. Als Soldat hatte er seinen Dienst im Süden Marokkos absolviert. Vier Jahre lang war er in Guelmim und später in Tarfaya, südlich des Anti-Atlas-Gebirges, stationiert gewesen. Der militärische Konflikt um Spanisch-Sahara war zwar damals schon beendet gewesen, aber in Rabat traute niemand den einstigen Guerillas der Frente Polisario wirklich. Das waren höchst unbeugsame, freiheitsliebende Männer. Mit dem marokkanischen König in Rabat hatten sie ebenso wenig im Sinn wie mit seinen Vorstellungen von einem geeinten Marokko. Diese Männer mochten keine Gesetze und Reglements. Sie mochten keine Fremden. Sie mochten nur die Wüste. *Les hommes bleus* – die blauen Männer, hatten die französischen Kolonialherren sie genannt. Und auch sie hatten die Tuareg wegen ihres extremen Freiheitsdrangs und des Beharrens auf ihren traditionellen Lebensformen gehasst. Die Tuareg in Algerien hassten Unfreiheit ebenso, wie es jeder Targi in Mali, Niger, Mauretanien und auch in Marokko tat. Sie liebten die Wüste. Und sich selbst. Sie fühlten sich als Söhne der Wüste. Sonst nichts. Ihre Heimat lag zwischen den Horizonten der Dünen der Sahara. Grenzen kannten und akzeptierten sie nicht. Und weil dieses Selbstverständnis nicht mit neuzeitlichen Regierungsformen, mit Staatsgrenzen, Schulen und anderen »Unfreiheiten« der Gegenwart in Einklang zu bringen war, waren *les hommes bleus* Nordafrikas unbeliebt. Dass sie jetzt vermehrt nach Marrakesch kamen, um sich gegen Geld von Touristen fotografieren zu lassen, störte viele hier in der Stadt. Diese Männer waren renitent, streitsüchtig – und wehrhaft. Immer hatten sie einen Dolch unter dem Gewand verborgen und trugen diese verfluchten Schwerter mit sich, mit denen sie perfekt umgehen konnten. Der Targi, der jetzt hinter ihm stand, hatte auch so ein Ding: gut einen Meter lang, mit einem Griff aus gegerbtem Ziegenleder. Die Klinge war schmal, hatte zwei Blutablaufrinnen und einige Gravuren. Es handelte sich um einen Skorpion und ein paar Schlangenlinien. Faisal Jawda konnte die Details auf dem Schwert genau erkennen. Es war das Schwert eines Targi. Aber dieser Mann war kein Targi! Seine Augen verrieten ihn. Diese Augen trugen zwar auch dieses Hochmütige, Unbeugsame, von Hass Erfüllte in sich, aber es waren keine Augen, die von der Wüstensonne Afrikas zu Sehschlitzen deformiert worden waren. Der Mann hatte nicht die typischen Falten beidseitig der Augen vom ewigen Zusammenkneifen als Schutz gegen die grellen Reflexe in den Sanddünen. Die Augen dieses Mannes waren sehr klar. Sie sagten etwas. Er konnte lesen, was es war.

Panisch schoss Faisal Jawda hoch und versuchte, sich aufzurichten. Er musste sich dabei mit dem Oberkörper umdrehen und verlor den Mann für Bruchteile von Sekunden aus den Augen. Aber er hörte, was geschah, denn er kannte das Geräusch einer durch die Luft sausenden Klinge, deren Vibration Töne kreiert, die nur kennt, wer sie schon einmal ganz nahe an seinem Kopf gehört hat. Er hatte solche Töne gehört! In der Wüste. Bei einem Streit mit einem Targi, der sich sein Schwert nicht von den Soldaten hatte abnehmen lassen wollen. Wie ein Wahnsinniger hatte er die schmale, dünne Klinge durch die Luft sausen lassen, um sich die Soldaten vom Leibe zu halten. Nur knapp war diese Klinge an seinem Ohr vorbeigesaust. Seither kannte er, Faisal Jawda, diesen Ton. Er trug den Tod in sich. Das wusste er. Und genau diesen Ton hörte er jetzt hinter sich. Er wusste nur nicht, warum …

*

Oberst Khalid Semouri, Offizier des Geheimdienstes DST von Al-Mamlaka al-Maghrebia, wie Marokko sich offiziell nennt, machte die Anwesenheit europäischer Geheimdienstleute und hochrangiger Polizisten aus Europa nervös. Vom deutschen Bundeskriminalamt war gestern Abend ein Abteilungsdirektor eingeflogen. Die Österreicher hatten ebenfalls einen Beamten geschickt. Aus Rom war gleich ein Stellvertreter des Staatssekretärs mit einem Sonderflugzeug gelandet. Und ein Beamter der Interpol-Sonderkommission aus Lyon war anwesend. Marrakesch war plötzlich zum Treffpunkt hochrangiger Polizisten und Nachrichtendienstler aus Europa geworden. Viele unangenehme Fragen waren gestellt worden. Mit den Antworten waren die ausländischen Kollegen nicht immer zufrieden gewesen. Entsprechend angespannt war die Stimmung. Auch er fühlte sich bei dem Gedanken unwohl, dass sein Land durch die Aktivitäten dieser Terroristen weltweite Aufmerksamkeit erlangen würde. Davon hatte man, seit die Geschehnisse in den spanischen Enklaven Ceuta und Melilla eskalierten, wahrlich genug. Der Flüchtlingsstrom von Tausenden Schwarzafrikanern, die aus den südlich der Sahara gelegenen Staaten nach Marokko einsickerten, um von den beiden zu Spanien gehörenden Küstenstädten nach Europa zu kommen, stellte Marokko vor schier unlösbare Sicherheitsprobleme. Hinzu kamen islamische

Fundamentalisten, die Marokko als Stützpunkt nutzten und mit Anschlägen wie dem in Casablanca einen der wichtigsten Wirtschaftszweige Marokkos, den Tourismus, empfindlich trafen. Und jetzt auch noch diese Verbrecher, derentwegen bei Interpol eine eigene Sonderkommission eingerichtet worden war und von denen vermutet wurde, dass sie ebenfalls Mitglieder einer islamisch-fundamentalistischen Terrorgruppe waren. Dass man diese Sonderkommission sinnigerweise *Mraksch* nannte, hatte Seine Majestät, den König von Marokko, Mohammed VI., außerordentlich erzürnt. Der Geheimdienst DST war angewiesen worden, dieses »Problem auf unkonventionelle Weise« sehr schnell zu lösen. Seit den Geschehnissen am gestrigen Tag schien das jedoch ein höchst schwieriges und gefährliches Unterfangen zu werden. Nach dem dramatischen Zwischenfall gestern waren alle Sicherheitsorgane Marokkos in höchster Alarmstufe versetzt worden. Ausländische Geheimdienstleute und europäische Polizisten waren jetzt nicht mehr sonderlich willkommen. Sein Land war zwar Mitglied von Interpol und legte bei der Bekämpfung des internationalen Rauschgifthandels auf eine enge Kooperation mit den Europäern Wert. Wenn es jedoch um innere Angelegenheiten ging, neigte auch der junge König in all seiner Liberalität und seinen Tendenzen zu mehr Transparenz, zu Wegen, die seinem Vorgänger und Vater schon den Ruf eingebracht hatten, nicht gerade demokratisch zu sein. Seit man wusste, dass hochrangige Beamte des marokkanischen Innenministeriums Kontakte zu dieser Gruppe hatten, ihnen Pässe und Visa lieferten, waren des Königs Berater hoch sensibilisiert. Es galt, das Ansehen Marokkos zu schützen. Mit welchen Mitteln war dabei gleichgültig. »Liquidieren«, hatte der Innenminister gesagt. Oberst Khalid Semouri

sah das ebenso. Sollte man solch brutalen Männern etwa mit rechtsstaatlichen Mitteln entgegentreten?
All diese Europäer störten ihn enorm. Zu viele kritische Augen würden beobachten, wie seine Spezialeinheit vorgehen würde. Die Vorabklärung hatte eine gute Lagesituation ergeben. In den beiden Hotelzimmern waren alle Telefonate abgehört, die Zimmer selbst verwanzt worden. Jeder Schritt der Terroristen wurde von Observanten verfolgt. Gestern Nacht war von Seiten der Europäer ein Vorschlag für eine Lösung des Problems gemacht worden, der ihm nicht gefiel. Nur widerwillig hatte er, als Leiter der marokkanischen Antiterroreinheiten, dem zugestimmt. Oberste Maxime, so war er vom Innenminister persönlich angehalten worden, war Schadensbegrenzung. Und keine negativen Schlagzeilen in der Weltpresse!
Er schaute auf die Uhr. Es war sieben Uhr. Die Sonne ließ das Zielobjekt erstrahlen. Die Palmen wiegten sich im Wind. Auf der Zufahrtstraße war es auffällig ruhig. Kein einziges Auto befuhr die Straße vom Dar Tunsi zu dem Palast. Alles war weiträumig abgesperrt.
Neben ihm standen Kriminalhauptkommissar Bernhard Kleimann von Interpol und sein deutscher Kollege vom Bundeskriminalamt. Die beiden würde er gleich brauchen. Sie schauten ihn erwartungsvoll an. Die Observation hatte ergeben, dass er noch schlief. Im Objekt befanden sich insgesamt acht Personen. Hinzu kam das Hauspersonal. Oberst Semouri nahm das Funksprechgerät in die Hand. »Zugriff!«, flüsterte er.

Freiherr Georg von Hohenstein bekam fast einen Herzinfarkt, als die Tür zu seiner Suite im Palais Rhoul mit einem unvorstellbar lauten Knall, begleitet von grellen Blitzen und gefolgt von dichten Qualmwolken, aus der Angel flog. Er lag im Bett und war von der schlaflosen Nacht völlig erschöpft. Panisch riss er die Arme schützend vor sein Gesicht, wollte sich aus dem Bett aufrichten und fliehen. Mehrere Männer in dunklen Tarnanzügen hechteten auf ihn zu und fixierten ihn mit ihren Körpern. Er konnte ihren Schweiß riechen. Alle waren maskiert. An ihren Augen sah er, dass es Araber waren. Sie waren bereit zu töten. Er hatte solche Augen vor nicht allzu langer Zeit bei sich zu Hause auf seinem Schloss an der Donau gesehen. Solche Augen würde er nie wieder in seinem Leben vergessen. Die Araber pressten ihn aufs Bett. Die Mündungen ihrer Pistolen und Maschinenpistolen waren auf seinen Kopf gerichtet. Er hatte Todesangst und war sich sicher, dass dies sein Ende sein würde. Dann hörte er eine seltsame Stimme.

»Herr Freiherr von Hohenstein ... Sie brauchen keine Angst zu haben! Kleimann ... Kriminalhauptkommissar Bernhard Kleimann ist meine Name. Diese Männer werden Sie jetzt loslassen. Dann werden Sie Ihre Koffer packen, werden uns aus diesem wunderschönen Tausendundeine-Nacht-Palast hinausbegleiten und in ein Flugzeug steigen, das wir Ihnen bereitgestellt haben. Sie werden zu Ihrer Frau fliegen und sich um sie kümmern. Sie wissen ja seit dem Anruf gestern, dass ihre Frau aus dem Koma erwacht ist. Sie braucht Ihre Hilfe, Ihre Liebe! Sie braucht keinen Killer an ihrer Seite! Sie, Herr von Hohenstein, werden Ihre höchst eigentümliche Golfausrüstung samt der Carbonpfeile hier lassen! Sie werden mit niemandem über all das hier sprechen. Auch nicht mit Ihrer Frau! Und wir werden auch mit niemandem darüber sprechen, wenn Sie sich an diese Regeln halten. Wenn nicht, verschwinden Sie mindestens zwanzig Jahre in einem marokkanischen Gefängnis irgendwo in der Wüste.«

Georg von Hohenstein war erschüttert. Er brach zusammen.

Er weinte und schüttelte sich vor Entsetzen und vor Freude. Es dauerte fast eine halbe Stunde, bis er die Augen wieder öffnen und ein Wort sagen konnte. Die Männer mit den Waffen waren weg. Die aufgesprengte Tür seiner Suite lag mitten im Raum. Es roch nach verbranntem Holz. Es waren nur noch drei Männer anwesend. Der deutsche Kriminalhauptkommissar trat an sein Bett. Ein arabisch aussehender Mann mit sehr grimmigem Gesichtsausdruck stand neben ihm.
»Kennen Sie diesen Mann?«, fragte der Deutsche und hielt ihm ein grausiges Farbfoto entgegen. Der Kopf des Mannes, der da abgelichtet worden war, ließ keine Zweifel aufkommen, dass es ein Toter war. Georg von Hohenstein kannte ihn.
»Ja«, schluchzte er entsetzt, »ich kenne diesen Mann. Er hat … er hat … mich und meine Frau auf unserem Schloss überfallen. Und er hat meine Frau …«
»Ich weiß, was dieser Mann getan hat, Herr von Hohenstein. Wir alle wissen es. Wir wissen auch, was Sie vorhatten. Der Provinzgouverneur von Ouarzazate hat die Beamten vom marokkanischen DST auf Sie aufmerksam gemacht. Er hat sich gefragt, wieso Sie ein Zielfernrohr für die Jagd auf Niederwild brauchen. Schnepfen schießt man bekanntlich mit Schrot! Seien Sie froh, dass es Ihnen nicht gelungen ist, Ihren Plan durchzuführen. Sie wären hier in einem marokkanischen Gefängnis verrottet. Aber was Sie planten, Herr von Hohenstein, haben gestern andere vollendet! Wer es war, wissen wir nicht genau. Mein marokkanischer Kollege Oberst Semouri geht davon aus, dass es ein persönlicher Racheakt war. Ein Mann in einem blauen Gewand wurde in Tatortnähe gesehen. Solche Gewänder werden von den Tuareg getragen. Und Oberst Semouri sagte mir, dass die Tuareg bekannt sind für ihre brutalen Vorgehensweisen, wenn sich jemand an ihre

Frauen heranmacht. Wie auch immer: Fakt ist, dass dieser Mann hier auf dem Bild, vermutlich der Marokkaner Faisal Jawda, tot ist. Seit gestern. Jemand hat ihm mit einem Schwert den Kopf vom Rumpf getrennt. Mit einem Schlag. Es heißt, es sei ein Targi gewesen. Fußabdrücke am Tatort von ledernen Sandalen sprechen für diese These.«

16. Kapitel

Francis Roundell war außer sich vor Wut. Und er war im höchsten Maße beunruhigt. Er legte sein Handy zur Seite und starrte aus dem Fenster. Seit Tagen war London von einer grauen Nebeldecke verhüllt. Seine Stimmung war auf dem Tiefpunkt. Und jetzt auch noch dieser Anruf!

Alles lief völlig anders, als es geplant war. Sein kriminalistischer Spürsinn sagte ihm, dass da unbekannte Kräfte am Werk waren. Kräfte, die er absolut nicht einzuschätzen vermochte. Das störte sein Streben nach Perfektion. Mehr noch jedoch beunruhigte ihn die Tatsache, dass er sich die Geschehnisse in Marrakesch überhaupt nicht mit eventuellen Aktivitäten von Polizeiorganisationen oder Geheimdiensten erklären konnte. Es gab keinerlei plausible Erklärungen für die aufgetretenen Probleme. Der Tod eines Mannes aus ihrer Gruppe war eher harmlos gewesen. Jedenfalls waren die Meldungen in der Presse und die kurzen Verlautbarungen seitens der marokkanischen Polizei nicht dazu angetan, nervös zu machen. Irgendein Verrückter, so wie es aussah ein Wüstennomade in blauem Gewand, hatte Faisal Jawda geköpft. Traf es zu, was die marokkanischen Behörden behaupteten, war Faisal Opfer eines Zwistes mit einem Targi, einem Stammesmitglied der Tuareg, geworden. Als Hintergrund vermutete man den persönlichen Rachefeldzug eines eifersüchtigen Mannes. Das war zwar unangenehm, denn dieser Faisal war aufgrund seines Organisationstalents und seiner exzellenten Kontakte zu Behörden eine große Hilfe für die Gruppe gewesen. Er hatte nahezu alle gefälschten Pässe, Visa und legalen Kreditkarten einer marokkanischen Bank auf verschiedene Namen besorgt. Gott sei Dank hatte es sich für ihr ganzes Unternehmen nicht negativ ausgewirkt, dass er in Deutschland so ausgerastet war und diese Frau vergewaltigt hatte. Für den weiteren Verlauf der Aktion war er zu ersetzen. Insofern musste er mit dem Tod Faisal Jawdas seinen Plan nicht ändern.

Mit dem Tod von Ibrahim, von dem er erst heute Nacht erfahren hatte, verhielt es sich allerdings ganz anders. Ein Toter war eine Sache. Zwei Tote innerhalb so kurzer Zeit, das roch nach einem Zusammenhang. Und genau den konnte Francis Roundell beim besten Willen nicht erkennen. Zumal Ibrahim auf höchst ungewöhnliche Weise getötet worden war. Zumindest ungewöhnlich für Marokko! Dieser seltsame Tod war der Grund, warum er in seinem Büro in der Christie's-Zentrale so nervös umherlief. Irgendjemand hatte Ibrahim in der Nähe des Hotels Palmeraie aufgelauert und ihn mit einer Drahtschlinge erwürgt. Mit einer Drahtschlinge! In Marokko war das so ungewöhnlich, dass dieser Mord auf den Titelseiten der Zeitungen gestanden hatte. Eine einzige Zeile in einem der Zeitungsberichte hatte ihn ins Grübeln gebracht. Das Töten mit einer Drahtschlinge war ein Modus Operandi, den jeder Polizist in Europa kannte. Die Mafia wandte diese

Methode gerne an. Zwischen Täter und Opfer gab es immer eine Beziehung. Täter und Opfer kannten sich. Nur so war es möglich, dass der Täter nahe genug an den zum Tode Verurteilten herankam, um ihn dann von hinten mit einer Drahtschlinge zu strangulieren. Eine grausame Form, denn in vielen Fällen waren diese Drahtschlingen so konstruiert, dass sie sich, waren sie einmal zusammengezogen, nicht mehr mit Muskelkraft öffnen ließen. Der feine Draht schnitt sich in den Hals des Opfers ein und der zum Tode Verurteilte starb unendlich langsam.

Über solchen Todesurteilen schwebte zumeist der Ruch der Vendetta. Diese Vermutung beunruhigte Francis Roundell sehr. Wer, zum Teufel, hatte Ibrahim in Marrakesch getötet? Wer kannte Ibrahim gut genug, um so nahe an ihn heranzukommen, dass er ihn auf diese Art erwürgen konnte? Wer war es, der eine italienische Variante des Fememordes so perfekt kopieren konnte und keine Spuren hinterließ?

Abrupt blieb Francis Roundell in seinem Büro stehen. Italien! Florenz! Hastig zog er einen Ordner mit internationalen Pressemeldungen über den Überfall auf den Palazzo Pitti in Florenz aus dem Regal. Sein Blick blieb an einem als Titelstory in einem italienischen Magazin aufgemachten Bericht über den Raub von Florenz hängen. Er konnte nur leidlich Italienisch, aber da er Latein gelernt hatte, konnte er lesen, was dort stand: »Der schnelle Tod des alten Mannes – Sardischer Museumswärter in die Luft gesprengt …«

Der Museumswärter war ein alter Mann aus Sardinien gewesen, und Sardinien hatte den Ruf, die Insel der Banditen zu sein. Jahrzehntelang war nicht ein Jahr vergangen, in dem auf der italienischen Mittelmeerinsel keine Menschen entführt worden waren. Und jedes Jahr hatte es dort grausame

Blutfehden gegeben. Vendetta und Omertá – Rache und das ewige Schweigen: Auf jeder Polizeiakademie Europas wurden diese Termini gelehrt.

»Mist, verfluchter!«, murmelte er. Das konnte doch nicht wahr sein, oder doch? Waren die Geschehnisse in Marrakesch nicht, wie er anfänglich gedacht hatte, auf die heimlichen Aktivitäten irgendwelcher Nachrichtendienste, sondern auf den privaten Rachefeldzug eines wild gewordenen sardischen Banditen zurückzuführen? Was steckte dahinter? Francis Roundell konnte sich keinen Reim darauf machen. Und wenn schon!, dachte er schließlich und lächelte in sich hinein. Beim jetzigen Stand der Dinge war das eigentlich kein Problem. Ganz im Gegenteil, es war eher von Vorteil, zumindest für ihn selbst! Wer immer auch seinen Privatkrieg da focht, er schaffte einen Täter nach dem anderen aus dem Weg. Im Grunde brauchte er auch diese Araber nicht mehr. Zumindest nicht die in Marrakesch. Tote Araber musste man nicht mehr bezahlen. Und tote Mitwisser waren weder als Zeugen zu gebrauchen noch konnten sie ihr eigenes Spielchen spielen. Von Vorteil war auch, dass die Ermittlungsbehörden nun völlig andere Spuren verfolgten. Ja, grinste Francis Roundell hämisch, eigentlich entledigt mich das gewisser Probleme. Jetzt muss ich nur noch die Sache mit Marie-Claire in den Griff kriegen. Und das sah nicht schlecht aus, obwohl er sich fragte, warum seine Mitarbeiterin ihm bestimmte Dinge verschwieg.

»Wieso«, murmelte er leise vor sich hin, »wieso hat sie mir nichts von den Gesprächen mit dem Inder in Berlin erzählt? Wieso erfahre ich das nur über die Tonbandaufzeichnungen, die mit dem Richtmikrofon aufgenommen worden waren? Und wieso hat sie mir heute Morgen am Telefon nicht gesagt, dass sie mit Abdel Rahman auf den Weihnachtsmarkt

geht?« Auch dass sie das Manuskript dieses Buches besaß, hatte sie mit keinem Wort erwähnt. Ob sie etwas ahnte?
Wenige Minuten später verließ Francis Roundell, Sicherheitschef bei Christie's, sein Büro. Als er aus dem Gebäude trat, war er fest entschlossen, sich den Deal seines Lebens nicht von Marie-Claire de Vries vermasseln zu lassen. Tote Zeugen sind schlechte Zeugen. Wenn das in Italien und Marrakesch galt, würde das auch in Wien gelten.

*

Kriminalhauptkommissar Bernhard Kleimann war sich absolut sicher, diesen Namen schon einmal gelesen oder gehört zu haben.
»Frattini ... Frattini ...«, murmelte er schon seit einer halben Stunde vor sich hin und wühlte ständig in Aktenordnern und Zeitungsausschnitten. In dem Büro, das ihm die marokkanischen Kollegen vom DST in ihrem Hauptquartier in Marrakesch eingerichtet hatten, war es stickig. Auf seinem Schreibtisch stapelten sich Türme von Passagierlisten. Langsam begann er, die Arbeitsweise des DST zu bewundern. In jedem europäischen Land, das wusste er, hätte es endlos lange gedauert, bis Fluglinien dazu gebracht worden wären, ihre Passagierlisten herauszurücken, vor allem dann, wenn nur ein Anfangsverdacht bestand. Hier in Marokko dagegen schienen die Sicherheitsdienste allmächtig zu sein. Alles war möglich, es mussten keine bürokratischen Hürden genommen werden. Effizienz nannte man diese Vorgehensweise. Dafür sorgte eine persönliche Direktive des jungen Königs, der den beteiligten Ermittlungsbehörden in dieser Sache absolut freie Hand eingeräumt hatte. Seitdem liefen die Ermittlungen

auf Hochtouren, und die Passagierlisten aller von und nach Marokko fliegenden Airlines trudelten prompt bei ihm ein. Es waren Zigtausende von Namen. Zunächst hatte man per Computer ein Raster erarbeitet. Alle Passagiere unter achtzehn Jahren, alle über sechzig Jahre sowie nachgewiesen verheiratete Passagiere waren aus den Listen herausgefiltert worden. Alle anderen wurden direkt mit dem Interpol-Datenbestand abgeglichen. Übrig geblieben waren knapp sechstausend Namen – strukturiert nach Herkunftsländern. Aus Italien waren im vorgegebenen Zeitraum nur hundertzwanzig Männer und Frauen nach Marokko eingereist. Siebzig davon waren nach Marrakesch geflogen. Dieser Frattini war einer von ihnen. Woher nur kannte er diesen Namen? Die Datenbestände von Interpol hatten keine positiven Treffer ergeben. Plötzlich kam ihm ein Gedanke. Er starrte auf seinen Computer. Hier im Hause gab es keinen öffentlichen Internetanschluss, aber auf dem Weg zu diesem Bürohaus hatte er ein Internetcafé gesehen.
Zehn Minuten später strahlte der bei Interpol Lyon tätige deutsche Kriminalkauptkommissar Bernhard Kleimann. Google-Search! Das Ding des Jahrhunderts. Zehn verschiedene Suchbegriffskombinationen hatte er in dem Internetcafé eingegeben, immer mit dem Namen Frattini. Hunderttausende Treffer hatte er erzielt. Als er diesen Namen schließlich zusammen mit »Florenz« eingegeben hatte, hatte er vor Freude und Überraschung laut aufgeschrien. Das war es! Der tote Aufseher aus dem Palazzo Pitti in Florenz! Leonardo Frattini! Daher kannte er den Namen. Sein tragischer Tod hatte die Titelseiten der italienischen Zeitungen tagelang dominiert. Der alte Mann stammte aus Sardinien. Und jener Frattini, der hier in Marrakesch vor einigen Tagen gelandet war, war laut

Auskunft des Hotels, in dem er in den ersten zwei Tagen gewohnt hatte, in Nuoro geboren. Nuoro – eine Provinzhauptstadt auf Sardinien.

Oberst Khalid Semouri vom marokkanischen Nachrichtendienst DST, dem er das eine halbe Stunde später erzählte, war maßlos beeindruckt und zugleich besorgt.

»Es scheint, als entwickle sich diese ganze Angelegenheit zu einem außergewöhnlich komplizierten Fall. Erst dieser deutsche Adlige, der sich Marokko als Spielwiese für seine Rachefeldzüge aussucht. Jetzt vermutlich noch ein Europäer, der hier in Marrakesch den Racheengel spielt. Und was die Leute um diesen Jilani Rezaigui alias Abdel Rahman beziehungsweise Faisal Ben Ait Haddou betrifft, wissen wir noch immer nicht genau, wie wir sie einzuschätzen haben. Sind es Terroristen oder brutale Kriminelle, einfach Kunsträuber ohne Skrupel?«

»Ich gehe davon aus«, antwortete Bernhard Kleimann, »dass wir es eher mit Kriminellen zu tun haben. Oder haben Sie Erkenntnisse, die einen terroristischen Hintergrund vermuten lassen?«

»Nicht direkt, Kollege Kleimann, nicht direkt! Aber ich habe heute Morgen ein Dossier unseres Auslandsgeheimdienstes bekommen, das mich doch sehr nachdenklich macht.«

Kriminalhauptkommissar Bernhard Kleimann horchte auf. Von solchen Erkenntnissen hatte er bislang nichts gewusst. Er hatte allerdings längst erkannt, dass die marokkanischen Kollegen mit der Weitergabe von Informationen sehr zurückhaltend waren. Es schien da staatsinterne Befindlichkeiten zu geben, die nicht gerade hilfreich waren für eine international koordinierte Aktion wie diese. Oder es ging wieder einmal um Erkenntnisse des marokkanischen Nachrichtendienstes, die den Quellenschutz über alle anderen Aspekte stellten. Entsprechend vorsichtig fragte er nach.

»Neue Erkenntnisse? Können Sie mir ungefähr sagen, um was es geht?«

Oberst Semouri kratzte sich verlegen am Kopf. Es schien ihm schwer zu fallen, diese Frage zu beantworten.

»Ich werde Ihnen sagen, was ich sagen darf. Aber ich muss Sie ausdrücklich darauf hinweisen, dass diese Erkenntnisse strengstem Quellenschutz unterliegen und in keinerlei Weise zu operativen oder exekutiven Maßnahmen führen dürfen. Können Sie mir das versprechen?«

»Ja, selbstverständlich, Herr Oberst!« Bernhard Kleimann war gespannt auf das, was er nun erfahren würde. Immer noch zögerte der marokkanische Geheimdienstbeamte, sein Wissen preiszugeben. Er sprach auffallend leise.

»Wir beobachten seit geraumer Zeit die Entstehung einer terroristischen Zelle im spanischen Granada. Es gibt auffallende Reiseaktivitäten marokkanischer Staatsbürger, von denen wir wissen, dass sie engen Kontakt zu Al Kaida haben. Sie werden verstehen, dass wir dieses Wissen mit größter Vorsicht handhaben müssen. Seit den fünf terroristischen Anschlägen in Casablanca 2003, dem Anschlag auf der tunesischen Insel Djerba und vor allem seit dem grauenhaften Anschlag von Madrid wissen wir, das hier in Marokko Zellen von Al Kaida aktiv sind. Drei der Täter von Madrid waren Marokkaner! Einer von ihnen hatte Kontakt zu den Tätern von Casablanca. Und jene Leute in Granada, von denen ich jetzt spreche, gehören zum direkten Unterstützerkreis dieser Zellen.«

Plötzlich wusste Kriminalhauptkommissar Bernhard Kleimann, warum die marokkanischen Behörden in dieser Er-

mittlungssache auf den Codenamen *Mraksch* so überempfindlich reagierten. Hier ging es nicht nur um den Raub der beiden Sancy-Diamanten, hier ging es um nationale Interessen. Er ahnte, was sein Kollege ihm jetzt sagen würde.
»Der Terroristenführer Osama bin Laden hat in einer der Videobotschaften nach dem Anschlag von New York gesagt: ›Wir werden nicht hinnehmen, dass sich die Tragödie von Andalusien in Palästina wiederholt.‹ Sie wissen sicherlich, Kollege Kleimann, dass Granada als letzte Bastion des Islam auf europäischem Boden im Jahre 1492 fiel, was das Ende des fast fünfhundert Jahre zuvor an der Meerenge von Gibraltar begonnenen islamischen Kreuzzugs nach Europa bedeutete. Die Moslems der Stadt wurden damals gezwungen, zum Christentum zu konvertieren. Das haben viele Moslems nie vergessen! Der spanische Regierungschef hat einmal gesagt, dass die Probleme mit Al Kaida im 8. Jahrhundert begannen, als Spanien von den Mauren erobert wurde.«
»Und was hat das mit dem aktuellen Fall, also mit dieser von uns observierten Gruppe um Abdel Rahman zu tun?«, unterbrach ihn Kriminalhauptkommissar Kleimann.
»Mehr, als mir und Ihnen lieb ist, verehrter Kollege«, erwiderte der marokkanische Geheimdienstbeamte und blickte dabei sehr ernst.
»In den letzten Jahren hat sich Granada zu einem wahren Wallfahrtsort für fundamentalistische Moslems entwickelt. Einer von ihnen ist hier aus Marrakesch! Seit einem Jahr observieren wir ihn rund um die Uhr – allerdings ohne den Spaniern das zu sagen! Es ist der Bruder von Jilani Rezaigui, was übrigens sein tunesischer Aliasname ist! Dieser Jilani war sehr oft in Granada. Wir haben viele ihrer Gespräche abgehört. Furcht erregend, sage ich Ihnen! Jilani Rezaigui hat viele

Namen, sehr viele. Diese Männer versuchen, fanatische junge Leute für Anschläge zu rekrutieren. Gleichzeitig sind sie damit beschäftigt, große Geldsummen aufzutreiben, ganz egal wie und wo. Wofür, darüber sind wir uns noch nicht ganz im Klaren. Wahrscheinlich haben diese beiden Raubüberfälle in Bayern und Florenz damit zu tun. Zumindest wissen wir aus den hier anbgehörten Telefonaten und Gesprächen im Hotel Palmeraie, dass die beiden gestohlenen Diamanten hier in Marokko sind. Und wir wissen, dass da noch irgendetwas mit einem dritten Diamanten abläuft. Sagt Ihnen der Name ›Florentiner‹ etwas?«

Kriminalhauptkommissar Bernhard Kleimann atmete laut hörbar aus. Vieles von dem, was Oberst Semouri soeben gesagt hatte, stand seit einigen Tagen als Vermutung im Raum. Dennoch überraschte es ihn sehr, dass die Täter von Bayern und Florenz so dicht an islamischen Terroristengruppierungen angesiedelt waren.

»Was sind Ihre Pläne, Ihre Direktiven, Herr Oberst?«, fragte er unverblümt. Der Marokkaner lächelte.

»Sie werden verstehen, dass mein Land alles in seiner Macht Stehende tun wird, diese unheilvolle Konstellation von Terroristen und Räubern zu sprengen. Und Sie werden verstehen, dass wir dabei Mittel und Wege wählen, die in den demokratischen Staaten Europas nicht unbedingt auf Verständnis stoßen werden! Wir müssen verhindern, dass sich unser Land zu einem Sprungbrett für islamische Fundamentalisten entwickelt, die in Europa Anschläge verüben wollen! Marokko lebt maßgeblich vom Tourismus. Wir können kein zweites Madrid oder Casablanca gebrauchen. Bäume kann man fällen, aber sie wachsen nach. Also muss man sie samt Wurzeln vernichten. Das, lieber Kollege, ist unsere Direktive aus Rabat. Und wir werden uns strikt daran halten. Wir lösen dieses Problem. Mit unseren Mitteln.«

Selbstgefällig lächelte der DST-Beamte den deutschen Kriminalhauptkommissar an, wartete, bis dieser sein Büro verlassen hatte und wählte dann eine Telefonnummer in Marokkos Hauptstadt Rabat. Eine Männerstimme meldete sich. Der Geheimdienstmann sprach sehr leise.

»Wir haben ihn lokalisiert! Die Identität steht fest ... ja, kein Zweifel an der Täterschaft ... ja, absolut sicher ... ja, zu Befehl!«

Wenige Minuten später erteilte Oberst Khalid Semouri über Funk einen Befehl an den Leiter der Antiterroreinheit, die seit zwei Tagen einen Renault-Kastenwagen am Stadtrand von Marrakesch observierte. Es war ein Mietwagen – angemietet von Carlo Frattini.

Am späten Nachmittag kehrte der Sarde zu seinem Fahrzeug zurück. Er trug das blaue Gewand der Tuareg. Kopf und Gesicht waren verhüllt. Als er den Schlüssel in die Fahrzeugtür stecken wollte, stellte er fest, dass die Tür bereits offen war. Verwundert schaute er auf und starrte beunruhigt zu den Fahrzeugen und Häusern auf der gegenüberliegenden Straßenseite hinüber. Er konnte nichts Verdächtiges erkennen, aber intuitiv spürte er die Gefahr. Plötzlich hatte er das Gefühl, als geschehe irgendwo da draußen in den Häusern um ihn herum etwas, was in einem direkten Zusammenhang mit dem Mann zu tun hatte, der sein nächstes Opfer werden würde: Faisal Ben Ait Haddou, der Araber, der mit dem Ambulanzflugzeug aus der Schweiz nach Marrakesch geflohen war. Alles deutete darauf hin, dass er einer der führenden Köpfe der Anschläge war. Aber er war derzeit nicht in Marrakesch. Doch irgendwann würde er zurückkehren, und dann würde

er ihn töten! Genau in diesem Augenblick hatte er jedoch das Gefühl, als sei dieser Faisal jetzt irgendwo hier in seiner Nähe. Eigentlich konnte das nicht sein. Langsam zog er den Autoschlüssel heraus und versuchte, sich langsam und unverdächtig umzudrehen.
Die Kugel eines marokkanischen Scharfschützen der DST-Antiterroreinheit traf ihn genau in diesem Moment in die rechte Schläfe. Commissario Carlo Frattini aus Florenz war tot, bevor er in seinem blauen Tuareg-Gewand auf der Straße aufschlug.

*

Faisal Ben Ait Haddou alias Jilani Rezaigui alias Abdel Rahman war maßlos beeindruckt von dem prachtvollen Farbenmeer in den Bäumen vor und an den Fassaden des Rathauses von Wien. Tausende Papierlaternen in allen Farben hingen in den riesigen Bäumen des Parks. Alle Fenster und Erker waren festlich beleuchtet. Vom Eingang des Burgtheaters aus sah er hinüber zu den unzähligen Holzbuden auf dem Platz vor dem Rathaus, das ihn, so hell erleuchtet, wie es jetzt im frühen Abendlicht gegen den rötlichen Abendhimmel erstrahlte, irgendwie an Big Ben in London erinnerte. Den hatte er zwar nur ein einziges Mal aus dem Flugzeug heraus beim Landeanflug auf London gesehen, als er Francis Roundell besuchte, aber die Ähnlichkeit schien ihm doch gegeben.
Er sah Marie-Claire de Vries von der gegenüberliegenden Straßenseite auf ihn zukommen. Sie lächelte und sah in dem pelzbesetzten Mantel sehr verführerisch aus. »Quelle femme«, murmelte er vor sich hin und ging auf sie zu.

»Bonsoir, Marie-Claire! Ich darf Sie doch mit dem Vornamen anreden, oder?«
Marie-Claire war froh, dass es bereits ein wenig dunkel war, denn sie errötete leicht. Die Nähe dieses Mannes, seine Stimme und seine Ausstrahlung verwirrten sie. Um davon abzulenken, blickte sie auf das Lichtermeer und die Tannenbäume vor dem märchenhaft schön beleuchteten Rathaus. Auf einmal musste sie mit den Tränen kämpfen. Das romantische Ambiente des Weihnachtsmarktes, die unzähligen Lichter und Kerzen und die Gerüche aus den Würstchen-, Kastanien-, Lebkuchen- und Zuckerbäckerbuden erinnerten sie an glückliche Kindheitstage. Mit großen Augen beobachtete sie das weihnachtliche Treiben im Halbdunkel. Ein wunderbares Gefühl breitete sich in ihr aus. Sie fühlte sich unendlich wohl. Die Nähe dieses Arabers löste auf eigentümliche Weise eine Flut von Erinnerungen bei ihr aus. Es waren schöne Erinnerungen aus den Zeiten, als sie glücklich und mutig durch Marokko, Tunesien, Syrien und Ägypten gereist war. Es waren die schönsten Jahre ihres Lebens gewesen – frei von jeglichen bourgeoisen Zwängen des Elternhauses. Frei von zeitlichen und materiellen Zwängen. Ja, damals war sie frei gewesen, hatte tun und lassen können, was sie wollte. Davon war in den letzten Jahren nicht viel übrig geblieben. Aber sie sehnte sich danach zurück. Und irgendwie spürte sie, dass dieser Abdel Rahman ihr ein bisschen von dieser Sehnsucht erfüllen konnte.
»Kommen Sie, Abdel! Ich entführe Sie heute auf den christlichen Weihnachtsmarkt von Wien. Bald ist Weihnachten. Das Fest des Friedens – und der Liebe.«
Der Abend wurde so romantisch, wie Marie-Claire es gehofft, aber auch befürchtet hatte. Was immer sie sich im Laufe

des Tages an Strategien, Dialogen und Ablenkungsmanövern vorgenommen und zurechtgelegt hatte, erwies sich plötzlich als pure Illusion. Alles verlief ganz anders. Der Abend strömte dahin wie ein mächtiger Fluss, der zum Meer will und dabei keine Hindernisse akzeptiert. Sie war das Treibholz. Sie hatte sich vorgenommen, ihm mit perfiden Mitteln Geheimnisse über sein Interesse an dem Florentiner zu entlocken. Cool und berechnend hatte sie sein wollen, aber er lachte so unwiderstehlich herzlich, erfreute sich an Kleinigkeiten dieses Weihnachtsmarktes, dass sie sich schließlich schämte, solche Gedanken überhaupt gehabt zu haben. Abdel sprach überhaupt nicht über den Grund seines Aufenthaltes in Wien. Stattdessen lud er sie ein, mit ihm auf dem Kinderkarussell zu fahren.

Den ganzen Abend über wurde sie von ihren Gefühlen und Gedanken drangsaliert. Ratio und Emotion führten in ihrem Inneren Krieg. Dieser Mann, so versuchte sie sich zur Räson zu rufen, ist vielleicht gefährlich! Vergiss nicht, dass er sich für den Florentiner interessiert. Wer weiß, wer ihm den Auftrag dazu gegeben hat. Vielleicht ist auch er nur Handlanger von Leuten, die unentdeckt bleiben wollen. So, wie es bei Gregor letztendlich auch der Fall war. Gregor handelte im Auftrag einflussreicher Leute. Wer hatte Abdel Rahman beauftragt zu versuchen, das Originalmanuskript dieses Buches zu kaufen? Wer war bereit, zweihunderttausend Euro für das Manuskript auszugeben? Und warum? Er hatte im Café ganz offensichtlich heimlich in dem Manuskript geblättert.

Er will nichts von dir – er will nur den Florentiner! Dann erkannte sie, dass sie schon seit dem ersten Zusammentreffen mit ihm nur einen Gedanken hatte: Sie wollte ihn. Und was danach kam, war ihr vollkommen gleichgültig.

Marie-Claire ließ sich fallen. Und Abdel fing sie auf. Wenn er lachte, sah sie in seinen tiefdunklen Augen die grenzenlose Weite und Freiheit der Wüste. Wenn er sie anschaute, tauchte sie ein in jene Nacht in der syrischen Wüste bei Palmyra, in der sie zwischen den römischen Ruinen eingeschlafen und erst gegen Mitternacht so unglaublich glücklich und frei und so voller Lebenskraft wieder aufgewacht war. Er rief Erinnerungen in ihr wach, es war wie ein Zurückkehren in ihr eigentliches Leben. Damals hatte sie geahnt, dass es andere Inhalte in ihrem Leben sein würden, die den Lauf der Dinge für sie beeinflussen würden. Nicht ihr Beruf, nicht ihre Familie, nicht der Besitz. Damals hatte sie zum ersten Mal gefühlt, dass tief in ihr eine unbändige Sehnsucht schlummerte, die sie nicht näher beschreiben konnte. Männer wie Abdel Rahman gehörten zu dieser Sehnsucht! Er wirkte so frei, ehrlich und herzlich, dass Marie-Claire daran zweifelte, dass ein solcher Mensch Böses in sich tragen konnte. Sie trieb auf ihn zu, unablässig. Da war das kleine Mädchen an der Hand seiner Mutter, das vor der Zuckerwattehütte stand und mit großen Augen zuschaute, wie der Mann die süße Gaze um den Holzstab zauberte. Abdel sah die Kleine, sah ihre Augen, kaufte die Zuckerwatte und einen kandierten roten Apfel dazu, gab beides der Mutter und sagte: »Madame, Sie sollten in die Augen Ihrer Tochter schauen, dann wissen Sie, wovon Ihr Kind träumt.« Da war das alte Ehepaar, das vor dem Luftballonstand verharrte. Sie waren beide sicherlich über siebzig Jahre, gebeugt vom Leben und sehr ärmlich gekleidet. Sie wollten einen Ballon kaufen, aber sie kamen nicht an den Verkäufer heran. Abdel sah es, kaufte zwei Ballons – und drückte sie den beiden lächelnd in die Hand. Marie-Claire war verzaubert.

Plötzlich tauchte aus der Menschenmenge Cathrine auf. Sie war allein.
»Hallo, Schwesterchen«, flötete sie so unangenehm schrill, dass Marie-Claire sofort erkannte, dass ihre Schwester zu viel getrunken hatte. Das geschah in letzter Zeit öfters. Der Konflikt mit ihrem Mann, die Unzufriedenheit mit ihrem Dasein hinterließen Spuren.
Cathrine war unglaublich aufreizend gekleidet. Ihr Pelzmantel war geöffnet. Darunter trug sie einen wagemutig kurzen, schwarzen Rock. Marie-Claire ahnte, dass Cathrine an diesem Abend einsam war. Und sie ahnte, dass Cathrine nur hier war, um dies zu ändern. Zumindest für diese Nacht. Missmutig küsste sie ihre Schwester auf beide Wangen.
»Darf ich vorstellen?«, wandte sie sich zu Abdel. »Meine Schwester – meine Zwillingsschwester Cathrine.«
Von diesem Moment an verlief der Abend ganz anders. Es dauerte nur eine halbe Stunde, und Marie-Claire empfand wieder diese tiefe Eifersucht ihrer Schwester gegenüber. So gut sie sich verstanden, so innig und vertraut sie schon als Kinder nahezu alle Dinge des Lebens gemeinsam gefühlt und gelebt hatten, so konfliktreich war das Thema Männer stets gewesen. Alles teilten sie. Ängste, Nöte, Freuden, Empfindungen, Gedanken und Träume. Sie waren sich in vielen Dingen extrem ähnlich. Die Natur hatte sie als eineiige Zwillinge nicht nur mit einer frappierenden Ähnlichkeit, sondern auch mit wundersamen Gemeinsamkeiten, was ihr Fühlen und Denken betraf, versehen. Daraus schöpften sie viel Kraft. Streit hatte es in ihrem Leben höchst selten gegeben. Weder Neid noch Missgunst konnte ihre gegenseitige schwesterliche Liebe beeinträchtigen. Doch wenn es um Männer ging, hatte es schon mehrmals heftige Auseinandersetzungen gegeben,

bei denen Marie-Claire gelegentlich voller Scham hatte erkennen müssen, dass da ein Gefühl wie Hass in ihr schlummerte. Hass auf ihre Zwillingsschwester.
Für Cathrine waren Männer kaum mehr als ein Mittel zum Zweck, Spielzeuge, austauschbare Statisten bei ihrer verzweifelten Suche nach innerer Zufriedenheit. Sie interessierte sich bei Männern nur für Äußerlichkeiten. Fesch mussten sie sein, mit einem tollen Körper. Und Geld mussten sie haben. Ja, Marie-Claire hasste Cathrine, wenn diese sich an Männer heranmachte, für die sie selbst tiefe Gefühle hegte. Sicherlich, sie hatten auch schon manch lustige Spielchen mit Männern getrieben. Ihre verblüffende Ähnlichkeit hatten sie gelegentlich für verrückte Abenteuer eingesetzt, hatten das Bäumchen-wechsel-dich-Spiel in jungen Jahren einmal sogar so weit getrieben, dass sie beide im Laufe eines Abend mit ein und demselben Mann ins Bett gegangen waren, nur um herauszufinden, ob dieser Mann ihre Körper erkennen konnte. Sie hatten wissen wollen, ob dieser Mann bei all ihren körperlichen Übereinstimmungen zumindest den Unterschied ihrer Seelen bemerken würde.
Aber das war vor vielen Jahren gewesen.
Mittlerweile war ihr Verhältnis, wenn es um Männer ging, eher angespannt. Je frustrierter Cathrine in ihrer verworrenen, gefühllosen Beziehung geworden war, desto deutlicher wurde ihre Missgunst, wenn Marie-Claire in Begleitung eines gut aussehenden Mannes war. So wie an diesem Abend, der so wunderschön begonnen hatte und nun plötzlich von einer unangenehmen Stimmung überlagert wurde.
Cathrine himmelte Abdel an. Sie hakte sich scheinbar unbedarft bei ihm ein und presste sich eng an ihn. Marie-Claire kochte vor Wut. Da war es plötzlich wieder, dieses Gefühl des

Hasses! Oder hatte sie Angst, Cathrine, hemmungslos und egoistisch, wie sie sein konnte, könnte diesen schönen Abend zerstören? Wieso eigentlich? Schließlich kannte sie diesen Abdel so gut wie gar nicht. Dennoch spürte sie den Kloß in ihrem Magen, als ihre Schwester heftig mit Abdel zu flirten anfing. Die Chance, dem Treiben ein Ende zu bereiten, kam schneller als erhofft. Als Abdel sich kurz entschuldigte, fauchte Marie-Claire ihre Schwester an.

»Was soll das? Wenn du einen Mann fürs Bett brauchst, dann geh nach Hause zu deinem stinkreichen Gatten. Oder such dir deinen Lover irgendwo anders. Aber verschwinde und lass uns in Ruhe!«

Cathrine de Vries starrte ihre Schwester fassungslos an. So hatte Marie-Claire noch nie mit ihr geredet. Ihre Augen glänzten unnatürlich. Plötzlich lachte sie hämisch.

»Übernimm dich nur nicht, Schwesterlein! Hast doch drei Männer zur Auswahl: den Inder, deinen Gregor – und nun auch noch einen Araber! Keiner von denen scheint dir gut genug zu sein! Obwohl, für Araber hattest du ja schon immer ein Faible. Bei dem da kann ich dich sogar verstehen.«

Marie-Claire spürte, wie sie vor Erregung zitterte. Noch nie zuvor in ihrem Leben hatte sie ihre Schwester so abgefertigt! Es war ihr unangenehm, aber es tat auch gut. Dennoch wollte sie ihre Worte relativieren. Sie sah, wie betroffen Cathrine war. Bevor sie etwas sagen konnte, drehte sich Cathrine weg.

»Ich hole mir noch was zu trinken. Verabschieden darf ich mich ja wohl noch von deinem Omar Sharif, oder …?«

Als Cathrine wenige Minuten später mit einem Glas Glühwein zurückkam, stand Abdel wieder neben Marie-Claire.

»Monsieur, ich hoffe, Sie sehen mir nach, wenn ich mich jetzt verabschiede. Ich habe zu Hause einen treuen Ehegatten, der sehnsüchtig auf mich wartet. Aber wenn Sie wieder einmal in Wien sein sollten und meine liebe Schwester Marie-Claire aus irgendwelchen Gründen keine Zeit haben sollte, können Sie mich gerne anrufen. Wäre mir eine große Freude, Ihnen dann mal Wien von seinen schönsten Seiten zu zeigen.«

Wie vom Donner gerührt starrte Marie-Claire ihre Schwester an. Sprachlos sah sie zu, wie Cathrine in ihre Handtasche griff, eine Visitenkarte hervorzog und sie Abdel reichte.

»Rufen Sie mich einfach an. Wann immer Sie möchten. Au revoir, Monsieur Abdel. Ciao, Schwesterchen.«

Wenige Augenblicke später schloss Cathrine de Vries ihren nahe des Volksgartens geparkten Wagen auf. Sie weinte, weil sie sich schämte, ihre Schwester so schlecht behandelt zu haben. Und sie fühlte sich grenzenlos einsam und allein. Die silbergraue Limousine auf der anderen Straßenseite nahm sie kaum wahr. Es war ein Fahrzeug mit Wiener Kennzeichen. Ein Mann und eine Frau saßen in dem Wagen. Dann fuhr Cathrine weg. Der Mann am Steuer des Fahrzeugs nahm ein Funkgerät in die Hand und sagte: »Schwester der Zielperson fährt stadteinwärts. Sollen wir dranbleiben?«

Es geschah aus Trotz und aus Verzweiflung. Im ersten Moment nach dem Disput mit ihrer Schwester hatte Marie-Claire de Vries überlegt, sich von Abdel Rahman zu verabschieden. Ihre Laune war auf einem Tiefpunkt angelangt. Sie war stinksauer auf Cathrine. Hin- und hergerissen sah Marie-Claire Abdel an.

Ein wenig enttäuscht war sie schon, dass er so bereitwillig auf Cathrines Flirten eingegangen war. Die Blicke, mit denen er den Körper ihrer Schwester gemustert hatte, waren ihr nicht entgangen. Was wollte dieser Abdel Rahman eigentlich? Ihre Schwester, sie oder doch nur den Florentiner?

Zum ersten Mal in ihrem Leben traf Marie-Claire schließlich eine Entscheidung, die sich gezielt gegen ihre Schwester richtete. Sie wusste, dass sie eifersüchtig war und dass ihre Reaktion kindisch war, aber sie wollte nicht zurückstecken, sondern das tun, was sie sich den ganzen Tag über vorgenommen hatte.

»Ich habe Hunger«, leitete sie ihr Vorhaben vermeintlich unbedarft ein, griff nach seiner Hand und schmiegte sich ein wenig an seine Schulter. »Außerdem wird mir der Rummel hier zu viel. Diese Menschenmassen sind grauenhaft. Lass uns irgendwohin gehen, gemütlich essen und plaudern. Erzähl mir ein bisschen von dir.«

Marie-Claire hoffte, dass er ihre versteckte Andeutung richtig deuten würde. Der Platz vor dem Rathaus hatte sich tatsächlich merklich mit Besuchern gefüllt. Die Romantik der ersten Stunde war einem hektischen Treiben gewichen. Abdel reagierte wie erhofft. Er legte seinen Arm um ihre Schulter und zog sie kaum spürbar an sich.

»Ja, lass uns das machen! Auch ich würde gerne mehr von dir erfahren. Ich glaube, dass es viele Dinge gibt, die uns verbinden. Zu viel Zeit haben wir dafür nicht, ich muss bald wieder zurück nach Marokko …«

Marie-Claire blieb einen Moment stehen. Sie sah hinauf zu den erleuchteten Fenstern des Rathauses. Jedes Fenster war wie ein Weihnachtskalender verschlossen und mit einer Zahl versehen. Mit jedem Tag, mit dem sich Heiligabend näherte, wurde ein Fenster geöffnet. Es waren noch knapp zwei Wochen. Eine grenzenlose Einsamkeit überfiel sie. Weihnachten! Wo würde sie Weihnachten sein? Wieder allein zu Haus oder, aus Angst davor, bei Cathrine? Oder würde sie noch einmal eine dieser grauenhaften Reisen unternehmen, auf denen sie sich noch einsamer als zu Hause in ihrer Wohnung fühlte?

»Wir gehen zu mir, bestellen uns beim Italiener was zu essen und vergessen, was morgen sein wird – okay?«

Abdel Rahman wandte sich langsam zu ihr um und blickte sie an, drang mit seinem Blick tief in ihre Seele. Er griff in ihr langes Haar, schob es zur Seite und gab ihr einen sanften Kuss auf den Halsansatz. Seine Lippen berührten ihre Haut kaum, aber sein warmer Atem ließ sie zittern. Er spürte es.

»Wir können auch später noch essen gehen …«

Es gab kein Später. Es gab kein Essen. Und es gab weder Zeit noch Raum. Was geschah, als sie in ihrer Wohnung über dem Donaukanal ankamen, ließ keinen Platz für Worte. Weder sie noch er wollten sprechen. Sie wollten nichts voneinander wissen. Keiner fragte den anderen, wo er herkam und wo er hinwollte. Das Gestern war vergessen und an das Morgen dachten sie nicht, weil sie ihre Vernunft im Aufzug zu Marie-Claires Wohnung zurückgelassen hatten.

Marie-Claire fühlte sich wie in Trance. Was um sie herum geschah, nahm sie nur über schemenhafte Bilder wahr: der Aufzug, die Wohnungstür, ihr verdunkeltes Schlafzimmer, das nur von den Sternen diffus erhellt wurde. Ihre Seele war verzaubert, ihr Körper hypnotisiert. Der Gedanke, dass sie noch nie bereit gewesen war, sich einem fremden Mann hinzugeben, huschte wie ein Wetterleuchten an ihr vorbei. Angst durchzuckte sie nur in jenem Augenblick, als er ihr die Bluse mit einem kräftigen Ruck zerriss. Doch sie verflog, als er sie nicht mit seinen starken Händen auf ihr Bett zwang, sondern seine Lippen über ihre Brüste gleiten ließ, sie sanft nach hinten drängte und sie spürte, dass es zärtliche Gewalt war. Nein, es war keine Gewalt! Es war Dominanz. Er bestimmte über sie, ohne es zu sagen. Und sie ließ es geschehen und genoss es. Sein Körper dirigierte sie hin zu jenem Abgrund, an dem es kein Zurück, sondern nur das Fallenlassen gab. Die Umrisse seines nackten Oberkörpers zeichneten sich gegen das von außen erhellte Fenster ab. Sie sah wenig und fühlte mit ihren Händen doch, wie muskulös und männlich sein Körper war. Sie sah seine Augen nicht, aber sie wusste, dass er ihre Augen sehen konnte. Marie-Claire schloss sie. Seine Stimme klang sanft, aber auch fordernd. Sie duldete keinen Widerspruch und erwartete keine Antwort.

»Ich muss Ihnen die Augen verbinden, Marie-Claire! So, wie Sie mich anschauen, bliebe mir nichts anderes, als Ihre Seele zu lieben. Das möchte ich nicht! Nicht heute! Erst morgen.«

Marie-Claire erschauerte. Er siezte sie! Warum? Mit geschlossenen Augen folgte sie den Geräuschen. Sein Hemd raschelte. Sie hörte, wie er es zerriss. Seine Hände hoben ihren Kopf zärtlich an. Er band ihr mit einem Teil seines Hemdes die Augen zu. Um sie herum war die Nacht. Alle Geräusche waren jetzt sehr gedämpft. Sie hörte seinen Atem nicht mehr, aber sie spürte ihn, wie er warm und schnell und gierig von ihrem Hals über die Schulter über ihren nackten Oberkörper glitt. Plötzlich verharrte er. Sie wollte nicht, dass er aufhörte. Sie wollte, dass er dort, wo sein heißer Atem soeben ihren Unterleib zum Beben gebracht hatte, weitermachte, mit seinen Zähnen ihren Rock zerriss. Aber er tat es nicht.

Er saß jetzt kniend auf ihr, presste sie mit seinem Gewicht auf das Bett. Sie erstarrte! Mit festem Griff nahm er ihre linke Hand, hob sie hoch, schnürte Stoff um ihr Handgelenk und band sie mit schnellen, geübten Handgriffen erst an den linken, dann die andere Hand an den rechten Bettpfosten am

Kopfende des Metallbettes. Gänsehaut raste von ihrem Bauch hin zu den Händen und über den Rücken zurück zu ihrem Bauch. Sie war hilflos. Und sie erschrak, weil sie es liebte, so hilflos auf ihrem Bett zu liegen, vom Körper eines Mannes zu Bewegungslosigkeit gezwungen, nichts hörend und nichts sehend. Sollte sie schreien? Hatte sie Grund zu schreien? Wer war dieser Mann, der sie so fordernd und doch sanft dirigierte? Plötzlich spürte sie, wie er sich langsam zu ihr hinabbeugte. Sein Atem war jetzt fiebrig – und sehr nahe an ihren Lippen. Sie sah nichts, aber sie roch ihn. Da draußen in der Dunkelheit war nur noch er. In ihm einten sich all jene Gerüche, die sie aus Syrien, Ägypten und Tunesien kannte. Gerüche, die Erinnerungen, Sehnsüchte und Begierden weckten: süßklebrige Datteln, betörender Hibiskus, der modrige Geruch des Nils; Minzetee und Apfeltabak aus heißen Shisha-Wasserpfeifen vor den Ziegenhaarzelten in den Dünen von Mezouga; salziges Meerwasser in den Ruinen von Karthago – und das herbe Aroma von schwitzenden Männern mit tiefdunklen Augen und düsteren Geheimnissen. All das trug er in sich, atmete es aus, hauchte es ihr über ihren nackten Oberkörper, bis sie bebte vor Gier nach dem Kuss. Aber er kam nicht. Er tat nicht, wonach sie gierte, worum ihr Körper bettelte. Nein, er folgte nicht ihrem Verlangen. Er gab die Regeln vor. Er tat, was er wollte. Er wollte sie quälen. Sanft, liebevoll quälen. Er hauchte ihr seinen Willen über das Gesicht, presste seinen Mund über ihre Scham und ließ die Gluthitze seines Atems durch ihren Rock und durch den Slip hindurch in sie eindringen, bis sie weinte vor Lust und ihm mit ihrem bebenden Körper zeigte, dass sie noch intensiver zärtlich gequält werden wollte. Und wieder tat er, was er wollte. Und sie tat, was er vorgab. Die ganze Nacht hindurch. Er befahl, dass sie sich fallen ließ – und sie fiel. Ihre Seele und Körper stürzten ab, dorthin, wo er auf sie wartete, um sie sanft aufzufangen und sie wieder mit seinem Körper dorthin zu drängen, wo sie noch nie in ihrem Leben gewesen war. Sie einten sich im Fall, losgelöst von irdischen Gesetzen. Schwerelos. Er nahm sie, wie er es wollte. Er tat es sehr bestimmend, löste die Fesseln nicht, drehte sie herum, bediente sich ihres Körpers nach seinem Verlangen. Und sie ließ ihn gewähren. In blindem Vertrauen.

Als sie am frühen Morgen die Augen aufschlug, war er weg. Noch immer lag sie an den Händen gefesselt in ihrem Bett und glaubte ihn in sich zu spüren. Aber er war weg. Nur sein Geruch haftete noch an ihr. Und dann war da plötzlich der Gedanke, ob all das nicht doch ihr Karma sei. Was war da heute Nacht geschehen? Sie hatte mit einem Mann geschlafen, den sie nicht kannte. Noch nie zuvor in ihrem Leben hatte sie bei einem Mann das Gefühl gehabt, dass er alles von ihr wusste! Ja, Abdel schien alles von ihr zu wissen. Er wusste Dinge von ihr, die sie selbst noch nicht wusste. Oder hatte sie es nur verdrängt, dass da in ihr ein Verlangen schlummerte, das er jetzt mit Leben erfüllt hatte? Kein Mann hatte sie jemals zum Höhepunkt gebracht. Aber Abdel hatte es getan. Den Gipfel der ekstatischen Wollust, auf den er sie gezwungen hatte, hatte sie die ganze Nacht hindurch nicht verlassen. Er befahl, sie hatte gehorcht. Er hatte gelockt, sie war ihm gefolgt. Er hatte ihr sanft wehgetan, weil er nicht aufhörte, als sich die Wogen der Lust in ihrem Bauch nicht mehr glätten wollten. Sein Körper, seine Hände, seine Zunge hatten weitergemacht, bis sie jammerte und wimmerte und doch hoffte, es möge nie ein Ende haben.

Heute Nacht war sie einem Mann begegnet, der erkannt hatte,

dass sie Dominanz liebte, aber er hatte es sehr zärtlich getan. Das hatte sie noch nie zuvor erlebt, nicht einmal geahnt, dass sie es mögen würde. Sie wollte mehr davon. Sie musste ihn wiedersehen.

Marie-Claire löste ihre Hände aus den Fesseln. Nur widerwillig wälzte sie sich aus dem Bett und ging ins Bad. Sie dachte an den Florentiner und die seltsamen Dinge, die um ihn herum geschahen. Auch wenn ihr nicht der Sinn danach stand, musste sie sich jetzt um ihre Arbeit kümmern. Sie hatte einen Auftrag zu erfüllen. Ein Wiedersehen mit Abdel musste erst einmal warten.

Auf ihrem Schreibtisch lagen Stapel von Unterlagen und mehrere Bücher, die sie lesen musste – alles Material zum Florentiner. Niemand erwartete von ihr, dass sie den Florentiner aufstöbern, den derzeitigen Besitzer ausfindig machen würde. Nein, ihre Aufgabe war lediglich, die Historie des Diamanten zu recherchieren, herauszufinden, worin das Interesse von Gregor, Abdel – und vielleicht auch von Sanjay an diesem Diamanten lag. Die Geschichte des Diamanten sollte sie eruieren. Mehr nicht. Bislang war sie nur von einem Abenteuer ins nächste gestolpert. Jetzt galt es, endlich den Bericht zu schreiben, den Francis von ihr erwartete. Morgen früh würde sie in die Schweiz fliegen. Dort hoffte sie, die Ruhe zu finden, die sie für das Schreiben des Berichts brauchte. Francis Roundell hatte ihr eine E-Mail geschickt und ihr einen Abgabetermin gesetzt. In einer Woche musste ihr Bericht dem Board of Directors in London vorliegen. Danach erst würde sie darüber nachdenken, wann sie Abdel Rahman wiedersehen wollte und ob es gut für sie sein würde, ihn wiederzusehen.

Über Nacht war etwas hinzugekommen, das sie nur schwer

einordnen konnte. Gestern noch hatte sie sich vorgenommen, egoistisch zu sein, sich zu nehmen, von Abdel Rahman zu nehmen, was sie haben wollte. Für eine Nacht haben wollte. Das war misslungen. Dieser Araber war näher an ihr wahres Ich heran gekommen, als ihr das lieb war.
Als sie gegen zehn Uhr ihren Computer ausschaltete, fiel ihr Blick auf einen Stapel Dokumente auf ihrem Schreibtisch. Hatte sie den Umschlag mit der Kopie der handschriftlichen Aufzeichnungen von Alphonse de Sondheimer gestern Morgen nicht verschlossen? Gestern hatte sie noch nicht gewusst, dass Abdel Rahman in ihre Wohnung kommen würde. Aber er war da gewesen. Die ganze Nacht. Sie hatte nicht einmal bemerkt, wann er aufgestanden und aus der Wohnung gegangen war. Plötzlich bekam Marie-Claire de Vries Angst. Auf dem Schreibtisch in ihrem Arbeitszimmer lag nicht nur das Manuskript zum Buch über die Vitrine XIII. Da lagen auch die Bücher über Marie-Antoinette, über die Medici und über Karl den Kühnen und die Ritter vom Goldenen Vlies. War Abdel in ihrem Arbeitszimmer gewesen? Hatte er …?
»Merde, Merde!«, fluchte sie. »Der Typ hat dir den Verstand aus dem Hirn ge…! Der Scheißkerl hat schon wieder in deinen Unterlagen geschnüffelt. Was, verdammt noch mal, will er?«

17. Kapitel

Château de Vaumarcus war in dichten Nebel gehüllt. Vom Lac de Neuchâtel konnte Marie-Claire de Vries nur erahnen, dass es rechts von ihr lag. Sie war müde und mürrisch. Ihre Freundin Christiane saß auf dem Beifahrersitz und starrte angespannt auf die Fahrbahn, von der mit Einbruch der Dunkelheit kaum mehr etwas zu sehen war. Eine unwirtliche Ruhe umgab sie.

»Ich habe die Nase gestrichen voll!«, murrte Marie-Claire. »Für die zweihundert Kilometer von Zürich bis hierher haben wir jetzt fast fünf Stunden gebraucht. Von Bern habe ich außer einem Autobahnschild nichts gesehen. Dass es hier Berge gibt, weiß ich nur aus Büchern. Und außerdem habe ich unglaublichen Hunger.«

Christiane Schachert blickte missmutig in die in Nebel gehüllte Umgebung.

»Und mir ist schlecht! Ich hasse es, im Nebel Auto zu fahren. Dieses verfluchte Schloss muss doch jetzt irgendwann kommen. Eben sind wir an Grandson vorbeigefahren. Laut Karte sind es bis zur Schlossauffahrt dann noch drei Kilometer. Ich hoffe nur, dass wir die nächsten Tage nicht so ein mieses Wetter haben. Dann kündige ich dir die Freundschaft.«

»Und ich werde nie wieder ad hoc Kurzurlaub auf einem Schloss in der Schweiz machen – jedenfalls nicht im Dezember!«

Marie-Claire meinte das ernst. Längst bereute sie, all ihre Bücher und Unterlagen über den Florentiner eingepackt und nach Zürich geflogen zu sein. Aber diese verwirrend-schöne Nacht mit Abdel Rahman hatte sie völlig aufgelöst zurückgelassen. Das Einzige, zu dem sie noch fähig gewesen war, war zu fliehen. Ihre Entscheidung, nach Grandson zu fliegen, war innerhalb weniger Stunden gefallen. Sie war nur froh, dass Chrissie ohne lange zu überlegen bereit gewesen war mitzukommen. Doch die Reise hin zu jenem Ort in der Schweiz, an dem der Florentiner, aber auch der Kleine und der Große Sancy zum ersten Mal in der Geschichte des Abendlandes offiziell genannt worden waren, hatte sich schnell als schwierig herausgestellt. Der Abflug von Wien hatte sich um eine Stunde verspätet. In Zürich musste das Flugzeug ewig wegen Nebels Warteschleifen fliegen. Und während der gesamten Fahrt zum Lac de Neuchâtel hatte sich das Wetter und damit auch ihrer beider Stimmung immer mehr verschlechtert. Seit sieben Stunden war sie nun schon unterwegs. Ihre anfängliche euphorische Stimmung war tiefer Nachdenklichkeit gewichen. Vor mehr als fünfhundert Jahren hatten hier um den See herum in Grandson, Murten und Nancy Schlachten stattgefunden, die die politische Landkarte Europas maßgeblich verändert hatten. Am 2. März 1476 waren die Heere des bis dahin als unschlagbar geltenden Burgunderherzogs Karls des Kühnen von Schweizer Truppen hier in Grandson erstmals besiegt worden. Und hier war jener

Diamant erstmals aufgetaucht, der seit einiger Zeit ihr Leben völlig auf den Kopf stellte.

Der Florentiner, darüber war sich Marie-Claire im Klaren, hatte ihr Leben verändert. Dass dem Edelstein seit jeher angedichtet wurde, von einem Fluch belegt zu sein, hatte sie selbst noch vor wenigen Wochen als eine jener Legenden abgetan, deren es einige in Verbindung mit berühmten Schmuckstücken und Edelsteinen gab. Aber längst nagten Zweifel an ihrer beruflich bedingten, sehr pragmatischen und rationalen Einstellung zu solchen Legenden. Wann immer sie in letzter Zeit in all der Hektik darüber nachgedacht hatte, ob an solchen mystischen Überlieferungen nicht doch etwas Wahres dran sei, waren ihr die Worte von Sanjay Kasliwal eingefallen, der Diamanten mehr oder minder eine Seele zugestand. Früher hätte sie so etwas nur belächelt, aber in letzter Zeit waren Dinge geschehen, die sie nur schwerlich mit Zufall abtun konnte. Der seit Jahrhunderten zitierte »Fluch des Florentiners« schien auch sie erfasst zu haben. Nicht auf tragische oder tödliche Weise. Nicht so wie bei Marie-Antoinette, der Königin von Frankreich, und bei Kaiserin Sisi von Österreich. Oder wie bei Karl dem Kühnen, hier in Grandson. Sie alle hatten den Florentiner besessen und waren auf geheimnisvolle Weise ums Leben gekommen. Die ruhmreichen Herrschergeschlechter der Medici und Habsburgs, die ebenfalls den Florentiner besessen hatten, waren dramatisch schnell untergegangen. Kaiser Napoleon, einst Besitzer des Florentiners, starb in Verbannung auf St. Helena. Der letzte österreichische Kaiser, der auch der letzte Besitzer des Florentiners gewesen war, starb in Verbannung auf Madeira. Wer sollte angesichts solch tragischer Geschehnisse nicht an einen Fluch glauben?

Was immer auch in den letzten Wochen in ihrem Leben geschehen war, barg Dimensionen in sich, die sie ängstigten. Alles war anders geworden. Nichts schien mehr Bestand zu haben. Magische Kräfte schienen sie erfasst zu haben. Nicht sie bestimmte ihr Leben, nein, die Impulse kamen von außen. Am Tag und, wie bei Abdel, auch in der Nacht. Rational war das nicht mehr erklärbar, aber all das dem Fluch des Florentiners zuzuschreiben widerstrebte ihrer Art des Denkens. Wissenschaftlich betrachtet waren solche Überlieferungen zum Unheilscharakter eines Diamanten zwar absurd, Blödsinn. Aber ...

»Hey, du! Marie-Claire.« Die Worte ihrer Freundin Christiane rissen sie aus ihrer Versunkenheit. »Hoffentlich ist das Schloss genauso romantisch, wie es auf den Bildern aussieht. Ich habe nämlich schon immer davon geträumt, in einem von Nebel verhüllten, von gruseligen Untieren und lüsternen Schweizer Landsknechten belagerten Schloss zusammen mit einer Frau in einem Himmelbett zu liegen.«

Beide Frauen schauten sich kurz an und lachten dann lauthals los. Sie lachten so heftig, dass Marie-Claire am rechten Fahrbahnrand anhalten musste.

»Weißt du was, Marie-Claire«, presste Christiane hervor, »wir eliminieren für die nächsten Tage das Thema Männer ganz einfach aus unseren Gedanken! Ein Hoch auf das Leben! Zwei der tollsten Frauen Wiens in einem Himmelbett in einem Schloss an einem See, der leider nicht zu sehen ist. Genau! So machen wir es: lesen, essen, trinken – schlafen. Ich hoffe nur, dass dieses Himmelbett breit genug ist.«

Kurz darauf erreichten sie die links der Straße auf einer Anhöhe unterhalb der Rehberge gelegene Burg. Die drei Zinnen der einstigen Festungsanlage ragten in den hier oben auf den Hügeln sternenklaren Nachthimmel. Madame Thalmann, über die Marie-Claire die Reservierung des einzigen in diesem Privatschloss zu mietenden Zimmers arrangiert hatte, begrüßte sie herzlich und führte sie durch die kalt und düster wirkenden Gemäuer hinauf zu dem Zimmer. Ein kleines Schild an der Tür wies darauf hin, dass hier in dem gleichnamigen Zimmer einst Charles le Téméraire, eine der schillerndsten Persönlichkeiten des 15. Jahrhunderts, residiert hatte. Chrissie verdrehte die Augen und flüsterte: »Buuuh, hier gibt es bestimmt Gespenster – männliche Gespenster.«

Das Bett, in dem der Burgunderherzog und Souverän des Ordens vom Goldenen Vlies, Karl der Kühne, im März des Jahres 1476 genächtigt hatte, verschlug ihnen beiden die Sprache. Ein purpurfarbener Baldachin überspannte, von vier Holzpfosten getragen, das aus Eichenholz gezimmerte Hochbett, das schräg gegenüber eines traumhaft schönen, mit gelblichem Sandstein eingefassten, fast mannshohen Kamins stand. Die Gastgeberin hatte bereits ein Feuer gemacht. Der Geruch von brennendem Buchenholz durchzog den großen, mit Holzparkett ausgelegten Raum, in dessen Mitte ein antiker Holztisch mit sechs Stühlen stand. Neben dem mit rotem Samt bezogenen Sessel am Erkerfenster stand eine Ritterrüstung. Im Zwielicht des Feuers und der spärlichen Beleuchtung zweier Wandlampen waren in Deckenhöhe mittelalterliche Wandmalereien zu erkennen. Eine alte, handkolorierte Landkarte des einstigen burgundischen Reiches hing neben der Eingangstür. Marie-Claire war fasziniert. Die wohlige Wärme des Feuers und das gespenstisch-romantische Ambiente dieses Raums ließen ihr Gänsehaut über den Rücken laufen.

»Ist das nicht toll, Chrissie? Wunderschön! Wie im Mittelalter! Ein Bett wie in einem Märchen aus Tausendundeiner Nacht – in einem verwunschenen Schloss! Genau der richtige Ort, um sich in alte Bücher über kühne Ritter zu vergraben – und von mystischen Prinzen und legendären Diamanten aus dem Morgenland zu träumen! Es ist ...«

Ihr Handy läutete. Wie elektrisiert schaute Marie-Claire fragend ihre Freundin an. Dann blickte sie auf die Armbanduhr. Es war fast zehn Uhr. Wer rief sie so spät am Abend noch an? Die Nummer auf dem Display kannte sie nicht, aber es war eine Schweizer Vorwahl.

»Warum nimmst du das Gespräch nicht an?«, zischte Chrissie. Marie-Claire konnte die großen, fragenden Augen ihrer Freundin im Schein des Feuers sehen. Dann verstummte das Läuten des Handys. Marie-Claire stand noch immer wie angewurzelt neben dem Kamin. Nervös fingerte sie nach einer Zigarette und zündete sie zitternd an.

»Was ist denn los?« Chrissie sprach ungewöhnlich leise. »Abdel ...?«

»Nein, viel schlimmer!«, antwortete Marie-Claire. »Es war mein personifiziertes Karma! Ich bin mir sicher. Ich spüre, dass er es war. Und ich frage mich, ob es solche Zufälle geben kann, Chrissie! Hier, in diesem Raum, schlief vor mehr als fünfhundert Jahren jener legendäre Burgunderherzog, der vermutlich als erster Europäer den Florentiner besessen hat. Den Kleinen und den Großen Sancy auch! Er trug den Florentiner nicht seines unvorstellbaren Wertes wegen, sondern im Glauben, dass ein solcher Edelstein seinen Besitzer unschlagbar und unsterblich machen würde. Denn die Bezeichnung Diamant, das wusste Karl der Kühne, kommt aus dem Griechischen *adamas* – der Unbezwingbare! Aber der Stein brachte ihm, dem bis dahin unschlagbaren Feldherrn, dem

Herausforderer des französischen Kaisers und des deutschen Kaisers Friedrich III., kein Glück! Die mystische Macht der göttlichen drei Brüder, wie er den Kleinen Sancy, den Großen Sancy und den späteren Florentiner nannte, ließ seine Macht nach den drei Schlachten von Grandson, Murten und Nancy binnen weniger Monate zerbrechen. Die Legende sagt, dass er die drei Diamanten hier unterhalb dieses Schlosses verlor – auf der Flucht vor Schweizer Heeren. Wenige Monate später gab es kein Burgund mehr. Er selbst war tot: von Schweizer Lanzen bei Nancy durchbohrt, sein im See eingefrorener Leichnam von Wölfen zerfleddert. Und kaum bin ich hier in diesem Raum, ruft er an.«

Christiane Schachert unterbrach ihre Freundin. »Hörst du jetzt auf, so mystischen Quatsch zu reden! Kein Auge mache ich hier in diesem Bett zu, wenn du so redest. Sag mir lieber, wer da angerufen hat.«

»Das ist kein mystischer Quatsch, meine Liebe! Das ist Furcht erregender Ernst! Hier, in diesem Château de Vaumarcus, begann die Legende des Florentiner-Diamanten. Der Edelstein hieß damals noch nicht so. Aber der Fluch jenes Diamanten, hinter dem ich und offensichtlich auch andere nun her sind, begann genau hier in diesem Zimmer. Hier in diesem Zimmer lagen wahrscheinlich damals auch die beiden Sancy-Diamanten. Drei unvorstellbar wertvolle Diamanten – im Besitz eines Mannes, der zudem noch Souverän der Vlies-Ritter war! Alle drei Edelsteine sind jetzt verschwunden. Stattdessen sind nun gleich drei Männer in meinem Leben aufgetaucht. Alle interessieren sie sich für diese Diamanten. Keiner von ihnen sagt mir die Wahrheit, aber alle drei stellen mein Leben auf den Kopf. Mein Leben ist eine einzige Katastrophe. Das sind die Fakten, Chrissie! All das ist kein

Zufall! Es ist eine Fügung, dass ich jetzt hier stehe. Es ist mein Karma, dass er jetzt anruft.«

»Wer denn, verflixt noch mal?« Christiane Schachert spürte, wie sie von der eigentümlichen Stimmung ihrer Freundin angesteckt wurde. Noch nie zuvor hatte sie Marie-Claire so erlebt. Erneut läutete das Handy der Freundin. Wie paralysiert nahm Marie-Claire das Telefon in die Hand. Sie blickte nicht auf das Display. Sie wusste, wer anrief. Ohne Chrissie anzuschauen flüsterte sie: »Das ist jener Mann, aus dessen Land der Große Sancy, der Kleine Sancy und der Florentiner geraubt wurden – vor ewigen Zeiten. Diese Diamanten gehörten seinem Volk. Deswegen ist er hier in Europa. Und glaub mir, Chrissie: Dass er genau jetzt anruft, ist göttliche Allmacht, Karma – Fügung. Es ist alles, aber kein Zufall!«

Hektisch schritt Marie-Claire auf das flackernde Feuer des Kamins zu. Ihr Schatten hob sich überdimensional gegen die holzgetäfelte Decke und das Bett mit dem roten Baldachin ab. Sie nahm den Anruf an.

»Good evening, Mister Kasliwal ..., hallo Sanjay, wie geht es Ihnen?«

Marie-Claire telefonierte eine halbe Stunde mit Sanjay Kasliwal. Kaum hatte er sich gemeldet, hatte sich das vertraute Gefühl für ihn wieder eingestellt. Es kam ihr so vor, als kenne sie ihn seit ewigen Zeiten – aus einem früheren Leben. Dennoch konnte sie ihrer Freundin nicht erklären, was sie dazu bewogen hatte, den Inder nach Grandson einzuladen. Sanjay hatte aus Genf angerufen, wo er sich zusammen mit seinem Bruder aufhielt. Von dort wollten sie zusammen weiter nach St. Moritz reisen. Er hatte sie angerufen, weil er Marie-Claire zum Geburtstag gratulieren wollte. An jenem schönen Abend in

Berlin hatte sie ihm aus irgendwelchen Gründen ihr Geburtsdatum genannt. Ihr Geburtstag war ein weiterer Grund dafür gewesen, dass sie sich so kurzfristig entschlossen hatte, nach Grandson zu fliegen. Seit einigen Jahren hasste sie ihren Geburtstag, denn er erinnerte sie daran, dass sie älter wurde. Deswegen hatte sie Chrissie gebeten, mit nach Grandson zu kommen. Mit der Frohnatur Christiane zu fliehen, schien ihr ein Ausweg zu sein. Sie hoffte, dort die frustrierenden Erlebnisse ihrer Ägyptenreise, das Zusammentreffen mit Gregor, die Nacht mit Abdel Rahman und die mehr als turbulenten Geschehnisse rund um den Florentiner für eine Weile vergessen zu können. Hier wollte sie sich ganz auf den Bericht für Francis Roundell konzentrieren. Konnte es dafür einen besseren Ort geben als Grandson?

Gegen Mitternacht, Chrissie und sie hatten vor dem flackernden Kaminfeuer im Zimmer Charles le Téméraire des Château de Vaumarcus schweigend eine Flasche Rotwein getrunken, unterbrach Marie-Claire die Stille.

»Frag mich nicht, warum ich das gemacht habe. Frag mich bitte nicht! Ich weiß, dass mein Leben derzeit sehr chaotisch ist. Aber ich muss auch zugeben, dass ich mich unglaublich wohl fühle und erleichtert bin, seit ich weiß, dass Sanjay kommt! Von Genf nach hier ist es mit dem Auto über Lausanne kaum mehr als eine Stunde Fahrt. Er wird übermorgen gegen Mittag hier sein. Und ich freue mich wie ein kleines Kind vor dem Weihnachtsbaum auf ihn. Bist du mir deswegen böse?«

Christiane Schachert hatte ein wenig das Verlangen zu heulen. So nahe hatte sie sich Marie-Claire schon lange nicht mehr gefühlt. Dieses Zimmer, die unglaubliche Ruhe hier auf dem Hügel über dem See, das Kaminfeuer und das wunderschöne

Schweigen der letzten Stunde bewirkten seltsamerweise nicht Schwermut, vielmehr fühlte sie sich gelöst und befreit. Kichernd schaute sie ihrer Freundin in die Augen.

»Du bist süß! Ich könnte dich knuddeln. Ich fühle ganz genau, dass dieser Inder in deinem Leben eine große Rolle spielt – spielen wird. Ich habe nur ein einziges Problem damit.«

Marie-Claire schaute verwundert auf. »Was meinst du damit? Was für ein Problem?«

»Nun ja, Süße: Fakt ist, dass es in diesem Schloss nur ein einziges Gästezimmer gibt. Und zwar dieses hier. Um uns herum ist, glaube ich, nur Wald. Kein Hotel! Du wirst mir die sehr pragmatische Frage verzeihen, aber schlafen wir beide ab übermorgen im Bett Karls des Kühnen zusammen mit einem Inder, mit einem Märchenprinzen aus dem Morgenland? Du rechts, ich links – er in der Mitte? Oder muss ich vor dem Kamin schlafen?«

Die Augen ihrer Freundin funkelten schelmisch. Sie starrten sich gegenseitig liebevoll an. Dann lachten sie los, laut und sehr glücklich.

Am nächsten Tag regnete und schneite es abwechselnd. Noch immer hüllte dichter Nebel den See und das Schloss ein. Das Wetter war so trist, das Kaminfeuer flackerte so romantisch und das Frühstück, das ihnen Madame Thalmann auf dem Zimmer servieren ließ, war so üppig, dass beide beschlossen, das Bett und das Zimmer nicht zu verlassen. Marie-Claire nahm das Manuskript über die Vitrine XIII aus ihrem Aktenkoffer und las im Bett. Chrissie dagegen saß im Sessel vor dem Feuer und stöberte in Unterlagen und Büchern über Marie-Antoinette, die Tochter des österreichischen Kaiserpaars und einstige Besitzerin des Florentiners. Um die Beziehungen

mit Frankreich zu festigen, war sie im Alter von vierzehn Jahren mit dem französischen König Ludwig XVI. verheiratet worden. Als Hochzeitsgeschenk nahm die Braut auch eine prachtvolle Halskette mit nach Paris. Der große, gelbliche hundertsiebenunddreißigkarätige Edelstein, der die Kette zierte, sollte ihr kein Glück bringen. Der Fluch des Florentiners erfasste auch Marie-Antoinette. Am 16. Oktober des Jahres 1793 wurde sie in Paris wegen angeblichen Hochverrats auf dem Schafott hingerichtet.
Marie-Claire arbeitete sich durch das Manuskript über die Flucht des letzten österreichischen Kaiserehepaares in die Schweiz im Jahre 1919 durch. Die Memoiren des Schmuckhändlers Alphonse de Sondheimer, die auch einige Zeichnungen enthielten, wühlten sie auf.
»Irgendwo in diesem Manuskript muss etwas stehen, was das Verschwinden des Florentiners damals in Genf erklärt«, murmelte sie nach mehr als zwei Stunden des Lesens vor sich hin. »Seit damals ist dieser Diamant verschwunden. Aber vieles spricht dafür, dass er irgendwo auf der Welt noch existiert. Francis Roundell lässt mich sicherlich kein Phantom suchen. Schließlich wittert er ein großes Geschäft für Christie's. Gregor, Abdel – und letztendlich auch Sanjay glauben ebenfalls an die Existenz des Diamanten! Zumindest Gregor und Abdel scheinen zu glauben, dass in diesen Memoiren die Erklärung zu finden ist, wer den Stein damals erwarb – oder auch stahl! Weißt du, wenn du dir dieses Manuskript durchliest, dann wird eines klar: Dieser Sondheimer war ein Pedant! Der hat alles genau aufgeschrieben. Nur im Fall des Florentiners hat er das nicht gemacht – jedenfalls steht darüber nichts Genaues in dem Buch! Da gibt es vage Andeutungen, dass geplant wurde, ihn in zwei oder gar mehrere Teile zu

zerschneiden. Eine handschriftliche Zeichnung für diesen Plan liegt diesen Memoiren auch bei. Übrigens steht auf dieser Zeichnung oben der Name ›Ostier‹ vermerkt. Irgendwo habe ich den Namen schon einmal gelesen, ich weiß nur nicht mehr, wo. Ich denke nicht, dass der Plan, den Diamanten zu teilen, durchgeführt wurde. Ich habe mit unseren Fachleuten gesprochen. Der berühmte Edelsteinexperte Jean Baptiste Tavernier hat den Florentiner für die Medici vermessen, geschätzt und dokumentiert. Damals hieß dieser Diamant noch ›der Toskaner‹ und war – übrigens zusammen mit den beiden Sancys – im Besitz von Maria de Medici. Daher wissen wir sehr genau, wie dieser in Form eines Brioletts mit neunfacher Anordnung der Facetten geschliffene Stein aussah. Weißt du, man kann einen Diamanten nicht einfach so in der Mitte spalten oder, wie es ab dem 17. Jahrhundert gemacht wurde, mittels eines feinen Eisendrahtes, der mit durch Öl gebundenem Diamantenpulver beschichtet war, zersägen.

Jeder Diamant hat eine unverwechselbare innere Struktur, eine Wachstumsrichtung – und damit ein so genanntes inneres Feuer, das allerdings erst durch das perfekte Schleifen und das Polieren richtig zur Geltung kommt. Rohdiamanten sind, mit Verlaub gesagt, ziemlich unscheinbar. Jeder Diamant ist einzigartig! Wenn du ihn einfach zerschneidest, wird er fast wertlos. Besonders dann, wenn er schon wie der Florentiner geschliffen wurde. Aus den Aufzeichnungen dieses Tavernier wissen wir daher, dass der Florentiner, wenn überhaupt, nur in zwei Teile hätte zerschnitten werden können, um zwei neue, halbwegs wertvolle Edelsteine daraus zu fertigen. Daraus wären dann ungefähr ein Achtzigkaräter und ein Fünfzigkaräter geworden. Aber jedem Edelsteinliebhaber würde solch eine brachiale Tat Tränen in die Augen treiben.

Zudem liegt der Wert eines Edelsteins ja nicht nur im Materiellen. Damals in Genf schätzte man den Florentiner auf rund vier Millionen Schweizer Franken, was eine unglaubliche Summe war. Angeblich hat der österreichisch-ungarische Exkaiser Karl I. ihn ja dann für 1,2 Millionen über Sondheimer beliehen.

Nein, meine Liebe, dieser Florentiner wurde nicht zerstückelt! Glaube mir. Der wahre Wert dieses Steins ergibt sich für einen Edelsteinexperten aus seiner fantastischen Geschichte. Nur wenige Diamanten sind im Besitz so vieler edler, aristokratischer Häupter des Abendlandes gewesen. Genau das macht den Florentiner so unschätzbar wertvoll. Darin besteht ja auch meine jetzige Arbeit. Ich recherchiere die Geschichte dieses Edelsteins, damit, falls er jemals wieder auftaucht, seine Historie einwandfrei dokumentierbar ist – und damit sein Preis ins schier Unermessliche steigen kann. Nein, einen solchen Diamanten teilt man nicht einfach auf. Den gibt es noch! Die Frage ist nur: Wo? Im Buch steht darüber nichts. Aber vielleicht hier in diesem Manuskript? Und vielleicht ist es eine versteckte Nachricht.«

Chrissie schaute zu ihr hinüber. »Ist das Manuskript denn nicht identisch mit dem veröffentlichten Buch?«

»Nein, absolut nicht. Wenn ich davon ausgehe, dass das, was ich hier lese, wirklich die originalgetreue Abschrift des von Sondheimer verfassten Gedächtnisprotokolls ist, dann gibt es in vielen Passagen enorme Abweichungen zwischen dem Buch und diesem Manuskript.«

»Ach so, das ist gar nicht das Original?«, blickte Christiane Schachert ihre Freundin erstaunt an.

»Nein, es ist eine Abschrift. Und wie immer, wenn es um den Florentiner geht, ist das alles sehr verworren! Einer jener

Leute, die Sondheimer bei der Veröffentlichung seiner Aufzeichnungen halfen, war der Schriftsteller Max-Hermann Neiße. Er lebte damals in London. Als er 1941 starb, heiratete Sondheimer seine Witwe, die, so habe ich herausgefunden, diese Abschrift verfasst hat. Sie war meines Wissens Ausländerin, was die vielen Rechtschreibfehler in dem Manuskript erklärt. Soweit ich informiert bin, gab es eine handschriftliche Version, ein Original und eine Abschrift.«

»Und warum war dieses Buch eine so geheimnisvolle Sache?«

Christiane Schachert hatte ihr eigenes Buch zur Seite gelegt und schaute ihre Freundin erwartungsvoll an. Marie-Claire blätterte kurz in ihren Unterlagen.

»Da gab es sicherlich eine ganze Menge Gründe. Zum einen hat dieser Schmuckhändler, zumindest nach seinen eigenen Angaben, geradezu unvorstellbar wertvolle Schmuckstücke im, wie er vorgibt, persönlichen Auftrag des österreichischen Exkaisers und im Auftrag seines Sekretärs verschachert, was im Zweifelsfalle nichts anderes als gewerbsmäßige Hehlerei, also eine Straftat war. Denn die neue österreichische Regierung hatte behauptet, dass große Teile des vom Kaiser in die Schweiz verbrachten Schmuckes aus den Vitrinen XII und XIII der Wiener Schatzkammer nicht Privateigentum der Habsburger, sondern Staatseigentum waren. So gesehen hätte Alphonse de Sondheimer also Diebesgut verscherbelt. Zusammen mit dem Exkaiser! Und das ist der eine heikle Punkt. Du kannst dir sicher vorstellen, dass eine solche Behauptung die Nachfahren des Hauses Habsburg zu gerichtlichen Schritten veranlasst hätte. Also hat der Verlag beziehungsweise haben Verlag und der anonyme Herausgeber wichtige Passagen des Buches mit Kommentaren und Fußnoten relativiert und juristisch entschärft. Warte, ich lese dir eine Passage vor.«

Marie-Claire blätterte in dem Buch mit dem schwarzen Schutzumschlag und der rosa-weißen Aufschrift.

»Hier ist es, auf Seite vierundzwanzig! Da werden seitenweise die mitgenommenen Schmuckstücke aufgelistet. Also: ›Wie man merkt, mehren sich die Hinweise auf toskanischen Staatsschmuck, bei welchem es noch weniger als beim österreichischen Staatsschmuck zu begründen gewesen sein mochte, wieso er auf einmal habsburgischer Privatschmuck geworden wäre!‹ Das ist so eine Passage. Und was den Florentiner betrifft, findest du auf Seite siebenundzwanzig des Buches auch eine Stelle, die es in sich hat. ›Als Franz Stephan von Lothringen ... das Großherzogtum Toskana im Jahre 1736 als Ersatz erhielt, kam der Florentiner in den Besitz des neuen Großherzogs, wodurch sich der Stein als typisches Staatseigentum charakterisierte ... woselbst er ... eine ... von uns nicht näher zu untersuchende Transmutation in ein habsburgisches Privatschmuckstück erfuhr!‹ Du siehst also, meine liebe Chrissie, dieses Buch wimmelt vor versteckten Andeutungen darauf, dass der Exkaiser letztendlich geklaut hat! Und ein wenig schwingt auch die Vermutung mit, dass die im Exil lebende kaiserliche Familie nicht unerhebliche Wertgegenstände und Gelder irgendwo heimlich in Tresoren versteckt hat, weil sie fürchten musste, dass ihr ganzes Vermögen konfisziert werden würde. Du kannst dir ja vorstellen, welche Empörung eine solche Behauptung im immer noch k.u.k.-verliebten Österreich ausgelöst hätte, wenn sie an die breite Öffentlichkeit gelangt wäre. Am Ruf des letzten österreichischen Kaisers darfst du nicht rütteln, erst recht nicht, seit ihn der Papst seliggesprochen hat. Der andere Punkt ist der, dass Sondheimer sehr akribisch Buch darüber geführt hat, wohin er einzelne Schmuckstücke der Kronjuwelen aus der Wiener

Schatzkammer verkaufte beziehungsweise verschleuderte. Er hat minuziös und detailliert aufgeschrieben, wie er Schmuckstücke bis zur Unkenntlichkeit zerstört, Edelsteine brachial aus ihren Fassungen herausgebrochen hat, damit keiner herausfinden konnte, welchem Kaiser- oder Fürstenhaus die Schmuckstücke gehörten. Den bankrotten Monarchen war wohl peinlich, dass sie plötzlich wie das gemeine Volk mit Pfandleihern zu tun hatten.«

Marie-Claire legte das Manuskript zur Seite, rutschte vom Bett, zog aus einem Stapel von Unterlagen ein Buch heraus, ging zum Kamin, streckte Wärme suchend ihren Rücken dem Feuer entgegen und blätterte in dem Buch.

»Hier, in diesem Standardwerk über Juwelen und Preziosen steht genau beschrieben, welche Schmuckstücke Graf Berchtold, seines Zeichens der Oberstkämmerer der Wiener Schatzkammer, auf Befehl des Kaisers am 1. November 1918 aus den Vitrinen XII und XIII entnahm. Den Großteil davon hat der Schmuckhändler Alphonse de Sondheimer, wie bereits gesagt, in der Schweiz verscherbelt. Irrsinnige Werte waren das! In Zahlen kann man das kaum benennen. Jedes einzelne dieser aufgeführten Schmuckstücke war damals weltbekannt, letztendlich unveräußerlich – und jedes für sich Millionen wert! Alles weg, verhökert! Das müssen schon verrückte Zeiten gewesen sein, damals, im Jahre 1919 bis 1921, hier in der Schweiz. Die Zentralmächte waren zusammengebrochen – und mit ihnen die Landeswährungen. Geld war nur mehr das Papier wert, auf dem es einst gedruckt wurde! Der Schweizer Franken war die Währung überhaupt. Jeder wollte Franken haben. Die aber hast du nur bekommen, wenn du Wertgegenstände und Immobilien hattest. In Bern, Zürich und Luzern ging es damals wohl sehr hoch her. Alle Staaten

hatten ihre Vertreter dort. Die Hocharistokratie Europas scharte sich um die Schweizer Banken herum. Der griechische König lebte in Luzern, ebenso wie der Maharadscha von Kapurtala. In Lugano residierten Prinz Nikolaus und die anderen Griechen, in Montreux Prinzessin Palays, die ehemalige Großfürstin von Russland. Im Hotel Dolder in Zürich hielt sich die Großfürstin Anastasia auf. Und Kaiser Karl von Österreich wohnte mit seinem unglaublichen Hofstaat in der Villa Pragins zwischen Lausanne und Genf. Ich sage dir, Chrissie, damals sind in der Schweiz eine ganze Menge Leute sehr reich geworden an der neuen Armut der Fürsten und Könige. Denen blieb nämlich nichts anderes übrig, als ihre Schätze in Franken umzuwandeln. Alle berühmten Schmuckhändler-Dynastien und Bankiers hatten damals ihre Repräsentanten in der Schweiz. Wo Aas ist, sind auch Geier! Tiffany, Rosenheim, Cartier – alle waren sie hier und haben den geflohenen Kaisern, Königen und Fürsten ihre Dienste angeboten. Und die haben verscherbelt, was sie hatten beiseite schaffen können. Oder sie haben alle Wertgegenstände bei Banken oder Juwelierhändlern gegen einen Apfel und ein Ei verpfändet, was meistens eine fatale Angelegenheit war. Denn zurückzahlen konnten die meisten ihre Kredite nicht mehr. Mit wahnwitzigen Summen wurde da jongliert! Nicht mit ein paar Millionen! Mit Milliarden! Diamanten, Brillanten, Königskronen und weiß der Teufel welche Kunstschätze noch verschwanden auf Nimmerwiedersehen. So auch der Florentiner. Wer immer ihn damals erworben hat: Für denjenigen ist es das Geschäft des Jahrtausends gewesen.«
Marie-Claire schwieg eine ganze Weile. Sie war wie gebannt von den detaillierten Schilderungen über die Zustände hier in der Schweiz in den Jahren 1919 bis 1921, nach dem Untergang

des monarchistischen Europa und Russlands. Für Momente erinnerte sie sich an den Tag am Wörthersee in Gregors Villa. Die Rede, die sie heimlich gelesen hatte, zeigte mehr als deutlich, dass es ganz offensichtlich noch immer eine nicht unerhebliche Zahl einflussreicher Menschen gab, die weiterhin von einer Monarchie träumten und bereit waren, dafür zu kämpfen. In Österreich gab es dafür sogar eine sehr banale Erklärung. Die Erste Republik hatte sehr schnell jegliche Adelstitel verboten. Aus Aristokraten mit uralten Adelstiteln waren über Nacht titellose Staatsbürger geworden. Viele von ihnen trauerten seither jenen Zeiten nach, da ihr adliger Stand schon über den Namen sichtbar wurde. Der Enkel des letzten österreichischen Kaisers hieß jetzt Karl Habsburg und nicht Karl von Habsburg. Gregor gehörte ebenfalls zu diesen ihres Adelstitels beraubten Dynastien. Er träumte wohl auch davon, das Rad der Geschichte zurückdrehen zu können.
Zweifelsohne saßen diese ewiggestrigen Monarchisten in ganz Europa – so wie die Ritter vom Goldenen Vlies! Waren das jene Leute, die Gregor erwähnt hatte? Waren es seine Auftraggeber, für die er bei Christie's in Erscheinung getreten war? War deren Interesse an dem Florentiner letztendlich machtpolitisch motiviert? Lag der Fluch des Florentiners darin begründet, dass dieser Diamant immer nur machtgierige Potentaten – europäische Potentaten – ins Unglück stürzte? War der Untergang des einflussreichen Templer-Ordens, eingeleitet durch die grausamen Verfolgungen durch Papst Clemens V. im Jahre 1307 und den Tod des letzten Großmeisters, Jacques de Molay, auf dem Scheiterhaufen, auf diesen Fluch zurückzuführen? Angeblich war der Florentiner über die Templer nach Europa und an die Ritter vom Goldenen Vlies gelangt. Historisch belegt war das jedoch nicht.

Es hatte schon etwas sehr Faszinierendes und Geheimnisvolles mit diesem Diamanten auf sich – und mit den beiden Sancys! Jeder Europäer, jeder Fürstenhof und jedes Königreich des Abendlandes, die mit dem Florentiner zu tun gehabt oder ihn besessen hatten, waren untergegangen. Das war ein Fakt! Aber war es Zufall?
Marie-Claire versuchte die Erinnerung an Gregor abzuschütteln. Seit ihrem letzten Telefonat hatte er sich nicht mehr gemeldet. Wenn es stimmte, dass er und seine Auftraggeber kein Interesse mehr am Florentiner hatten, dann würden sie sich wahrscheinlich nie mehr wieder sehen.
Es irritierte sie, dass sie ausgerechnet hier in diesem Schloss an ihn denken musste. Karl der Kühne war hier in diesem Zimmer und in der ganzen Region allgegenwärtig. Auch er war ein Ritter vom Goldenen Vlies gewesen. Auch er hatte die edelsten und einflussreichsten Männer des damaligen Europas um sich geschart, sie über den Vliesorden moralisch und politisch an sich gebunden, weil auch er, von Größenwahn beseelt, von einem Mittelreich in Europa träumte – mit ihm an der Spitze. Einem mächtigen Pendant zum französischen und zum deutschen Kaiser. Sein Traum war hier bei Grandson zum ersten Mal von eidgenössischen Heeren zerschlagen worden. Und damit hatte der Fluch des Florentiners begonnen. Zumindest hier im Abendland.
»Und, was erschüttert *dich* so, dass du dauernd so stöhnst und dein Gesicht verziehst beim Lesen?«, versuchte sie auf andere Gedanken zu kommen und griff nach einem Buch, das auf einem Tisch neben Christiane lag. Ihre Freundin hatte es mitgebracht, aber noch nicht erzählt, um was es in dem Buch ging. Der Titel ließ sie aufmerken: *»Sanson – Die Henker von Paris*? Was liest du denn für gruselige Geschichten? Reichen

dir unser Spukschloss und all die Geschichten um den Florentiner herum noch nicht? Mir jedenfalls brummt der Kopf! Noch nie in meinem Leben bin ich so zwischen historischen Fakten und Legenden hin und her gewankt. Ich weiß schon nicht mehr, was Wahrheit und was Mythos ist. Ich will's, ehrlich gesagt, auch bald nicht mehr wissen. Ich schreibe jetzt einfach meinen Bericht für Francis Roundell – und dann mache ich Urlaub. Soll er damit machen, was er will. Aber jetzt sag: Was ist das für ein Buch?«

»Fürchterlich blutrünstig und bedrückend ist es! Wenn du dich mit den Abgründen der Menschen beschäftigen willst, wenn du wissen möchtest, wie grausam Menschen sein können und was sie sich alles einfallen lassen, um zu quälen und zu foltern, dann musst du es lesen! Aber es ist schwer verdaulich, ehrlich! Es sind die Memoiren der französischen Henkersfamilie Sanson! Als sechsbändiges Werk erstmals im Jahre 1862 in Paris erschienen.«

»Und so was liest du – freiwillig?«

»Was heißt hier freiwillig, meine Liebe? *Du* hast mich doch gebeten, mich mit Literatur rund um den Florentiner zu beschäftigen, oder etwa nicht?«

Marie-Claire riss erstaunt die Augen auf. »Du meinst, das da ist die Geschichte des Henkers von …«

»Erraten! Das hier wurde herausgegeben von Henri-Clément Sanson – dem letzten männlichen Mitglied dieser Henkersdynastie, die über mehrere Generationen in Frankreich das schaurige Amt des Scharfrichters ausübte. Auch in Paris zu Zeiten der Revolution.«

»Und genau der hat …?«

»Nein, nicht er selbst! Aber sein Sohn Charles-Henri – genannt der Schöne, was ziemlich skurril ist. Der schöne Henker von Paris! Dieser schöne Henker hat tatsächlich Königin Marie-Antoinette geköpft! Die aus dem Hause Habsburg stammende österreichische Frau des französischen Königs. Jene Frau, die den Florentiner einst von Wien nach Paris brachte.«

Marie-Claire de Vries schluckte betroffen. Das war noch so ein Beispiel dafür, dass der vermeintliche Fluch des Florentiners offensichtlich ausschließlich machthungrige europäische Adelige einholte. Marie-Antoinette war bekannt gewesen für ihre politischen Intrigenspielchen und für ihren zynischen Dünkel: »Sollen sie doch Kuchen fressen, wenn sie kein Brot haben«, soll sie über das französische Volk während der großen Hungersnot im Jahre 1788 gesagt haben.

»Die Legende sagt, dass Marie-Antoinette den Florentiner zusammen mit anderen Schmuckstücken während ihrer Haft in ihrem Rocksaum eingenäht hatte. Sie soll ihn dem Henker Charles-Henri Sanson übergeben haben, bevor der sie am 16. Oktober 1793 geköpft hat«, fuhr Christiane fort.

Marie-Claire lächelte. »Na, das ist ja wohl eine jener Legenden, die ich lieber nicht in meinen Bericht erwähne, oder? Das ist doch eher unglaubwürdig: Die Königin schleppt ihre Preziosen mit in den Kerker und schenkt sie dann ihrem Henker? Klingt ziemlich absurd.«

»Nein, ist es keineswegs, liebe Marie-Claire. Wenn du dieses Buch hier liest, kommst du schnell zu dem Schluss, dass es früher wohl gang und gäbe war, sich beim Henker einen schmerzlosen Tod oder andere Annehmlichkeiten zu erkaufen. Bei der Lektüre läuft es dir eiskalt den Rücken runter. Das ist nämlich so etwas wie eine historische Abhandlung über die grausamsten Foltermethoden, die sich Henker über die Jahrtausende hinweg haben einfallen lassen. Von der

Schandsäule über den Pranger hin zu Männern, die verkehrt auf einem Esel sitzend durch die Stadt reiten mussten, wenn sie sich von ihrer Frau haben schlagen lassen. Immer waren es Henker, die solche Urteilsvollstreckungen durchführen mussten. Die rissen Menschen Zungen raus, blendeten sie mit glühenden Stangen, rissen ihre Körper bei lebendigem Leibe mit Pferden auseinander. Und wenn der Delinquent sicher sein wollte, dass der Henker beim Köpfen nicht, wie es wohl oft geschah, ein halbes Dutzend Mal mit dem Schwert zuschlagen musste, bis der Kopf ab war, hat er dem Henker vorher ein ansehnliches Sümmchen zukommen lassen. Das gleiche Spielchen haben sie beim Tod auf dem Scheiterhaufen praktiziert. Wenn du als Hexe keine Lust hattest, langsam von den Flammen aufgefressen zu werden, hat der Henker heimlich eine Lanze in dem Scheiterhaufen versteckt, deren Spitze genau auf das Herz zielte. Wenn du Geld hattest, hat der Henker, während die Flammen loderten, die Lanze mit einem Hammerschlag in dein Herz gerammt. Dann hast du nicht mehr gespürt, wie dein mit Schwefel getränktes Kleid in Flammen aufging.«

»Hör bloß auf! Solche Geschichten kann ich absolut nicht gebrauchen. Nicht hier in so einem alten Schloss, in dem überall mittelalterliche Rüstungen herumstehen und alles an Karl den Kühnen erinnert. Der war nämlich ebenfalls für seine äußerst brutalen Methoden bekannt. So genial er wohl als Feldherr war, so grausam war seine Rache, wenn sich Widerspruch oder Widerstand regte. In der Nähe von Lüttich, in einem Ort namens Dinant, hatten einige Bürger Karl verspottet. Der zog mit einem Heer dorthin, brandschatzte die Stadt, ließ alle Kinder und Frauen totschlagen. Achthundert Männer wurden paarweise zusammengebunden und wie Katzen in der

Maas ertränkt. Das also zu solch grausigen Dingen, liebe Chrissie. Der Mann, der das angeordnet hat, lag nämlich einst in dem Bett hier, in dem wir jetzt nächtigen! Hoffen wir, dass wir es nicht auch noch mit einem Fluch Karls des Kühnen zu tun kriegen. Mir reicht es nämlich langsam mit Flüchen.«
»Mich interessiert dieses Henkerslexikon eigentlich nur, weil es tatsächlich heißt, dass Marie-Antoinette dem Henker von Paris in der Nacht vor ihrer Hinrichtung den Florentiner gab. Sie hatte in der Conciergerie, dem Gefängnis, immer ihre schwarze Trauerkleidung getragen, weil sie ja ihren Mann schon hingerichtet hatten. Für ihre Hinrichtung zog sie aber sehr früh am Morgen in Gegenwart des Henkers ihr weißes Totenkleid und die weiße Kopfhaube mit dem schwarzen Band an. Im Saum des schwarzen Kleides, so heißt es, waren Schmuckstücke versteckt. Darunter der Florentiner. Das zu den Legenden, an denen angeblich ja immer etwas Wahres dran ist. Kannst es ja in deinem Bericht erwähnen.«
Marie-Claire des Vries hatte sich an den Tisch gesetzt. Der Laptop stand vor ihr. Es fiel ihr schwer, sich auf den bereits angefangenen Bericht für Francis Roundell zu konzentrieren. Die Flut der historischen und kunsthistorischen Informationen auf die für solche Berichte üblichen zehn Seiten zu bringen, schien ihr unmöglich. Schließlich entschied sie sich, die harten Fakten von den Legenden und den Mythen zu trennen.
Im Lauf des Tages hatte sich der Nebel draußen wieder verdichtet. Die eigentümliche Stille im und außerhalb des Schlosses machte sie plötzlich nervös. Die makabren Dinge, die ihr Chrissie aus dem Buch über den Henker vorgelesen hatte, verstärkten ihre zunehmend schwermütigen Gedanken. Plötzlich hatte sie das Gefühl, als würde sich Unheilvolles

anbahnen. Es war nur ein Gefühl, durch nichts erklärbar, aber es ängstigte sie. Zu oft in den letzten Wochen hatte sie ähnliche Gefühle gehabt, und immer waren tatsächlich dramatische Dinge geschehen. Was würde als Nächstes passieren? Morgen würde Sanjay Kasliwal kommen. Barg auch er ein Geheimnis in sich? Wusste der sanftmütige Inder mehr über den Florentiner, als er ihr gesagt hatte? Unruhig richtete sich Marie-Claire auf und schaute hinüber zu Christiane. Ihre Freundin hatte das Buch beiseite gelegt. Auch sie schien in Gedanken vertieft zu sein, starrte in die Glut des Feuers und nippte an dem Glas Rotwein.

»Chrissie …«

»Ja …«

»Glaubst du an solche Sachen wie Karma und Flüche? Glaubst du daran, dass es keine Zufälle gibt, dass die Dinge des Lebens vorbestimmt sind?«

»Nun ja, was soll ich sagen? Ich bin Kunsthistorikerin. Ich tendiere dazu, mich an Fakten zu orientieren.«

»Chrissie!«

»Ja?«

»Weich meiner Frage nicht aus! Glaubst du an Karma – an Flüche?«

»Nun ja, wenn du mich so nachdrücklich fragst, Marie-Claire … was soll ich dazu sagen. Also …«

»Danke! Das reicht mir als Antwort.«

18. Kapitel

Sanjay Kasliwal kam gegen Mittag auf Château de Vaumarcus an. In dem Moment, da sein Wagen über die Zugbrücke in den Innenhof des Schlosses fuhr, riss die Nebeldecke über dem See auf. Marie-Claire de Vries und ihre Freundin Christiane Schachert hatten sehr lange geschlafen. Nun standen beide auf der Terrasse des Schlosses und bewunderten das unten im Tal aus den letzten Nebelfetzen des Sees wie eine Fata Morgana langsam auftauchende Naturwunder. In der Nacht hatte es in den Alpen auf der gegenüberliegenden Seeseite kräftig geschneit. Dort drüben verbargen sich nahe des Berner Oberlandes Eiger, Mönch und Jungfrau. Die Sonne touchierte die weißen Berggipfel und kolorierte das Tal mit dem See in Pastellfarben. Die taubenetzten letzten Blätter auf den uralten Bäumen im Park des Schlosses glitzerten wie Gold. Die umliegenden Wiesen und Weinberge strahlten eine einzigartige Ruhe aus. Die gelb-braunen Holzläden an den Fenstern des Schlosses akzentuierten das Bruchsteingemäuer mit den drei konischen Türmen. Der Morgentau auf den Auwiesen zwischen Schloss und See, auf denen sich einst die

Heerscharen Karls des Kühnen und der Schweizer gegenübergestanden hatten, war gefroren und glitzerte im Zwielicht.
Sie sahen das Auto die Straße zum Schloss heraufkommen. Marie-Claire war weniger aufgeregt als Chrissie, die eine Stunde lang vor dem Spiegel im Bad gestanden und sich geschminkt hatte, weil sie, wie sie frotzelnd bemerkte, nicht jeden Tag einen Prinz aus dem Morgenland treffen würde. Aber Sanjay sah so gar nicht wie ein Prinz aus. Statt in einer Nobelkarosse vorzufahren, wie Chrissie es erwartet hatte, stieg er aus einem offensichtlich gemieteten Kleinwagen aus. Er trug Jeans, einen einfachen Pullover und eine gefütterte Lederjacke.
»Bonjour, Mademoiselle des Vries, einen wunderschönen guten Tag, Marie-Claire«, strahlte er und streckte ihr seine weit geöffneten Arme entgegen, als seien sie seit Jahrzehnten die engsten Freunde. »Sehen Sie, Marie-Claire, jeder Fluss beginnt mit einem mickrigen, kleinen Tropfen Regen. Alles beginnt mit etwas, dem wir keine große Bedeutung beimessen, das aber plötzlich zum pulsierenden Zentrum des Geschehens wird. Damals, in Berlin, hatte ich erwähnt, dass ich vielleicht nach Grandson fahren würde. Vielleicht, hatte ich gesagt! Jetzt sind Sie und Ihre charmante Freundin hier – und ich auch ...«
Da war es wieder! Marie-Claire liebte diese kryptischen Andeutungen, die blumige Sprache dieses Mannes, voller Aphorismen und philosophischer Gedanken. Es war eine Sprache, wie sie sie in den arabischen Ländern kennen und lieben gelernt hatte. Eine Sprache, die zu Sanjay passte: sanft, warmherzig – ehrlich! Marie-Claire sah, wie Chrissie den groß gewachsenen Inder mit den tiefdunklen Augen bewundernd anstarrte.

Weil die Dezembersonne das Schloss, den See und die Alpen in den herrlichsten Farben erstrahlen ließ und sie alle drei das Verlangen hatten, die Umgebung zu erkunden, fuhren sie kurz darauf hinab ins Tal und weiter nach Grandson. Schon auf der Fahrt in das nur wenige Minuten entfernte Grandson erklärte Sanjay, dass er gedenke, über Nacht zu bleiben. Marie-Claire blickte ihre Freundin Christiane an. Chrissie saß auf dem Rücksitz und schmunzelte. Der Gedanke an eine gemeinsame Nacht im Bett von Karl dem Kühnen zusammen mit einem Prinzen aus dem Morgenland löste in ihr offensichtlich die wildesten Fantasien aus, aber Sanjay Kasliwal ließ keine Missverständnisse aufkommen.

»Ich habe auf der Herfahrt im Ort herumgefragt. Es ist ein kleines Dorf. Ein Hotel gibt es nicht. In Neuchâtel soll es angeblich ein wunderschön am See gelegenes Suitenhotel geben. Das ist mir allerdings zu weit. Also habe ich mir in der einzigen Pension in Grandson ein Zimmer reserviert. Es ist sehr schlicht, um es vornehm auszudrücken, aber es soll dort exzellente Wildgerichte geben. Außerdem hat es einen sehr netten Namen. Da konnte ich nicht widerstehen.«

Das L'Auberge du Cheval Blanc lag mitten im Ort, nur wenige Meter von jener alten Festung am See entfernt, die Karl der Kühne im Januar des Jahres 1476 mit fünfzehntausend Soldaten belagert hatte. Die Schweizer Verteidiger ergaben sich, wurden aber im Auftrag des Herzogs allesamt hingerichtet oder im See ertränkt.

Dass Sanjay sich diese einfache Pension ausgesucht hatte, zeigte Marie-Claire, dass der reiche Schmuckhändler aus Jaipur alles andere als kapriziös oder anspruchsvoll war. Das schlichte, dreigeschossige Haus mit den griechischblauen Fensterläden war für das kleine Örtchen Grandson sowohl Bar, Restaurant,

Pension wie auch Feinkostladen. Und das Essen war tatsächlich exzellent. Eine Speisekarte gab es nicht, dafür aber eine Hausherrin, die sowohl Köchin als auch historisch bewanderte Gesellschaftsdame war. Wie sie den köstlichen Rehbraten mit Rotkraut und Knödeln so schnell herbeigezaubert hatte, gab sie nicht preis. Marie-Claire kam zu dem Schluss, dass es wohl das Mittagessen der Familie war, das ihnen da aufgetischt wurde.

Der Mittag in dem Gasthof verlief so unglaublich entspannt, dass Marie-Claire nicht glauben wollte, diesen Mann erst seit kurzer Zeit zu kennen, ihn erst ein einziges Mal, damals in Berlin, getroffen zu haben. Christiane schien von Sanjay maßlos begeistert zu sein. Ihre Blicke ließen keine Zweifel aufkommen, dass sie Sanjay anhimmelte, aber sie hatte Stil genug, es nicht zu deutlich zu zeigen. Ihr herzliches Lachen und ihre offene Art zu plappern trugen maßgeblich dazu bei, dass sie sich schnell die zweite Flasche Wein bestellten und sich in zwanglosen Plaudereien verloren. Dann ging Sanjay plötzlich zu seinem Wagen und kehrte mit einem kleinen Päckchen zurück.

»Herzlichen Glückwunsch zu Ihrem Geburtstag, Marie-Claire! Ich habe Ihnen als kleine Aufmerksamkeit ein Buch mitgebracht, das ich erst vor wenigen Tagen auf einer Auktion erwerben konnte. Es ist ein sehr altes Buch, mit vielen alten Wahrheiten, die so beständig sind wie Diamanten! Ich hoffe, es macht Ihnen viel Freude, darin zu lesen. Da Sie sicherlich Latein können, werden Sie danach vielleicht ein wenig besser verstehen, warum ich fest davon überzeugt bin, dass die wahre Bedeutung eines Edelsteins nicht in dem materiellen Wert, den ihm die Gegenwart beimisst, liegt, sondern in seiner Kraft und Energie aus der Vergangenheit.«

Gerührt von Sanjays Worten öffnete Marie-Claire das Päckchen. Ihr Atem stockte, als sie das offensichtlich sehr alte, leicht stockfleckige, aber noch in exzellentem Zustand befindliche Buch mit den herrlichen Holzdrucken aufschlug. Es war die *Coronae Gemma Nobilissima* des Wilhelmus E. Newheusern aus dem Jahre 1621. Ein philosophischer Exkurs über die Beziehung zwischen Planeten, Sternen, Edelsteinen – und dem Menschen. Es war eindeutig ein Original. Vorne eingelegt steckte ein zusammengefalteter Bogen Briefpapier. Sie öffnete ihn. Er trug Sanjays persönlichen Briefkopf mit seiner Anschrift in Jaipur. Unter seine liebevollen Geburtstagswünsche hatte er ein Zitat geschrieben:

Und also werden die Edelsteine
von Feuer und Wasser erzeugt,
deshalb haben sie auch Feuer und Wasser und
viele Kräfte und Wirkungen in sich …

»Physica« von Hildegard von Bingen (1098 – 1179)

Marie-Claire errötete. Sanjay lächelte sie an. Auch er schien ein wenig verlegen zu sein. Christiane versuchte zu verbergen, dass sie am liebsten heulen würde.
»Das kann ich nicht annehmen, Sanjay! Ich kenne dieses Buch nicht, aber ich ahne, wie unvorstellbar wertvoll es ist. Es muss Sie ein Vermögen gekostet haben!«
»Ja, Marie-Claire, es hat ein Vermögen gekostet. Aber eben nur eins. Und ich habe, Gott verzeihe mir diesen Hochmut, glücklicherweise noch genug von diesem Vermögen, das ich für das einzusetzen gedenke, was mich wirklich bewegt. Mein Verlangen, nicht-irdischen, mystischen Dingen auf den

Grund zu gehen und sie zu verstehen, ist ungezügelt. Früher habe ich viel Geld für edle Pferde und für das Polospiel ausgegeben. Jetzt, da mein garstiges Bein mir zuweilen den Dienst versagt, gebe ich Geld für Gedanken aus, die andere Menschen in anderen Zeiten aufgeschrieben haben. Bücher sind meine neue Leidenschaft! Zumindest diese Leidenschaft scheinen wir bereits zu teilen. Ich hoffe, nein, ich weiß daher, dass Sie dieses Buch mit Respekt und mit der Bereitschaft lesen werden, Dinge zu erfahren, deren Sein wir nicht beweisen können. Aber ich ahne, dass Sie längst spüren, dass nicht im Beweis das Wissen um die Existenz liegt. Im Glauben, Marie-Claire, das haben mich schon in jungen Jahren meine Eltern und Großeltern gelehrt, liegt mehr Weisheit als im Wissen! Und deswegen freue ich mich schon heute auf den Tag, da Sie anfangen werden mir davon zu erzählen, was in diesem Buch geschrieben steht. Ich kann nämlich leider kein Latein.«
Es dauerte ein bisschen, bis Marie-Claire die rührenden Worte von Sanjay Kasliwal in ihrer ganzen Tragweite verstanden hatte. Nachdem sie das Restaurant verlassen hatten, fuhren sie an den See, um dort spazieren zu gehen. Erst dort wurde ihr bewusst, was Sanjay gesagt hatte: »Zumindest diese Leidenschaft scheinen wir bereits zu teilen …« Sie begriff, dass dies seine Art war, Hoffnung auszudrücken. Ohne Frage: Sanjay mochte sie sehr – und sie mochte ihn.
»Wissen Sie, Marie-Claire, dieser Abstecher an diesen See hat für mich eine tiefe Bedeutung. Ich war früher, während meiner Internatszeit in der Schweiz, noch nicht wissbegierig und weitsichtig genug, um zu erkennen, dass sich in diesem Teil Europas, hier um den Lac de Neuchâtel herum, so unendlich viele Berührungspunkte zu meinem Leben und zu dem meiner Vorfahren finden. Hier wurde abendländische Ge-

schichte geschrieben, aber abendländische Geschichte war auch über viele Jahrhunderte untrennbar verbunden mit der Geschichte meiner Heimat – mit Indien.«

Marie-Claire blieb verwundert stehen und blickte Sanjay Kasliwal fragend an. Die Nachmittagssonne ließ ihre letzten wärmenden Strahlen über den See gleiten und brachte den dunklen Teint Sanjays besonders intensiv zur Geltung. Das sanfte Winterlicht ließ ihn ungemein gut aussehen. Seit sie das kleine Restaurant verlassen hatten, um nahe des Sees in den Auen spazieren zu gehen, nahm sie immer deutlicher wahr, dass er ein sehr attraktiver Mann war. Seine Attraktivität zeigte sich nicht in Äußerlichkeiten. Sie erwuchs aus der Einheit seines Charmes mit seinem Charisma und seiner unendliche innere Stärke signalisierenden Körperhaltung. Alles, was Sanjay war, kam von innen. Marie-Claire überkam eine wunderbare Ruhe, eine Ausgeglichenheit, die sie gehofft hatte hier in Grandson zu finden. Sie erschrak ein wenig, als sie an die zurückliegenden Wochen dachte. Drei Männer waren in kürzester Zeit in ihr Leben getreten. Gregor von Freysing hatte sie nach den Geschehnissen am Wörthersee zwar noch einmal angerufen. Indirekt hatte er eingestanden, dass er etwas überreagiert habe, aber für sie hatte es halbherzig geklungen. Die unüberbrückbare Kluft, die seit dem Wochenende am Wörthersee zwischen ihnen bestand, war am Telefon schnell spürbar geworden. Sie wurde das Gefühl nicht los, dass sich hinter der Fassade des charmanten und gebildeten Grandseigneurs in Wirklichkeit doch ein erzkonservativer Mann verbarg, dessen Lebenseinstellung so gar nicht mit ihrer eigenen in Einklang zu bringen war. Zudem irritierte sie nach wie vor seine undurchschaubare Verbindung zu den ultrakonservativen Rittern vom Goldenen Vlies. Sein

plötzliches Desinteresse am Florentiner war ebenfalls verwunderlich. Angeblich hatten seine Auftraggeber ihn angewiesen, ab sofort jegliche Recherche über den Verbleib des Diamanten einzustellen. Man wollte sich von den kriminellen Geschehnissen um den Florentiner distanzieren. Marie-Claire fiel es schwer, ihm zu glauben. Nach diesem Telefonat hatte sich Gregor nicht mehr gemeldet.
Auch von Abdel Rahman hatte sie seit ihrer gemeinsamen Nacht in Wien nichts mehr gehört. So überraschend, wie er in ihr Leben getreten war, so schnell war er auch wieder verschwunden. Sie machte sich darüber seltsamerweise keine Gedanken mehr. Sein Versuch, das Buchmanuskript zu erwerben, war fehlgeschlagen. Wahrscheinlich war er deshalb längst wieder abgereist. Die Nacht mit ihr war für ihn offenbar nichts anderes als ein nettes Abenteuer gewesen. Nein, sie dachte nicht mehr an diese beiden Männer, schob die Gedanken an die Turbulenzen der letzten Zeit beiseite. Sanjay strahlte eine derart faszinierende Ruhe aus, dass sie am liebsten eine Mauer um sich herum gebaut hätte, um sich vor jeglichen irritierenden Einflüssen zu schützen. Gemeinsam mit Sanjay wollte sie diese Ruhe auskosten. Erneut spürte sie, dass dieses Verlangen keinerlei sexuellen Aspekte in sich barg.
Chrissie, einfühlsam wie sie war und so schwer es ihr wahrscheinlich gefallen war, hatte sich unter dem Vorwand, dass sie sich nicht wohl fühle, zum Schloss fahren lassen. Marie-Claire hätte sie dafür umarmen können. Sie hatte sehr wohl bemerkt, wie vernarrt Christiane in Sanjay war. Aber Chrissie hatte schnell erkannt, dass Marie-Claire sich danach sehnte, mit Sanjay alleine zu sein, und dass sie störte.
Sie hatte für sich entschieden, jegliches Misstrauen gegenüber

Sanjay Kasliwal fallen zu lassen. Während des Mittagessens war sie zu dem Schluss gekommen, dass er ihr in Berlin doch die Wahrheit erzählt hatte. Er reiste durch Europa auf der Suche nach antiken Büchern, nach alten Quellen – nach allem, was seine Neugier an den religiös-mythologischen Aspekten von Edelsteinen stillen konnte. Und er war von dem Wunsch beseelt, die drei Diamanten, die Tränen Gottes aus jener legendären Statue wieder nach Indien zurückzubringen.

Sanjay Kasliwal hatte mit seiner Arbeit als Schmuckhändler viel Reichtum angehäuft, aber dennoch schien Geld nicht das Wichtigste in seinem Leben zu sein. Darin schien er sich von seinem Bruder Pappu zu unterscheiden, von dem er soeben erzählte. Marie-Claire hatte Pappu Kasliwal damals in Berlin im Wintergarten des Hotels nur kurz zusammen mit Sanjay erlebt. Er hatte auf sie den Eindruck eines eher unscheinbaren Mannes gemacht. Lediglich sein unsteter, nervöser Blick war ihr aufgefallen. Allerdings hatte sie damals bereits das Gefühl gehabt, dass die beiden Brüder sich nicht besonders gut verstanden. Die einzige Gemeinsamkeit, die sie zu haben schienen, war das Polospiel. Sanjay sah nachdenklich aus, während er über seine Familie in Indien und über sein Verhältnis zu Pappu sprach.

»Pappu ist anders als ich, Marie-Claire. Die Götter haben ihm die Gier als Bürde für sein Leben in die Wiege gelegt! Seine Geschäftsmethoden sind sehr umstritten. Er ist sehr egoistisch, oft auch skrupellos!«

»Sie mögen ihn nicht sonderlich, oder?« Marie-Claire hatte das Gefühl, solche Fragen stellen zu dürfen. Sie merkte, dass Sanjay über dieses Thema nicht gerne sprach, aber sie fühlte auch, dass es ihn belastete.

»Vieles von dem, was Pappu macht, ist mit dem Ehrenkodex meiner Familie nicht in Einklang zu bringen! Mein verstorbener Vater, die Götter mögen seiner Seele gnädig sein, hat Ehre über jegliches weltliche Verlangen gestellt. Er hat danach gelebt. So wie auch der Vater meines Vaters danach gelebt hat. Und er hat meinen Bruder und mich in diesem Geiste erzogen. Aber Pappu weiß nicht, was Ehre ist. Er wird gesteuert von einer grenzenlosen Gier nach Reichtum. Er lässt sich blenden von dem Glanz eines Diamanten. Das innere Feuer eines Edelsteins ist für ihn eine Flamme, die ihn verzehrt. Pappu liebt das luxuriöse Leben, liebt sündhaft teure Luxushotels, schnelle Autos und aalt sich in dem Ruf, der unserer Familie anhaftet, legendär reich zu sein. Ja, Pappu ist anders.«

»Streitet ihr euch deswegen?«, fragte Marie-Claire.

»Nein, nicht wirklich. Nicht mehr! Früher hatten wir öfters Auseinandersetzungen wegen geschäftlicher Belange. Er stellt den hohen Profit über die Zufriedenheit eines Kunden. Pappu würde dir einen Kieselstein als Edelstein verkaufen, wenn du selbst es nicht merken würdest. Ihm ist es egal, was Kunden denken. Er liebt es, Geld anzuhäufen.«

Sanjay blieb stehen. Er schaute nachdenklich zu den Alpen auf der anderen Seite des Sees. Dann lachte er laut.

»Pappu ist wie dieser Dagobert Duck, diese Comicfigur, die es liebt, auf Goldbergen zu sitzen, Dukaten zu scheffeln und sich Böses auszudenken, um noch mehr davon zu bekommen. Wenn Pappu diese legendäre Statue mit dem darin verborgenen Schatz besäße, er würde nicht ein einziges Karat davon an unser Volk abgeben. Pappu würde es einfach so sehen, dass dieser Schatz unseren Vorfahren gehörte – und damit auch ihm. Aber lassen wir das. Es ist ein unrühmliches Thema. Und es ist irrelevant. Die Statue wird wohl immer verschlossen bleiben. Zwei der drei Diamanten, zwei der Tränen Gottes sind weg – verschwunden. Die Göttin Sita scheint zu wissen, dass es nicht gut ist, wenn die Statue wieder geöffnet würde. Vielleicht spielt sie Pappu damit einen Streich.«

Marie-Claire blickte Sanjay fasziniert an. Obwohl es erst ihr zweites Zusammentreffen war, war er ihr unendlich vertraut. Er schien ebenso zu empfinden, denn er ließ sie an seinen tiefsten Empfindungen teilhaben. Sanjay war stehen geblieben und schaute Richtung Grandson. Marie-Claire folgte seinem Blick und versuchte, von den heiklen familiären Dingen abzulenken.
»Wie meinen Sie das eigentlich, Sanjay? Wieso gibt es Ihrer Einschätzung nach eine enge Verbindung zwischen den Geschehnissen hier am See und jenen in Ihrer Heimat?«
»Wenn Sie sich mit der Geschichte einiger der berühmtesten Schmuckstücke und Diamanten der Welt beschäftigen, Marie-Claire, stoßen Sie ausnahmslos auf berühmte Adelsgeschlechter Europas. Aber auch auf berühmte Handelshäuser. Sie werden in den Wappen dieser Häuser und Herrscher auffallend oft schwarzhäutige Menschen finden! Sie müssen sich vor Augen halten, dass sich der Reichtum und damit der Einfluss dieser Handelshäuser und der Aristokraten maßgeblich auf den Kontakt und den Handel mit dem Mohrenland begründete. Unter dem Mohrenland verstand man schon immer Afrika und das Morgenland, also auch Indien. Als die Portugiesen den Seeweg nach Afrika suchten, stießen sie, nach der Umrundung des Kaps der Guten Hoffnung, auf die ostafrikanischen Städte Mombasa und Malindi. Dort kamen sie dahinter, dass seit Jahrtausenden Schiffe zwischen Indien und Ostafrika verkehrten. Damit war der Seeweg von Europa über

Afrika nach Indien entdeckt. Der Handel mit dem Mohrenland begann – und das machte nicht zuletzt Fugger, Welser und viele italienische Handelshäuser reich.«
Marie-Claire hörte ihm fasziniert zu. Warum er ihr all das erzählte und wo da ein Zusammenhang mit Grandson, mit dem Florentiner bestand, war ihr jedoch noch nicht klar.
»Sardinien hat zum Beispiel gleich vier Mohren in seinem Wappen. Korsika führt auch Mohren im Wappen. Der berühmte deutsche Bischof Otto von Freising hat sich das Recht, einen Mohren im Wappen zu tragen, mit seiner Teilnahme am zweiten Kreuzzug verdient. Und was ich erst seit einigen Tagen weiß, der neue deutsche Papst Ratzinger, also Benedikt XVI., hat links oben auch einen Mohren in seinem Wappen! Ist doch interessant, oder? Ein wenig vereinfacht ausgedrückt ließe sich also sagen: Die Verbindung des Abendlandes zum Mohrenland und auch die Kreuzzüge waren die wirtschaftliche Basis des unvorstellbaren Reichtums der europäischen Handels- und Herrscherhäuser. Und der Reichtum des Papstes begründet sich wohl auch darauf! Meine Heimat Indien gehörte zum Mohrenland, und in der Diktion der damaligen Zeit bin auch ich ein Mohr! Aus meinem Land stammen fast all jene Diamanten, die Karl der Kühne hier, genau hier, wo wir jetzt stehen, am Ufer des Lac de Neuchâtel, bei sich trug. Aus meinem Land stammen die berühmten ›drei Brüder‹, die Karl der Kühne besaß. Mein Bestimmung ist es, sie zu finden.«
Sanjay Kasliwal drehte sich um und blickte auf die Auen und die dahinter steil ansteigenden Hügel.
»Das da drüben ist das Kloster von La Lance. Und der Ort dort hinten ist wohl Concise. Somit, liebe Marie-Claire, stehen wir genau auf jenem Schlachtfeld, auf dem am 2. März 1476 die zwanzigtausend Soldaten von Karl dem Kühnen den

achtzehntausend der Schweizer Eidgenossen gegenüberstanden. Genau hier, Marie-Claire, begann der Untergang des Burgundischen Reiches. Und genau hier hatte Karl der Kühne sein Lager aufgebaut. Als er von den Schweizern überrannt wurde, ließ er all seine Reichtümer zurück. Vierhundert Wagenladungen Beute machten die Schweizer, darunter unvorstellbare Schätze, Waffen und Ausrüstungsgegenstände. Alles zusammen soll diese Beute damals eine Millionen Gulden wert gewesen sein! Sie wissen ja, Marie-Claire, dass Karl der Kühne eine ungewöhnlich pompöse Hofhaltung liebte. Er nahm seinen unermesslich wertvollen Schatz stets mit auf die Schlachtfelder. Wahrscheinlich weil er es gewohnt war, immer als Sieger von dannen zu ziehen. Zumindest bis zu jenem 2. März des Jahres 1476, dem Tag ....«

»... an dem er floh und dabei drei seiner wertvollsten Diamanten zurückließ: die legendären göttlichen drei Brüder – darunter jenen Diamanten, der später der Florentiner genannt werden sollte.«

Marie-Claire hatte Sanjay unterbrochen, um seine Ausführungen zu vollenden. Eine tiefe Ehrfurcht vor diesem so unglaublich gebildeten Mann überkam sie, aber auch eine eigentümliche Ehrfurcht vor dieser Wiese, auf der sie beide jetzt standen und sich zum ersten Mal, seit sie sich kannten, lange in die Augen schauten.

»Hat es eine große Bedeutung für dich, hier zu stehen?« Marie-Claire hatte ihn geduzt, weil sie das Verlangen hatte, ihre Gefühle deutlicher zu zeigen. Er registrierte es mit einem warmherzigen Lächeln.

»Ja, es ist ein sehr erhebendes Gefühl! An dieser Stelle fielen diese drei Edelsteine, die auf vielen Umwegen aus meiner Heimat Indien hierher gelangt waren, auf den Boden. Hier fand ein Bauer sie, wollte sie wegschmeißen, weil er sie für Glassteine hielt. Für drei Gulden wechselten sie schließlich ihren Besitzer, der größte von ihnen wurde viele Jahre später für fünftausend Gulden weiterverkauft …«

»… gelangte zu Lodovico Moro, dem Herzog vom Mailand …«

»… wurde für zwanzigtausend Gulden von Papst Leo X. erworben …«

»… und gelangte damit in den Besitz der Maria de Medici …«

»… die ihn ›Florentiner‹ nannte …«

»… Durch die Heirat von Franz Stephan von Lothringen-Toskana mit Maria Theresia von Österreich gelangte er nach Wien in die Schatzkammer …«

»… wurde von Marie-Antoinette mit nach Paris genommen …«

»… gelangte nach der Hinrichtung von Marie-Antoinette auf unbekannten Wegen in die Hände von Napoleon …«

»… und kehrte wieder zurück nach Wien, wo er im Jahre 1919 aus der Schatzkammer genommen wurde …«

»… und seither verschwunden ist!«

Marie-Claire und Sanjay blickten sich an. Ihre Augen strahlten. Die Sonne war während ihres Wortwechsels, der gegenseitigen Ergänzung ihres Wissens, untergegangen. Marie-Claire hatte das Gefühl, dass sich zwei Seelen gefunden hatten. Weder sie noch Sanjay hatten gezögert, ihr Wissen um den Florentiner miteinander zu teilen. Schon in Berlin waren sie so offen zueinander gewesen. Hier führten sie fort, was Sanjay damals ihre gemeinsame Vorsehung genannt hatte. Es war ein wunderbares Gefühl. Sie ergänzten und vertrauten sich. Grenzenlos!

»Und wo ist deiner Meinung nach der Florentiner jetzt?«, versuchte sie, verwirrt von ihren großen Gefühlen, abzulenken.

»Sita weiß es. Und Madame und Monsieur Ostier!«
Marie-Claire zuckte zusammen. Diesen Namen hatte sie schon einmal gehört. Nein, sie hatte ihn gelesen. Gestern hatte sie über den Namen hinweggelesen, weil er im Kontext mit all den anderen Informationen in den Tagebüchern des Alphonse de Sondheimer über den Verkauf der Kronjuwelen aus der Wiener Schatzkammer keine Bedeutung für sie hatte. Aber jetzt erinnerte sie sich. Ostier! Ja, auf der handschriftlichen Zeichnung, die eher einer Skizze ähnelte, hatte oben links der Name Ostier gestanden. Es war eine Skizze, ganz offensichtlich von einem Experten angefertigt, die den Schluss zuließ, dass geplant war, den Florentiner zu zerschneiden. Von Ostier? Ihr sagte der Name nichts.
Marie-Claire traute sich nicht, nach dem Ehepaar zu fragen, und lenkte ab. »Wer ist Sita?«
Sanjay schien auf die Frage gewartet zu haben. »Wie du vermutlich weißt, bin ich Hindu. Wir bezeichnen unsere Religion als Sanatana Dharma, was so viel bedeutet wie ewige Ordnung. Gemeint ist damit eine kosmische, aber auch eine menschliche Ordnung. In dieser ewigen Ordnung gilt Sita als eine Göttin für Glück und Wohlstand. Im Epos Ramajana wird übrigens das Leben Sitas mit ihrem Mann Rama erzählt. Die Legende besagt, dass diese Göttin die drei aus der Statue entwendeten Diamanten mit einem Fluch belegt hat. Du erinnerst dich, ich hatte dir das damals in Berlin schon erzählt. Und das sind unsere göttlichen drei Brüder, der Große Sancy, der Kleine Sancy und der Florentiner. Hier, wo wir jetzt stehen, hat der Fluch dem Burgunder Karl dem Kühnen zum ersten Mal Unglück gebracht. Zwei Monate später erlitt er die nächste Niederlage in Murten. Ein knappes Jahr danach starb er vor den Toren von Nancy! Seither ziehen sich die Spuren

dieses Fluchs der Göttin Sita, der auf den Steinen liegt, durch ganz Europa. Die Gier nach den göttlichen drei Brüdern hat bereits viele Menschen das Leben gekostet. Und noch immer streben Menschen danach, ihrer habhaft zu werden. Das Wissen, wo einer dieser Diamanten ist, kann tödlich sein.«

Marie-Claire hatte nicht wirklich zugehört, was Sanjay gesagt hatte. Zu sehr war sie mit dem Namen Ostier beschäftigt, aber sie fragte immer noch nicht nach.

»Glaubst du an solche Flüche?«

Sanjay atmete tief durch. »Ich mache mir keine Gedanken über das Glauben. Ich glaube! Im Zusammenhang mit Diamanten ist es wichtig, einen festen Glauben an das Überirdische zu haben. Es gab eine Zeit hier in Europa, da wurden viele Kopien von berühmten Edelsteinen aus Quarz hergestellt. Übrigens auch vom Florentiner! Die Menschen glaubten damals an die heilende Wunderwirkung der Quarze – nicht an den materiellen Wert eines echten Diamanten! Du siehst also, der wahre Glauben hebt materielles Denken auf. In meiner Heimat bringt man den Glauben an die göttliche Kraft der Diamanten in einen engen Zusammenhang mit dem Licht. Auch mit dem Licht der Erleuchtung. Du weißt, das innere Feuer eines Diamanten ist einzigartig. Sein Funkeln, das Chaos der Lichtblitze in seinem Inneren ist ein Wunder. In Indien sagen wir: Die völlige Abwesenheit von Licht ist Finsternis – nichts! Das höchste Licht ist das Eine – das Eine ist aber zugleich das erste Schöne – Lichthaftigkeit ist Schönheit. Je höher etwas in der Seinsordnung steht, je lichthafter ist es, desto schöner ist es auch! All das eint sich in einem Diamant.«

Marie-Claire spürte, wie Sanjays Denken ihre eher wissenschaftlich-pragmatische Einstellung aushöhlte. Was er sagte, berührte sie tief, aber sie konnte sich jetzt nicht wirklich darauf konzentrieren. Zu sehr wühlte die Frage sie auf, wen er mit Ostier gemeint hatte. Sie glaubte, ein leichtes Zittern in ihrer Stimme zu bemerken, als sie ihn schließlich fragte: »Und wer ist Ostier?«

Sanjays Augen bekamen einen eigentümlichen Glanz. Sein Blick war irritierend sanft, und sein Lächeln wirkte gequält.

»Wir haben heute wunderschöne Stunden miteinander verbracht, und wir haben uns gegenseitiges Vertrauen bewiesen. Das ist ungewöhnlich zwischen zwei Menschen, die sich kaum kennen. Aber vielleicht kennen wir uns ja schon. Von früher. Und da, wo es ein Früher gab, da wird es auch ein Später geben. In meiner Religion ist das so. Ich werde dir später erzählen, wer Madame und Monsieur Ostier waren. Sie leben beide nicht mehr. In mir lebt nur noch die Erinnerung an sie.«

Erschrocken stellte Marie-Claire fest, dass sie mit ihrer Frage zu weit gegangen war. Sanjay wirkte plötzlich abweisend. Er bat sie, zum Auto zurückkehren zu können. Angeblich fror er. Sie glaubte ihm nicht.

»Habe ich etwas Falsches gesagt?«

»Nein, das hast du nicht. Nichts von dem, was du sagst, kann falsch sein, denn es kommt tief aus deinem Inneren. Alles ist in Ordnung. Es ist nun einmal deine Aufgabe, den Florentiner zu suchen. Ich suche ihn auch. Wo die beiden Sancys derzeit sind, wissen wir nicht. Du bist beruflich daran interessiert, das zu ergründen, versuchst, diese Edelsteine zu finden. Oder zumindest dazu beizutragen, dass sie gefunden werden. Damals in Berlin habe ich dir schon gesagt, dass ich glaube, dass die göttliche Fügung uns einen wird. Deshalb verstehe ich auch, dass du wissen möchtest, wer sich hinter dem Namen Ostier verbirgt. Nein, alles ist in Ordnung, Marie-Claire. Ich

bin nur sehr müde und würde mich gerne ein wenig auszuruhen. Wenn ich nicht zu sehr störe, können wir uns zum Abendessen in eurem Schloss treffen. Ich würde gerne das Zimmer sehen, in dem Karl der Kühne einst nächtigte.«
Gegen fünf Uhr am Abend erreichten sie Schloss Vaumarcus. Während Sanjay ins Tal fuhr, stieg Marie-Claire die Treppen hinauf zu ihrem Zimmer. Die ganze Zeit über war sie das Gefühl nicht losgeworden, dass sich ein Schatten über Sanjays und ihr Verhältnis zueinander gelegt hatte. Misstraute er ihr? Sie betrat das Zimmer Charles le Téméraires. Christiane saß vor dem Kamin und las.
»Hallo, Glücksgöttin! Komm bloß nicht auf die Idee, mir jetzt von romantischen Spaziergängen am See zu erzählen! Dann stürze ich mich nämlich aus dem Fenster vor Eifersucht! Ist das ein Mann! Für den schmeiße ich alles hin! Ich reiße mir die Kleider vom Leib und offeriere mich als seine treue Dienerin, wenn es sein muss. Ohne Fragen zu stellen. Seit heute weiß ich, dass es diese Märchenprinzen aus dem Morgenland wirklich gibt. Mein Neid ist mit dir, meine Liebe! Also sei gewarnt: Wenn du den vergraulst, werfe ich mich ihm sofort an den Hals – wenn er mich denn haben möchte.«
Marie-Claire musste lachen. Chrissie meinte all das sehr ernst. Ohne auf ihre Bemerkungen einzugehen, suchte Marie-Claire ihr Handy, das sie im Zimmer hatte liegen lassen. Sie fand es im Bett.
»Ach übrigens«, wandte sich Christiane nochmals an sie, »seit mehr als zwei Stunden klingelt das Ding da im Abstand von zehn Minuten. Vielleicht ist es dein Lover aus Marrakesch. Oder der reumütige Gregor! Mein Gott, deine Sorgen möchte ich auch mal haben. Gleich drei Männer …«

Als Marie-Claire de Vries auf ihr Handy schaute, zeigte die Uhr auf dem Display drei Minuten nach fünf an. Laut Anrufspeicher war der letzte Anruf vor einer Viertelstunde eingegangen. Es war eine Wiener Nummer, die sie nicht kannte. Ihr Interesse galt jedoch im Moment einzig diesem geheimnisvollen Namen Ostier. Sie schaltete den Laptop ein und wählte sich über das Handy ins Internet ein. Es dauerte lange, bis sie über die Kombination mehrerer Suchbegriffe fündig wurde. War das eine neue heiße Spur? Zeichnete sich hier ab, was mit dem Florentiner geschehen war, nachdem der österreichische Kaiser den Diamanten mit 1,2 Millionen Franken beliehen hatte und das Geld nicht hatte zurückzahlen können, weil er nach Madeira verbannt worden war? Wer hatte diesen wertvollen Diamanten als Sicherheit erhalten? Und was war dann mit ihm geschehen? War der Name Ostier der Schlüssel zu diesem Geheimnis? Ein Schlüssel, der vielleicht sogar dazu führen konnte herauszufinden, wer den Florentiner heute besaß? Hatte Sanjay deswegen gezögert, ihr mehr über diese Ostiers zu sagen?

Marie-Claire merkte, dass sie aufgeregt war. Hastig überflog sie die wenigen Fundstellen und die Querverweise im Internet, die sie nach der Eingabe von »Ostier + Juwelier« erhalten hatte. Ihr Herz pochte schnell. Der Name Ostier war selten. Dann erstarrte sie. Da gab es eine Marianne Ostier, zweite Ehefrau des Wiener Juweliers Otto Österreicher. Er hatte ein Geschäft im ersten Bezirk von Wien, Graben 7 gehabt – nur wenige Schritte von der Hofburg und von der Schatzkammer entfernt! Und er war in dritter Generation Hofjuwelier gewesen! Also ein auserwählter Juwelenhändler mit direktem Zugang zur Hofburg – zur österreichischen Kaiserfamilie! Er war Jude, der sich aus Angst vor den Nationalsozialisten in

Oliver Ostier umbenannt hatte und später nach New York ausgewandert war, wo er das Schmuckgeschäft »Ostier Jewelleries« eröffnet hatte. Glaubte man den Informationen im Internet, zählten extrem wohlhabende Schmucksammler zu seinen Kunden. Seine Frau, Marianne Ostier, hatte 1958 sogar ein Buch mit dem Titel *Jewels & Women* veröffentlicht. Und 1969 gab sie das Buch *Collection of Jewellery designed by Marianne Ostier* heraus.
Marie-Claire entfuhr ein lautes »Unglaublich!« Marianne Ostier galt bis Ende der fünfziger Jahre als eine renommierte Schmuckdesignerin, deren außergewöhnlich schöne und wertvolle Schmuckstücke nach ihrem Tode sogar versteigert worden waren! Bei Christie's!
Das war es! Kein Zweifel. Diese Marianne Ostier – und wohl auch ihr Ehemann – waren höchstwahrscheinlich der Weg zur Wahrheit um das Verschwinden eines der berühmtesten Diamanten der Welt. Ostier war Hofjuwelier in Wien und ein anerkannter Schmuckexperte gewesen. Er hatte direkten Kontakt zum Kaiserhaus gehabt – und hatte mit Sicherheit den Florentiner gesehen. Dieser Ostier – oder war es seine Frau Marianne? – würde nie einen solch wertvollen und berühmten Edelstein in mehr oder minder wertlose, geschichtslose Teile zersägen. Nein, das würden Schmuckliebhaber niemals tun. Ohne Frage: Hier tat sich eine Sensation auf. In der Welt der Edelsteinliebhaber und -händler wäre es die aufsehenerregendste Entdeckung seit Jahrzehnten, wenn die Spur dieses Edelsteins lückenlos nachgewiesen werden könnte. Und für Christie's wäre es eine noch größere Sensation …
Plötzlich war sie sich sicher, dass Sanjay Kasliwal das wusste. Er musste das wissen. Er war ein absoluter Kenner des Edelsteingeschäfts. Ihm konnte nicht entgangen sein, dass es eine

direkte Verbindung zwischen dem Florentiner und den Ostiers gab. Aber woher wusste Sanjay das? Wusste er von dem Manuskript von Alphonse de Sondheimer, hatte er es gelesen oder gar besessen? Er musste die Zeichnung gesehen haben. Jene Skizze, die offensichtlich von einem Experten angefertigt worden war als Plan für die Zerteilung des Florentiners. Stammte sie von Marianne Ostier? Wenn ja, dann wäre das der erste Beweis dafür, dass der Florentiner zirka 1960 noch existiert hatte. War der Florentiner dieser Skizze entsprechend in zwei Teile zerschnitten worden, oder hatte die Designerin davon abgesehen, weil sie beziehungsweise ihr Mann einen Abnehmer für den hundertsiebenunddreißigkarätigen Diamanten gefunden hatten? Wahnsinn, Marie-Claire de Vries, Expertin des Auktionshauses Christie's, war auf dem besten Wege, eine sensationelle Entdeckung zu machen!
Ihre Gedanken überschlugen sich. Der Florentiner war zwar im Jahre 1920 in Genf verschwunden, aber es gab ihn wahrscheinlich noch! Daher war sie sich nun absolut sicher, dass der im Jahre 1981 im Versteigerungskatalog von Christie's auf Position siebenhundertzehn angebotene Diamant tatsächlich der Florentiner gewesen war. Irgendjemand wollte ihn verkaufen, hatte dann aber die Offerte kurzfristig zurückgezogen. Bislang hatte sie sich noch nicht mit den Versteigerungsdetails von damals beschäftigt. Sie lagen im Zentralarchiv in London in einem Tresor. Nur wenige Auserwählte hatten Zugang zu diesem Tresor, in dem Details zu Anbietern und Käufern archiviert wurden. Wer immer dort nachforschte, musste sich die Genehmigung des Board of Directors einholen und begründen, warum er gewisse Details wissen wollte. Zudem musste eine besondere Geheimhaltungserklärung unterschrieben werden. Kundennamen und alle Angaben zu

ihnen waren die sensibelsten Daten bei Christie's. Damit ging man extrem vorsichtig um. Für ihren Rechercheauftrag zum Florentiner hatte sie eine solche Genehmigung erhalten. Lustigerweise Francis Roundell selbst nicht! Er war zwar Sicherheitschef, aber die Direktoren waren stets bestrebt, die Zahl der Zugangsberechtigten überschaubar zu halten. In diesem Fall hatte man argumentiert, dass Roundell über den Bericht von Marie-Claire de Vries alle erforderlichen Informationen erhalten würde. Sie alleine war berechtigt, die Akte der damaligen Versteigerung einzusehen. Und sie zeichnete daher verantwortlich für die Geheimhaltung der sensiblen Kundendaten. So war das Gesetz des auf eine exzellente Reputation angewiesenen Auktionshauses.

Wer also hatte 1981 diesen Diamanten angeboten? Und das Angebot dann wieder zurückgenommen? Warum war der Florentiner nie zur Versteigerung gelangt? Konnte Gregor von Freysing ihr diese Frage beantworten? Oder Abdel Rahman? Oder wusste Sanjay Kasliwal, was damals geschehen war? Wusste der Inder, wo der Florentiner jetzt war? Wenn ja, warum gab er dann vor, ihn zu suchen?

Das Handy klingelte und riss sie aus ihrer Begeisterung und Aufgeregtheit heraus. Missmutig schaute sie auf das Display. Es war wieder diese Wiener Nummer, die ihr nichts sagte.

»Jetzt geh schon ran«, flüsterte Christiane ihr zu und kicherte. »Vielleicht ist es ja Abdel Rahman! Oder Gregor. Die warten auf dich in Wien! Dann kannst du mir ja den Inder überlassen ...«

Marie-Claire nahm das Gespräch an. Sie erkannte die Stimme sofort. Es war Christoph, Cathrines Mann. Sie hatte lange nichts von ihm gehört und noch länger nicht mit ihm gesprochen. Sie mochten sich nicht. Und ganz offensichtlich mochte Cathrine ihn auch nicht mehr.

Bevor Marie-Claire sagen konnte, dass sie sehr beschäftigt sei und nicht mit ihm sprechen könne, schlug ihr ein wahrer Wortschwall entgegen. Christoph war sehr aufgeregt. Seine Stimme überschlug sich beim Sprechen. Während sie den Worten ihres Schwagers zu folgen versuchte, liefen ihr plötzlich Tränen über die Wangen. Sie zitterte am ganzen Körper. Das Handy fiel ihr aus der Hand. Christiane sprang erschrocken auf.

»Um Himmels willen, was ist denn los? Warum weinst du? Du zitterst ja am ganzen Körper! Jetzt sag schon.«

»Das war der Mann meiner Schwester. Er ist völlig aufgelöst. Cathrine ist weg – verschwunden! Er sagt, sie habe ihn völlig überstürzt verlassen, hat nur den Pass mitgenommen, ist mit einem Araber weggeflogen – nach Marrakesch.«

19. Kapitel

Kriminalhauptkommissar Bernhard Kleimann wusste nicht, was er tun sollte. Seinem italienischen Kollegen Gianfranco Moreni ging es nicht anders. Die beiden Interpol-Beamten saßen auf der Dachterrasse eines Cafés am Djema el Fna in Marrakesch und starrten schon seit geraumer Zeit auf das bunte Treiben unten auf dem Marktplatz. Die untergehende Sonne strahlte das quadratische Minarett der nahen Kutubiya-Moschee an, des im 12. Jahrhundert erbauten Symbols der machtvollen Ausdehnung des Almohadenreiches. Die goldenen Kugeln auf dem Dach der Moschee reflektierten die Sonnenstrahlen. Unten auf dem Marktplatz herrschte reges Treiben. Zwischen den Ständen der Obst- und Gemüseverkäufer drängten sich Menschenmassen. Verhüllte muslimische Frauen in ihren traditionellen langen Kleidern, aber auch junge Mädchen in kurzen Röcken gingen von Stand zu Stand. Das allgegenwärtige Nebeneinander von Tradition und Moderne gefiel Kleimann an Marrakesch. Hier, unmittelbar an den Souks der Altstadt gelegen, auf dem »Platz der Gehängten«, auf dem früher Rechtsbrecher öffentlich hingerichtet wurden, zeigte sich der Facettenreichtum dieser Oasenstadt am Fuße des schneebedeckten Hohen Atlas. Hier prallten lärmend und farbenprächtig mehrere Welten aufeinander: Wasserverkäufer mit riesigen Messingbehältern auf dem Rücken, ausstaffiert mit roten Pluderhosen, den Kopf bedeckt mit breitkrempigen Hüten, versuchten zu verkaufen, was in diesen Dezembertagen bei kaum mehr als achtzehn Grad niemand brauchte; Hökerer und Quacksalber, Schlangenbeschwörer und Geschichtenerzähler zogen die Marktbesucher in ihren Bann. Akrobaten wirbelten durch die Lüfte und beeindruckten ihre Zuschauer mit waghalsigen Flickflacks; der Geruch und Rauch der unzähligen Garküchen hing über dem Geschehen. Das war das traditionelle, farbenfrohe und sehr exotische Marokko, von dem er anfänglich geglaubt hatte, es werde nur für Touristen aufrechterhalten. Doch sein marokkanischer Kollege Khalid Semouri hatte ihm glaubhaft versichert, dass dies keine aufgesetzte Touristenshow, sondern marokkanischer Alltag sei. Ein Alltag, zu dem die Repräsentanten des Maroc Nouveau ebenso gehörten. Die gestylten jungen Männer ließen ihre auf Femme fatale zurechtgemachten Freundinnen in den bauchfreien Jeans mit Vorliebe direkt vor den Cafés rund um diesen Platz vor den Augen der greisen Marktweiber aus den sündhaft teuren Kabrioletts steigen. Es war ein faszinierender Platz, und wann immer es ihm möglich war, ging er von seinem nahe gelegenen Hotel aus hierher, um auf dieser Dachterrasse zu sitzen und das bunte Treiben zu beobachten. Ja, diese Stadt gefiel ihm. Sie sprühte vor Leben. Die zehn Kilometer lange, in der Morgen- und Abendsonne ockerfarben erstrahlende Stadtmauer umringte und behütete eine Welt, die nach anderen als im nahen Europa geltenden Gesetzen zu funktionieren schien.

Heute aber stand Bernhard Kleimann absolut nicht der Sinn nach den architektonischen und kulturellen Schönheiten dieser alten und doch auch so modernen Stadt. Er war zutiefst beunruhigt. Nur widerwillig gestand er sich ein, dass die Operation *Mraksch* völlig aus dem Ruder lief. Sein italienischer Kollege und er hatten sich daher nach dem heutigen Meeting mit den marokkanischen Kollegen hierhin zurückgezogen, um die Situation realistisch zu bewerten. Realistisch hieß in diesem Falle, dies ohne marokkanische Geheimdienstleute und Polizisten zu tun. Denn die, darüber war er sich ebenso im Klaren wie Gianfranco Moreni, kochten ihr eigenes Süppchen. Zwar waren die Kollegen immer sehr nett, vermeintlich kooperativ und letztendlich auch sehr effizient. Aber Effizienz à la Maroc, so hatte es Gianfranco vor einer halben Stunde so treffend wie auch zynisch umschrieben, »... heißt nicht, Probleme nach demokratischen, rechtsstaatlichen Prinzipien und mit kriminalistischer Perfektion zu lösen – sondern sich bei Problemen der Schusswaffe zu bedienen.«
Damit hatte er die seltsamen Todesumstände des italienischen Kommissars Carlo Frattini gemeint. Offiziellen Verlautbarungen der marokkanischen Behörden zufolge war der Sohn des im Palazzo Pitti umgekommenen Museumswärters von unbekannten Tätern auf offener Straße überfallen, durch einen Kopfschuss aus nächster Nähe getötet und seines Fahrzeugs beraubt worden. Am helllichten Tag und auf einer belebten Hauptstraße. Das war die marokkanische Version, die von höchster Stelle in Rabat sogar dem italienischen Außenministerium in Rom »mit Bedauern« übermittelt worden war. Dass Gianfranco Moreni als altgedienter Kriminalist und langjähriger Leiter der Mordkommission in Palermo sehr wohl den Unterschied zwischen einem Schuss aus einer Handfeuerwaffe aus

nächster Nähe und einem Schuss aus einem Gewehr mit kleinkalibriger Highspeed-Munition kannte, schienen die marokkanischen Kollegen nicht einmal in Erwägung gezogen zu haben, als sie Moreni erlaubt hatten, die Leiche des toten Commissario zu identifizieren. Seither war dieser sehr erregt, was noch immer nicht zu überhören war.

»Bernardo, ich weiß nicht, ob ich lieber schreien oder schweigen soll! Die haben Carlo Frattini liquidiert, glaub es mir! Die Leiche hatte einen Einschuss im Kopf, die zweifelsfrei erkennen ließ, dass der Schütze von einer erhöhten Position aus geschossen hat. Der Schusskanal lief von oben in der Schläfe nach unten zum Wangenknochen auf der anderen Seite des Gesichts. Vorne ein kleines Loch. Hinten ein kleines Loch. Typisch für kleinkalibrige Hochgeschwindigkeitsmunition – die übrigens international verboten ist. Nur Killer verwenden diese Munition! Nix da, Schuss aus nächster Nähe! Die haben ihn liquidiert. Und damit war das Problem des rachelüsternen Polizisten aus Italien gelöst. Die scheren sich um nichts, die lösen hier Probleme anders. Und so werden sie auch weiterhin agieren!«

Bernhard Kleimann schwieg betroffen. Er wusste, dass sein italienischer Kollege Recht hatte. Er wusste aber auch, dass es nichts brachte, den mysteriösen Tod von Carlo Frattini an die große Glocke zu hängen. Öffentlichkeit war das Letzte, was man in diesem sensiblen Fall gebrauchen konnten. Niemand in Rom und Lyon wusste so genau, was um Carlo Frattini herum geschehen war. Spielraum für abstruse Vermutungen gab es genug. Was hatte der Sohn des toten Museumswächters in Marrakesch gemacht? Wieso hatte er seine gesamten Ersparnisse zusammengekratzt, um diese Reise finanzieren zu können? Stand sein Tod etwa im Zusammenhang mit dem zweier

Marokkaner, über den die hiesigen Medien berichtet hatten? Der Einzige, der dazu etwas hätte sagen können, war tot.

»Wir werden kaum Antworten auf unsere Fragen bekommen«, versuchte Bernhard Kleimann seinen italienischen Kollegen ein wenig zu beruhigen. »Es ist eine heikle Sache. Die Marokkaner sind ohnehin nicht gerade hoch erfreut, dass wir von Interpol hier mit dabei sind. Die wären froh, wenn sie die ganze Sache alleine regeln könnten. Aber die neusten Entwicklungen haben den marokkanischen Sicherheitsbehörden auch gezeigt, dass sie uns brauchen. Das ist alles so verflucht verworren, dass auch ich ehrlich gesagt nicht mehr weiß, wie ich damit umgehen soll. Was, zum Teufel, macht diese Marie-Claire de Vries jetzt plötzlich hier in Marrakesch? Ich verstehe das nicht!«

Gianfranco Moreni schien sich dazu durchgerungen zu haben, nicht mehr über den Tod seines Kollegen Frattini nachzudenken. Bevor er antwortete, schaute er sich allerdings auffällig misstrauisch um, ob in ihrer unmittelbarer Nähe noch andere Zuhörer saßen. Leise sagte er dann: »Auch wenn ich diesen Typen hier bei den Behörden nicht so recht traue, so gehe ich doch davon aus, dass sie in der Lage sind, Passdaten richtig zu lesen. Es war Marie-Claire de Vries! Diese Mitarbeiterin von Christie's ist hier in Marrakesch angekommen. Zusammen mit Abdel Rahman, alias Faisal Ben Ait Haddou – alias Jilani Rezaigui. Sie sind von Wien über Casablanca nach Marrakesch geflogen. Laut Oberst Semouri sitzen die beiden seit gestern in einer Wohnung auf der anderen Seite des Golfclub-Hotels, in einer der Eigentumswohnungen, die zum Reitclub gehören. Raffiniert ausgesucht, diese Verstecke! In der riesigen Anlage herrscht ein ständiges Kommen und Gehen. Da fallen Fremde nicht auf. Man hat zwei Wohnungen auf dem gleichen Terrain – mit unterschiedlichen Zufahrtsstraßen und vielen Fluchtmöglichkeiten! In der einen sitzen die Leute fürs Grobe, die Handlanger, in der anderen wohnt der Anführer. Sie werden nie zusammen gesehen, obwohl sie nur knapp fünfhundert Meter voneinander entfernt sind. Aber jetzt wissen wir zumindest, wo sich Abdel Rahman versteckte! Und Marie-Claire de Vries ist ebenfalls dort. Ich hoffe nur, dass diese Wohnung auch das Versteck für die beiden geraubten Diamanten ist.«

»Ich glaube schon«, antwortete Bernhard Kleimann. »Abdel Rahman hat sich extrem konspirativ verhalten, als sie zu dieser Wohnung gefahren sind. In einem der abgehörten Telefonate hat er eine Formulierung verwendet, aus der man schließen kann, dass er die beiden geraubten Diamanten hier hat. Allerdings verstehe ich nicht, warum diese Marie-Claire jetzt hier auftaucht. Ist sie denn eine Komplizin? Auf jeden Fall hat sie ein Verhältnis mit diesem Araber. Die Kollegen in Wien haben die beiden auf dem Weihnachtsmarkt beobachtet. Am nächsten Morgen kam er aus ihrer Wohnung. Jetzt ist sie plötzlich hier, obwohl sie doch in die Schweiz hatte fliegen wollen. Das ist schon alles sehr verworren! Ich verstehe auch nicht so ganz, wieso Francis Roundell hier bald auftauchen wird. Das ist für ihn sehr risikoreich! Die abgehörten Telefongespräche sind aber eindeutig. Er kommt her! Und, ehrlich gesagt, Gianfranco, ich freue mich schon auf den Moment, wenn ich Francis hochnehmen kann. Er ist ein Saukerl. Er hat versucht, mich, als seinen alten Freund und Kollegen, für seine dreckigen Spielchen zu missbrauchen, die er vermutlich schon seit Jahren treibt. Er als Sicherheitschef bei Christie's hat die besten Kontakte. Er sitzt mittendrin in der Schmuck- und Kunstszene. Niemand wäre doch auf die Idee gekommen, dass er sein Wissen für krumme Geschäfte nutzt. Daher sehne ich mich regelrecht nach einem Wiedersehen. Ich kann nur hoffen, dass die Marokkaner nicht wieder eigene Wege gehen, ohne uns darüber zu informieren. Die sind seit den Anschlägen von Casablanca so paranoid, was Terroristen betrifft, dass sie am liebsten alles abknallen, was ihnen diesbezüglich Probleme bereiten könnte. Die scheren sich einen Dreck um rechtsstaatliche Spielregeln.«

»Wobei wir ja nun ziemlich sicher wissen, dass dieser Jilani oder Abdel oder Faisal kein Terrorist ist. Das ist ein schnöder Krimineller, ein Handlanger für die Geschäfte von Francis Roundell. Er ist der Kopf der Bande. Und Abdel Rahman ist seine rechte Hand. Der erledigt die Drecksarbeit für Geld.«

»Von dem er aber die Hälfte seinem terroristischen Bruder in Granada zukommen lässt«, unterbrach Bernhard Kleimann. »Und der hat nun mal ganz eindeutig Kontakt zu den Hintermännern der Terroranschläge von Casablanca und Madrid! Ich wäre also mit meiner Einschätzung, dass er kein Terrorist ist, etwas vorsichtig, lieber Kollege.«

Hauptkommissar Bernhard Kleimann hielt inne. Gedankenversunken schaute er hinunter zum Djemaa el Fna. Touristen schoben sich in kleinen Grüppchen über den Platz. Leise sprach er weiter: »Der Bruder von Abdel Rahman ist ein Puzzleteil, das ich ebenfalls noch nicht so ganz einordnen kann. Er ist ohne Frage eine wichtige Figur innerhalb dieses Netzwerkes islamistischer Fundamentalisten. Unsere Nachrichtendienste tun sich zwar ziemlich schwer, uns Informationen zu liefern, weil es natürlich wieder einmal um politische Rücksichtnahmen und um das leidige Thema Quellenschutz geht. Wahrscheinlich aber ist der Bruder sogar für die Finanzierung aller Aktivitäten der spanischen Zelle dieser

Terrorgruppe verantwortlich. Was Francis Roundell betrifft, so wissen wir nach dem derzeitigen Stand unserer Ermittlungen lediglich, dass diese Terrorgruppierung ihn logistisch und personell in seinen kriminellen Aktivitäten unterstützt. Roundell plant die Coups, lässt sie von den Leuten um Abdel Rahman ausführen – und die kassieren dafür dann Geld, mit dem sie ihre terroristischen Ziele finanzieren. So einfach ist das. Francis Roundell können wir aber deswegen eine Zugehörigkeit zu den Terroristen ebenso wenig nachweisen wie Abdel Rahman. Ich glaube eher, dass sich da eine unheilvolle Allianz aufgetan hat. Was ja nichts Neues ist.«

»Absolut nicht«, bestätigte Gianfranco Moreni die Einschätzung seines Kollegen. »Solche Kooperation gibt es immer wieder. Sogar die Mafia lieferte in der Vergangenheit immer wieder Waffen an Terrorgruppierungen. Und zwar weltweit. Deswegen ist ein Mafioso aber noch kein Terrorist. Die machen Geschäfte mit allen, die gut bezahlen. Ich pflichte Ihnen allerdings bei, dass es sich hier um eine höchst brisante Kooperation zwischen Terroristen und Kriminellen handelt. Viele spektakuläre Kunstdiebstähle der Vergangenheit müssen unter diesen Aspekten noch einmal neu aufgerollt werden. Wer weiß, wo Roundell seine Finger sonst noch drin hatte. Er scheint immer nach demselben Muster vorzugehen: Erst lässt er berühmte Kunstgegenstände von seinen terroristischen Helfern stehlen. Dann bietet er den Versicherungen an, die geklauten Kunstgegenstände zurückzuholen, was ihm ja nicht schwer fällt. Und hinterher kassiert er wahnwitzige Belohnungen von der Versicherung! Wahrscheinlich ist das mit den beiden Schmuckstücken von Bayern und Florenz auch so geplant.«

Bernhard Kleimann schüttelte zweifelnd den Kopf.

»Es bleibt dennoch offen, was es mit diesem Florentiner auf

sich hat, von dem Marie-Claire de Vries dauernd spricht. Die abgehörten Telefonate sind diesbezüglich nicht sonderlich aufschlussreich. Erstaunlich ist aber, dass Abdel Rahman irgendwie auch was mit diesem Florentiner zu tun hat. Er taucht letztendlich immer da auf, wo Marie-Claire de Vries ist. Und immer führt die Spur zu Roundell. Dieser Florentiner-Diamant ist meines Wissens seit ungefähr 1920 verschwunden. Also, wieso wird er so intensiv gesucht? Was hat der Florentiner mit den beiden Sancys zu tun? Hat er was damit zu tun? Das alles passt nicht richtig zusammen. Und ich muss mich wiederholen: Warum ist Marie-Claire de Vries in Marrakesch?«

»Warten wir's ab«, unterbrach ihn der italienische Beamte. »Die marokkanischen Kollegen haben die Wohnung im Hotel Palmeraie verwanzt. In Abdel Rahmans Wohnung war das bislang nicht möglich, weil er sie nie verlässt. Vielleicht ist er zu intensiv mit dieser Marie-Claire beschäftigt. Auf jeden Fall sind alle Telefone jetzt angezapft. Rahmans Handy sollte jetzt ebenfalls abgehört werden, auch wenn das technisch ein wenig komplizierter ist. Aber ab Mittag hören wir mit! Vielleicht sind wir bald etwas klüger. Wenn Francis Roundell tatsächlich kommen sollte und sich auch nur annähernd abzeichnet, dass die beiden gestohlenen Diamanten hier in Marrakesch sind, sollten wir auf jeden Fall zugreifen. Wir müssen zugreifen! Es geht schließlich nicht nur um zwei Diamanten, sondern auch um Mord. Wobei ich wirklich hoffe, dass die Marokkaner bei dem Zugriff nicht wieder den Weg der verbrannten Erde wählen und alles liquidieren, was nicht schnell genug die Hände gen Himmel streckt.«

*

Marie-Claire de Vries war verzweifelt. Sie wollte weinen, traute sich aber nicht. Der feste Griff des arabisch aussehenden Mannes tat ihr weh. Seine Fingernägel gruben sich in ihren Unterarm ein. Sie verstand noch immer nicht, warum er sie so brutal behandelte. Dann kamen zwei Polizisten. Sie lächelten freundlich. Ihre Schweizer Uniformen wirkten beruhigend. Marie-Claire ging davon aus, dass sich dieses Missverständnis schnell klären würde.
Der Flughafen von Zürich war zu dieser späten Abendstunde fast menschenleer. Um sie herum hatte sich jedoch am Kontrollschalter für die Boarding Cards eine kleine Gruppe Neugieriger versammelt. Die Gaffer tuschelten. Das Wort Terroristin fiel. Ihr Blick wanderte zur Uhr an der Wand über den Hinweistafeln für den Abflug. In einer Stunde ging ihre Maschine nach London. Es war der letzte Flug nach London an diesem Abend, und sie musste ihn unbedingt erreichen. Das Leben von Cathrine hing davon ab.
»Was ist hier los?«, fragte einer der beiden Polizist barsch. Der Kontrolleur für die Boarding Cards, der Marie-Claire noch immer am Arm festhielt, tat sehr stolz.
»Der Name im Pass dieser Frau ist nicht identisch mit dem Namen, der auf ihrer Boarding Card steht. Sie ist mir aufgefallen, weil sie so nervös ist. Deswegen habe ich sie festgehalten. Da stimmt etwas nicht!«
»Bitte Ihren Ausweis, Madame! Die Boarding Card und das Ticket«, forderte der Polizist sie auf. Marie-Claire war sprachlos. Sie verstand überhaupt nicht, um was es ging. Was sollte denn mit ihrem Pass nicht stimmen? Sie war doch mit dem gleichen Pass vor drei Tagen zusammen mit Chrissie von Wien nach Zürich geflogen.
»Impossible!«, zischte sie und hielt dem Polizisten die ge-

wünschten Dokumente hin. Sie zitterte. Der Polizist sah es. Mürrisch blätterte er in dem Pass, schaute Marie-Claire an, prüfte die Boarding Card, schaute auf das Flugticket und blickte ihr schließlich misstrauisch in die Augen.

»Vous êtes Madame de Vries? Madame Cathrine de Vries?« Aufmerksam betrachtete er die Frau, die vor ihm stand. Sie war auffallend hübsch, mit langen blonden Haaren, sie wirkte sehr gepflegt und war modern gekleidet. Außer einer kleinen Handtasche und einem Laptop hatte sie kein Gepäck bei sich. Da auf dem Ticket kein Gepäckkontrollsticker zu sehen war, ging er davon aus, dass die Frau nur mit Handgepäck unterwegs war. Das kam ihm seltsam vor. Sie hatte laut Ticket noch ein lange Reise vor sich. Das Ticket war erst vor einer Stunde hier am Flughafen gekauft und mit einer Kreditkarte bezahlt worden. Die Boarding Card galt für den Abendflug von Zürich nach London Heathrow. Für den nächsten Tag war ein Flug von London nach Casablanca und weiter nach Marrakesch gebucht. Und das alles ohne Koffer, ohne Kleidungsstücke? Hier stimmte tatsächlich etwas nicht. Augenscheinlich war diese Frau optisch identisch mit der abgebildeten Person in dem österreichischen Reisepass, den er in der Hand hielt. Der Pass schien auch echt zu sein. Er war etwas abgegriffen und voller Stempel aus aller Welt. Doch auf dem Ticket der British Airways stand ein anderer Name, zumindest ein anderer Vorname. Im Pass hieß diese Frau Cathrine de Vries. Auf allen anderen Dokumenten hieß sie seltsamerweise aber Marie-Claire de Vries. Als er ihr das zeigte, wurde die Frau sehr nervös. Voller Panik starrte sie in ihren Pass und blätterte darin herum.

»Ich … ich verstehe das nicht!«, stotterte Marie-Claire de Vries. Sie spürte, wie ihr Schweißperlen auf die Stirn traten.

Wie konnte es geschehen, dass sie den Reisepass von Cathrine in der Handtasche hatte? Wann war das passiert? Angestrengt dachte sie nach und ihr fiel eine mögliche Erklärung ein: Vor drei Monaten waren sie und Cathrine zusammen in Rom gewesen. Hatten sie damals im Hotelzimmer in Rom versehentlich ihre Pässe vertauscht? War es möglich, dass sie beide seitdem mit falschen Pässen reisten? War es möglich, dass auf ihrer gesamten Reise nach Ägypten niemandem aufgefallen war, dass sie den Reisepass ihrer Zwillingsschwester benutzte? Ihr selbst auch nicht? War das möglich? Ihre Gedanken überschlugen sich. Ja, wieso nicht? Cathrine und sie sahen sich im realen Leben und auch auf den Passbildern täuschend ähnlich. Dann noch derselbe Familienname, dieselbe Staatsangehörigkeit, dasselbe Geburtsdatum, derselbe Wohnort: Wien! Cathrine war also mit ihrem Reisepass unterwegs. Und sie war weit weg, in Marrakesch – und in Gefahr. Vielleicht sogar in Lebensgefahr! Wenn sie jetzt hier in Zürich festgenommen oder zumindest länger aufgehalten würde, was würde dann in Marrakesch geschehen? Würde Abdel Rahman …?
Marie-Claire begriff, dass sie die Polizisten nur dann von der Richtigkeit ihrer Geshichte überzeugen konnte, wenn sie noch irgendein anderes Personaldokument vorzuweisen hatte.
»Um Gottes willen«, blickte sie die beiden Polizisten flehend an. »Das ist der Reisepass meiner Zwillingsschwester. Wir müssen ihn vertauscht haben. Wir sind eineiige Zwillinge. Das Ticket hatte ich heute telefonisch bestellt. Der Frau am Schalter ist wohl nicht aufgefallen, dass es ein Pass mit einem anderen Vornamen ist.«
Hektisch kramte sie in ihrer Handtasche. Der Führerschein! Ja, auf dem Führerschein stand ihr richtiger Name – mit Bild! Auf der Kreditkarte auch – allerdings ohne Bild. Auf ihrem

Dienstausweis, ja, auf dem Hausausweis von Christie's war auch ihr Bild, ihr richtiger Name, ihre Anschrift. Sie gab den Polizisten alle Dokumente. Siedend heiß wurde ihr plötzlich bewusst, dass es nicht das Problem war nachzuweisen, dass sie Marie-Claire de Vries war. Das Problem war, dass sie jetzt keine gültigen Reisedokumente mehr besaß. Sie würde nicht weiterreisen dürfen, bis das alles geklärt war. Sie würde nicht nach London kommen, um die Dokumente zu holen, die Abdel Rahman haben wollte! Und sie würde nicht nach Marrakesch weiterfliegen können! Tränen liefen ihr über das Gesicht. Sie spürte, wie ihre Kräfte sie verließen.

»Hier, schauen Sie ...«, presste sie hervor und zog ein Bild aus der Brieftasche. Es zeigte Cathrine und sie vor der Spanischen Treppe in Rom. Auf der Rückseite des Fotos stand ein Datum. »Hier, bitte, sehen Sie. Wir sind Zwillinge.«

»Wie heißt Ihr Sicherheitschef, Madame de Vries?« Sie hörte die Stimme des Polizisten wie in Trance, verstand aber nicht, was er mit dieser Frage bezweckte. Prüfend hielt er ihren Hausausweis in der Hand.

»Roundell ... Francis Roundell«, schluchzte sie.

Der Polizist wirkte plötzlich sehr ernst. Er fuhr die Gaffer an. »Gehen Sie weiter! Hier gibt es nichts zu sehen!« Dann tat er einen Schritt auf Marie-Claire zu und fasste sie am Arm: »Ich muss Sie bitten, mir auf die Wache zu folgen. Sie sind vorläufig festgenommen.«

*

Abdel Rahman alias Faisal Ben Ait Haddou alias Jilani Rezaigui versuchte, seine Nervosität zu unterdrücken, aber es gelang ihm nicht. Unruhig ging er zum Fenster und schaute

durch den Vorhang hindurch auf den Weg, der vom Parkplatz des Reitstalls zu der Wohnung führte, in der er sich aufhielt. Er konnte nichts Auffälliges feststellen, dennoch hatte er ein ungutes Gefühl. Sein sechster Sinn sagte ihm, dass da draußen seltsame Dinge geschahen. Sechs Autos waren dort unten geparkt. Es waren die gleichen Fahrzeuge wie am frühen Morgen. Sie gehörten reichen Marokkanern, die sich eine Eigentumswohnung in dieser noblen Clubanlage erlauben konnten. Insgesamt standen sechs Häuser auf dem Terrain. In jedem waren ein Dutzend Wohnungen untergebracht. Die meisten davon waren Maisonettewohnungen mit zwei Etagen und sechs Zimmern. Anonymität und Diskretion waren hier oberstes Gebot. Er wusste, dass ein General der marokkanischen Armee in dem gegenüberliegenden Wohnblock gleich zwei Wohnungen besaß. In einer der Wohnungen des Generals hielten sich zwei sehr junge Frauen auf. Er sah sie manchmal abends durch die Gardinen hindurch. Es waren offensichtlich heimliche Gespielinnen des Generals, der immer nur am Wochenende kam.
Abdel Rahman schaute auf die Uhr. In der Schweiz war es jetzt neun Uhr. Vor knapp vier Stunden hatte er mit Marie-Claire telefoniert. Sie hatte laut aufgeschrien, als sie gehört hatte, dass Cathrine mit ihm in Marrakesch sei. Und sie hatte ihn unflätig beschimpft, als sie erfuhr, dass Cathrine freiwillig mit ihm geflogen war. Das hatte Marie-Claire nicht geglaubt. Also hatte er ihr erzählt, wie er Cathrine am Tag nach dem Besuch des Weihnachtsmarktes angerufen und sie sich mit ihm verabredet hatte – nur wenige Stunden nachdem er Marie-Claires Wohnung am frühen Morgen verlassen hatte.
Abdel Rahman grinste dämonisch. Es hatte ihm gefallen: zwei Schwestern innerhalb von vierundzwanzig Stunden! Eine

hübscher als die andere. Und dann auch noch Zwillingsschwestern! Selbst ihre Körper waren sich sehr ähnlich. Und eine war geiler als die andere. Die eine liebte die harte Art. Die andere war so heiß auf ihn gewesen, dass sie sich schon mittags nach dem Essen in der Toilette des Restaurants von ihm hatte bumsen lassen. Und abends im Hotel dann noch einmal. Immer wieder. Schließlich war sie ihm auf die Nerven gegangen. Hätte sie nicht plötzlich angefangen, von der Arbeit ihrer Schwester Marie-Claire zu erzählen, hätte er sie wahrscheinlich aus dem Hotelzimmer hinauskomplimentiert. Aber dann war dieser eine Satz gefallen. Diese Sache mit der Statue, in der angeblich ein Schatz versteckt sein sollte! Ein einziger Satz aus dem Mund von Cathrine hatte den Dingen plötzlich eine andere Wende gegeben. So heiß, wie sie auf ihn war, so dumm schien sie auch zu sein. Ohne dass er sie überhaupt gefragt hatte, erzählte sie von dem Geheimauftrag ihrer Schwester, von dem Dossier bei Christie's in London. Und ihm war klar geworden, dass es einen Zusammenhang zwischen dem Florentiner, dem Buchmanuskript und diesem Schatz – und damit auch einen Zusammenhang zwischen den beiden Sancys und dem Florentiner gab.
Plötzlich sah er vieles in einem anderen Licht, er begriff vieles: Der Scheißkerl Roundell wollte ihn aufs Kreuz legen! Da lief ein wahnwitziges Ding ab. Hier ging es nicht um schnöde Diamanten, die später an die Versicherungsgesellschaften verkauft werden sollten. Es ging es um viel mehr! Roundell hatte ihm lediglich gesagt, dass diese drei Diamanten einen enormen Wert hätten, weil sie früher einmal zusammengehört hatten. Aber das war wohl nur die halbe Wahrheit gewesen. Er erkannte, dass er mit Cathrine de Vries völlig unerwartet einen Joker in der Hand hielt. Mit ihr als Geisel würde er

von Marie-Claire de Vries all das bekommen, was Roundell brauchte: das Buchmanuskript – und die geheimen Unterlagen über diese Auktion bei Christie's vor so vielen Jahren. Jene Unterlagen, aus denen offensichtlich hervorging, wer den Florentiner-Diamanten jetzt besaß. Die beiden Sancy-Diamanten hatte er bereits. Sie lagen im Wohnzimmer nebenan in einem Aquarium im Sand versteckt. Wie zwei kleine, glitzernde, von Goldfischen bewachte Kieselsteinchen sahen sie aus. Bislang waren sie nur ein paar Millionen Euro wert gewesen. Jetzt aber ging es um einen Schatz – um unvorstellbaren Reichtum! Und jetzt war er, Abdel Rahman, mit von der Partie! Roundell hatte keine andere Chance. Was immer das für ein legendärer Schatz war, um den es hier ging, ohne ihn würde Roundell diesen Coup nicht durchziehen können. Wenn Marie-Claire de Vries morgen käme und diese Unterlagen mitbringen würde, wäre man dem Besitzer des Florentiners einen entscheidenen Schritt näher. Und damit dem Schatz. Er aber hatte die beiden Sancys. Wenn, wie Cathrine de Vries es so dahingeplappert hatte, alle drei Edelsteine zum Öffnen der Statue erforderlich waren, kam Roundell jetzt nicht mehr an ihm vorbei. Roundell war zwar der Einzige, der offensichtlich wusste, wo diese Statue sich befand, aber ohne die beiden Sancys lief nichts. Und wo die versteckt waren, wusste Roundell nicht!

Abdel Rahman lächelte süffisant vor sich hin. Die war wirklich zu dämlich, diese Cathrine de Vries! Eine von diesen frustrierten und nicht ausgelasteten Huren, die zu Hause einen stinkreichen Mann sitzen haben, sich aber von anderen Männern vögeln lassen und dann anfangen zu plappern. In dem Moment, als er erkannte, was er mit Cathrine de Vries in der Hand hatte, in diesem Moment hatte er entschieden, Cathrine de Vries nach Marrakesch zu locken und sie dann als Geisel festzuhalten. Es war ihm danach nicht sonderlich schwer gefallen, sie die ganze Nacht hindurch zu verwöhnen, den zärtlichen, einfühlsamen und vernarrten Liebhaber zu spielen. Einer, der davon träumt, sie als Frau zu haben. Für immer und ewig. Und sie hatte ihm das tatsächlich abgenommen. Eine Nacht hatte er gebraucht, um sie dazu zu kriegen, mit ihm nach Marrakesch zu fliegen. Mit völlig verklärtem Blick war sie nach Hause gefahren, hatte Pass, Geld, Kreditkarten und ein paar Kleider eingepackt und war mitgekommen. Doch wie hatte sie dann geschrien und um sich geschlagen, als er ihr hier in der Wohnung die Wahrheit gesagt hatte. Und die Wahrheit war sehr einfach: Entweder Marie-Claire schaffte dieses Buchmanuskript und die geheimen Unterlagen aus dem Christie's-Archiv heran, oder ihre Zwillingsschwester würde sterben! Genau das hatte Cathrine de Vries ihre Schwester am Handy wissen lassen. Jetzt lag sie oben im Zimmer und schlief. Er hatte sie am Bett festgebunden und mit einem Betäubungsmittel in Tiefschlaf versetzt. Abdel Rahman fragte sich, ob Marie-Claire tun würde, was er von ihr verlangte. Oder war sie cleverer als ihre Schwester, die offensichtlich glaubte, sie würde Marrakesch jemals wieder lebend verlassen? Cathrine glaubte das wirklich und war sich absolut sicher, dass Marie-Claire seinen Forderungen nachkommen würde.

»Meine Schwester liebt mich – sie würde alles tun, um mir zu helfen! Wir sind Zwillingsschwestern«, hatte sie geschluchzt.

Abdel Rahman schaute noch einmal aus dem Fenster. Draußen vor dem Haus war nach wie vor alles ruhig. Der Abendhimmel war von den Lichtern der nahen Stadt erhellt. Es erinnerte ihn

daran, dass er heute einen Zettel im Postfach gefunden hatte. Die Verwaltung des Reitclubs teilte darin mit, dass morgen Abend im Club, in den dazu gehörenden Wohnanlagen sowie im Hotel Palmeraie eine routinemäßige Notfallübung der Feuerwehr von Marrakesch stattfinden würde, in dessen Rahmen es zu Lärm- und Rauchbelästigung kommen könne. Auch am Parkplatz stand das auf einem großen Plakat geschrieben, verbunden mit dem Hinweis, dass die Zufahrtswege zwischen achtzehn und zweiundzwanzig Uhr gesperrt seien. Es ärgerte ihn ein wenig. Er verstand nicht, warum das so spät mitgeteilt wurde. Wie auch immer: Genau zu dieser Zeit würde Marie-Claire de Vries morgen Abend ankommen. Und Francis Roundell. Das würde eine große Überraschung werden. Roundell wusste weder, dass Marie-Claire auf dem Weg nach Marrakesch war, noch dass Abdel Cathrine de Vries als Geisel genommen hatte. Marie-Claire wiederum ahnte nicht, dass Roundell hier sein würde. Und beide wussten sie nicht, dass er, Abdel Rahman, jetzt ebenfalls über den Schatz in der Statue Bescheid wusste.
Würde Marie-Claire so handeln, wie ihre Schwester das glaubte und wie er das erwartete? Oder hatte sie so etwas wie Stolz und Ehrgefühl? Hasste sie Cathrine jetzt? Schließlich hatte sie mit dem Telefonat erkannt, dass ihre eigene Schwester sie betrogen hatte. Würde sie jetzt noch die Unterlagen bringen, um ihre Schwester zu retten?
Eine andere Frage, die er sich seit gestern stellte, war, wieso Roundell sich nicht selbst diese Unterlagen aus dem Christie's-Archiv besorgte. Er saß doch als Sicherheitschef von Christie's an der Quelle. Wieso musste Roundell warten, bis Marie-Claire diese Dossiers hatte? Das war etwas, das Abdel Rahman nicht begriff. Doch das würde sich sicherlich mit dem

Kommen von Francis Roundell klären. Seine Gedanken wanderten zurück zu Marie-Claire. Es machte ihn nervös, dass er nicht genau abschätzen konnte, wie sie nun handeln würde. Was hatte sie ins Telefon geschrien? »Ich bringe dich um!«

*

Francis Roundell war die Fliegerei absolut leid. Erst letzte Nacht war er aus Indien zurückgekehrt. Der Zeitunterschied und der extreme Klimaumschwung steckten ihm noch in den Knochen, zumal er nur zwei Tage Zeit gehabt hatte für die Dinge, die er in Jaipur hatte erledigen müssen. Dafür aber war dort alles perfekt gelaufen. Der Zugang zu der Statue war jetzt endgültig gewährleistet. Der Inder, den er nicht sonderlich mochte, hatte sich mit den Verfahrensweisen und vor allem mit den finanziellen Abmachungen einverstanden erklärt. Alles war jetzt nur noch eine Frage der Zeit. Die beiden Sancys hatte er schon. Den Florentiner würde er ebenfalls bald besitzen.
Auch wenn er mit allem zufrieden sein konnte, war er müde und abgespannt. Eigentlich hatte er ab morgen zwei Tage Urlaub. Daher stand ihm absolut nicht der Sinn danach, jetzt nach Marokko zu fliegen, zumal er es nicht für besonders klug hielt, derzeit mit Abdel Rahman zusammenzutreffen. Es gab zwar keine wirklich konkreten Hinweise darauf, dass die internationalen Ermittlungsbehörden aktiv waren, aber genau das beunruhigte ihn. Es konnte der Eindruck entstehen, als seien die spektakulären Raubüberfälle in Bayern und Florenz vergessen. Das war jedoch mit Sicherheit nicht der Fall. Francis Roundell kannte seinen ehemaligen Kollegen Bernhard Kleimann gut genug. Seit fast einer Woche versuchte er

ihn zu erreichen. Nach ihrem Zusammentreffen in Lyon hatten sie kaum miteinander gesprochen. Das musste nicht unbedingt etwas bedeuten, es konnte aber auch ein Indiz dafür sein, dass die Operation *Mraksch* in der heißen Phase war. Und Kleimann gehörte zu dieser Sonderermittlungsgruppe. Nein, jetzt nach Marrakesch zu fliegen war wirklich nicht klug. Zumal er weitaus Wichtigeres zu tun hatte.

Auch mit Marie-Claire de Vries hatte er schon viel zu lange nicht mehr telefoniert. Sie war in die Schweiz geflogen und hatte sich von dort nur kurz gemeldet. Was sie genau dort machte, wusste er nicht. Sie schwieg sich über ihre Aktivitäten aus. Ihr Bericht war längst überfällig. Francis hatte das Gefühl, als lasse sich Marie-Claire absichtlich Zeit mit dem Schreiben des Berichts. Im Zentralarchiv von Christie's war sie noch nicht gewesen, das hatte er in Erfahrung gebracht. All das beunruhigte ihn.

Und jetzt dieser höchst eigenartige Anruf von Abdel Rahman. Was nur wollte der Araber? Er war sich ganz sicher, dass Abdel Rahman irgendetwas im Schilde führte. Aber was? Francis spürte, dass die Dinge irgendwie aus dem Ruder liefen. Abdel hatte sich zwar sehr bemüht, unbedarft zu wirken, aber das war ihm misslungen. Von wichtigen Veränderungen und neuen Erkenntnissen hatte er gefaselt und auf dem Treffen beharrt.

Francis Roundell ging nachdenklich in seiner Wohnung auf und ab. Der Kamin flackerte unruhig. Draußen stürmte es noch immer. Hatte Abdel in Wien irgendwelche Dinge in Erfahrung gebracht, von denen er nichts wissen sollte? Vermutlich war es besser, sich schnell von dem Araber zu trennen. Für immer. Abdel wusste zu viel. Ebenso wie Marie-Claire. Wenn er sie nach Abschluss dieser Sache aus dem Wege räumen würde, wenn sie verschwunden wäre, würden das Board of Directors bei Christie's und auch die Ermittlungsbehörden davon ausgehen, dass Marie-Claire hinter der ganzen Sache steckte. Ja, wenn Abdel Rahman und Marie-Claire unschädlich gemacht worden wären, stünde seinem Triumph nichts mehr im Weg. Drei Jahre lang hatte er die ganze Sache geplant. Das Genialste war, dass kein Verdacht auf ihn fallen würde. Geschickt hatte er sehr viele falsche Spuren gelegt. Jeder würde Marie-Claire verdächtigen, denn sie war es, die sich ja so intensiv mit dem Florentiner beschäftigte. Sie würde Einblick in die geheimen Archivunterlagen nehmen, von denen er schon längst wusste, was drinstand. Genau das war das Raffinierteste an seinem Plan. Marie-Claire de Vries lebte im Bewusstsein, dass der Auftrag für die Recherche nach dem Florentiner vom Board of Directors bei Christie's gekommen war. Das aber stimmte nicht. In der Führungsetage von Christie's wusste niemand etwas davon. Er hatte sie in diesem Glauben gelassen, damit sie nicht misstrauisch wurde. Marie-Claire würde, falls jemals jemand dahinterkommen würde, zur Verantwortung gezogen werden. Aber dann wäre sie längst verschwunden. Tote Zeugen konnten nun einmal nicht sprechen.

20. Kapitel

Das Flugzeug von London nach Casablanca war bis auf den letzten Platz ausgebucht. Marie-Claire war leichenblass. Ihr stand der Sinn nach Ruhe, aber ihr Leben war alles andere als ruhig. Sie brauchte dringend jemanden, der ihr half. Doch wer sollte das sein? Was sollte sie nur tun? Ihre Situation war völlig verfahren. Kaum hatte sie eine kritische Situation überstanden, da entstanden neue, schier unlösbare Probleme. Der Flughafenpolizist, der sie gestern Abend in Zürich nach dem Namen des Sicherheitschefs von Christie's gefragt hatte, kannte Francis Roundell. Welch ein Zufall! Er hatte lange Zeit in Genf seinen Dienst versehen und war zweimal als Sicherheitsbeamter bei der alljährlichen Auktion von Christie's im November im Einsatz gewesen. Dabei hatte er Francis Roundell kennen gelernt, und das ganz offensichtlich gut. Wie Roundell aussehe, hatte der Polizist sie auf der Flughafenwache gefragt, ob Roundell verheiratet sei und wo Roundell früher als Kriminalbeamter gearbeitet habe. Was immer der Polizist gefragt hatte, sie hatte ihm antworten können. Alles hatte sie von Francis gewusst. Das hatte sie gerettet. Es war wirklich ein sehr verständiger Beamter gewesen. Er hatte ihr schließlich geglaubt, dass sie den Pass ihrer Schwester versehentlich eingesteckt hatte. Und ebenso zeigte er Verständnis dafür, dass sie in unvorstellbare Schwierigkeiten geraten würde, wenn sie nicht nach London und dann weiter nach Marokko fliegen würde. Trotz allem hatte er sie aber auch ermahnt, dass sie sich strafbar mache, sollte sie mit diesem Pass weiterreisen.

Aber was sollte sie tun? Sie musste nach Marrakesch! Nur sie konnte diese Sache regeln. Gab es eigentlich noch jemanden, dem sie trauen konnte? Francis Roundell traute sie schon seit einiger Zeit nicht mehr so recht. Jetzt, nachdem sie im Zentralarchiv gewesen war, um sich die Dossiers zu besorgen, hatte sie sogar Angst vor ihm.

Gregor? Nein, Gregor konnte und würde ihr nicht helfen. Er war sicherlich der falsche Ansprechpartner, zumal er sich wahrscheinlich sowieso nie mehr melden würde. Und Sanjay? Er hatte sich auf ihre Fragen nach den Ostiers wirklich sehr seltsam verhalten. Einerseits sprach er immer von Ehrlichkeit und Offenheit und von dem ungewöhnlichen Vertrauen, das sie verband, aber dieser Frage von ihr war er ausgewichen und hatte sie auf später vertröstet. Was verschwieg er? Als sie ihn angerufen und ihm mitgeteilt hatte, dass sie aus familiären Gründen sehr kurzfristig aus Grandson abreisen müsse, war er sehr distanziert gewesen, was sie gut verstehen konnte. Sie konnte ihm nicht sagen, was der wirkliche Grund ihrer übereilten Abreise war. Nein, Sanjay um Hilfe zu bitten, war beim derzeitigen Stand der Dinge nicht möglich. Und der guten, treuen Seele Chrissie konnte sie zwar alles erzählen, aber helfen konnte ihre Freundin Christiane ihr ebenfalls nicht. Vor Marie-Claire lagen Entscheidungen, die ebenso dramatische

wie fatale Folgen haben konnten. Ihren Job bei Christie's würde sie sowieso verlieren, und nur sie alleine war dafür verantwortlich. Hätte sie sich nicht mit diesen drei Männern eingelassen, wäre das alles nicht passiert. Jetzt war es zu spät. Jetzt galt es einzig und alleine, Cathrine zu retten.
Tränen liefen ihr über die Wangen. Sie musste an ihre Zwillingsschwester denken. Cathrine hatte sich an Abdel rangemacht, hatte mit ihm geschlafen! Mit demselben Mann, mit dem sie in der Nacht zuvor zusammengewesen war. Das war die eine, die grausamste Erkenntnis. Die andere, die gefährliche, war, dass Cathrine Abdel offensichtlich Details ihrer streng geheimen Recherche über den Florentiner erzählt hatte. Und das, obwohl sie Cathrine ausdrücklich gebeten hatte, mit niemandem darüber zu reden. Damit hatte Cathrine sie beide in große Gefahr gebracht. Konnte sie Cathrine das jemals verzeihen? Oder waren sie beide nur Opfer eines brutalen, skrupellosen Kriminellen? Hatte Abdel Rahman von Anfang an nur mit ihr gespielt und sie ausgenutzt? War er vielleicht sogar einer der Täter, die die beiden Sancys geraubt hatten? In den Zeitungsberichten hatte sie gelesen, dass einer der Täter wahrscheinlich durch eine Polizeikugel verletzt worden war. Als sie mit Abdel Rahman im Bett gewesen war, hatte sie eine frische Narbe an seinem Unterleib gesehen. Er hatte behauptet, sich bei einem Unfall schwer verletzt zu haben. Damals hatte sie ihm geglaubt, doch jetzt bezweifelte sie selbst die Richtigkeit seines Namens. An allem zweifelte sie.
War Cathrine an dieser verfahrenen Situation schuld? Hätte Cathrine nicht mit Abdel geschlafen und wäre sie nicht mit ihm nach Marrakesch geflogen, wäre alles sicher ganz anders verlaufen. Oder vielleicht doch nicht?
Die Beantwortung dieser Frage war unwichtig geworden. Sie

musste zunächst tun, was Abdel Rahman von ihr verlangte. Sie hatte das Buchmanuskript und die Unterlagen aus dem Archiv bei sich. Vor wenigen Stunden hatte sie sich die beiden Aktenordner in der Christie's-Zentrale besorgt. Rasch hatte sie die Seiten überflogen. Der Inhalt hatte sie schockiert. Als sie während eines Gesprächs mit Luc Duchard, der im Board of Directors des Konzerns saß, feststellte, dass er über ihren Auftrag in keiner Weise informiert war, wusste Marie-Claire weder ein noch aus. Wieso wussten die Direktoren von Christie's nichts von ihrem Auftrag? Offensichtlich hatte Francois Roundell sie angelogen. Aber warum? Seither hatte sie Angst. Entsetzliche Angst! Was von nun an geschehen würde, war nicht absehbar. Das Einzige, was derzeit feststand, war, dass sie im Flugzeug nach Marokko saß. In etwa vier Stunden würde sie in Marrakesch landen.

*

Für Hassan Jorio, Kommandant der Berufsfeuerwehr von Marrakesch, war es der aufregendste Einsatz seines Lebens. Der dickbäuchige Hüne mit dem kahlen Schädel saß in seinem Büro und zwirbelte nervös an seinem Oberlippenbart. Der Muezzin rief soeben von der nahen Moschee zum Nachmittagsgebet. Vor ihm auf dem Schreibtisch lagen Dutzende Straßenkarten, Baupläne, Fahrzeug- und Personallisten. Seit zwei Tagen tat er nichts anderes, als sich auf diese Sache im Hotel Palmeraie und dem nahe gelegenen noblen Reitclub vorzubereiten. Was ihn unruhig machte, waren aber nicht die einsatztechnischen Aspekte dieser Übung, das war pure Routine. In allen größeren Hotels, Schulen und öffentlichen Gebäuden wurden in regelmäßigen Abständen solche Übungen durchgeführt. Sie liefen immer nach dem gleichen Muster ab: simulierte Brandherde im Objekt – Alarm – Ausrücken – Ankunft – Lagebesprechung mit den Abteilungsleitern der jeweiligen Einsatzgruppen – Brandherde lokalisieren – Schläuche ausfahren – Anwohner evakuieren – Wasser Marsch! Heute jedoch würde das ganz anders ablaufen. Zum einen eilten permanent hochrangige Polizeibeamte mit goldenen Schulterabzeichen und vielen Orden auf ihren Jacketts in sein Büro, hinterfragten ständig, was er tat und plante. Zum anderen gab es da die vielen Zivilbeamten, deren Namen er sich nicht merken konnte und von denen er nicht einmal genau wusste, wer sie überhaupt waren. Fest stand nur, dass es alles sehr wichtige Leute waren, die auf direkten Befehl des Innenministers handelten und deren Befehlen er widerspruchslos zu gehorchen hatte. Doch das war nicht gerade einfach. Die fürchterliche Geheimnistuerei dieser Männer ließ ihn nur erahnen, was auf ihn und seine Männer zukommen würde. Man hatte ihm nur gesagt, dass acht Löschfahrzeuge mit je zehn Feuerwehrmännern bereitstehen mussten. Zudem noch Fahrzeuge und Personal zur weiträumigen Absperrung, vier mit Ärzten und Sanitätern besetzte Notarztwagen und ein Rettungshubschrauber! Den genauen Ablauf der Übung würde er erst kurz vor dem Einsatz erfahren. Dann, dachte Hassan Jorio, würde man ihm vielleicht auch sagen, warum er noch zwanzig Feuerwehruniformen hatte besorgen müssen. Auch das war unter strengster Geheimhaltung geschehen! Auf der Materialanforderungsliste, die ihm kommentarlos auf den Tisch geknallt worden war, standen Dinge, die für solche Übungen nicht üblich waren. Zum Beispiel Löschmaterialien für Brände mit hoch explosiven Chemikalien. Und ABC-Gasmasken! Diese Liste las sich so, als würde heute in dem Luxusresort außerhalb von Marrakesch Krieg ausbrechen! Dem war vielleicht auch so. Es ging um Terroristen! Und das machte ihn nervös.

*

Cathrine de Vries war aus dem Tiefschlaf erwacht. Sie war völlig benommen. Ihr erster Versuch, sich in dem Bett aufzurichten, misslang. Beide Hände waren mit Klebeband an dem hinteren Teil des Bettes festgebunden. Auch ihre Beine hatte man zusammengebunden. Cathrine war übel, sie musste würgen. Panik überkam sie. Ihr Mund war zugeklebt. Entsetzt schaute sie sich in dem Zimmer um. Die Fensterläden waren zugeklappt, die Vorhänge vorgezogen. Sie konnte an den wenigen Lichtstrahlen, die ins Zimmer fielen, nur erahnen, dass es später Nachmittag sein musste. Dann hörte sie einen Muezzin in der Nähe über Lautsprecher die Gläubigen zum Gebet rufen. Also war es ungefähr sechs Uhr, kurz vor Sonnenuntergang! Sie schien sehr lange geschlafen zu haben. Sie hatte Kopfschmerzen. Wieder bekam sie einen Würgeanfall, hyperventilierte und zwang sich, bewusst ruhig durch die Nase ein- und auszuatmen.

Dann hörte sie unten Stimmen. Angestrengt lauschte sie durch das Halbdunkel des Zimmers. War das möglich? Sie war sich sicher, Marie-Claires Stimme zu hören. Die andere Stimme war die von Abdel Rahman. Die beiden stritten sich. Dann war es plötzlich vom einen auf den anderen Augenblick still. Cathrine de Vries zerrte an ihren Fesseln, aber das Klebeband schnitt ihr in die Handgelenke. Ihre Beine waren von dem langen Liegen taub.

Das da unten war tatsächlich ihre Schwester Marie-Claire.

Cathrine war unendlich erleichtert, doch gleichzeitig kam auch die Angst zurück. Sie schämte sich und fürchtete sich vor dem ersten Zusammentreffen mit Marie-Claire. Sie wusste, dass zwischen ihnen beiden nichts mehr so sein würde, wie es einmal gewesen war.

Doch im Moment zählte nur die Situation, in der sie und Marie-Claire sich befanden. Sie war Geisel eines skrupellosen Gangsters, eines Arabers, der sie benutzt hatte wie eine Hure. Und sie hatte Marie-Claire mit ihrem Verhalten unendlich verletzt. Marie-Claire war nun gezwungen gewesen, ihren Auftraggeber zu hintergehen. Sie musste Unterlagen besorgen, die dieser Abdel Rahman haben wollte. Ihre Schwester machte sich dadurch strafbar, und sie hatte sich freiwillig in die Hände dieser Kriminellen begeben – um sie, Cathrine, zu retten. Würden sie und Marie-Claire Marrakesch verlassen können, sobald diese Gangster hatten, was sie wollten?

Die Tür ging auf. Gegen das Licht im Treppenhaus konnte sie die Gestalt von Abdel Rahman erkennen. Daneben stand Marie-Claire. Cathrine konnte das Gesicht ihrer Schwester im Halbdunkel nicht wirklich sehen, aber sie glaubte zu spüren, wie mitleidvoll und hasserfüllt Marie-Claire sie anschaute. Abdel Rahman sprach mit ihr. Der blanke Hohn seiner Worte ließ Cathrine erschauern.

»Okay, das reicht! Du hast gesehen, dass es deiner Schwester den besonderen Umständen entsprechend gut geht. Reizvoll, der Anblick, nicht wahr? So am Bett festgebunden! Du erinnerst dich?«

Die wenigen Worte von Abdel Rahmann ließen unbändigen Hass in Cathrine de Vries aufkeimen. Sie bäumte sich auf. Dann wurde die Tür wieder geschlossen, und sie war alleine mit ihrem Hass.

»Sag mir, was du von uns willst. Du wirst es bekommen. Unsere Freiheit gegen deine Gier! Das ist es doch, worum es geht, oder? Du willst den Florentiner!«

Marie-Claire de Vries versuchte gegen ihre Emotionen anzukämpfen. Der Abscheu, den sie für Abdel Rahman empfand, half ihr dabei. Sie hasste diesen Mann, wie sie nie zuvor in ihrem Leben einen Menschen gehasst hatte. Sie war sich in diesem Augenblick sicher, dass sie in der Lage wäre, diesen Mann zu töten. Der Anblick ihrer Zwillingsschwester Cathrine in dem Bett, hilflos und verzweifelt, ließ ein unbändiges Verlangen nach Rache in ihr erwachen. Das half ihr, überhaupt mit dem Araber reden zu können. Die Pistole, die Abdel Rahman vor sich auf dem Tisch liegen hatte, erinnerte sie daran, dass er ein gefährlicher, ein sehr gefährlicher Mann war.

»Du willst den Florentiner, richtig?«

»Du bist ein kluges Mädchen, Marie-Claire. Wirklich! Ich bewundere deinen Scharfsinn«, lachte er sie hämisch an. »Ja, ich will den Florentiner. Hast du die Unterlagen mitgebracht?«

»Viele Leute wollen den Florentiner, Abdel! Viele hatten ihn schon einmal. Alle starben sie auf höchst dramatische und ungewöhnliche Weise. Ja, ich habe die Unterlagen. Aber glaube mir: An dem Diamanten hängt ein Fluch. Du solltest es dir überlegen.«

»Weißt du, wo er ist?«

»Hältst du mich für so dumm, dass ich es dir sagen würde, wenn ich es wüsste?«

»Hast du die Unterlagen mitgebracht – das Manuskript und dieses Dossier?«

»Glaubst du, ich habe diese Sachen hier in meiner Tasche?

Meinst du, so blöde bin ich? Du bist so ein mieses Schwein, du würdest Cathrine und mich sofort töten, wenn ich dir die Sachen einfach so geben würde. Lass Cathrine frei. Dann bekommst du das Manuskript. Danach lässt du mich laufen und bekommst das Dossier!«

Marie-Claire begriff, dass sie und Cathrine nur so lange eine Überlebenschance hatten, wie sie die Unterlagen als Pfand besaß. Das hatte sie schon auf der Herfahrt erkannt, und daher war sie mit dem Taxi zur Rezeption des Hotels Palmeraie gefahren und hatte die beiden Umschläge dort hinterlegt und darum gebeten, sie bis zu ihrem Einchecken für sie aufzubewahren. Dann hatte sie ein Zimmer gebucht. Auf diese grandiose Idee war sie erst gekommen, als der Taxifahrer ihr auf der Fahrt vom Flughafen zu jenem Haus, das Abdel Rahman ihr am Telefon genannt hatte, von dem Hotel vorschwärmte, aber auch erwähnt hatte, dass das Hotel halb leer sei. Plötzlich fühlte sie sich siegessicher. Ja, so hatten sie und Cathrine eine Chance, hier heil rauszukommen. Eine kleine Chance zumindest.

Ihr Blick fiel auf den kleinen Tisch neben ihrem Sessel. Unter einer Zeitung schaute ein Pass hervor. Es war ein roter Pass. Sie konnte erkennen, dass in goldenen Lettern »Europäische Union – Republik Österreich« darauf stand. Der Pass von Cathrine. Abdels Worte ließen sie aus ihren Gedanken hochschrecken.

»Schade, dass du so abweisend bist. So geht das nicht, Marie-Claire! Du scheinst deine Situation und die deiner Schwester falsch einzuschätzen. Euer Leben hängt an einem hauchdünnen Faden. Und du glaubst wirklich, du könntest hier noch Forderungen stellen? Absurd! Aber vielleicht kann ich deine Bereitschaft zur Kooperation ein wenig intensivieren, wenn wir noch einmal zusammen nach oben gehen zu deiner Schwester und ich sie vor deinen Augen so verwöhne, wie ich das mit dir gemacht habe. Du hast es ja gemocht, oder? Aber vielleicht kann ich dich ja auch im gleichen Bett neben deiner Schwester festbinden und mich dann die nächsten Tage abwechselnd mit euch beiden beschäftigen. Ein sehr reizvoller Gedanke! Zwillingsschwestern. Also, überleg dir genau, was du hier daherquatschst!«

Marie-Claire war angewidert. Wie sehr sie diesen Mann hasste. Doch sie musste vorsichtig sein.

»Ich hatte eher vermutet, dass du mit mir einen schnellen Deal machen willst: Du kriegst die Unterlagen – und ich kriege meine Schwester. Aber du scheinst es ja nicht sonderlich eilig zu haben. Ich habe die Unterlagen. Sie sind hier in Marrakesch, aber ich habe sie jetzt nicht dabei. Du kannst mich und Cathrine vergewaltigen, mit einer Pistole in der Hand ist das einfach. Du hast das ja sowieso schon getan, insofern ist mir das scheißegal, glaube mir. Aber an die Unterlagen kommst du so nicht ran.«

Plötzlich hatte sie Angst vor ihrer eigenen Courage. Sie sah das Aufblitzen in den Augen von Abdel Rahman.

»Was willst du eigentlich mit dem Florentiner?«, fragte sie beschwichtigend. »Kein Mensch weiß genau, wo er wirklich ist. Willst du mich und Cathrine so lange hier am Bett festbinden, bist du ihn anhand der Unterlagen gefunden hast? Das ist doch absurd. Du alleine findest den Diamanten nicht. Aber ich könnte …«

»Ich bin nicht allein! Daher bin ich auch nicht auf dich angewiesen!«

Wie ein Peitschenschlag unterbrachen die Worte des Arabers ihre Überlegungen, wie sie ihn hinhalten könnte. Sie hatte keine Idee, wie sie hier möglichst schnell wieder heil rauskommen könnte. Abdel stand auf. Die Pistole in der Hand ging er quer durch das Wohnzimmer, blieb neben dem Aquarium stehen, griff hinein und wühlte mit der freien Hand im Sand des Beckens. Grinsend zog er etwas aus dem Wasser.

»Schau mal, hier! Nette kleine Steinchen, oder?«

Marie-Claire erstarrte. Abdel stand einige Meter entfernt, doch gegen das Licht des beleuchteten Aquariums konnte sie in seiner Hand zwei funkelnde Steine erkennen, beide von der Größe einer Walnuss. Einer davon war etwas kleiner. Sie funkelten selbst auf diese Distanz so intensiv, dass sie sofort wusste, was Abdel Rahman da in der Hand hielt.

»Der Große und der Kleine Sancy!«

»Richtig, meine Liebe. Und zwar die Originale. Keine Kopien!«

Demonstrativ nahm Abdel Rahman einen der Edelsteine zwischen Daumen und Zeigefinger und zog ihn blitzschnell über das Glas des Aquariums. Es war ein grausiges Geräusch. Danach war eine tiefe Furche in dem Glas zu sehen. Abdel steckte die Steine zurück in den Sand auf den Boden des Aquariums.

»Warum bist du so unglaublich unersättlich?«, fragte Marie-Claire. »Die beiden Sancys sind ein Vermögen wert. Warum willst du auch noch den Florentiner? Ihn zu finden ist schwierig – wenn es dir überhaupt gelingt. Und dann ist es noch ein weiter Weg dahin, ihn zu kriegen. Willst du noch ein Museum in die Luft jagen? Wozu?«

Abdel Rahman richtete plötzlich die Pistole auf sie. Marie-Claire zuckte zusammen. Scheiße, dachte sie, du warst zu vorlaut. Du hast ihn gereizt. Der ist wahnsinnig! Er wird dich töten, ohne mit der Wimper zu zucken.

»Ich sagte doch, ich bin nicht allein. Noch nicht! Ich will den Florentiner. Denn da gibt es eine kleine, nette Statue irgendwo auf der Welt, die darauf wartet, wie in dem alten Sesam-öffne-dich-Spielchen durch Zauberkraft ihres Innenlebens beraubt zu werden. Und dafür brauche ich den Florentiner. *Wir* brauchen ihn.«
Marie-Claire hoffte, dass Abdel nicht gesehen hatte, wie sie bei seinen letzten Worten zusammengezuckt war. Woher wusste er von der Statue? Es gab nur wenige Menschen, die dieses Geheimnis kannten. Sanjay zum Beispiel! Sanjay? Ihr wurde schwindelig. Das konnte nicht sein. Oder doch? Steckte Sanjay Kasliwal mit Abdel Rahman, mit diesem miesen Verbrecher unter einer Decke? Francis! Francis Roundell wusste ebenfalls von der Statue …
»Ich habe von dieser Legende gehört. Es gibt viele solcher Legenden. Wenn du an so was glaubst, glaubst du auch an den Heiligen Gral. Oder an Atlantis«, versuchte sie, ihr Entsetzen zu kaschieren. Abdel betrachtete sie mit eiskaltem Blick. Wieder sah sie in seinen Augen die Bereitschaft zu töten.
»Hör auf, so blöde mit mir rumzuspielen, Marie-Claire. Versuch es erst gar nicht! Du bist nicht in der Position für solche Spielchen. Es wird dir nicht gelingen, Zeit zu schinden. Die Uhr tickt, meine Liebe. Glaub es mir. Du spielst mit der Zeit. Und du spielst mit deinem Leben. Und mit dem deiner Schwester. Also, wo sind …«
Abdel Rahmans Handy klingelte. Verärgert zog er es aus seiner Hosentasche.
»Oui … komm rein. Ich mach dir die Tür auf.«
Marie-Claire saß noch immer in dem Sessel nahe dem Aquarium. Sie blickte den Araber fragend an, der ihr mit einer Bewegung der Pistole bedeutete, sitzen zu bleiben. Es klingelte.

Abdel drückte den Türöffner. Augenblicke später stand ein Mann in der Tür, dessen Stimme Marie-Claire kannte, ja, sehr gut kannte! Beinahe hätte sie laut aufgeschrien vor Entsetzen.
Francis Roundell trat in den Raum. Sein Blick ging zu Abdel Rahman. »So ein verfluchter Mist. Was ist denn hier los? Überall Straßensperren und Feuerwehrautos.«
Dann sah er die Pistole in der Hand des Arabers. Und er sah Marie-Claire. »Was ... was soll das? Bist du wahnsinnig?«
Noch nie zuvor hatte Marie-Claire ihren Chef Francis Roundell so perplex gesehen. Hager und groß gewachsen wie er war, fahl im Gesicht vor Überraschung und Entsetzen, sah Roundell fast bemitleidenswert aus. Es war deutlich zu erkennen, dass er nicht gewusst hatte, dass er sie hier treffen würde. Er schluckte verlegen, starrte Abdel Rahman fragend und doch wütend an.
»Bist du denn total verrückt ...?«
Der Araber unterbrach ihn rüde. »Setz dich hin. Und halt das Maul. Setz dich!«
Mit der Pistole dirigierte er Francis Roundell auf einen Sessel gegenüber von Marie-Claire. Roundell war sichtlich schockiert. Abdel Rahmans Körpersprache signalisierte nackte Aggression.
»Wenn du miese britisch-französische Ratte glaubst, mich aufs Kreuz legen zu können, dann täuschst du dich. Und zwar gewaltig! Ich weiß über die Statue Bescheid! Ich jage dir eine Kugel in dein kleines, hinterlistiges Hirn, wenn du noch einmal versuchen solltest, so ein dreckiges Spiel mit mir abzuziehen! Eigentlich würde ich dich am liebsten gleich umlegen.«
Marie-Claire de Vries zitterte. Ihre Blicke schossen zwischen Francis Roundell und Abdel Rahman hin und her. Abdel –

Francis – die Pistole – die beiden Sancys in dem Aquarium – Cathrine – die Dossiers – der Florentiner – die Statue! Ihre Hand fuhr zu ihrem Mund. Es gelang ihr nicht, das Entsetzen zu unterdrücken. Der Schrei presste sich zwischen ihren Fingern hindurch. Es war ein qualvolles, animalisches Gurgeln, das beide Männer sie anstarren ließ. Sie blickte Francis in die Augen: direkt, hasserfüllt, enttäuscht. Angst war in Francis' Augen zu sehen. Und Überraschung. Aber kein Mitleid. Sie konnte sehen, dass er nicht gewusst hatte, dass sie hier war. Er wusste offensichtlich auch nicht, dass Cathrine oben lag – als Geisel. Die Augen von Abdel hatten sich zu schmalen Schlitzen verengt. Er war extrem gereizt – zu allem bereit. Wild fuchtelte er mit der Waffe vor Roundells Kopf herum und richtete sie für Momente auf Marie-Claire.

Dann explodierte die Pistole in seiner Hand. Nein, es war nicht seine Pistole. Es war ein Fenster. Und das Aquarium. Abdel Rahman duckte sich, dann riss ihn etwas unnatürlich schnell und wie eine Gummipuppe verdreht nach hinten. Seine Pistole entlud sich im Fall. Der Schuss traf Francis Roundell in den Unterkiefer und schleuderte ihn in den Flur. Beide Männer waren tot, bevor ihre Körper auf dem Boden aufschlugen.

Oben in der ersten Etage explodierte das Haus. Scherben klirrten. Türen flogen aus den Angeln. Staub wirbelte auf. Lichtblitze schossen durch das schummrige Licht im Zimmer. Das Wasser des Aquariums schoss in einem mächtigen Schwall in den Raum. Das Fenster in der Essecke flog wie von unsichtbarer, mächtiger Hand eingedrückt ins Zimmer. Das Licht flackerte, ging aus und wieder an. Überall waren Lichtblitze, Lärm, Getöse und Qualm. Sie schrie. Da waren noch andere Stimmen. Hinter und vor ihr. Arabische

Befehle hallten von oben herab. Sirenen heulten draußen vor dem Haus.
Marie-Claire sprang auf. Sie war taub. Der Lärm um sie herum drang nur noch gedämpft zu ihr vor. Sie wusste nicht, was um sie herum geschah. Sie wollte leben. Und sie wollte, dass Cathrine lebte.
Im Zimmer war es plötzlich dunkel. Nur die kleine Lampe in dem zertrümmerten Aquarium leuchtete noch. Sie sprang auf, stolperte über den zersplitterten Tisch vor sich direkt auf das zertrümmerte Aquarium zu. Das Funkeln der beiden Steine im Sand zog sie magisch an. Die beiden Sancys! Sie tastete sich mit der Hand durch den Sand, fühlte das harte, leblose und doch so energiereiche Gestein. Dann war um sie herum noch mehr Rauch und Gestank. Gestalten rannten umher. Sie sahen wie Feuerwehrmänner aus, aber da waren Gewehre, Pistolen, Schreie. Und da war die Treppe nach oben – zu Cathrine. Plötzlich fiel ihr der Pass ein. Sie sprang über die Couch, zerrte den Reisepass unter der Zeitung hervor und hastete zurück. Die Stufen der Treppe waren voller Schutt. Ein dumpfer Schlag riss sie zur Seite. Ihre Bluse war zerfetzt. Die Schulter blutete, aber sie spürte keinen Schmerz. Keinen körperlichen Schmerz. Sie wankte weiter die Treppe hoch – zu ihrer Zwillingsschwester. Beißender Rauch schlug ihr entgegen. Sie fühlte sich wie betäubt. Sie musste Cathrine retten.
Aber Cathrine war nicht mehr da. Marie-Claire starrte auf das Bett – auf das, was davon noch übrig war. Da war nur ein Torso: ein Oberkörper, Arme an Bettpfosten. Ein Bein. Der Unterleib fehlte. Da war viel Blut. Überall. Aber kein Mensch mehr. Keine Cathrine. Irgendetwas hatte das Bett zerfetzt. Alles roch nach Tod.

Sie sprang, ohne zu wissen, was unterhalb des aus den Angeln gerissenen Fensters sein würde. Sie sprang, weil der Schmerz in ihrer Seele sie gefühllos hatte werden lassen. Sie hörte nichts mehr, aber sie roch Feuer und Tod und Gas. Dann spürte sie im Fall den Abendwind.
Mit zwei wunderschön glitzernden, sich seltsam beruhigend anfühlenden Edelsteinen in ihrer aus Todesangst zur Faust geballten Hand schlug Marie-Claire de Vries in einem großen Strauch hinter dem Haus auf. Es war stockdunkel. Sie lag wie paralysiert auf dem Rücken inmitten des Busches. Sie sah nichts, und niemand schien sie zu sehen. Niemand stürzte sich auf sie. Niemand schoss auf sie. Dann war es plötzlich unnatürlich ruhig. Auf allen vieren kroch sie aus dem Busch, blickte nach rechts und nach links in die Dunkelheit, sah die kleine Mauer, weinte und lief schluchzend los. Sie lief um ihr Leben. Sie wusste nicht wohin, und das Warum spielte an diesem Dezemberabend in Marokko keine Rolle mehr. Sie war tot.

Oberst Khalid Semouri vom marokkanischen DST-Geheimdienst tobte. Ein Dutzend Abteilungsleiter der marokkanischen Polizei und der Geheimdienste saßen schweigend in dem Raum.
»Ich will, dass alle Flughäfen, Häfen, Busbahnhöfe und Taxizentralen informiert und überwacht werden. An allen Ausfallstraßen rund um Marrakesch werden Straßensperren errichtet. Ich will, dass niemand mehr aus diesem Land rauskommt, ohne dass ich vorher die Genehmigung dazu gegeben habe. Findet diese Frau! Tot oder lebendig, das ist mir scheißegal! Aber findet sie!«
Khalid Semouri stapfte wütend aus dem Raum. Er wusste,

dass es nicht sonderlich viel Sinn hatte, was er da gesagt hatte. Er war nicht in der Position, ganz Marokko quasi von der Außenwelt abzuschneiden. Er war ganz einfach nur unglaublich verärgert. Die Aktion war letztendlich doch noch schiefgelaufen und würde ihm wahrscheinlich seine Laufbahn vermasseln. Dabei lag die Schuld daran nicht bei ihm. Die Männer des Sondereinsatzkommandos hatten das Ding versaut. Es war ein perfekter Plan gewesen. Alles hatte so gut angefangen. Aufgrund der abgehörten Telefonate waren sie den Tätern immer um einen Schritt voraus gewesen. Erst war diese Frau gelandet, war unter Observation vom Flughafen ins Hotel Palmeraie gefahren, wo sie, zu aller Erstaunen, erst ein Zimmer reserviert und dann dort Umschläge deponiert hatte, um anschließend zu Abdel Rahman zu gehen. Als sie schließlich über ein Richtmikrofon erfuhren, dass die beiden geraubten Diamanten tatsächlich in der Wohnung von Abdel Rahman waren, hatte er bereits innerlich triumphiert. Schließlich war auch noch Francis Roundell aufgetaucht. Bis dahin lief alles perfekt. Nichts hatte mehr schief gehen können. Die gesamte Anlage war im Rahmen der fingierten Feuerwehrübung abgesperrt worden. Die Hälfte der Feuerwehrleute waren Beamte des Antiterror-Sondereinsatzkommandos, Spezialisten, gut getarnt mit Feuerwehruniformen. Scharfschützen waren positioniert und die benachbarten Wohnungen klammheimlich geräumt worden. Von Anfang an hatte der Befehl gelautet, Abdel Rahman durch einen gezielten Todesschuss zu liquidieren. Roundell sollte festgenommen werden. Und die Frauen auch. Der Befehl zum Zugriff war schließlich erfolgt, als Abdel Rahman angefangen hatte, mit der Pistole wild herumzufuchteln. Der Scharfschütze hatte ihn gleich mit dem ersten Schuss ausgeschaltet. Der zweite

Schuss war in das Aquarium gegangen. Drüben, in der anderen von den Terroristen angemieteten Wohnung, war ebenfalls alles gut verlaufen. Zwei Terroristen, wahrscheinlich Handlanger von Abdel Rahman, einer aus Marokko und der andere aus Tunesien, hatten versucht, zu ihren Waffen zu greifen. Die Männer der Sondereinheit hatten aus Notwehr schießen müssen.
Und dann ging alles schief. Offensichtlich hatte Abdel Rahman diesen Roundell erschossen. Bewusst oder unbewusst spielte dabei keine Rolle. Roundell war tot. Bedauerlich, aber nicht wirklich tragisch. Wieder ein Zeuge, der keine Fragen mehr aufkommen ließ. Aber was danach geschehen war, würde noch viel interne Probleme und sicherlich auch diplomatische Querelen nach sich ziehen. Warum nur hatten die beiden Beamten vom Sondereinsatzkommando die beiden Blendgranaten gleichzeitig in das Fenster in der ersten Etage geworfen? Die erste Granate hatte den Fensterladen samt Fenster weggesprengt. Und daher flog die zweite Granate durchs offene Fenster direkt in das Bett dieser Frau. Wer konnte ahnen, dass die Frau gefesselt und bewegungslos in diesem Bett lag? Niemand konnte das wissen, und es war daher auch niemandem anzulasten, dass die gefesselte Frau dabei getötet wurde.
Wie es aber der anderen Frau hatte gelingen können, aus dem Fenster zu springen und im Schutz der Dunkelheit zu fliehen, war ihm persönlich schleierhaft. Ebenso wie es nicht zu erklären war, wie sie bei ihrer Flucht noch in den Besitz der beiden gestohlenen Diamanten gelangen konnte. Fest stand nur, dass die beiden Diamanten weg waren. Und diese Frau auch. Jetzt hieß es, sie so schnell wie möglich zu finden. Tot oder lebendig. Am besten tot. Ihm persönlich waren diese blöden Edelsteine völlig gleichgültig. Das war ein Problem der europä-

ischen Kollegen und das von Interpol. Ihn interessierte nur die terroristische Seite des Ganzen, die die innere Sicherheit Marokkos tangieren konnte. Das Letzte, was sie jetzt gebrauchen konnten, war eine Frau, die als Zeugin vor europäischen Gerichten aussagte. Dann würde wahrscheinlich die Sache mit dem italienischen Kommissar, der als Targi verkleidet zwei Menschen getötet hatte, wieder aufgerollt werden. Und dann kämen schnell Fragen auf, wie dieser Carlo Frattini ums Leben gekommen war. Peinliche Fragen würden es werden. Vermutlich würde dann auch ihre seit Jahren in Spanien heimlich durchgeführte Operation, die dem Bruder von Abdel Rahman galt, auffliegen. Und damit ihr Informant. Hier ging es also um übergeordnete staatliche Interessen. Nein, plappernde Zeugen konnte man da nicht gebrauchen. Alle waren sie tot: Abdel Rahman, Francis Roundell, Commissario Frattini und diese Frau im Bett.

Nur die andere lebte noch und war auf der Flucht. Ob es nun Marie-Claire de Vries war oder Cathrine de Vries, war ihm egal. Diese verworrene Sache mit den Zwillingsschwestern, mit der ihn die Kollegen von Interpol dauernd genervt und damit ständig seine Einsatzpläne durcheinander gebracht hatten, interessierte ihn nicht. Sein Befehl aus Rabat lautete, das Problem zu lösen. Für immer. Dem stand jetzt nur noch diese flüchtige Frau im Wege. Eine europäische Frau mit auffällig langen blonden Haaren. Es würde nicht zu schwierig werden, eine solche Europäerin in Marokko zu finden. Viele Möglichkeiten hatte sie nicht, aus Marrakesch rauszukommen. Der Flughafen wurde bereits überwacht. Die wenigen Ausfallstraßen nach Fes und Meknes, Casablanca und Agadir waren abgesperrt. In den Süden, Richtung Ouarzazate, würde sie kaum fliehen. Der Tizi N'Tichka als einziger von Marrakesch aus mit dem Auto erreichbare Pass war in dieser Jahreszeit kaum zu überqueren. Oben in den Bergen des Hohen Atlas hatte es geschneit. Ohne Allradfahrzeug kam da momentan niemand rüber. Er hatte keine Zweifel: Seine Leute würden diese einzige noch lebende Zeugin aufspüren. Wahrscheinlich würde sie dann bei der Vernehmung aus dem Fenster in den Tod springen, um einer Verurteilung zu lebenslanger Haft in einem stinkenden marokkanischen Gefängnis irgendwo in der Wüste zu entgehen. Verzweifelte Täter taten so etwas manchmal …

21. Kapitel

Die mächtigen Lehmmauern waren baufällig, und das riesige Tor mit seinen verrosteten Eisenbeschlägen verhieß nichts Gutes. Doch hinter dem wehrhaften Gemäuer lag das Paradies: Haushoher Oleander thronte über dem schmalen Weg; Bougainvillen wallten in prächtigem Rot und Weiß und Lila von den Dächern und Mauern herab; die Orangenbäume trugen schwer unter der Last der Früchte, deren Duft sich mit dem der Zitronenbäumchen einte; Bananenstauden mit überdimensional großen Fruchtblüten säumten schmale Wasserkanäle, die sich zwischen den vielen Springbrunnen durch das üppige Grün schlängelten.

Ein eigentümliches Geräusch erweckte ihre Aufmerksamkeit. Ihr Blick ging hoch zu den eckigen Türmen, die über dem Innenhof des alten Anwesens thronten. Filigran in die Zinnen des Turms eingeflochten konnte sie dort oben ein riesiges Nest ausmachen, in dem zwei Schwarzstörche stolz mit nach hinten gebeugtem Kopf ihre Lebenslust in den blauen marokkanischen Himmel klapperten. Um den nächstliegenden Turm kreisten zwei Falken. Die mit dunkelbraunen Flecken akzentuierten Federkleider glänzten im späten Abendlicht. Ihre krummen Schnäbel öffneten sich zu herzergreifend-begeisterten Schreien nach Freiheit, die an den alten Gemäuern widerhallten und die prachtvollen gelben, roten und schwarzen Vögel in den Bambusbüschen nahe des Swimmingpools überhaupt nicht zu ängstigen schienen.

Das Paradies! Ja, das musste es sein. Ihr Blick wanderte von den gelb-braunen Wasserschildkröten des Teichs zu einem mächtigen Pfau, der sich ihr aufgeplustert und arrogant in den Weg stellte. Sein braunes Krönchen auf dem Kopf wippte mit jedem Schritt, den er ihr näher kam. Der im abendlichen Streiflicht metallisch schimmernde Hals und Körper waren das Schönste, was sie je in ihrem Leben gesehen hatte. Missmutig, mit abgehackt-vorsichtigen Tippelschritten kam er näher. Eiii... Eiii..., krähte er seiner Verärgerung in den afrikanischen Himmel und entfaltete sein prächtiges Federkleid, das sich ihr als Barriere aus Tausenden blau-grün-weißer Pfauenaugen entgegenstellte. Marie-Claire lächelte.

»Ist ja schon gut, du eitler Pfau! Ich lass dich ja in Ruhe. Pass lieber auf, dass sich die Turmfalken da oben nicht deine Babys holen.«

Glücklich lächelnd ging sie einige Schritte zurück und wählte einen anderen Pfad durch das Urwaldgrün hin zu ihrem Zimmer. Ach, wie schön das Leben doch sein konnte! Hier, in diesem Paradies wollte sie bleiben. Hier hatte der Schöpfer seine farbenfrohsten Kreaturen und betörendsten Düfte geeint, um der Welt zu zeigen, zu welchen Wundern er in der Lage war.

Ja, hier wollte sie bleiben. Für immer. Sie wollte jeden Morgen vom Geklapper der Störche geweckt werden, wollte mit dem ersten Augenblick des frühen Tages durch die Fenster hindurch die Orangen und Zitronen, die Hibiskusblüten und Bougainvillen sehen und mit dem ersten tiefen Atemzug all das in sich aufnehmen, was diese Welt an Düften offerierte. Es war ein wundervoller Tag. In einem Palast wie in einem Märchen aus Tausendundeiner Nacht. Nur ihr Traumprinz schien heute äußerst missmutig zu sein. Er erwartete sie bereits im Schlafgemach, dessen seidige Vorhänge sich im Wind des Deckenventilators bewegten.

Wie immer am frühen Tag, bevor die Lakaien das Frühstück unter dem Baum nahe des Sees servierten, trug er ein schlichtes, knielanges Gewand. Er verzog sein Gesicht zu einer ungehaltenen Grimasse und ergriff sie an ihren Schultern.

»Marie-Claire!«

Marie-Claire de Vries wollte ihn barsch anfahren, ihn zurechtweisen, weil er ihre sanften Gedanken unterbrochen hatte, aber ihre Stimme versagte. Sie schaute ihn entsetzt an. Sanjays Augen funkelten bösartig. Verärgert versuchte sie, seine Hände von ihren Schultern abzuschütteln. Aber er verstärkte seinen Griff und schüttelte sie unwirsch.

»Jetzt wach doch endlich auf. Wir sind gleich da!«

Panisch richtete sich Marie-Claire auf. Angstgefühle überlagerten plötzlich ihre Bilder von Pfauen, Falken und farbenprächtigen Blumen. Verwirrt flog ihr Blick nach rechts, hin zu dem Fenster, durch das sie morgens die Schönheit des Tages in ihr Leben eindringen ließ, aber das Fenster war verschlossen, war mit grauem Plastik verdunkelt. Die Sonne über ihr war ungewöhnlich grell. Sie blinzelte hinein. Neonlicht blendete sie. Das Zwitschern der Vögel draußen im Patio des Palastes war einem penetranten Dröhnen gewichen.

Sanjay sprach jetzt wieder sehr sanft und liebevoll mit ihr.

Seine Augen zeigten wieder das, was auch sie ihm mit ihren Augen sagte. Der Druck seiner Hände auf ihren Schultern ließ nach. Zärtlich streichelte er ihr über die Wange.
»Wach auf, Marie-Claire! Du hast geträumt! Wir werden gleich landen.«
Marie-Claire wollte nicht aufwachen. Störrisch presste sie die Augenlider zusammen wie ein Kind, das die erschreckende Wahrheit nicht sehen wollte. Erst jetzt spürte sie die Vibrationen um sie herum, registrierte das Rauschen der Klimaanlage und den Gurt um ihren Körper. Ihre Finger tasteten ihr näheres Umfeld ab. Was sie fühlte, war weiches, geschmeidiges Leder. Sie saß in einem Flugzeug! In einem kleinen mit sehr komfortablen Sitzen. In solch einem Flugzeug hatte sie noch nie gesessen. Sie wollte, dass es nicht stimmte, verwehrte sich der Realität. Wieso saß sie in einem Flugzeug? Sie wollte zurück, in den Palast – zu den Pfauen. Und zu den Falken. Zurück ins Paradies.
Aber der Traum war zu Ende. Es war der schönste Traum ihres Lebens gewesen. Aber es war ein Albtraum, weil sie wusste, dass es dieses Paradies, in dem sie sich im Schlaf wie eine Fee bewegt hatte, tatsächlich gab, sie aber nie wieder in ihrem Leben dorthin zurückkehren würde. Ja, sie war schon einmal dort gewesen, in dem ehemaligen Emirpalast in der Oasenstadt Taroudant, weit im Süden Marokkos, jenseits der Gipfel des Hohen Atlas. Vor vielen Jahren. Es gab diesen Palast, das jetzige Hotel Palais Salam! Salam – Friede! Sie suchte den Frieden, den inneren Frieden. Deshalb hatte sie nach ihrer Flucht aus der Wohnung von Abdel Rahman nur einen einzigen Gedanken gehabt: Sie wollte nach Taroudant ins Hotel Palais Salam.
Es blieb ein Traum, der sich schnell zu einem Albtraum wan-

delte. Denn schon an der ersten Straßenkreuzung, der sie sich nach ihrer Flucht genähert hatte, standen Polizeiautos. Eine Straßensperre. Sie suchten nach ihr! Der Traum, mit einem Bus oder einem Taxi von Marrakesch nach Ouarzazate und von dort den weiten Weg nach Taroudannt ins Palais Salam zu nehmen, hatte sich schnell zerschlagen.

Der Albtraum, der seinen grausamen Höhepunkt mit dem Tod von Cathrine gefunden hatte, war noch nicht zu Ende gewesen. Sie konnte sich nicht mehr genau erinnern, was nach dem Sprung aus dem Fenster geschehen war. Da waren nur noch Fragmente in ihrer Erinnerung: die kalte Nacht, das Entsetzen, das ihr den Atem zum Rennen durch die Gärten und über die Geröllebenen zwischen Palmeraie und Marrakesch genommen hatte. Viele Kilometer war sie durch die nordafrikanische Nacht gehetzt, war gestürzt, war vor den Männern mit den Gewehren und vor der Wahrheit geflohen. Die Wahrheit war, dass Cathrine nicht mehr lebte. Realität war, dass sie nur wenig Geld, zwei Pässe und nur die Kleider, die sie am Körper trug, besaß. Und zwei unvorstellbar wertvolle Edelsteine, die ihr nicht gehörten.

Aber eins war auch sicher: Wer immer sie gewesen waren, diese Männer in Abdel Rahmans Wohnung, sie würden sie suchen! Wollten sie sie töten? Warum? Wo war sie jetzt? Es fiel ihr schwer, zwischen Traum und Realität zu unterscheiden.

Vorsichtig nahm sie ihre Hände von den Augen weg, wandte sich nach links und blinzelte die Realität an. Sanjay saß neben ihr. Ja, er war es. Fragend schaute er sie an.

»Gleich! Warte …«, flüsterte sie und schloss die Augen wieder, versuchte, sich zu erinnern. Sie brauchte die Erinnerung, um die Gegenwart zu verstehen.

Die atemlose Flucht vom Hotel Palmeraie nach Marrakesch

hatte ihr alle Kraft geraubt. Sie hatte nicht nachdenken können. Zu sehr war sie darauf konzentriert gewesen, in der stockfinsteren Nacht nicht in einen Abgrund zu stürzen oder zu nahe an eine Straße zu gelangen. Straßen musste sie meiden, ebenso wie Flughäfen und Menschen. Sie musste dahin fliehen, wo viele, sehr viele Menschen waren. Anonymität war der beste Schutzschild. Aber sie musste auch unauffällig sein. Mit ihren langen, blonden Haaren fiel sie überall auf. Die Haare würden sie verraten!

Eine Glasscherbe, an der sie sich beim Hinfallen die Hand aufgeschnitten hatte, brachte die rettende Lösung. Es hatte sehr wehgetan, als sie sich die Haare mit der Glasscherbe abgeschnitten hatte. Es hatte nicht nur körperlich wehgetan. Ihre Haare gehörten zu ihrem Leben, so wie Cathrine dazugehörte – dazugehört hatte. Schon als Kind hatte sie die Haare lang getragen. Mit jeder schmerzhaft mit der Glasscherbe abrasierten Strähne, die auf die von der Nacht umhüllte marokkanische Erde fiel, war ihr bewusster geworden, in welch aussichtsloser Situation sie steckte. Alles war so verworren, so grausam irreal, dass sie auf ihrer Flucht durch die Nacht mehrfach den Gedanken gehabt hatte, sterben zu wollen. Sie konnte sich einfach nicht vorstellen, dass sie diese Erlebnisse jemals würde verkraften können. Wer würde ihr glauben? Wer konnte ihr helfen? Wem durfte sie noch glauben?

Wieder öffnete sie vorsichtig die Augen. Sanjay war nicht weg. Er saß schweigend neben ihr, blickte sie abwartend an. Erst jetzt registrierte sie ihre eigene Kleidung. Wo waren die Jeans, die Bluse? Sie trug einen Sari aus feinstem Tuch, durchwirkt mit silbernen und goldenen Fäden.

»Wohin fliegen wir?«

»Nach Kairo. Und von dort weiter nach Indien.«

»Zu dir nach Hause?«
»Ja.«
»Wer bin ich? Warum trage ich diese indischen Kleider?«
»Du bist nicht mehr Marie-Claire de Vries. Ich habe dir einen indischen Pass, eine neue Identität besorgt. Es ist der Pass meiner Schwester. Sie lebt als Wirtschaftsattaché in London. Sie hat es mir zuliebe getan. Du siehst ihr mit den kurzen Haaren und in diesem Sari verblüffend ähnlich. Niemand wird dich mit diesem Diplomatenpass aufhalten. Die Beamten am Flughafen in Marrakesch haben dich für meine Frau gehalten. Du hast jetzt ein Leben und drei Pässe. Wer du in Zukunft sein willst, kannst du später entscheiden.«
»Ich heiße jetzt Kasliwal?«
»Ja.«
»Habe ich auch einen Vornamen?«
»Sogar zwei: Akuti Asha.«
»Was bedeutet das?«
Sanjay lächelte und schwieg für einen Moment.
»Akuti heißt Prinzessin. Und Asha bedeutet Hoffnung. Du bist also, wie meine Schwester es auch ist, eine Prinzessin der Hoffnung.«
»Ich bin jetzt also eine Prinzessin aus dem Morgenland? Eine Mohrin?«
»Ja.«
Marie-Claire schloss wieder die Augen. Das beruhigende Dröhnen des Flugzeugs durchströmte sie. Aber die Erinnerung kam wieder. Die Bilder der Flucht: Sie war hässlich gewesen, mit ihren zerfransten, kurzen, wie von Mäusen angeknabberten Haaren. Zum ersten Mal hatte sie das vor dem kleinen Laden einer Frau am Stadtrand von Marrakesch in einem Spiegel gesehen, der an der Mauer des Krämerladens

hing. Sie hatte geweint, so hässlich sah sie aus. Und so alt und zerschunden, mit tiefen Ringen unter den Augen. Für ein paar Dirhams hatte sie bei der Frau Henna gekauft. Und eine Flasche Sidi Harazen, Mineralwasser, mit der sie sich hinter einem Busch die Haare rötlich-braun gefärbt hatte. Dann war sie beim Bab Agnaou durch die Stadtmauer in die Souks von Marrakesch geschlichen. Mitternacht war es gewesen. Einige der winzigen Läden hatten noch geöffnet. So konnte sie für wenig Geld einige gebrauchte, europäische Kleidungsstücke kaufen. Wieder öffnete sie die Augen. Sanjay schien darauf gewartet zu haben. Sie mochte das Gefühl, neben ihm zu sitzen. Der Gedanke, dass sie auf dem Weg nach Indien waren, beruhigte sie.

»Erzähl mir, wie ich hier in dieses Flugzeug gekommen bin. Ich mag mich nicht erinnern.«

»Du hast mich angerufen, hast mir erzählt, dass Cathrine tot ist und dass du in einem miesen Drecksloch von Zimmer irgendwo in den Souks von Marrakesch festsitzt und nicht mehr leben willst.«

»Und du bist dann einfach gekommen? Ist das dein Flugzeug? Warum tust du das?«

Marie-Claires Fragen einten sich mit Hilfe seiner Antworten zu schemenhaften Erinnerungen. Da war der marokkanische Greis mit den gutmütigen Augen gewesen, der sie mit wenigen Worten aus ihrer Verzweiflung herausgerissen hatte. Ja, sie war verzweifelt gewesen! Wo sollte sie im nächtlichen Marrakesch hin? In eines der Touristenhotels konnte sie nicht. Wer weiß, ob man sie dort nicht bereits suchte. Sie hatte den alten Mann, der offensichtlich auch in seinem Laden, der kaum mehr als ein Bretterverschlag war, schlief und wohnte, gefragt, ob er nicht wisse, wo sie ein einfaches Zimmer bekommen könne. Für wenig Geld. Er hatte es gewusst. Es war kein einfaches Zimmer, es war ein Rattenloch. Ohne Heizung, ohne Wasser, die Wände verschimmelt und das Bett so grauenhaft schmutzig, dass sie sich auf den Boden gelegt und sich mit einem Teppich zugedeckt hatte. Kurz vor dem Einschlafen war ihr erneut der Gedanke gekommen, dass sie nicht mehr leben wollte. Dann war sie erschöpft eingeschlafen.

Den gleichen Gedanken hatte sie am nächsten Morgen wieder gehabt, durchgefroren, malträtiert von schmerzhaften Blessuren am ganzen Körper – und ohne Hoffnung. Ihre Hoffnung war in der Nacht gestorben. Dann hatte sie an der Wand in der Kälte des Morgens die mit Pflaster befestigte Seite aus einem Magazin gesehen, auf der eine sehr freizügig gekleidete europäische Frau für Schmuck warb. Mit ihren verweinten Augen sah sie das Collier, sah die funkelnden Edelsteine, erinnerte sich an die beiden Sancys in ihrer Tasche – und an den Florentiner. Sein Fluch hatte sie fest im Griff. Es gab nur einen Menschen, der diesen Fluch beenden konnte: Sanjay!

In ihm manifestierten sich an diesem kalten Morgen ohne Sonne, ohne Essen, aber mit viel Angst ihre letzten Hoffnungen. Sie rief ihn nicht von ihrem Handy aus an. Es wurde wahrscheinlich längst abgehört. Das öffentliche Münztelefon, das sie benutzte, ließ ihren Mut nach einer halben Stunde vergeblichen Wählens schon schwinden, als sie ihn tatsächlich erreichte. Viel hatte sie ihm nicht erklären können, weil sie ununterbrochen geschluchzt und nur wenig Geld hatte. Aber Sanjay hatte auch nichts wissen wollen. »Ich hole dich da raus«, hatte er gesagt. Mehr nicht.

Alles, was danach geschehen war, erzählte ihr Sanjay nun – auf dem Flug nach Kairo. Von dort, er hatte es gesagt, aber sie wusste noch nicht, was das bedeutete, würden sie nach Indien fliegen. Mehr wusste sie derzeit nicht und wollte sie auch nicht wissen. Denn ihre Gedanken waren wieder bei Cathrine. Ihr Tod begleitete sie auf diesem Flug in eine Zukunft, die vom Fluch des Florentiners überschattet sein würde.

Das Flugzeug begann den Landeanflug auf Kairo. Sanjay hatte ihr gesagt, dass sie den Learjet dort auftanken mussten, bevor sie weiter gen Indien fliegen konnten. Sie blinzelte aus dem Augenwinkel heraus zu ihm hinüber. Er saß entspannt in dem breiten Ledersessel und hatte die Augen geschlossen. Aber er war wach. Auch sie schloss ihre Augen und flüsterte: »Ich habe den Großen und den Kleinen Sancy!«

»Und ich habe den Florentiner!«

»Ich weiß! Das heißt, ich habe es vermutet. Ich ahnte es, nachdem ich das Manuskript dieses Buches gelesen habe. Und dann das Dossier.«

»Meine Familie hat den Florentiner von einem jüdischen Schmuckhändler gekauft, der nach Amerika ausgewandert ist.«

»Von Ostier?«

»Ja! Der Juwelier, der ihn vom letzten österreichischen Kaiser als Sicherheit für eine Darlehenssumme von 1,2 Millionen Schweizer Franken bekommen hatte, verkaufte den Stein nach dem Tod von Kaiser Karl I. an Ostier. Er wollte ihn in viele kleine Steine zerstückeln, aber Marianne Ostier hat das verhindert. Sie war eine begnadete Schmuckdesignerin. Für sie wäre es eine ruchlose Tat gewesen, einen solch wunderschönen Stein zu zerteilen. Es gab eine Skizze von ihr, ihn in zwei Teile zu schneiden.«

»Jene Skizze, die dem Manuskript von Alphonse de Sondheimer beigefügt war?«
»Ja! Aber Marianne Ostier hat es nicht übers Herz gebracht. Mein Vater hat davon erfahren. Und er hat den Florentiner zurückgekauft. Für sehr viel Geld. Auch mein Vater wusste, dass dieser Diamant nach Indien gehört. Er hat ein Vermögen dafür bezahlt!«
Marie-Claire de Vries atmete tief durch. Ihr Herz pochte wild. Die Ehrlichkeit von Sanjay erschütterte sie, weil sie plötzlich erkannte, dass sie ihm Unrecht getan hatte mit all ihren Verdächtigungen.
»Warum hast du mir das nicht früher gesagt?«
»Du hast mich lange nicht gefragt. Als du es dann tatest, wusste ich von den unheilvollen Entwicklungen, die sich da abzeichneten. Ich hätte es dir später freiwillig erzählt. Aber dann bist du nach Marrakesch geflogen. Du hast an mir gezweifelt. Richtig?«
»Ja! Ich habe mich in den letzten Wochen in einer Welt aus Halbwahrheiten und Lügen bewegt. Nichts war so, wie es sich darstellte. Ich hasse diese Welt der Lügen, der Gier und des Neids! Ich kenne sie aus meinem Elternhaus. Und ich habe immer, schon als Kind, versucht, eine Welt zu finden, ein Leben zu leben, in dem andere Normen und Werte gelten. Der Weg zu der Erkenntnis, dass es diese Welt nicht gibt, war ein schmerzhafter. Verzeih mir bitte, dass ich dir misstraut habe. Kannst du das?«
»Ja.«
»Wolltest du den Florentiner 1981 auf einer Auktion bei Christie's verkaufen?«
»Nein. Es war nicht der Florentiner, der damals auftauchte! Es war die Kopie, die im 18. Jahrhundert in der Schatzkammer

in Wien lag. Ich weiß, wer sie eurem Auktionshaus angeboten hat. Diese Kopien erfreuen das Herz eitler Menschen, die nicht das Geld haben, sich Originale zu kaufen. Mehr Schein als Sein, so sagt man doch in Europa, nicht wahr?«

»Wieso bist du gerade jetzt nach Europa gekommen?«

»Ich wollte die beiden Sancys kaufen. Wir waren schon lange in Verhandlungen mit den Besitzern.«

»Wir?«

»Ja, wir! Mein Bruder Pappu hatte diese Idee. Aber er hat mich hintergangen.«

Marie-Claire zuckte zusammen. Abrupt richtete sie sich in dem Sitz auf und blickte Sanjay fragend an. Er antwortete mit geschlossenen Augen, ohne auf ihre Frage zu warten.

»Pappu ist ein sehr gieriger Mensch. Leider! Er wusste von der Statue der Göttin, wusste von dem Schatz. Er hat irgendwann Francis Roundell kennen gelernt. Damit begann das Unheil. Der Fluch des Florentiners zog ihn und die anderen Männer ins Verderben. Dieser Francis Roundell war noch vor wenigen Tagen bei Pappu in Jaipur. Ein Vertrauter in unserer Familie hat es mir erzählt. Roundell war der Mann, den Pappu auserkoren hatte, mich zu hintergehen. Es ist ihm misslungen, aber er hat viel Leid über unbeteiligte Menschen gebracht. Auch über dich. Und über mich. Wenn nicht in diesem Leben, so dann im späteren: Pappu wird dafür büßen. Ich bin traurig, dass ich einen Bruder verloren habe.«

»Und ich bin traurig, weil ich eine Schwester verloren habe.«

»Du siehst, selbst im Leid scheinen wir zusammenzugehören. Was wirst du jetzt mit den beiden Sancys tun?«

»Was sollte ich deiner Meinung nach damit tun?«

»Du kannst sie den europäischen Besitzern zurückgeben. Man wird dich rehabilitieren, dich loben, belohnen …«

»Du hattest mir am Ufer des Sees in Grandson so etwas Schönes gesagt über das Licht und die Schönheit und das Sein. Wie sagt ihr in Indien?«

»Die völlige Abwesenheit von Licht ist Finsternis – nichts! Das höchste Licht ist das Eine – das Eine ist aber zugleich das erste Schöne – Lichthaftigkeit ist Schönheit. Je höher etwas in der Seinsordnung steht, je lichthafter ist es, desto schöner ist es auch! All das eint sich in Diamanten.«

»Anstatt sie den europäischen Besitzern zurückzugeben, könnte ich die Sancys ja auch den ursprünglichen Eigentümern zurückgeben ...«

Sanjay Kasliwal schwieg lange. Sie ahnte, wusste, was er sagen würde.

»Du weißt, was ich denke: Sie gehören dem indischen Volk. Die Sancys stammen aus der Erde Indiens. Sie sind stets eins gewesen mit dem Florentiner – in der Vergangenheit, tief unten in der Erde. Und als Tränen Gottes waren sie eins auf der Statue. Ihr inneres Feuer sucht nach Vereinigung. Ich habe den Florentiner. Du hast die beiden Sancys. Es war wohl göttliche Vorsehung, dass es so geschieht. Jetzt ist es deine freie Entscheidung, was du mit den beiden Sancys machst. Wir könnten aber auch gemeinsam wiedervereinen, zusammenfügen, was schon immer aus einer göttliche Fügung heraus zusammengehörte: Wir beide – die beiden Sancys und der Florentiner.«

22. Kapitel

Die Männer in dem eleganten Penthousebüro der DeBeers Diamond Trading Company – kurz DTC genannt – in der Charterhouse Street Nummer 17 in London schwiegen irritiert. Dass ihr Chairman, Nicholas Frank – genannt Nicky – Oppenheimer, Präsident des weltweit größten Diamantenkonzerns, sie hin und wieder zu außerplanmäßigen Meetings aus aller Welt zusammenrief, war für die Anwesenden nicht ungewöhnlich. Der sechzigjährige Diamantenmagnat und Kricketfan war heute aber nicht persönlich anwesend. Er hatte seinen einzigen Sohn nach London geschickt. Jonathan, Chef von DeBeers Südafrika und zukünftiger Leiter von DeBeers Kanada, hatte seinen Nachfolger Noko mitgebracht. Der erste Schwarzafrikaner in leitender Position des weltgrößten Diamantenkonzerns saß neben ihm. Es war eine höchst ungewöhnliche Zusammenkunft. Denn neben Gereth Penny, Geschäftsführer der DTC London, Stuart Brown, dem Leiter der Konzernfinanzen, und David Noko war auch noch Gregory Marsh anwesend. Der Sicherheitschef der in London ansässigen DTC-Gruppe,

die zwei Drittel aller weltweit im Handel befindlichen Rohdiamanten kontrollierte, war es auch, der ohne große Umschweife das Wort ergriff.
»Gentlemen, dieses Päcken wurde uns vor einer Woche mit der öffentlichen Post zugestellt. Ich betone, mit der Post! Warum das so erwähnenswert ist, werden Sie gleich verstehen.«
Der dickliche Sicherheitschef löste die Kordeln des etwa dreißig mal dreißig Zentimeter großen, mit braunem Packpapier umwickelten Päckchens. Behutsam fingerte er einen schweren, in schwarzen Samt gehüllten Gegenstand heraus und legte ihn vorsichtig auf den Glastisch. Betont langsam schlug er das Samttuch auf. Ein milchig-weißer Stein, so groß wie eine kräftige Männerfaust, kam zum Vorschein. Es sah wie ein matter Quarz aus. Aber jeder der anwesenden Edelsteinexperten erkannte sofort, dass dies kein Quarz war. Drei weitere Steine lagen auf dem Samttuch.
»Teufel auch, wo habt ihr den denn gefunden?«
David Noko, seit drei Jahren in den Kimberly-Minen Südafrikas verantwortlich für den reibungslosen Abbau von Diamanten, starrte gebannt auf den größten der Steine. »Ist der so echt, wie er ausschaut? Sind die alle echt?«
»Dreitausendzweihunderteinundzwanzig Karat – keine erkennbaren inneren Einschlüsse!«, antwortete Gregory Marsh und hob den größten der Diamanten hoch.
»Merkmale von Hitzebehandlung?«, fragte Stuart Brown, Finanzleiter des Konzerns. Kaum dass er die Frage gestellt hatte, wusste er, dass es eine sehr dumme Frage war. Hitzebehandlung konnte zwar auf eine synthetische Herstellung hinweisen, synthetische Diamanten mit mehr als drei bis vier Karat gab es aber nicht.

»Nein! Der da ist ein Wunder der Natur. Er ist echt – das Beste und auch Größte an Rohdiamant, was es seit hundert Jahren auf dem Markt gegeben hat. Die anderen sind auch nicht von schlechten Eltern: VVS2 und VS1, zwischen sechzig und hundertfünfundzwanzig Karat, zwei davon in tinted color! Da auf dem Tisch, meine Herren, liegt ein Vermögen. Das Schönste, was ich an Rohdiamanten je in den Händen und vor Augen hatte.«
Der Sicherheitschef schielte hinüber zu Jonathan Oppenheimer. Der Sohn des legendären Nicky Oppenheimer und zukünftige Leiter von DeBeers Kanada wirkte gereizt. Er war schon zwei Tage nach Auftauchen des Päckchens informiert worden. Spätestens als Experten absolut sicher waren, dass es sich bei diesen Steinen um echte Rohdiamanten handelte, waren die Drähte zwischen London und Johannesburg heißgelaufen. Es galt bei dem heutigen Treffen, die höchst eigentümlichen Geschehnisse um diese Rohdiamanten zu beurteilen und darauf zu reagieren.
Gregory Marsh holte mehrere Blatt Papier aus seinem Aktenkoffer. Etwas verunsichert räusperte er sich.
»Diese Rohdiamanten sind echt! Ohne Zweifel. Dieser Brief lag mit in dem Päckchen, das übrigens vor etwa zwei Wochen in dem kleinen Kaff Grandson in der Schweiz aufgegeben wurde – auf der Post! Sie verstehen jetzt, warum ich das vorhin so betont habe. In diesem unscheinbaren Päckchen sind Diamanten von fantastischem Wert quer durch Europa geschickt worden! Das allein ist schon mehr als ungewöhnlich. Aber jetzt, meine Herren, kommt der absolute Wahnsinn! Ich lese Ihnen jetzt dieses sehr lange Pamphlet Wort für Wort vor. Es ist in Deutsch geschrieben! Entweder dieser Brief wurde von einem Wahnsinnigen geschrieben – was nichts an

seiner Brisanz ändert. Oder jemand will uns in den Wahnsinn treiben. Also, hören Sie gut zu:

Verehrte Damen und Herren,
hoch geschätzte Experten von DeBeers

zunächst bitten wir höflichst um Nachsicht, dass wir uns zum derzeitigen Stand unserer Geschäftsbeziehung noch nicht namentlich vorstellen. Es entspricht fraglos nicht den internationalen Gepflogenheiten unter honorigen Geschäftsleuten, die Anonymität als Basis eines gedeihlichen Miteinanders auszuerwählen. Aber in Anbetracht der Tatsache, dass Ihr Familienimperium seit Gründung der DeBeers Consolidated Mining durch den ehrenwerten Ernest Oppenheimer im Jahre 1929 ein wundersames Geschick entwickelt hat, jegliche Konkurrenz durch höchst subtile Methoden in das Imperium einzuverleiben, möchten wir zunächst davon absehen, unsere Identität zu offenbaren. Kurz gesagt: Wir wissen, wer Sie sind – und daher halten wir es für besser, wenn Sie nicht wissen, wer wir sind. Denn wir teilen Ihre hemmungslosen kapitalistischen Methoden nicht.
Nun aber zu dem eigentlichen Anliegen unseres Schreibens: Wenn wir richtig informiert sind, haben Sie alleine im letzten Jahr in der Jwaneng-Diamantenmine in Botswana, der derzeit wohl ergiebigsten Mine der Welt, 13,5 Millionen Karat Rohdiamanten gefördert. Zählen wir Ihre Minen in Namibia, Angola, Südafrika und Kanada hinzu, fördert das DeBeers-Imperium alljährlich zirka 80 Prozent aller Rohdiamanten weltweit. Der Rest kommt aus Russland.
Ungefähr 500 000 Millionen Dollar Gewinn haben Sie im letzten Jahr bei einem Umsatz von 5,5 Milliarden gemacht!

Dass der Familienclan der Oppenheimer zu den hundert reichsten Privatpersonen der Welt gehört, ist uns bekannt. Dieser grenzenlose Reichtum basiert letztendlich darauf, dass Sie das Angebot an Diamanten auf dem Weltmarkt künstlich niedrig – und damit die Preise künstlich hoch halten. Mit Gründung der Central Selling Organisation fing das an. Auch heute noch strangulieren Sie durch Ihr monopolistisches Agieren jegliche Konkurrenz!

Obwohl Diamanten tonnenweise gefördert werden, der Markt also faktisch überquillt, zeigen sich die klassischen Regulative des Angebots und der Nachfrage in Bezug auf Diamanten aufgrund Ihrer rigiden Marktpolitik als nicht sonderlich funktionsfähig: Die Preise für geschliffene Diamanten steigen, obwohl immer mehr Diamanten gefördert werden! Für Zweikaräter in lupenreiner Qualität sind die Preise in diesem Jahr um 25 Prozent gestiegen. Einkaräter haben sich um bis zu 15 Prozent verteuert. Und weiße Diamanten, die schwerer als 2 Karat sind, sind um 6 Prozent teurer geworden. Das ist, wie Sie uns sicherlich beipflichten, ein Wunder. Zumindest in den zurückliegenden 25 Jahren hat es einen solchen Preisanstieg nicht gegeben. Ihrem ohnehin schon unermesslichen Reichtum wird das zugute gekommen sein.

Nein, wir bitten Sie: Es ist weder Neid noch Missgunst, die uns veranlassen, Ihnen zu schreiben und Ihnen unser neues Geschäftsmodell in Sachen Diamanten vorzustellen. Weit gefehlt. Neid ist ein irdisches Phänomen. Unsere Intention hat jedoch eher eine überirdische, mithin gar »göttliche«, von der Vorsehung bestimmte Dimension. Mit Wohlwollen nehmen wir daher zur Kenntnis, dass Sie in gelegentlichen Anwandlungen mildtätigen Denkens auch Brösel des

milliardenschweren Diamantenkuchens an die Bedürftigen dieser Welt verteilen. Womit wir bei unserem Anliegen sind:
Dass Sie unlängst im John F. Kennedy Center in Washington in Gegenwart der amerikanischen Außenministerin, Condoleezza Rice, und der US-Senatorin Hillary Clinton von der honorigen Global Business Coalition on HIV/AIDS für Ihr Engagement im Kampf gegen Aids in Südafrika geehrt wurden, erfüllt uns mit Zuversicht, dass Sie unserem Ansinnen ein Höchstmaß an Aufmerksamkeit zukommen lassen werden. Mit höchstem Respekt vor Ihrer Fähigkeit der wundersamen Geldvermehrung machen wir Ihnen einen Vorschlag, den Sie – so Leid es uns tut, Sie so zu brüskieren – kaum werden ablehnen können. In dem kleinen Päckchen übersenden wir Ihnen vier außergewöhnlich schöne Rohdiamanten. Der größte davon entspricht mit seinen knapp 3 200 Karat in etwa dem berühmten Cullinan-Diamanten, der vor 100 Jahren in Südafrika gefunden wurde. Unseres Wissens nach wurde er dem damaligen englischen König Edward zu seinem Geburtstag überreicht und ist, in 105 Einzelsteine zerschnitten, mittlerweile im Besitz von Queen Elizabeth II.
100 Jahre ist das nun her, dass dieser bis dahin größte Diamant der Welt gefunden wurde. Wir finden, die nach irdischen Gütern und materiellen Superlativen lechzende Welt sollte dieses Jubiläum mit dem Auftauchen eines neuen, noch schwereren, noch wertvolleren, noch legendäreren Diamanten feiern: Er liegt in dem Päckchen! Die drei anderen Diamanten sind – aber nur vergleichsweise – minderer Qualität, mögen aber die Vielfalt unseres Sortiments dokumentieren.

In der Ihnen höchstwahrscheinlich weniger, uns dafür umso mehr zu eigenen Großherzigkeit möchten wir Sie bitten, diese vier Diamanten quasi als Grundkapital unseres zukünftigen Joint Ventures zu betrachten. Perfekt geschliffen sollten diese Rohdiamanten die Kosten der administrativen Gründung unseres gemeinsamen Unternehmens decken. Wenn nicht, bitten wir um eine entsprechende Nachricht. Gerne erhöhen wir unser Grundkapital nochmals um Rohdiamanten und andere Edelsteine im gleichen Wert …

»Lassen Sie es gut sein, Gregory«, unterbrach Jonathan Oppenheimer seinen Sicherheitschef unwirsch. »Diese schwülstigen Zeilen eines Geisteskranken machen mich ganz närrisch. Lesen Sie den anderen das Ende des Briefes vor, damit jeder hier kapiert, was da auf uns zukommt.«
Gregory Marsh blätterte die vielen Seiten durch, bis er die entsprechende Stelle gefunden hatte, und las weiter.
»Also … ja, hier wird es konkret: *Wir beharren auf der nicht diskutablen Einschätzung, dass ein Großteil der weltbekannten Diamanten aus indischer Erde stammt – aber nicht mehr auf Indiens Erde verweilt. So prächtige Diamanten wie der Cullinan, der Koh-I-Noor, Orlow, Regent, Großmogul, Sancy – und auch der Florentiner stammen aus Indien, gehörten den Göttern Indiens – und dem indischen Volk. Ihm, dem Florentiner, gebührt übrigens unsere besondere Ehrerbietung! Viele dieser Steine wurden von gierigen europäischen Menschen entwendet. Menschen, deren Gier die mythologisch-religiöse Bedeutung dieser Edelsteine verhöhnt. Wir möchten den Pfad der göttlichen wie auch irdischen Gerechtigkeit beschreiten – und was gestohlen und geraubt wurde aus Indien wieder zurückfließen lassen. Der Terminus*

der Beutekunst mag, so ist es unser Wunsch und unser Wille, fortan auch auf geraubte Diamanten und andere Edelsteine aus Indien angewendet werden.
Wir möchten Sie daher höflichst bitten, spätestens bis zum 1. Juli dieses Jahres in Indien eine Stiftung zu gründen. Aufgabe dieser Stiftung soll es sein, hilfsbedürftigen Menschen auf dem indischen Kontinent ein menschenwürdiges Dasein zu ermöglichen. Konkret sollen Sie Krankenhäuser bauen und unterstützen, Schulen und Kinderheime gründen etc. Details werden wir Ihnen nach Eingang ihres begeisterten Einverständnisses übermitteln. Als Firmennamen schlagen wir »Akuti Asha & DeBeers« vor. Ein entsprechendes, von Experten ausgearbeitetes Konzept liegt bereits vor. Dieser zu gründenden Stiftung sollte Ihr Konzern monatlich 250 000 US-Dollar zur Verfügung stellen. Die Verwaltung des Geldes und der Stiftung wird einem renommierten indischen Rechtsanwaltsbüro treuhänderisch übertragen. Das Finanzcontrolling sind wir gerne bereit, einem internationalen Kontrollgremium zu übertragen! Die gleiche oben aufgeführte Summe, also 250 000 US-Dollar monatlich, wird von unserer Seite beigetragen werden.
Als Gegenleistung für Ihre Bereitschaft, dem indischen Volke Gutes zu tun, würden wir darauf verzichten, die in unserem Besitz befindlichen Edelsteine dem offiziellen Diamantenmarkt zuzuführen. Gehen Sie bitte davon aus, dass wir – gänzlich legal – Diamanten, Brillanten, Saphire und andere Edelsteine in selbst für Sie unvorstellbaren Mengen besitzen. Einer Förderung bedarf es nicht mehr.
Sollten Sie aus uns nicht nachvollziehbaren Gründen unserem Vorschlag nicht sonderlich viel Sympathie entgegenbringen wollen oder können, sehen wir uns leider gezwungen, große

Mengen dieser Edelsteine auf den internationalen Markt zu werfen, um das für die o.a. karitativen Projekte erforderliche Kapital auf diesem Wege zu lukraieren. Welche fatalen Auswirkungen solche Transaktionen auf den von Ihrem Konsortium wissentlich strangulierten Diamantenmarkt und somit auf die Preisentwicklung haben könnten, mögen Sie besser beurteilen können als wir.

Lassen Sie uns zum Abschluss unseres Schreibens auf die jedem Diamanten eigene Einzigartigkeit des inneren Feuers verweisen.

Sie wissen, wie es sich mit dem Licht eines perfekt geschliffenen Diamanten verhält: Es trifft von oben in den Stein, reflektiert an den unteren und seitlichen Facetten und tritt, so es ein von Meisterhand geschliffener Diamant ist, oben wieder heraus. Dieses Licht erfreut die Sinne der Götter und der Menschen. Denn völlige Abwesenheit von Licht ist Finsternis – nichts! Das höchste Licht ist das Eine – das Eine ist aber zugleich das erste Schöne – Lichthaftigkeit ist Schönheit. Je höher etwas in der Seinsordnung steht, je lichthafter ist es, desto schöner ist es auch! All das eint sich in Diamanten!

Wir haben vereint, was nach dem Willen der Götter schon immer zusammengehörte. Materielles wie auch Immaterielles. Je höher etwas in der Seinsordnung steht, desto schöner ist es.

In diesem Sinne würden wir uns freuen, wenn Sie mit Ihrer weisen Entscheidung die Herzen der Menschen im Morgenland erfreuen und Licht in das Dunkel der mittellosen Indiens bringen würden.

Ihre positive Grundsatzentscheidung teilen Sie uns bitte in einer der nächsten beiden Wochenendausgaben der International Herald Tribune *in der Anzeigenrubrik mit. Verwenden Sie bitte folgenden Text:*

Die Tränen Gottes sollen
zu Tränen des Glücks werden.

Mit vorzüglicher Hochachtung

M.C. – alias Akuti Asha K. – und Gemahl

»Ich komme mir vor wie in einer indischen Märchenstunde – aber nicht wie in einem Krisenmeeting des größten Diamantenkonzerns der Welt!«
Jonathan Oppenheimer war aufgestanden und schritt nachdenklich durch den Raum. Sein Blick ging über die Dächer Londons. Die Maisonne senkte sich bereits hinter der Stadt.
»Gregory! Was halten Sie von dieser ganzen Sache?«, sprach er den Sicherheitschef an. »Sie hatten eine Woche Zeit zu recherchieren, mit was wir es hier zu tun haben: mit Irren – oder mit einer knallharten Erpressung. Steckt da vielleicht ein anderer Konzern – unsere Konkurrenz dahinter?«
Gregory Marsh schaute verlegen in die Runde. »Weder das eine noch das andere, Chef! Ich habe alles untersuchen lassen, was es zu untersuchen gab: Diese Edelsteine sind echter, als es uns wohl lieb ist. Unsere Geologen sagen, dass sie eindeutig aus Indien kommen. Das Päckchen wurde in Gradson nahe des Lac de Neuchâtel südlich von Bern aufgegeben, aber der Karton selbst stammt zweifelsfrei aus Indien. Ebenso die Kordel und das Samttuch. Fingerabdrücke konnten keine festgestellt werden. Der Name Akuti Asha ist in Indien sehr gängig und bedeutet nichts anderes als Prinzessin der Hoff-

nung. Was die drei Buchstaben M.C.K. hinter diesen Vornamen bedeuten, kann ich nicht sagen. Die einzige vage – aber wirklich nur vage – Spur führt über diesen Vornamen nach Jaipur, im indischen Bundesstaat Rajasthan. Dort gibt es, wie Sie sicherlich wissen, einen Familienklan, die Kasliwal, die sich in den letzten Jahren weltweit einen Namen mit Schmuck gemacht haben. Und mit Edelsteinen.«

»Wie kommen Sie denn auf diese absurde Idee? Wo gibt es da eine Verbindung zu dem Brief?«, unterbrach Jonathan Oppenheimer seinen Sicherheitschef.

»Die Schwester dieser Kasliwal-Brüder heißt Akuti Asha – und ist hier in London an der indischen Botschaft Wirtschaftsattaché. Einen Gemahl hat sie allerdings nicht. Zudem möchte ich in diesem Kontext auf die spektakulären Ereignisse Ende letzten Jahres hinweisen, als in Florenz der Palazzo Pitti in die Luft gejagt wurde. Damals wurde der Große Sancy geklaut. Bei einem deutschen Adligen haben sie den anderen, den Kleinen Sancy geraubt. In diesem Brief hier werden die Sancys und der Florentiner erwähnt. Es gibt eine seltsame Legende, dass diese drei Steine einmal zusammengehört haben – als die göttlichen Tränen oder so.«

»Absurd! Völlig absurd ist das«, unterbrach Jonathan Oppenheimer. »Hören Sie mir bloß auf, Gregory! Sie lesen zu viele Kriminalromane. Und Märchenbücher offensichtlich auch. Ich habe von diesem Edelstein-Palast der Kasliwal-Brüder in Jaipur gehört. Die leben doch selbst von der Seltenheit der Diamanten! Die sind doch nicht so verrückt und graben sich ihr eigenes Grab, indem sie den Weltmarkt für Diamanten auf den Kopf stellen. Haben Sie schon einmal einen Inder getroffen, Gregory, der keinen Profit machen will? Die Inder sind clever, die setzen eine alte Frau einen ganzen Tag

lang an den Straßenrand und lassen sie ein Streichholz verkaufen, das sie für einen Cent eingekauft haben. Wenn Sie da zufällig vorbeikommen und eine Zigarette rauchen wollen, aber kein Feuer haben, verkauft die alte Frau Ihnen das Streichholz für zehn Cent. Das ist eine Profitmarge, von der wir nur träumen können! So sind die Inder. Und so sind diese Kasliwals mit Sicherheit auch. Also hören Sie auf mit dem Quatsch. Das sind Hirngespinste. Außerdem: Wenn diese Kasliwal-Brüder solche Berge von Diamanten besäßen, würden die mit Sicherheit nicht auf eine solch hirnrissige Idee kommen, Krankenhäuser zu bauen. Ich habe diesen Pappu Kasliwal einmal persönlich kennen gelernt. Der verkauft Ihnen das Nachthemd seiner Mutter, wenn er damit Geld machen kann. Also hören Sie mit Ihren Legenden auf.«
Wütend schaute Jonathan Oppenheimer zu Stuart Brown, dem Leiter der Finanzen von DBCM.
»Stuart, was halten Sie davon – rein juristisch und finanztechnisch?«
»Besorgnis erregend ist das Ganze, Mr. Oppenheimer! Mehr noch! Es ist eine Katastrophe!« Der hagere Mann, dessen exzellente Ausbildung und analytischen Fähigkeiten ihm die Position des Leiters der Finanzabteilung des Diamantenkonsortiums eingebracht hatten, stand nun auch auf. Er sprach im Gehen. »Wer Rohdiamanten in diesem Wert per Post durch die Weltgeschichte schickt, hat noch mehr davon. Und zwar viel mehr! Denen ist das, mit Verlaub gesagt, sch…egal, ob diese Rohdiamanten auf dem Postweg verloren gehen. Die gehen damit um, als seien es Kieselsteine! Davon scheinen die Verfasser dieses Schreibens aber eine ganze Menge zu haben! Das ist die eine Sache. Die andere ist: Juristisch kann ich es nicht als rechtswidrig, also als illegal ansehen, wenn jemand

mir signalisiert, dass er seine Berge von Edelsteinen ganz offiziell auf den Markt bringen wird und damit der Weltmarkt für Diamanten in die Knie geht. Das hat nichts mit Erpressung zu tun. Es ist doch unser Problem, wenn die Weltmarktpreise Kopf stehen und unsere Politik, das Angebot an Diamanten knapp zu halten, nicht mehr funktioniert! Nein, juristisch ist da nicht dran zu rütteln. Faktisch ist es so, dass wir eigentlich keine andere Chance haben, als uns auf dieses Spiel einzulassen. Wenn der weltweite Diamantenmarkt durch plötzlich auftauchende Massen von Rohdiamanten in Turbulenzen gerät, gehen die Preise schnell mal um zwanzig bis dreißig Prozent runter. Dann machen wir in einem Jahr eineinhalb Milliarden Dollar weniger Umsatz! Ja, eineinhalb Milliarden Dollar! Was sind da schon zweihundertfünfzigtausend Dollar im Monat für diese verklärten Fantasten, mit denen wir es hier offensichtlich zu tun haben? Meiner Meinung nach ist es besser, sich auf dieses komische Ansinnen einzulassen. Zumindest so lange, bis wir eine Ahnung haben, wer da wirklich dahinter steckt. Und vor allem, bis wir wissen, wo diese unglaublich wertvollen Diamanten herkommen. Und zwar haufenweise herkommen. Dafür muss es eine Erklärung geben.«

Jonathan Oppenheimer mochte diese Einschätzung seines Finanzchefs nicht sehr, aber er ahnte, dass Stuart Brown Recht hatte. Dennoch wollte er die Meinung seiner anderen Manager hören.

»David, Ihre Meinung, bitte!«

David Noko hatte befürchtet, gefragt zu werden. Für ihn, der erst seit drei Jahren beim DeBeers-Diamantenkonzern arbeitete und in dieser Zeit ausschließlich für die Diamantenmine in Kimberly in Südafrika zuständig gewesen war, war diese

Situation schwer einzuschätzen. Er konnte die ganze Sache nur unter Imageaspekten beurteilen.
»Unser Engagement in der Aids-Bekämpfung in Südafrika hat uns nicht nur diese auch in diesem Brief erwähnte internationale Auszeichnung eingebracht. Sie hat unser Image in Südafrika extrem verbessert. Früher – sorry, Chef, wenn ich das so offen sage – wurde DeBeers in Afrika als Inbegriff der Ausbeutung des Schwarzen Kontinents durch die Weißen – zu Lasten der schwarzen Bevölkerung – gesehen. Heute sind wir in vielen Gesundheitsbereichen aktiv, im Umweltschutz und bei der Fortbildung der schwarzen Bevölkerung. Nicht zuletzt damit haben wir den Wechsel vom Apartheitsregime hin zu einem von Schwarzen regierten Südafrika unbeschadet überstanden. Viel gekostet haben uns diese Aktivitäten im sozialen Bereich nicht. Wir können sie zudem steuerlich absetzen. Und wenn ich mir vor Augen halte, dass Asien einer der zukunftsträchtigsten Märkte der Welt überhaupt ist, dann wäre es meines Erachtens für unser Image sehr förderlich, wenn wir auf diesen Zug, der uns da aufgezwungen wird, freiwillig aufspringen. Welche Alternative haben wir sonst?«

Jonathan Oppenheimer war vor dem Panoramafenster des Penthouse stehen geblieben. Nachdenklich starrte er in die beginnende Nacht über London. Was David da gesagt hatte, entbehrte nicht jeglicher Logik. Stuart, sein Finanzchef, schätzte die Situation ähnlich ein. Und doch sträubte sich tief in seinem Inneren etwas dagegen, sich von diesen Wahnsinnigen erpressen zu lassen. Das hatten schon andere mit DeBeers versucht. Sein Vater Nicky, der die gewaltigen politischen Veränderungen in Südafrika hautnah miterlebt hatte, konnte davon ein Lied singen. Das neue, von Schwarzen dominierte Südafrika hatte auf allen möglichen Wegen versucht, sich das DeBeers-Imperium unter den Nagel zu reißen oder es zumindest zu kontrollieren. Sein Vater hatte viele Zugeständnisse machen müssen, aber er hatte sich nie erpressen lassen. Das konnte stets nur als Schwäche gedeutet werden. Aber die DBCM war alles andere als schwach. Entsprechend selbstbewusst entschied er.

»Wir machen es so: Wir warten einfach ab, was diese indischen Illusionisten machen, wenn wir nicht reagieren! Mal unbenommen der Frage, ob die wirklich solch große Mengen an Rohdiamanten und anderen Edelsteinen haben, ist es ja auch nicht ganz so einfach, Diamanten in großen Mengen auf den internationalen Markt zu bringen. Ohne Zwischenhändler geht das nicht. Ohne Diamantenbörsen auch nicht. Hier geht es ja nicht um Tomaten! Also: Gregory, Sie als Sicherheitschef sind mir dafür verantwortlich, dass wir in nächster Zeit die Entwicklungen auf dem Weltmarkt für Diamanten extrem genau beobachten. Alles will ich wissen – alles! Weisen Sie unsere Zwischenhändler und Agenten an, alles Verdächtige zu melden und verbieten Sie ihnen, Rohdiamanten unbekannter Herkunft anzukaufen. Machen Sie mit allen uns zur Verfügung stehenden Mitteln den internationalen Diamantenmarkt zu. Keine Anzeige in der *International Herald Tribune!* Schauen wir mal, was dann passiert.«

*

Vier Wochen nach dieser Entscheidung von Jonathan Oppenheimer, sich nicht erpressen zu lassen, es war Mitte Juni, bekam Dr. Ajay Bapna, leitender Direktor des K.M.S. Mother

& Child Hospitals in der T.-Nagar-Straße in Jaipur im indischen Bundesstaat Rajasthan überraschenden Besuch eines Rechtsanwalts aus Neu-Delhi. Der Anwalt wurde begleitet von zwei hochrangigen Regierungsvertretern, die dem nach einer halben Stunde völlig perplexen Arzt bestätigten, dass all das seine Richtigkeit habe und er die Spende des unbekannten Gönners annehmen könne.

Zur gleichen Zeit wählte Pratibha Patil, Provinzgouverneur von Rajasthan im Nordwesten Indiens, die Telefonnummer 2350774 in Jaipur und kündigte dem Chefarzt des Sadhna Nursing Home & Infertility Research Centres in Jaipur kurzfristig seinen Besuch in dem Kinderkrankenhaus an. Als er nach drei Stunden in Begleitung eines Rechtsanwalts und mehrerer Regierungsbeamter aus Neu-Delhi das Krankenhaus in der Khatipura Road verließ, schüttelte er noch immer ungläubig den Kopf. So etwas hatte er in seiner Dienstzeit noch nicht erlebt. Er war sich sicher, dass die Zeitungen und das Fernsehen morgen über diese Sache ganz groß berichten würden.

Dem war so. Am darauf folgenden Tag stand in *The Hindu*, einer der größten englischsprachigen Zeitungen Indiens, wie auch in der *Dainik Bhaskar* auf den Titelseiten nachzulesen, dass ein Unbekannter über eine renommierte Anwaltskanzlei beiden Krankenhäusern in Jaipur je einen Rohdiamanten gespendet habe. Die Edelsteine, beide mit etwa hundertzwanzig Karat und einem geschätzten Wert von zirka zwei Millionen Dollar, seien mit Wissen und Genehmigung der Regierung in Neu-Delhi an die Krankenhäuser übergeben worden. Der Fernsehsender NDTV brachte in seiner Acht-Uhr-Morgensendung *Yeh Hai India* einen ausführlichen Bericht über »das Wunder von Jaipur«. Unter Berufung auf die Anwaltskanzlei, die von dem Unbekannten mit der Abwicklung dieser Spende beauftragt worden war, berichtete der Fernsehsender, dass beide Diamanten zu einem sensationellen Fund außergewöhnlich großer Diamantenvorkommen in einer nicht näher bezeichneten Region von Rajasthan gehörten. Der legitime Eigentümer, so der Fernsehsender, fühle sich aus moralischen, ethischen Gründen und aus einer traditionellen Verbundenheit mit der Bevölkerung dieses indischen Bundesstaates verpflichtet, Bedürftige an seinem neuen Reichtum, den er den »göttlichen Tränen« zu verdanken habe, teilhaben zu lassen. »Der Fluch des Florentiners«, so hieß es im indischen Fernsehen unter Berufung auf eine schriftliche Verlautbarung durch die Rechtsanwälte des Spenders, sei durchbrochen: »Gottes zu Stein gewordene Tränen der göttlichen drei Brüder«, so endete der Fernsehbericht, »sind nach vielen tausend Jahren zu Tränen der Freude für das indische Volk geworden.«

Schon am nächsten Morgen, es war Freitag, reagierten die Diamantenbörsen in Antwerpen, wo nahe des Bahnhofs auf etwa einem Quadratkilometer mehr als eintausendfünfhundert Diamantenfirmen und vier Diamantenbörsen angesiedelt sind. In dem streng bewachten Viertel arbeiten Tausende hoch qualifizierter Diamantenexperten, um dem weltweiten Image des seit fünf Jahrhunderten existierenden Qualitätslabels »Cut in Antwerpen« entsprechen zu können. An den Börsen, wo so weltberühmte Schmuckfirmen wie Cartier, Arpels und Van Cleef ihren Vorrat an Diamanten einkaufen, fielen binnen weniger Stunde die Großhandelspreise von Einkarätern in hochfeinem Weiß um bis zu fünfundzwanzig Prozent. Die Meldung von neuen, unvorstellbar großen

Diamantenfunden in Indien führte zu Turbulenzen bei den Händlern. Die Börsenaufsicht sah sich kurzfristig gezwungen, keine weiteren »Cachettes« zu akzeptieren, da sich die auf dem Umschlag vermerkten Angebotspreise zwischen Händler und Käufer binnen Kürze dramatisch veränderten. Gegen Mittag beruhigten sich Großhändler und Einkäufer wieder. Solche Meldungen von riesigen Diamantenvorkommen, die Profis in Antwerpen wussten das, gab es immer wieder einmal. Nachhaltige Auswirkungen auf die Preisgestaltung für Diamanten hatten die wenigsten dieser Meldungen, hinter denen sich zumeist miese Spekulanten verbargen.

Nur Jonathan Oppenheimer war extrem beunruhigt. Nervös schritt der Sohn des legendären Nicky Oppenheimer durch das Penthousebüro in der DeBeers Diamond Trading Company in London und wartete auf die Ankunft von Gregory Marsh. Der dickliche Sicherheitschef hastete ohne anzuklopfen in das Büro. Er hatte die Tür noch nicht hinter sich geschlossen, als sein Chef bereits zu reden begann.
»Was diese Ärsche da in Indien vorhaben, kann uns an den Bettelstab bringen! Nicht nur das, das kann die gesamte Weltwirtschaft in Turbulenzen versetzen! Schon die neusten Nachrichten aus Antwerpen gehört, Greg?«, fauchte er. Seine Nervosität war nicht zu übersehen.
»Ja, habe ich. In Antwerpen haben sie mal wieder die Flöhe husten gehört, aber es hat sich wieder alles beruhigt. Die Frage ist nur, wie lange. Denn dahinter stecken mit Sicherheit die Verfasser des Briefes, diese Fantasten!«
»Sorgen Sie dafür, Greg, dass morgen früh in der Samstagsausgabe der *International Herold Tribune* eine Anzeige in ge-

nau jenem Wortlaut erscheint, wie sie damals gefordert wurde! Und nächsten Samstag auch. Und in drei Wochen noch einmal! Und danach, Gregory, lassen Sie alles andere stehen und liegen und gehen Sie auf die Suche!«

»Was soll ich suchen, Mr. Oppenheimer?«

»Suchen – besuchen Sie die Brüder Kasliwal! Suchen Sie diese Akuti Asha oder wie die heißt. Diese Prinzessin der Hoffnung. Ich lasse mich doch nicht von einer indischen Prinzessin auf der Erbse verarschen! Und, Greg: suchen Sie, und zwar mit allem, was Sie an Leuten zusammentrommeln können, Informationen über die Geschehnisse von Florenz und Bayern. Besorgen Sie mir alles, absolut alles, was verfügbar ist. Ich will wissen, was es mit diesen beiden Sancys auf sich hat. Und mit diesem Florentiner! Zwischenzeitlich werde ich veranlassen, dass unsere Rechtsabteilung die Gründung einer Stiftung vorbereitet. Und unsere PR- und Presseabteilung sollen eine Verlautbarung vorbereiten, dass DeBeers sich aus Verbundenheit mit dem indischen Volk veranlasst fühlt, Not leidenden Menschen in Indien über eine Stiftung zu helfen, so nach dem Motto: Indische Diamanten waren die Basis für den Erfolg des Diamantenkonzerns DeBeers – dafür möchten wir die Armen Indiens an unserem Erfolg partizipieren lassen.«

»Chef?«

»Ja?«

»Wollen Sie wirklich …?«

»Ja, verdammt noch mal! Was bleibt uns anderes übrig? Wir werden sehen, wie sich das weiter entwickelt. Für Sie, Gregory, gilt fortan allerdings höchste Geheimhaltungsstufe! Finden sie den Florentiner, Greg! Wie auch immer das alles zusammengehört, weiß ich nicht. Finden Sie ihn schnell! Sein

Fluch entwickelt sich zum Fluch für das Haus DeBeers. Aber ich glaube nicht an Flüche. Ich glaube nur an Diamanten – schnöder Kohlenstoff, der ein paar Millionen Jahre alt ist. Aber an jeder neuen Legende verdiene ich gut. Dann haben wir jetzt eben die Legende von der sagenumwobenen indischen ›Prinzessin der Hoffnung‹ und ihrem Gemahl.«

Danksagung

Die Geschichte des legendären Florentiner-Diamanten zu recherchieren, hat mir unendlich viel Freude bereitet. Es war eine faszinierende Herausforderung, historisch gesicherte Fakten und Legenden zu einem spannenden Buch zusammenzufügen. Ohne die Mithilfe kompetenter HelferInnen wäre dies kaum möglich gewesen.

Mein ausdrücklicher Dank gilt meiner Frau Béatrice, die viele noch als Frau Mag. Keminger kennen. Als gebürtige Wienerin und historisch versierte Archäologin – und als Kennerin der Geschichte des Hauses Habsburg – hat sie mir mit ihrer wissenschaftlichen Betrachtungsweise und ihren Insidertipps aus Wien viele tolle Anregungen gegeben.

Mein besonderer Dank gilt der intensiven Unterstützung durch das Auktionshaus Christie's, allen voran Herrn Frederik Schwarz, Experte für historischen Schmuck des Auktionshauses Christie's, sowie Angela Baillou vom Christie's-Büro in Wien.

Mein Dank auch an Herrn Dipl.-Ing. Alexander Pachta-Reyhofen, Grevier des Ordens der Ritter vom Goldenen

Vlies in Wien. Herrn Dr. Franz Kirchweger, Kustos der Kunstkammer, Weltliche und Geistliche Schatzkammer des Kunsthistorischen Museums Wien, möchte ich für die historisch gesicherten Informationen über den Florentiner-Diamanten im Zusammenhang mit dem Hause Habsburg danken. Dank auch an Frau Mag. Irina Kubadinow, Leiterin der Abteilung Öffentlichkeitsarbeit des Kunsthistorischen Museums Wien, die mir ermöglichte, meine intensiven Recherchen in der Schatzkammer Wien problemlos durchzuführen.

Herbert Ohrlinger vom Zsolnay Verlag Wien hat mir mit seinen sehr aufschlussreichen Hintergrundinformationen über das Buch *Vitrine XIII* sehr geholfen. Allen Experten, die mich unterstützt haben, möchte ich nochmals in Erinnerung rufen: Es ist ein Roman.

Rolf Ackermann

Die weiße Jägerin

Als die Briefe ihres Bruders aus Afrika eintreffen, beginnt die junge Margarete davon zu träumen, ebenfalls dorthin zu gehen. 1907 bricht sie gemeinsam mit ihrem Mann Ulrich nach Deutsch-Ostafrika auf. Am Fuße des Kilimandscharo weiß sie sofort: Hier ist ihre Heimat. Doch im Gegensatz zu Margarete kann ihr Mann Afrika nur wenig abgewinnen. Verständnislos bleibt er zurück, wenn sie wochenlang durch die Savanne und den Busch reitet, auf der Jagd nach Löwen und Elefanten. Margarete gewinnt schnell das Vertrauen der schwarzen Einheimischen, die die weiße Jägerin unendlich bewundern. Je mehr sich das Ehepaar voneinander entfremdet, desto stärker wird Margaretes Liebe zu Anthimos, der ihre Leidenschaft für Afrika teilt …

»Das Buch weckt Sehnsüchte. Und es zeigt auf einer ungewöhnlichen erzählerischen Ebene, was deutsche Machtpolitik in all ihren umtriebigen Facetten bedeuten kann.«
Radio Darmstadt

Knaur Taschenbuch Verlag